원점

주현정 장편소설

0_2

동아

원점 02

초판 1쇄 인쇄일 | 2023년 02월 09일
초판 1쇄 발행일 | 2023년 02월 21일

지은이 | 주현정
펴낸이 | 조승진
펴낸곳 | (주)동아미디어

출판등록 | 제2020-000107호
주소 | 경기도 파주시 광인사길 9-6
전화 | (031)8071-5201
팩스 | (031)8071-5204
E-mail | bear6370@hanmail.net

정가 | 11,800원

ISBN 979-11-6302-631-0 (04810)
      979-11-6302-629-7 (set)

주현정 장편소설

0_2

원점

Origin point

동아

목　　차

7

언제나 그렇듯 봄은 또 찾아왔다. 다만 아직 끝을 내지 못한 겨울의 잔상이 남아 있을 뿐이다. 집을 나서자마자 불어오는 찬 바람에 노곤했던 몸에 확 긴장감이 들었다. 늦겠다, 하진은 졸린 눈을 비비며 잰걸음으로 카페로 향했다.

"하진아, 어서 와!"

활기찬 목소리는 괜히 기분을 좋아지게 하는 힘이 있었다. 지서는 봄 신상으로 나온 제철 과일 음료가 마음에 든다며 벌써 한 잔 제조해 마시고 있었다. 하진에게도 하나 만들어 주려 하기에 괜찮다고 했다.

오늘은 그래도 꽤 한가한 편이었다. 최근 들어 이렇게 여유로운 적은 없어서, 하진은 끝 쪽 테이블 빼고는 텅 빈 매장을 한 번 신기하게 둘러보았다. 지서와 나란히 앉아 있다가 괜히 허리가 뻐근한 느낌에 속으로 한석을 원망했다.

'한 번만 한다고 해 놓고서는.'

물론 제가 먼저 괜찮다고 한 거니까 딱히 할 말은 없지만……. 무언의 약속같이 평일에는 삽입 섹스를 자제하는 둘이었다. 한석의 나름의 배려였으나 요즘은 그게 잘 안 되었다.

사실 굳이 따지자면 한석을 탓할 게 아니라 저를 탓해야 했다. 몇 달 전만 해도 정말 소위 손만 잡고 자는 게 당연했는데 어쩌다 이렇게 되어 버린 건지. 새로운 세상을 알게 된 느낌이었다. 갑자기 어젯밤 한석과 했던 온갖 행위들이 머릿속을 스쳐 지나가며 얼굴이 화끈거리는데.

"오늘도 끝나고 남친 만나?"

"아…… 네."

물어보는 지서에 하진이 움찔했다. 한석과 몇 번 봐서 안면이 있는 지서는 한석을 '무서운데 잘생겼다'라고 평했다. 처음 봤을 때 했던 말은 '엄청 크다'였고, 하진과 동갑이라는 말에는 '나보다 어리다고?' 그런 말을 하며 놀란 표정을 짓기도 했다. 지서가 다시 물었다.

"만나면 뭐 해?"

"……."

별다를 거 없는 질문에 갑자기 말문이 막혔다. 사실 만난다기보다는 같이 살고 있어서 모든 걸 함께 하니까. 지서는 하진이 집안 사정상 서울에서 내려와 친척 집에 얹혀살며 다시 수능 볼 준비를 한다, 이 정도로 알고 있었다.

남친을 어떻게 만났냐는 말에 무심코 고등학교 동창이라고 했더니, 그럼 남친도 서울에서 내려온 거냐고 눈을 동그랗게 떴다. 당황한 하진이 어쩌다 그렇게 됐다고 하자 더는 캐묻지 않았다. 딱히 틀린 말도 아니지만 사실 좀 더 뭉뚱그려 얘기해도 좋았을 거라는 생각은 쏟아지는 지서의 질문에 대답하고 집에 돌아가며 났다.

동창이라고 하지 말걸……. 또다시 후회하고 싶지 않았던 하진은 조금 고민하다 답했다.

"그냥, 밥 먹고 영화도 보고 가끔 바다도 보러 가고 그래요."

무난한 대답에 지서가 흐음, 말꼬리를 늘였다.

"좋겠다. 그래도 매일 보지?"

"네. 언니는 안 그래요?"

"나야 뭐. 매일은 못 보지. 걔도 복학했고 사는 데도 좀 떨어져 있고……. 아. 만나려고 하면 다 만나긴 하니까 핑계긴 한데."

"……."

"내가 걔 더 좋아하는 거 알고 시작했는데 요즘은 좀 짜증 나. 내가 먼저 연락 안 하면 연락도 없다니까."

지서가 가끔 애인 얘기를 하긴 해도 이렇게 본격적으로 한 건 처음이었다. 뭐라 할 말을 찾지 못한 하진이 눈만 깜빡이는데 지서가 멋쩍게 웃더니 화제를 돌렸다.

"참, 하진아. 언제 한번 우리 밖에서 같이 밥 먹자. 매번 말만 하고 못 먹었잖아."

"아, 네."

"언제가 좋아? 알바 끝나고가 편하긴 하지?"

아니면 주말? 금세 눈을 빛내는 지서 앞 하진은 잠시 고민했다. 평일이든 주말이든 일단 제가 집을 비우면 한석이 혼자 밥을 먹을 텐데…….

애도 아니고 어떻냐 싶다가도 혼자 있을 저를 생각해 그 흔한 술 약속 하나 안 잡고 꼬박꼬박 집에 오는 한석을 알아 마음이 좀 그랬다. 그렇다고 못 간다고 하기에도 애매해 고민하는데 마침 손님이 들어오는 게 보였다. 이따 얘기하자, 지서가 조그맣게 덧붙이기에 그냥 고개만 끄덕였다.

* * *

한가하던 오전과는 달리 점심을 먹고서는 꽤 바빴다. 언제나처럼 부지런히 움직이던 하진이 잠깐 한숨 돌리던 찰나, 지서의 호기심 어린 목소리가 들렸다.

"근데 아까부터 저 차 뭐야?"

"왜요?"

"아니, 계속 여기에 있네. 한 두 시간은 있었던 것 같은데."

시동도 계속 켜져 있다며 직전 옆 건물에 배달을 다녀온 지서가 종알거렸다. 아닌 게 아니라 커다란 통창 문 너머 길가에 계속 대 있는 외제 차가 눈에 띄기는 했다. 잠깐 뺏겼던 시선은 이내 다시 밀려드는 주문에 다시 거두어졌다. 별다를 것 없는 오후였다.

일이 끝나면 내내 긴장하고 있던 몸에 탁 힘이 풀렸다. 내일 보자며 손을 흔드는 지서에 마주 인사한 하진이 횡단보도 앞에 섰다. 지서도 집이 걸어서 10분 거리인 이 근처였는데 하진과는 반대 방향이었다.

'이 차 아직도 있네.'

대수롭지 않게 생각하며 외투 주머니 속에서 핸드폰을 막 꺼내던 찰나. 빵! 얕게 클랙슨을 울리는 차에 놀란 하진이 옆을 돌아보았다. 그리고.

"……!"

차 문을 열고 내리는 남자를 본 순간 하진은 너무 놀라 그대로 굳어 버렸다. 일반적인 그 나이대 평균 남성보다 훨씬 큰 키에 다부진 인상. 칼같이 각 잡힌 정장 차림, 늘 제게 무표정한 얼굴로 일갈했던 수많은 기억들이 선명한 사람.

'아빠.'

예상치 못한 등장에 하진은 패닉에 빠졌다. 아빠가 차에 타라는 듯 손짓을 했지만 하진은 이러지도 저러지도 못하고 그 자리에 붙박인 듯 서 있기만 했다. 결국 성큼성큼 다가온 남자가 하진 앞에 섰다. 하진의 시선이 방황했다.

"뭐 하냐. 안 타고."

1년 하고도 3개월. 부녀가 떨어져 있던 시간이 무색하게끔 아빠는 태연했다. 그들에게 드문드문 쏠리는 오가는 행인들의 시선을 알아차리지 못한 하진이 주춤거리다 입술을 뗐다.

"……어디 가는데요?"

"……."

무정한 얼굴에 찰나 동요의 빛이 스쳐 지나갔다. 깊은숨을 한 번 들이쉰 아빠가 갑자기 하진을 끌어안았다.

"정말 다 나았구나."

"……."

놀란 하진의 입이 조금 벌어졌다. 아빠가 저를 이렇게 안아 준 적이 있었나? 물론 꽉 안은 건 아니고 가벼운 포옹 정도긴 했지만. 생각해 보니 아빠는 제가 말하는 것을 나름 오랜만에 봤으니 그럴 수도 있나 싶었다.

"가긴 어딜 가냐. 집에 가야지."

그러나 이내 덧붙여진 말에는 심장이 내려앉았다. 하진은 퍼뜩 아빠에게서 몸을 떼고 똑바로 시선을 맞췄다. 그제야 제대로 바라본 아빠의 얼굴이 기분 탓인지 조금 상한 것도 같았다.

"……저 집에 안 갈 건데요. 이제 여기서 계속 살 거예요."

"뭐?"

황당하다는 듯 터진 벼락같은 소리에 하진은 움찔했다. 따지고 보면 그랬다. 딱히 뭐 하나 무서울 게 없는 제게 유일한 공포는 기분파인 아빠였다.

예측할 수 없다는 것. 아무리 잘해도 욕을 먹는 날이 있고 반대로 의도치 않은 잘못을 해도 기분이 좋으면 그럴 수도 있다고 넘어가 버리는 일관적이지 못한 태도는 하진의 끝없는 불안의 원천이었다. 그래서 아빠의 얼굴만 보면 예전부터 저절로 몸이 빳빳하게 긴장되고 숨이 막혔다.

"저, 안 간다고요."

그래서 지금 제 입에서 당당하게 나오는 말이 저조차도 당황스러웠다. 이대로 차에 타면 다시는 돌아오지 못할지도 모른다는 생각이 무서움을 이긴 거였는지도 모른다.

하진의 말에 아빠가 기가 찬다는 표정으로 팔짱을 꼈다. 일순의 다정함을 지우고 어느새 하진이 알던 예전의 모습으로 완벽하게 돌아온 모습이었다.

"안 가면, 어쩌려고?"

"……."

"일단 타라, 할 얘기는 들어가서 해. 싫다는 애 억지로 끌고 갈 마음 없으니까."

그래도……. 망설이던 하진은 문득 손안에 울리는 핸드폰 진동에 흠칫했다. 한석이었다. 순간 한석이 제가 연락이 안 되면 카페 쪽으로 올 수도 있다는 생각이 들었다. 혹시라도 아빠와 한석이 만나는 것은 어떻게든 피하고 싶었다.

정말 미안하지만 차라리 한석이 조금 걱정하는 게 나았다. 잠깐이면 되겠지, 핸드폰 전원을 꾹 눌러 끈 하진은 떨어지지 않는 발걸음을 떼 차 조수석으로 향했다.

＊ ＊ ＊

은은한 향이 풍기는 고급스럽기 그지없는 널찍한 세단 내부가 도무지 적응이 되지 않았다. 설마 이대로 서울로 올라가는 건 아니겠지. 불안하게 눈을 굴리며 벨트도 안 매고 앉아 있는데 아빠가 갑자기 쯧, 혀를 찼다.

"옷 입은 꼴이 그게 뭐냐? 어디 집에서 내놓은 애같이."

내 옷이 어때서? 하진은 얇은 패딩과 청바지, 운동화 차림의 저를 괜히 쓱 훑었다. 다 한석이 새로 사 준 지 얼마 안 되어서 새것이었고 깨끗했다. 짙은 한숨을 내쉰 아빠가 차를 출발시켰다. 망설임 없이 한석과 저의 집 쪽으로 향하는 차에 하진의 눈이 커졌다.

"그냥 가도 상관없겠지만 혹시 모르니까. 짐 같은 거 있으면 가지고 나와라. 그런 거적때기 같은 거 말고, 따로 중요한 게 있을 수도 있잖아."

"집에 안 간다니까요?"

중요한 것 따위는 있지도 않은 하진이 다시금 제 의견을 피력할 때였다. 한숨이 섞인 목소리가 하진의 말문을 막게 했다.

"엄마 기다린다."

"……."

"오늘도 따라온다는 걸 겨우 말려서 집에서 쉬게 했다. 몸살이 꽉 들어서 어딜 간다는 건지."

하진이 침묵하는 사이 익숙한 골목 언저리에 차가 섰다. 작은 슈퍼와 원룸 건물 사이 정차한 아빠가 못마땅한 기색을 숨기지 않으며 밖을 훑어보았다.

"네 엄마가 너 이런 데서 지냈다는 거 알면 까무러치겠다. 안 데리고 오길 다행이지. 번거로워도 내가 직접 운전하고 온 보람이 있다. 이런 꼴을 누구한테 보여 줘? 다들 돈 받고 일하는 사람들이니 대놓고 말은 못 해도 속이 있는데."

특유의 빈정거림이 묻은 타박을 듣던 하진은 불쑥 물었다.

"아기는요?"

갑자기 왜 그런 걸 물었는지는 저도 모른다. 다만 아빠가 엄마를 입에 올리자 그 생각부터 났다. 하진의 말에 아빠의 얼굴이 순간 싸늘하게 굳었다. 하진을 한 번 보고, 다시 천천히 창밖 어딘가로 시선을 주었다.

"넌 내가 원망스러웠겠지만."

가라앉은 목소리에 기분이 이상해졌다. 기분 나쁘게 빠르게 뛰는 심장 박동을 애써 누르며 하진은 이어지는 말에 온 신경을 집중했다.

"딸이 이런 거지 같은 데서, 어디서 굴러먹다 온 건지도 모를 놈팡이랑 살림 차려 살고 있는데 가만있을 부모가 어디 있겠냐. 그런데 네 엄마 상태가 워낙 안 좋아서 그럴 수가 없었어."

아빠가 날 데려온다고 해서 싫어했던 걸까. 이곳과 한석을 비하하는 말에 순간 울컥하면서도 마음 한구석이 아프게 시려 오던 찰나.

"엄마, 유산했다."

"……!"

어떻게 그런 일이……. 한 번도 생각해 보지 않았던 일에 충격을 받은 하진의 눈빛이 세차게 흔들렸다. 이어지는 목소리는 담담했다.

"6개월 좀 넘어서였나. 그렇게 조심한다고 했는데 세상에 인력으로 안 되는 일이 있는 건 어쩔 수 없나 보더라. 안 봐도 너도 알겠지만 엄마가 속이 속이었겠냐? 안 그래도 몸도 약한 사람이 완전히 무너졌었어. 울다가 실신을 습관처럼 해서 입원까지 할 정도로. 곁에서 보는 나도 힘들었는데 본인은 더 말할 것도 없겠지. 애를 그렇게 기다려 왔었으니까."

알고 있다. 엄마의 간절한 바람을. 그렇게 염원했던 아기를 잃어버린 엄마의 마음이 감히 짐작도 되지 않아 하진은 고개를 떨구었다.

"지금은 많이 괜찮아졌어. 그래도 단단한 면이 있는 사람이라 잘 털고 일어났고, 걱정할 것 없이 잘 지내고 있다."

아무리 시간이 약이라지만 아빠의 말을 고스란히 믿기 어려웠다. 그 언젠가 네 아빠는 엄마가 병원에 가는 돈만큼은 주기 싫어한다고 말하며 울먹이던 엄마의 모습이 왜 갑자기 떠올랐을까? 여전히 고개를 들지 않는 하진에게 착잡함을 채 숨기지 못한 목소리가 내려앉았다.

"……네 엄마가 벌받는 것 같다고 하더라. 너를 그렇게 보내는 게 아니었다고, 무슨 일이 있어도 잡았어야 했는데 그때 자신도 모르게 들뜨고 경황없는 통에 너를 보낸 게 그렇게 후회된다고."

그렇게 착한 사람이야, 아빠가 다시금 혀를 내둘렀다. 하진의 눈이 천천히 깜박였다.

"가자, 하진아."

이어진 말이 놀랄 정도로 부드러워 하진은 저도 모르게 고개를 들었다. 여전히 별다른 표정 없는 얼굴이지만 날 서 있지는 않다.

아빠도 큰 편이지만 키도 골격도 더 큰 한석을 매일같이 봐서인가 아빠가 예전보다 작게 보였다. 마주한 모습이 지독하게 낯설었고 또 그렇게 여기는 자신이 이상했다. 아무리 그래도 계속 같이 살았던 건 아빠인데 이렇게 어색할 수가.

"처음에, 네가 그딴 놈하고 같이 산다는 걸 알았을 때는 눈이 다 뒤집히더라. 당장 끌고 오려는 것을 네 엄마가 말려서 겨우 참았는데…… 따지고 보면 그런 걸 임신한 사람한테 다 얘기한 내 잘못이지. 어쨌든 말도 터졌다는 걸 보면 마음 편한 게 아니냐고, 좀 더 내버려 두고 동생 태어나면 데리고 오자고 하기에 그러자고 했었는데. 못 고친 병을 고쳤다니까 나도 거기서는 일단 할 말이 없었고."

"……."

"암튼 다시 시작하면 된다. XX 건설 아들내미, 이번에 사고 거하게 쳐서 그거 수습하느라 난리더라, 그에 비하면 내 선에서 덮을 수 있는 넌 나은 편이지. 괘씸해도 하나뿐인 자식 아니겠냐? 집에 가는 순간부터 이제 여기서 있었던 일은 언급도 안 할 거다. 너도 싹 다 털어 버리고 새로 시작해. 생각해 보면 굳이 한국서 대학 나올 필요도 없지. 내가 그동안 너를 너무 애지중지 집에서만 싸고돌았던 게 문제였나 혼자 돌아보기도 했다. 암튼 돌아가면 진로 문제는 더 생각해 보자, 뒤처진 만큼 또 열심히 따라와야지."

불현듯 실소가 나왔다.

그게 가능할까? 한석과의 모든 날을 지우고 아무 일도 없었던 것처럼 살아가는 것이? 아빠는 애초에 제가 왜 한석을 따라왔을까 하는 데에는 한 번도 고민하지 않은 것 같았다. 짐짓 나긋하게 흘러나오던 굵직한 목소리가 대답 없는 하진에 조금 날카로워졌다.

"그래도 그렇지 어떻게 부모한테 연락을 한 번 안 하냐? 번호 싹 바꾸는 싸가지는 또 어디서 배웠고? 사춘기 때 안 하던 반항을 다 커서 하는 거라고 좋게 생각하다가도 한 번씩 어찌나 열받던지. 자식이 잘못된 길로 가는데 보고만 있는 부모가 어디 있겠냐? 믿는 구석 있는 것처럼 돈도 안 가져가더니 여기서 이런 고생이나 하고 있고. 그 새끼가 돈 벌어 오라고 시키던?"

"아니요."

쏟아지는 말을 가만히 듣고 있던 하진이 처음으로 입을 열었다. 아빠의 눈썹이 꿈틀거렸다.

"제가 하고 싶어서 했어요. 그리고…… 한석이한테 새끼라고 하지 마세요."

"뭐?"

"……."

아빠의 입에서 황당하다는 소리가 터졌다. 한 번도 아빠에게 그런 식으로 말한 적 없는 하진이었다. 물론 당연히 딸이 아빠에게 할 수 있는 선의 말이지만 반대가 곧 반항이 되는 집안에서 그런 종류의 언행은 허용되지 않았다.

반사적으로 몸을 움츠리면서도 하진은 일면식도 없는 아빠에게 그런 말을 듣는 한석을 향한 깊은 죄책감을 느꼈다.

"어디 아빠한테 그딴 말을 해? 미친 거 다 나은 줄 알았더니, 완전히 물이 잘못 들어서 왔네. 이거."

곧바로 돌아오는 화살 같은 폭언에 하진은 차라리 안도했다. 안도라는 표현을 쓰는 것이 옳을지는 모르겠으나 아주 약간, 정말 미세하게나마 동요했던 마음을 아빠가 다잡아 준 것 같아서. 당연한 말이지만……

아빠는 변하지 않았다. 앞으로도 변하는 것은 아무것도 없을 것이다. 이 잠깐 나누는 대화 같지 않은 대화에서조차 몇 번이나 마음을 난도질당했나. 한 번 당한 걸로 족하다. 그 집에서 어떻게 벗어났는데.

"이제 저도 성인이고 제 앞가림 혼자 할 수 있어요. 아빠 말대로 저 여기서 나왔어요, 집에 다시 가고 싶지 않아요. 지금 여기서 행복하고 마음 편해요. 공부도 하고 있으니까 이번에 수능 보고……"

"박하진!"

막연한 두려움에 얕게 몸을 떨면서도 제 할 말을 하던 하진이 서릿발 같은 음성에 흠칫했다.

"너 정신 안 차릴래?"

"……."

"아빠가 이렇게 찾아왔으면 아무 말 없이 죄송합니다, 하고 얼른 따라가야지, 뭔 헛소리를 길게 늘어놓는 거냐? 공부를 여기서 한다고? 기가 막혀서. 인생 망치는 거 한순간이야. 이러다가 아빠가 정말 너 자식으로 안 치면 어떻게 하려고 이러냐? 아무리 어리다고 해도 기본적인 머리는 돌아가야지."

저를 노려보는 상대 앞 하진은 숨조차 제대로 쉴 수 없었다.

"너랑 산다는 그놈, 부모도 없고 하루 벌어 하루 먹고사는 일용직이던데. 그런 머가리 빠진 놈이랑 네가 가당키나 하냐? 학교 다닐 때도 폭력으로 말이 많았던데 그런 놈이 너는 안 때릴 것 같아?"

격양된 목소리 너머 한없이 한심해 죽겠다는 눈빛이 하진에게 내려앉았다.

"그런 애들일수록 얼마나 지 이득 굴리는 머리가 비상한 줄 알아? 아빠라는 배경 없어지면 너한테 금방 본색 드러낼 거다. 지금 내가 얼마나 참고 어떤 심정으로 왔는지 알기나 해? 그냥 아빠가 밉고 무섭다는 생각만 하고 도망 나왔겠지, 우리 회사 들어오려고 아등바등 애를 쓰는 사람이 지천으로 널렸는데 너는 그냥 손에 쥐여 주겠다는데도 이딴 데 뒹굴고 있으니 얼마나 멍청하냐."

말을 마친 아빠가 답답하다는 듯 한숨을 길게 쉬었다. 여전히 바닥만 응시하고 있는 하진의 얼굴은 무섭게 질려 있었다. 그 순간 하진은 직감했다. 어쩌면 이게 또 다른 선택의 기로라는 것을.

그러나 망설일 필요는 없었다.

아예 몰랐으면 모를까, 이제 자신은 알아 버렸다. 늘 학교 마치고 집에 들어가며 느끼던 희미한 정체 모를 우울과 불안. 가장 편해야 할 곳에서 느끼는 불편함.

한때는 그게 정말 제가 나빠서 그런 건가 헷갈렸던 때도 있으나 지금은 안다. 반복되는 평온한 일상에서 오는 안정을, 아무리 사소한 것이라도 제 감정에 귀 기울여 주는 상대가 있다는 데에서 오는 행복을. 부모에게도 못 받아 본 맹목적인 애정을 퍼붓는 남자 앞에서 자신은 매 순간 위로받았다.

"집에 가면 또다시 힘들어질 것 같아요. 말이 나오지 않는 걸 넘어서 더 정신이 이상해질 것 같아요. 특히 아빠랑 있으면요."

"……뭐?"

"전 지금이 좋아요. 나중에 후회할 일 생겨도 절대 아빠 원망 안 할게요. 저 그냥 없는 딸이라고 생각하고 이제 찾아오지 마세요. 죄송해요."

최대한 아무렇지 않게 말하려 노력했으나 목소리가 덜덜 떨리는 게 하진에게도 고스란히 들렸다.

사실은 좀 더 논리 정연하게 제 마음을 보이고 싶었으나 학습된 두려움을 이겨 내지는 못했다. 이대로 아빠가 저를 서울로 데리고 가서 가둬 놓을지도 모른다는 생각에 다리가 뻣뻣하게 굳는 것 같았다.

"가 볼게요."

말을 마치기가 무섭게 하진은 차에서 내렸다. 하진아! 박하진! 뒤따라 차에서 내린 아빠가 저를 부르는데도 정신없이 발걸음을 옮겼다. 뛰고 싶은데 차마 그러지도 못하고 빠른 걸음으로 언덕길을 올라가던 순간.

'……아.'

집 앞에 비스듬히 서 있는 남자를 발견한 하진의 눈이 커졌다. 쫓기듯 다급했던 걸음이 뚝 멎었다. 언제나처럼 작업복 차림에 조금은 흐트러진 모습. 그러나 지독히 무표정한 얼굴로 저를 보는 한석의 눈빛이 가슴속에 박혔다.

어디서부터 보고 있었던 걸까?

"저 새끼냐?"

그러나 하진의 생각이 이어질 새도 없이, 등 뒤에서 들려오는 서슬 퍼런 소리에 심장이 내려앉았다. 아니……. 무의식적으로 입술을 달싹여 봤자 소용없었다. 말릴 새도 없이 성큼성큼 다가온 아빠가 그대로 한석의 얼굴을 주먹으로 내리쳤다.

"악!"

놀란 하진의 입에서 외마디 비명이 새어 나왔다. 퍽, 소리가 날 정도로 큰 충격에 한석의 얼굴이 옆으로 돌아갔다. 눈앞에서 일어난 일이 믿기지 않아 그대로 굳어 버린 하진과는 다르게 맞은 한석은 오히려 태연했다. 눈 하나 깜짝하지 않고 그대로 저를 보는 한석의 눈빛에 오히려 때린 상대가 움찔했다.

얼핏 무감한 것 같지만 채 숨기지 못한 분노로 잘 벼려진 그

것. 괘씸하기 그지없어 한 대 더 내려칠까 하다 관두고 경멸의
눈빛으로 한석을 바라보았다.

"양아치 같은 새끼가 눈빛하고는."

혈기 왕성했던 어린 시절 가끔 험한 치들도 만나 봤던 그는
딱히 눈앞의 새파랗게 젊은 남자에게 위협을 느끼지는 못했지만
뭐라 말할 수 없는 기분은 들었다. 생각보다 만만치는 않을 것
같다는 본능적인 감.

고작 이런 애송이를 상대로 그런 것을 느꼈다는 은연중 자괴
감에 그의 목소리는 더 커졌다.

"순진한 애 꼬드겨서 이러고 있으니까 좋아? 하진이가 누구
딸인 줄은 알지?"

"그만해요!"

혹시 또 아빠가 손찌검을 할까 싶어 하진은 한석의 앞을 막아
섰다. 하, 아빠가 어이없다는 눈으로 하진을 바라보았다.

"박하진, 너 계속 이렇게 또라이 짓 할래?"

"한석이는 잘못 없어요. 제가 한석이 좋아서 그러는 거예요.
그리고 한석이 아니더라도 아빠 따라갈 일은 절대 없어요. 또
때리면…… 경찰에 신고할 거예요."

"뭐, 신고?"

아빠의 목소리가 높아졌다. 하진이 어깨를 움츠리는데 뒤에서
누군가 크흠, 크게 헛기침을 하고 지나가는 게 보였다. 오며 가
며 안면이 있는 미용실 사장 남편이었다.

물론 제 아빠는 진짜 경찰이 와도 눈 하나 깜빡 안 할 사람이

라는 것은 하진이 더 잘 알았다. 화를 참지 못한 아빠의 얼굴이 무섭게 일그러졌다. 하진은 저도 모르게 뒷걸음질했고 그런 그녀를 단단한 품이 감쌌다. 자연스럽게 이끌어 하진을 제 뒤에 놓는 한석의 행동에 앞에서 같잖다는 한숨이 흘러나왔다.

"진짜 내가 딸을 잘못 키웠구나."

"……."

하진은 미친 듯이 뛰는 심장을 진정시키려 애썼지만 쉽지 않았다. 둘을 번갈아 본 아빠가 거칠게 머리를 쓸어 넘겼다.

"마지막으로 딱 한 번만 물으마. 내가 한번 마음먹은 건 절대 바꾸지 않는다는 건 하진이 네가 더 잘 알겠지. 지금 아빠 따라가지 않으면 다시는 정말 평생 연락하지 않을 거다. 내가 먼저는 말이야."

제 눈을 똑바로 바라보는 아빠의 목소리는 무섭도록 차분했다. 지금까지 으박질렀던 것이 무색하게 고요하게까지 느껴졌다.

"별수 있겠냐? 그래도 자식인데 네가 울면서 찾아오면 받는 주겠지. 아마 그리 멀지 않은 날일 거고. 어디서 굶어 죽는 꼴은 못 볼 것 같으니까 말이다. 하지만 그때는 많은 것이 달라져 있을 거야. 왜냐면 이 시점에서 너는 내 딸이 아니게 되는 거니까. 네가 내 딸이어서 주었던 수많은 것들을 더는 누리게 될 수 없을 거다. 무슨 말인지 알겠지? 아빠 인내심은 여기까지다. 당장 차 타."

순간 하진의 가슴속 극심한 파도 같은 무언가가 몰아쳤다. 제 선택이 옳았음을 알면서도 필연적으로 느끼는 두려움. 그것은 언젠가 한석의 손을 잡고 떠날 때와 닮아 있는 것도 같았다.

하진은 저도 모르게 한석을 올려다봤다. 여전히 속내를 알 수 없는 싸늘하니 무심한 얼굴. 그러나 이제 하진은 그 안에 날뛰는 수만 갈래 마음을 안다. 하진은 마음을 굳게 먹었다.

"안 가요."

"……."

"제가 집에 다시 갈 일은 절대 없어요. 후회하더라도 돌아가지 않을 거예요."

무거운 정적이 흘렀다. 아직 밖은 훤한데 자꾸 눈앞이 캄캄해졌다. 침묵이 이렇게 목을 죄어 올 수 있다는 것을 처음 알았다. 하진의 숨이 자꾸 가빠지던 찰나.

"그래. 알겠다. 다신 찾아오지 않을 테니까 네 멋대로 한번 살아 봐라."

어쩐지 허탈하게 들리는 말끝 덧붙인 아빠의 말에 하진은 또다시 가슴이 철렁했다.

"하진이 넌 들어가고…… 잠깐 얘기 좀 하지?"

턱짓으로 한석을 가리키는 말에 하진의 눈이 커졌다. 왜요? 곧바로 물었지만 아빠는 요지부동이었다. 안 들어가고 뭐 하냐고 높아지는 음성에 움찔하는데 어깨를 한 번 부드럽게 쥐었다 놓는 손이 느껴졌다.

"들어가 있어. 금방 갈게."

"……."

얼른, 나직하지만 힘 있는 채근에 결국 하진은 뒤돌아 집 안으로 향할 수밖에 없었다. 마지막까지 마음이 놓이지 않아 뒤를 돌아봤지만 한석의 너른 등 너머 곧바로 문은 닫혔다.

서둘러 집 안으로 들어온 하진은 침대로 쓰는 매트 위 작은 창을 조금 열고 저만치 밖을 바라봤다. 혹시나 아빠가 한석에게 또 손찌검을 하면 곧바로 내려갈 생각이었다. 절대 만만치 않은 한석이 어떻게 나올지 내심 그 부분도 엄청나게 걱정스러웠고.

그러나 의외로 밖은 조용했다.

말소리까지 들리지는 않았지만 아빠 혼자 계속 말을 하는 듯했고 뒷모습만 보이는 한석은 그저 듣고 있다는 느낌이었다. 그 모습을 전전긍긍하며 지켜보는데…… 문득 목구멍에서 뜨거운 것이 울컥 차올랐다.

머리부터 발끝까지 고급으로만 빼입은 아빠 앞 작업복 차림의 한석을 보는데 왜 이렇게 가슴이 저미는지. 저로 인해서 안 들어도 될 온갖 험한 말들을 듣고 있을 남자가 너무 가엾고 안쓰러웠다.

결국 하진은 북받치는 감정을 어찌하지 못하고 베개에 얼굴을 묻고 조금 울었다. 제가 이렇게 눈물이 많은 사람인 것을 한석과 살면서 알게 되었다. 그 와중 자꾸 들쭉날쭉한 숨이 심상치가 않았다.

놀라서 그런 걸까? 눈을 꽉 감고 자꾸 북받치는 호흡을 크게 들이마셨다 내쉬었다 하기를 얼마나 했을까.

"……!"

문밖 키패드가 눌리는 소리에 하진은 벌떡 자리에서 일어났다.

달려가듯 한석의 앞에 서니 그가 눈을 조금 찡그린 채 웃었다.

"뭘 이렇게 울었어?"

눈물이 엉겨 붙은 눈가를 쓰다듬는 손길이 다정했다. 하진은 멍하니 한석을 올려다봤다. 입가가 터져 피가 났던 것이 그제야 보였다. 하진의 눈빛이 세차게 흔들렸다.

"또 맞았어?"

"아니."

어깨를 으쓱한 한석이 하진을 한 번 꽉 안아 주고는 집 안으로 들어왔다. 하진은 다시 물었다.

"아빠가, 뭐라고 했어?"

"몰라."

"뭐?"

"그냥 듣는 척했어. 어차피 중요하지도 않은 얘기잖아."

별다를 것 없는 투로 말한 한석이 작업복을 벗었다. 너무 태연한 태도에 오히려 하진이 당황했다. 더러운 작업복을 빨랫감이 있는 곳에 대충 던져 놓은 한석이 하진을 힐긋 보았다.

"그래도 이젠 정말 오지 않을 것 같더라."

"……."

툭 말을 뱉은 한석이 하진을 향해 팔을 벌렸다. 이끌리듯 그의 품에 안긴 하진을 꼭 끌어안은 그가 하진의 어깨를 감싼 손에 아프게 힘을 주었다. 욱신거릴 정도로 강한 힘이었지만 하진은 거부하지 않았다. 그렇게 한동안 부둥켜안고 있었다.

언제나처럼 따뜻한 품. 하지만 분명 상처받았을 그를 어떻게,

어디에서부터 위로해야 할지 모르겠다. 거기에 채 해소되지 못한 제 감정까지도. 모든 것이 혼란스러운 와중 그의 목소리가 귓가에 또렷이 박혔다.

"왜 안 간다고 했어?"

"······어?"

갑작스러운 질문에 되묻는 하진의 등을 커다란 손이 부드럽게 쓸어내렸다.

"다시 안 온다고 했잖아. 나중에 돌아가도 딸 취급 안 해 준다는 말, 진심인 것 같던데."

담담하게 흘러나오는 목소리를 잠자코 듣고 있던 하진이 힘주어 그의 품에서 벗어났다. 순순히 하진을 놓아준 한석이 가만히 하진을 보았다. 터진 입가가 자꾸 눈에 거슬렸다. 마음이 욱신거렸다.

"왜 당연한 걸 물어봐?"

"······."

"너를 좋아하니까 그렇지. 같이 있고 싶으니까."

그새 핼쑥해진 얼굴로 분명하게 제 마음을 전하는 하진을 한석이 묘한 눈으로 바라보았다. 어쩐지 탐색하듯, 속을 읽어 내릴 듯 기민하고 집요한 시선. 그 미묘한 감을 알아차린 하진이 멈칫했다. 왜 저런 표정이지?

분명 제가 이렇게 말하기를 원했을 거라고 생각했는데. 물론 진심이지만, 어쨌든 한석이 기꺼워할 거라고 여겨서 한 말인데······. 미약하게 흔들리는 눈빛을 뚫어지게 응시하던 그가 잠시 후 한숨 같은 말을 뱉었다.

"그 마음, 바뀌지 마."

"……."

"그럴 수 있게 내가 더 잘할 테니까……."

그럴 필요 없다는 말은 다가오는 더운 숨결에 삼켜졌다. 답지 않게 조심스럽게 파고든 그가 하진의 입술과 혀를 천천히 빨았다. 느릿하고 가만한 움직임에 심장이 직전까지는 다른 양상으로 뛰었다.

위로할 사람은 자신인데 오히려 위로받는 기분. 쏟아지는 나긋한 키스를 아직 가쁜 숨으로 천천히 받아들이는데 불현듯 막혔던 숨통이 트이는 것 같았다.

으응, 하진은 응석을 부리듯 낮게 신음하며 한석의 허리께에 팔을 감았다. 그런 하진을 한쪽 팔로 단단히 지탱한 한석이 그와 사뭇 어울리지 않는 입맞춤을 이어 나갔다. 느리지만 진득하게 입 안을 훑는 뜨겁고 축축한 혀에 하진은 저도 모르게 안도했다.

'어쩔 수 없는 일이었잖아.'

어쩌면 한 번은 일어나야 했을 일인지도 몰랐다. 차라리 잘됐다고, 속이 후련하다고 그런 생각을 했다. 한석도 아마 그렇게 생각할 거라 여기니 속이 조금 편해지는 것도 같았다. 어스름한 어둠이 깔리는 방 안, 둘은 그렇게 서로의 숨결을 주고받으며 각자의 마음을 달랬다.

그날 밤 하진은 평소보다 늦게 잠들었다. 원래는 밤 10시만

되어도 눈에 졸음이 가득해 책상에 앉아 있곤 했는데, 오늘은 자정이 넘도록 뒤척이다 한석의 품에서 겨우 잠이 들었다. 여느 때와 다름없는 고른 숨소리를 들으며 한석은 습관처럼 하얀 볼에 짧게 입을 맞췄다.

길고 긴 하루였다.

마음의 준비는 늘 하고 있었지만 맞닥뜨린 하진의 아버지는 예상보다 더 입이 더러웠다. 뭐, 그건 어디까지나 일반적인 기준에서고 이제는 죽고 없는 제 아버지는 입에 걸레를 물고 사는 사람이었으니 딱히 놀랄 건 없었다.

단지 차이를 찾자면 뇌를 거치지 않고 상스러운 욕을 달고 살았던 아버지와는 달리 하진의 아버지는 거친 말을 하는 와중에도 교묘하게 상대를 뒤흔드는 말을 잘한다는 것 정도랄까?

'잠이나 자자.'

떠올리는 것만으로도 또 기분이 더러워졌다. 애써 하진을 안고 잠을 청해 보지만 어수선한 마음에 한석이라고 쉬이 눈이 감길 리가 없었다. 고요한 적막 속 몇 시간 전 들었던 칼날 같은 말들이 머릿속에 불쑥불쑥 떠올랐다.

"하진이, 네가 잘 설득시켜서 집으로 보내."

대놓고 하대하는 말투에 날이 설 틈도 없었다. 하진이 들어가는 것을 확인하자마자 그녀의 아버지가 제게 건넨 것은 흰 봉투였다. 안 봐도 뭐가 담겨 있는지 알 것 같은. 한석은 어이가 없어 피식 웃었다. 씨발.

"됐습니다."

웃은 것은 상대도 마찬가지였다.

"야, 이게 얼만 줄 알고 꼴에 자존심을 부려."

"……."

"비밀 보장하는 값까지 쳐서 넉넉하게 넣었으니까 줄 때 재깍 받아. 너 같은 놈이 평생 일해도 못 만져 볼 돈이니까."

여전히 미동도 없이 서 있는 한석을 보고 그가 인상을 확 찌푸렸다.

"이런 무식한 새끼가……. 너처럼 변변치 않은 놈 인생 망치게 하는 건 나한테 일도 아니야. 순진한 애 꼬드겨서 여기까지 온 것만 해도 당장 뒤엎어 버리고 싶은데 하진이랑 애 엄마 봐서 참는 거라고. 또 충격받아서 말 안 나온다 어쩐다 하면 골치 아프니까. 어차피 밑바닥인 놈 불쌍하게 여겨서 돈까지 쥐여 주는데 어디서 뻔뻔하게 고개를 쳐들고 안 받는다고 해?"

쏟아지는 말을 가만히 듣고 있던 한석이 등을 꼿꼿이 폈다.

"얼마를 갖고 와도 하진이 안 보낼 겁니다. 하진이가 간다고 해도 못 보내고요."

"뭐?"

이런 건방진 놈이, 거친 말과 함께 또다시 날아오는 주먹을 한석이 가볍게 잡았다. 하진 앞에서야 순순히 맞아 줬지만 지금은 딱히 그럴 마음이 없었다. 나이치고는 생각보다 악력이 있긴 했으나 원체 힘이 타고난 한석에게는 댈 것이 못 되었다.

"야, 안 놔?"

주먹이 잡힌 채 이를 바득 가는 추한 모습을 묵묵히 보던 한석이 홱 손을 놓았다. 찰나 손목을 홱 비틀어 꺾어 버리고 싶다는 강한 충동이 올라왔지만 하진을 생각하며 필사적으로 참았다.

"이래서 못 배운 새끼들하고는 엮이면 안 돼. 아예 대화 자체가 안 되잖아? 후레아들 놈이 건방지게 눈 똑바로 뜨고 쳐다보는 꼴 하고는."

"……."

"집 나오면 아무것도 할 줄 모르는 애 데리고 네가 뭘 할 것 같아? 나중에 둘이 찔찔이 굶어 죽지나 않으면 다행이지. 내가 이 회사를 어떻게 키웠는데? 저렇게 나약해 빠져 가지고 사람 보는 눈도 지지리도 없는 애한테 넘겨주려고 했던 게 실수였지. 나는 고리타분하게 꼭 자식에게만 물려줘야 한다는 사람 아니야. 회사가 중요하지."

노골적으로 비아냥대는 남자의 낯이 볼썽사납게 일그러졌다.

"부모도 없고 고졸에다 하루 벌어 하루 먹고사는 등신 같은 새끼가 언감생심 우리 딸을 탐내? 너 혹시라도 나중에 하진이 등쳐 먹을 생각은 꿈도 꾸지 마라, 아까도 얘기했지만 이제 나는 박하진 딸로 생각 안 하니까 거지 같은 네 새끼가 얻어먹을 건 하나도 없을 거란 얘기야."

어떤 말을 해도 한석이 반응이 없자 그는 더 분노했다. 나중에는 분이 안 풀려 미친 듯 욕만 쏟아 내기도 했다. 아무리 명품으로 쫙 치장하고 있어도 하는 것이 그러니 절대로 한 기업체의 수장같이 보이지는 않았다.

어떻게 협박해도 한석이 마음을 돌릴 것 같지 않다고 느꼈는지 나중에는 돈 봉투를 정장 바지에 아무렇게나 쑤셔 넣은 채 삿대질까지 하며 상스러운 말을 쏟아부었다. 한석은 대꾸하지도 않았지만 피하지도 않고 그 모든 것을 가만히 눈앞에서 지켜보았다.

뭐, 이해한다.

평생을 높은 데서 부족함 없이 살았던 저 사람 눈에 제가 어떻게 보이겠는가. 당연한 말이지만 저를 완전히 무시하고 있겠지. 아마 저를 자신과 같은 사람이라고 취급하지도 않을 것이다. 인간 이하로 여기고 무시하니까 이런 식으로 할 수 있는 것이다.

상관없었다. 눈앞의 미친 새끼가 뭘 떠들든지 알 바 아니었다. 하진과 계속 있을 수 있다면. 어차피 자존심이나 수치심 같은 얄팍한 감정들은 진작에 내려놓고 살지 않았는가. 현실을 부정하는 것보다 받아들이는 것이 차라리 낫다는 걸 안 후로 말이다.

그러니까 정말로, 아무렇지도 않았다.

……정말로.

"지금은 하진이, 저 바보 같은 놈이 그저 집 나와서 좋은 마음에 이런 곳도 좋다고 너랑 있겠지."

어느 순간, 한동안 악에 받쳐 제멋대로 퍼붓던 남자가 제풀에 지쳤는지 목소리를 조금 낮췄다.

"막말로 네가 혼자 진심이라고 붙들고 있어 봤자 하진이는 너 못 견뎌. 네가 아무리 싸고돌고 난리를 쳐도 걔는 여기 못 버티고 도망가. 야, 머리가 있으면 생각이란 걸 해 봐라. 하나뿐인 외동딸로 온갖 좋은 것들만 입히고 먹이며 키운 애가 너랑 평생 같이 살 수 있을 것 같아? 젊은 날 치기로 붙어 있는 것도 끽해야 1, 2년. 아니지, 그 전에 끝날 텐데…… 너보다 조금만 조건 좋은 애가 와도 하진이는 홀라당 넘어갈 거다. 최악이 싫어서 차악을 선택한 모양인데."

그가 혀를 찼다. 마지막으로 묻는다며 또 돈을 들이밀기에 똑같이 또 거절해 주니 아주 박장대소를 했다. 미친 건가? 한석은 또다시 올라오는 살의를 참느라 고역이었다. 저런 사람 밑에서 자란 하진이 어디 온전한 정신으로 살아왔겠는가?

"그래. 어디 한번 둘이 잘 살아 봐라. 나중에 걔 도망가고 그때 돈이나 받아 둘걸. 후회하지 말고."

이죽거린 그가 무섭게 굳어 있는 한석의 표정에 찰나 미간을 좁혔다. 분명 하진과 같은 나이라고 들었는데 망할 놈의 애새끼가 무슨 산전수전 다 겪은 닳고 닳은 얼굴을 하고 있었다. 저를 내내 똑바로 응시하는 서슬 퍼런 얼굴은 꿈에 나올까 무섭게 집요한 면이 있었다. 당장이라도 저를 어떻게 하고 싶은데 참는다는 식의 느낌이 고스란히 전해져 기분이 아주 더러웠다.

"이제 내 딸 아니라고는 했지만 그래도, 하진이한테 흠집 하나 내면 너는 그냥 뒈졌다고 생각하고 살아라. 무슨 뜻인지 알지?"

마지막까지 어디 뒷골목 양아치 같은 말을 뱉은 남자가 그대로 뒤돌았다. 이내 잘빠진 외제 차가 어둠이 깔리기 시작하는 좁은 골목길을 빠져나가는 것을 한석은 가만히 지켜보았다.

'좆같네.'

종전의 일을 생각하던 한석이 저도 모르게 이를 바득 갈았다. 하진이 도망갈 거라고? 견디지 못할 거라고? 조금만 더 나은 놈이 오면 그 새끼한테 갈 거라고?

"하……."

끓어오르는 감정을 억누르려 한석은 긴 숨을 천천히 토해 냈다. 절대 그럴 일은 없을 것이다. 절대로. 그렇게 믿어야 제가 살 수 있었다. 하지만.

정말 그럴까?

차가운 밤은 때때로 사람을 한없이 부정적으로 만드는 힘이 있었다. 한석은 순간 가슴이 철렁할 정도의 지독한 무력함을 느꼈다. 왜 자신은 없이 태어났을까? 그런 인성 파탄자도 가진 배경이 있으니 저렇게 떵떵거리고 사는데 왜 저는 제가 간절히 원하는 하나도 늘 뺏길까 전전긍긍해야 하는 걸까.

결국 제 곁에 남은 하진을 보며 기뻐할 만한 여유 같은 것은 한석에게 없었다. 말할 수 없이 애틋하고 안쓰러운 것과는 별개로 자꾸 남자의 말이 떠올라 괴로웠다. 애써 숨기고 상상하지 않으려 했던 것들이 강제로 까발려진 기분. 어쨌든 아버지란 게 저런 부류가 아니었다면 하진이 미쳤다고 저랑 이렇게 살고 있겠는가.

'미친 새끼, 정신 차려.'

한석은 치솟는 비참함을 죽이려 부러 자신에게 혹독한 욕설을 퍼부었다. 골치 아프게 머리 굴리지 말고 하나만 생각하기로 다시금 다짐했다.

제가 하진을 책임지겠다는 처음의 약속, 그것을 잊지 말자고. 어떤 상황에서도 하진을 지켜 주고 행복하게 웃을 일만 만들어 주자고 또 한 번 마음속에 깊숙이 새겨 보았다.

그리고 또 하나.

도망가는 하진을 붙잡으려면 제가 어떻게 해야 할지를 조용히 고민했다.

* * *

"와, 무슨 비가 이렇게 갑자기 쏟아지냐."

아직 덜 마른 머리카락 끝을 수건으로 꾹꾹 누르며 지서가 푸념했다. 하진 역시 상황은 다르지 않아 아직도 수건을 손에 들고 있었다. 둘이 만나서 놀다가 집으로 가는 버스를 탔던 게 한 시간 전쯤. 정류장에 내리자마자 갑자기 내린 비로 쫄딱 젖었던 거였다.

때문에 처음 와 본 지서의 자취방에서 본의 아니게 샤워까지 하게 된 하진이었다. 일단 코앞인 게 지서 집이라 지서가 이끄는 대로 정신없이 비를 피해 달렸었다.

'그대로 헤어지는 줄 알았는데 이렇게 됐네.'

제 옷이 아닌 것을 입고 있는 게 괜히 어색해 하진은 조금씩 잦아드는 창밖 빗줄기에 시선을 두었다. 예보에도 없었던 세찬 소나기는 여러모로 상당히 당황스러웠다.

"그래도 지금은 좀 덜 오네. 딱 우리 올 때 엄청 쏟아졌나 봐."

"그러니깐요."

고개를 끄덕이며 하진은 핸드폰으로 시간을 확인했다. 아직 한석이 오려면 시간이 좀 남아 있었다.

토요일인 오늘, 하진은 언제 밖에서 밥 한번 같이 먹자는 지서와의 약속을 3주 만에 지킬 수 있었다. 아빠가 다녀간 후로 저도 한석도 뭔가 어정쩡한 분위기이다 보니 그렇게 되었다.

계속 핑계를 대며 미루는 것이 미안했는데 오늘 한석이 간만에 잔업을 하러 간다기에 그럼 잠깐 지서를 만나고 온다고 말해 놨던 터였다. 한석이 올 시간쯤 맞춰 돌아올 생각이긴 했지만 혹시 모르니까.

"나 그 와중에 쇼핑백 안 젖게 하려고 꽉 안고 뛴 거 봐."

커다란 쇼핑백을 턱짓으로 가리키며 지서가 킥킥댔다. 둘이 점심을 먹은 곳은 여기서 나름 번화가에 위치한 파스타 가게였다. 든든히 배를 채우고 근처에서 쇼핑도 했는데 알고 보니 한석이 예전에 한 아름 봄옷을 사 주었던 그 거리였다.

아직 일교차가 크지만 전시된 옷들은 당장 꽃놀이를 가야 할 것처럼 가볍고 산뜻했다. 홀린 것처럼 이것저것 결제하는 지서 옆 하진은 딱히 뭘 사고 싶은 마음이 없어 가만히 있었다. 그러다 지서가 너랑 잘 어울릴 것 같다고 스커트 하나를 엄청나게 추천해, 가격도 나쁘지 않고 해서 하나 샀다.

"아니, 간 김에 드라이기나 하나 사 온다는 걸 깜빡했네. 얼마 전에 고장 나서 버렸거든, 오래 쓰긴 했는데……."

허리께까지 오는 하진의 긴 머리카락을 보던 지서가 멋쩍게 말하다 화제를 돌렸다.

"이왕 이렇게 된 거 우리 집에서 놀다 가, 하진아. 치킨 시킬까? 간단하게 맥주 마시면서?"

아예 자고 가도 상관없다며 지서가 들뜬 목소리를 냈다. 어…… 하진의 얼굴에 곤란한 빛이 돌았다. 싫은 건 아니지만 저녁까지 여기서 먹고 가는 건 계획에 없었다.

"왜, 치킨 안 좋아해?"

눈치 빠른 지서가 얼른 되묻기에 하진이 고개를 저었다.

"아뇨, 그게 아니라."

어떻게 거절해야 잘 돌려 말하는 건가 순간 고민하는데 갑자기 삐, 삐 알림음이 시끄럽게 울렸다. 소리 나는 방향으로 둘의 시선이 꽂혔다.

"아, 잠깐만."

익숙하게 핸드폰 알람을 끈 지서가 방 안 수납함을 뒤적거리더니 웬 알약을 꺼냈다. 정리되지 않은 물건들로 어수선한 방 안에서 생수통을 찾아 약을 꿀꺽 넘기는 모습이 태연했다. 하진이 눈을 동그랗게 떴다. 언니가 어디 아픈가?

"무슨 약이에요?"

"아, 피임약. 내가 잘 깜빡해서 아예 알람 맞춰 놓거든."

아…… 대수롭지 않게 돌아온 말에 순간 머쓱해진 하진은 잠시 침묵했다. 피임약일 거라고는 생각도 못 했다.

그렇구나. 하긴, 언니도 남친 있으니까. 그러다 다시 물었다.

"근데 왜 알람을 맞춰요? 아무 때나 먹으면 안 돼요?"

"응? 당연히 안 되지. 하루에 한 번 시간 맞춰 먹어야 효과가 있거든."

설마 몰랐냐며 눈을 크게 뜨기에 하진은 난처하게 웃었다. 솔직히 몰랐다.

"혹시 남친이랑 아직 안 잤어?"

이어지는 물음에는 잠시 말문이 막혔다. 그래도 딱히 숨길 일은 아닌 것 같아 가만히 고개를 저었다.

"……그건 아닌데, 그…… 콘돔 잘 끼니까요."

말을 중얼중얼 하는 타입은 아닌데 막상 콘돔을 입에 올리니 민망해 얼버무리는 소리가 나왔다. 지서의 표정이 점점 더 묘해졌다.

"아니, 나도 당연히 끼라고 하는데. 그래도 혹시 모르잖아. 100프로라는 건 없으니까."

"100프로라는 게 없어요? 콘돔 껴도요?"

놀라 되묻자 지서가 오히려 당황했다.

"당연히 없지. 물론 제대로 피임하면 가능성은 희박하지만 그래도 사람 일은 모르잖아. 그러니까 이중으로 피임을 하는 거고. 그리고……."

결국 의도치 않게 지서는 제가 알고 있는 성 지식을 모두 하진에게 알려 주었다. 피임약의 부작용부터 시작해서 꼭 피임 목적이 아니더라도 먹기도 한다는 등 아주 세세한 것까지.

제 말에 적잖이 충격을 받은 듯한 희멀건 얼굴을 보고 있자니 어떤 사명감 같은 것까지 들었기 때문이었다. 하진은 두서없이 늘어놓는 지서의 말을 하나도 놓치지 않고 머릿속에 새겼다. 그렇구나.

'콘돔을 써도 임신을 할 수 있구나.'

문득 두려워졌다. 미리 알았으면 저도 진작 약을 먹었을 텐데……. 지서는 물론 가능성은 낮다고 했지만 딱 떨어지는 것을 좋아하는 하진에게는 아주 작은 변수도 두려웠다.

딱히 이렇게 세세한 것까지는 학교에서 배운 기억도 없고 엄마도 당연히 아직 학생인 하진에게 이렇게까지 자세한 것은 알려 주지 않았다. 집을 떠날 때 몸조심하라는 말이 무슨 의미였는지도 뒤늦게 안 자신이었으니까. 원체 공부와 집만 알고 살았던 하진은 이런 쪽으로는 지식이 얄팍했다.

"그럼 제일 좋은 건 안 하는 거네요."

극단적인 하진의 결론에 지서가 결국 웃었다.

"그렇지, 그런데 그게 돼? 솔직히 남자만 욕구 있는 것도 아니고, 나도 남친이랑 하는 거 좋거든. 나도 조심한다 하는데 약 믿고 콘돔 없이 그냥 할 때도 있고 그래. 검진도 자주 가는 편이기도 하고."

지서는 확실히 친절하고 좋은 사람이지만 말할 때는 거침이 없었다. 하진은 저도 모르게 마른침을 꿀꺽 삼켰다.

"언니는 그런 거 다 어떻게 알았어요?"

"응? 글쎄, 그냥 자연스럽게 알게 되던데? 친한 친구들끼리 얘기하기도 하고."

문득 지서가 진짜 어른 같다는 생각이 들었다. 사실 둘이 그렇게 나이 차이가 나는 것도 아니지만, 아직 대학도 못 간 데다 사회 경험도 많지 않은 저는 여전히 고등학생에 머문 느낌이었다.

갑자기 또 쓸쓸해지는데 바닥에 내려놨던 하진의 핸드폰이 진동했다. 지금 집에 가고 있다는 한석의 문자였다. 하진이 고개를 갸우뚱했다.

'원래 이런 거 잘 안 보내는데.'

점심시간에 하진의 밥을 챙기느라 전화나 문자는 해도, 오는 시간은 항상 정해져 있으니 아주 간혹 늦어질 때 말고는 딱히 연락하지 않긴 했다. 아마 제가 지서를 만난다는 걸 알아서 확인차 물었나 싶었다.

"남친이야?"

"아, 네."

"오늘도 일 갔다고 했지? 진짜 완전 성실하다."

새삼스럽게 감탄하던 지서가 갑자기 그래서 치킨은 어디서 시킬 거냐며 화제를 돌렸다. 비 맞고 왔더니 배가 고프다는 딱히 상관관계가 없는 말을 하면서.

치킨이며 맥주며 제가 다 쏜다며 핸드폰을 들기에 하진이 막 말리려던 순간. 빠르게 키패드를 누르는 소리와 함께 현관문이 벌컥 열렸다.

"전화는 왜 이렇게 안 받냐…… 어?"

조금 짜증 섞인 말투로 현관에 들어오던 남자가 하진과 정통으로 눈이 마주쳤다. 예상치 못한 인물의 등장에 서로 놀라고 있는데 지서가 퉁명스럽게 받아쳤다.

"오늘 못 만난다며 웬일이야?"

"어, 너 때문에 일찍 끝내고 온 거야. 눈치 엄청 보였어."

역시나 떨떠름하게 받아친 남자가 친구냐며 하진을 보았다. 지서가 같이 알바하는 동생이라고 하자 그제야 표정을 조금 풀고 반갑다며 인사를 했다. 하진도 마주 꾸벅 인사를 하는데 손에 쥐고 있던 핸드폰이 또다시 진동했다. 한석이었다.

[어디야?]

이제 곧 집에 간다고 답을 보내 주는데 지서의 퉁명스러운 목소리가 들렸다.

"됐어, 우리 치킨 시켜 먹고 놀려고 했으니까 그만 가."

"뭐? 여기까지 왔는데 가라고?"

"말도 안 하고 누가 오래? 나 하진이랑 오늘 놀기로 진작에 약속했었는데."

"그럼 셋이 같이 놀면 되지. 괜찮죠?"

남자가 웃으며 하진을 보았다. 하진이 뭐라 말할 새도 없이 지서가 새치름하게 쏘아붙였다.

"싫은데?"

"뭐? 말투가 또 왜 그래?"

어느새 방 안에 들어와 엉덩이를 붙이고 앉던 남자가 얼굴을 확 찌푸렸다. 어째 험악하게 흘러가는 분위기에 하진은 조용히 입을 열었다.

"언니, 저도 가 봐야 될 것 같아서 이만 갈게요. 비도 다 그쳤고."

"어? 아니야, 가도 얘가 가야지. 그리고 진짜 너만 괜찮으면 셋이 같이 먹으면 더 좋긴 하고."

"아니에요, 정말 그만 가 봐야 됐었어요. 집에서 연락이 와서요."

다시금 말하니 지서가 머쓱하게 웃었다. 그러더니 갑자기 옆에 앉은 남자의 어깨를 퍽퍽 쳤다.

"아, 진짜. 너 짜증 나."

"또 왜."

익숙한 듯 심드렁하게 답하던 남자가 하진을 보았다. 그러지 말고 좀 더 있다 가라고 했지만 하진은 이미 제 짐을 챙겨 일어서던 터였다. 계속 붙잡던 지서도 하진이 정말 집에서 연락이 와서 그렇다고 연거푸 말하자 포기한 듯했다.

그러면서도 마음이 쓰이는지 집 앞까지 나와 하진을 배웅했다. 비는 그새 그쳤지만 혹시 모른다며 하진이 든 쇼핑백에 작은 우산도 넣어 주었다.

"어째 좀 상황이 이상하게 됐네. 나 진짜 쟤 보내도 되는데."

계속 미안해하기에 하진은 정말 괜찮다고 말했다. 사실 내심 지서의 남친이 와서 다행이라는 생각까지 했으니까. 또 다음을 기약하는 말에 대충 고개를 끄덕이고 발걸음을 옮겼다.

내린 비로 흠뻑 젖은 골목길은 우중충하고 조용했다. 날은 아직 시린데 물기를 머금고 피어난 길가의 노란 개나리가 이질적이다. 입고 갔던 점퍼도 젖었던지라 외투도 없이 걷고 있자니 조금 한기가 들었다.

한석이 기다릴까 바쁘게 걸음을 옮기는데 불현듯 아까 지서가 했던 말들이 생각이 났다. 갑자기 궁금해졌다. 한석도 그렇게 잘 알고 있을까? 뭐든지 저보다 능숙한 한석이어도 그런 세세한 것 까지는 모를 것 같았다.

"내 남친은 약 먹는데 왜 콘돔 껴야 하냐고 싫어하긴 해. 매일 그러는 건 아닌데 음, 분위기에 휩쓸렸을 때 가끔? 그래도 결국 엔 내가 하라는 대로 하긴 하는데 그럴 때마다 완전 정떨어져. 아니 왜 그 불안을 이해 못 하는 거야?"

열변을 토하던 지서의 모습 너머, 흥분에 눈이 돌아 거듭 관 계를 갖는 와중에도 꼭 콘돔을 바꿔 끼던 한석의 모습이 겹쳐 보였다. 한석은 그래도 그런 면에서는 확실히 믿을 만했다. 하다 가도 제가 싫다면 딱 멈춰 버리는 남자니까. 생각의 끝 하진은 문득 자조했다. 살다 보니 이런 걱정을 제가 다 하고 있구나 싶 었다.

그렇게 잠시 걷다 보니 이내 익숙한 카페와 편의점이 보였다. 별다른 생각 없이 횡단보도 앞에 서던 하진의 시선이 문득 길 건너 작은 약국으로 향했다.

집에 돌아왔을 때 제일 먼저 보인 것은 거실 벽에 등을 댄 채 비스듬히 앉아 있는 남자였다. TV조차 틀어 놓지 않은 안은 조 용했다. 하진은 별생각 없이 현관으로 들어갔다.

"먼저 와 있었네."

"어."

짧게 답한 한석이 하진을 한 번 훑어보고 곧바로 눈썹을 들썩였다. 막 씻고 나온 듯한 그의 머리가 조금 헝클어져 있었다.

"옷이 왜 그래?"

응? 당황하던 하진은 이내 이유를 알아차렸다. 지금 저는 지서가 빌려준 맨투맨과 편한 바지를 입고 있었다. 입고 갔던 제 옷은 다 젖어서 따로 봉투에 담은 후 커다란 쇼핑백에 함께 넣어 왔던 터였다. 놀다 온다고 해 놓고 갑자기 옷이 바뀌어 왔으니 그럴 법도 했다.

"아까 갑자기 소나기가 쏟아져서, 언니 집 가서 옷 빌려 입었어."

"아아."

말을 늘인 한석의 시선이 다시금 하진에게 엉겨 붙었다. 쇼핑백에서 제 젖은 옷을 꺼내던 하진이 한석에게 다가와 상자 하나를 내밀었다. 뭐냐는 눈빛에 얼른 덧붙였다.

"신발. 너 생각 나서 샀어."

"뭐 하러."

"왜, 지금 신는 거 많이 닳았잖아."

"어차피 일하러 갈 때만 신는데 뭐. 다른 것도 있고."

"……."

그런 말이 돌아올 줄 짐작했던지라 하진은 대답 없이 자리에서 일어났다. 하진이 입고 신는 것은 철마다 알아서 한 아름씩 사 오면서 한석은 제 것에는 인색했다. 평소 잘 신고 다닐 법한 무난한 봄 운동화에도 역시나 시큰둥한 반응이었다.

하진은 티 안 나게 한숨을 한 번 쉬고 신발을 신발장에 잘 넣어 두었다. 굳이 안 신겨 봐도 사이즈는 잘 맞을 거였다.

'암튼 왜 이렇게 자기한테는 아끼는 거야.'

고맙다는 소리를 들으려 한 건 절대 아니지만 냉정한 반응에 어쩐지 좀 서운해지려는 찰나.

"……!"

인기척도 없이 다가온 한석이 갑자기 하진을 뒤에서 끌어안았다. 숨 쉬는 것처럼 늘 하던 포옹이 어쩐지 오늘따라 더 깊게 다가오는 기분이었다.

하진은 슬쩍 눈을 내려 저를 단단히 옭아맨 남자의 팔뚝을 바라보았다. 생채기와 여기저기 크고 작은 흉터 자국. 처음 이곳에 올 때만 해도 없었던 것들이다.

"……뭐야."

어색함에 괜히 입술을 달싹여 보는데 나직한 목소리가 귓가에 감겼다.

"잘 놀다 왔나 보네."

"응."

"뭐 했어?"

"딱히 한 건 없었어. 밥 먹고 커피 마시고 쇼핑하고."

말하면서도 지레 양심에 찔리는 기분이었다. 한석은 일만 하고 왔는데 저는 놀고 왔다고 자랑하는 것 같아서. 요즘 마음이 싱숭생숭해 공부도 많이 안 하고 일찍 자 버리기 일쑤인 것을 한석도 누구보다 잘 알고 있을 테니 말이다.

또 조금 우울해지던 찰나 하진은 제 목덜미에 닿아 오는 입술의 감촉에 멈칫했다. 그것만 갖고는 딱히 특별할 거 없는 행동이지만 이어지는 행위들이 어쩐지 느낌이 평소와는 달랐다.

예를 들어 아직도 완전히 마르지 않은 제 머리카락에 깊게 고개를 묻고 숨을 내쉬는 거라든지……. 가만히 그가 하는 대로 몸을 내주고 있던 하진의 입술이 달싹였다.

"……왜?"

"그냥. 다른 향이 나서."

돌아오는 말투는 무심했으나 어쩐지 싸늘한 느낌이었다. 아……. 하진의 입이 다시 벌어졌다.

"아까 말했잖아, 비가 많이 와서 옷도 다 갈아입고 씻었어."

"그 언니라는 사람 집에서?"

"응."

그럼 어디서 씻었겠어? 조금 날 서게 덧붙인 것은 한석의 심기가 불편하다는 것을 은연중에 느껴서였을 것이다.

딱히 한석이 뭐라 한 건 아니긴 하지만 그냥, 저를 틈 하나 없이 끌어안은 악력이라든가 목과 귓가에 부서지는 성마른 숨결 같은 것들이 습한 공기에 뒤섞여 묘하게 하진의 신경을 긁었다. 이어지는 별다를 것 없는 나긋한 목소리까지도.

"옷이 너한테 좀 크네."

"언니가 집에서 입는 거니까, 좀 편하게 입나 보지."

으음, 하진의 답에 한석이 탐탁지 않다는 소리를 내며 그녀를 안은 팔에 다시 힘을 주었다.

어깨선이 한참 아래에 내려오는, 품이 낙낙한 회색 무지 맨투맨은 확실히 오버사이즈이기는 했다. 털털한 지서가 남친과 번갈아 가며 입기도 하는 옷이었지만 그런 사정까지 하진이 알 리 없었다.

"너 오늘 왜 그래?"

한석이 대꾸 없이 하얗게 드러난 목덜미를 잘근잘근 씹었다. 이를 쓰지 않고 가만가만 문다지만 닿는 숨이 사뭇 거칠어 하진은 몸을 움츠렸다.

"혹시 무슨 다른 생각 하는 거 아니지?"

"무슨 생각?"

"아니, 그냥."

의심받는다니. 제가 말해 놓고도 이건 아닌 것 같다는 생각에 하진은 말을 얼버무렸다. 그리고 괜히 다른 말을 붙였다.

"원래는 언니가 같이 치킨 먹고 자고 가라고 했는데 그냥 온 거야."

"왜?"

"왜냐니, 너 기다리니까 그렇지."

"내가 빨리 오라고 한 적은 없는데."

"……그래도. 그럼 너는 나 거기서 자고 와도 상관없어?"

확 고개를 돌리던 하진의 눈빛이 순간 흔들렸다. 표정 하나 없는 건조한 얼굴에 숨이 막히는 기분이었다. 말없이 고개를 숙인 남자가 미운 말을 내뱉는 입술에 짧게 키스했다.

"어, 상관없는데. 네가 그러고 싶다면."

"……거짓말."

중얼거리던 하진의 시선이 눈앞의 제가 산 큼직한 운동화로 옮겨 갔다. 이유는 알 수 없는데 기분이 자꾸 가라앉았다. 여전히 저를 뒤에서 안고 있는 그의 표정은 볼 수 없다.

"응, 거짓말이야."

"……."

아, 진짜. 입술을 짓씹은 하진이 몸을 돌리려 했으나 한석이 끌어안은 손에 힘을 줬기 때문에 불가능했다. 하, 하진의 입술을 타고 결국 탄식 같은 한숨이 터졌다.

"너 오늘 진짜 이상해."

"그래?"

"어. 좀 짜증 나려고 해."

"그래도 사랑하잖아."

뭐? 예상치 못한 말에 말문이 턱 막혔다. 할 말을 잃은 하진의 귓가에 더운 숨이 닿았다. 말랑한 귓불을 물고 귓바퀴와 안을 뭉근하게 핥는 혀의 감촉이 생생해 하진은 조금 몸을 떨었다.

"왜 대답이 없어. 나 안 사랑해?"

하진의 볼에 입을 맞춘 한석이 채근했다. 하진은 눈을 들어 미미하게 웃는 낯을 바라보았다. 살짝 올라간 입꼬리와 가늘어진 눈매가 저를 또 하릴없이 홀렸다.

"응?"

어느새 하진의 몸을 돌려 저를 보게 안은 한석이 다시금 집요하게도 물었다. 하진은 오늘따라 더 알 수 없는 남자를 가만히 보다 결국 고개를 끄덕였다.

"……사랑해."

"응, 나도."

답은 기다렸다는 듯 다소 성급하게 돌아왔다. 그린 듯 수려한 미소가 하진을 겹겹이 옭아맸다. 손을 뻗은 한석이 하진의 볼을 다정하게 어루만졌다.

"재밌게 놀다 오는 건 상관없는데 잠은 꼭 집에서 자. 알았지?"

"당연하지."

저라고 한석을 두고 그럴 생각은 전혀 없었다. 애를 어르듯 가만가만한 목소리에 하진은 조금 발끈했다. 귀엽기는. 속내를 굳이 입 밖에 내뱉지 않은 한석이 몸을 낮춰 품 안의 애인에게 깊게 입을 맞췄다.

살짝 까진 도톰한 아랫입술을 벌리고 들어간 혀가 작고 따뜻한 입 안을 게걸스레 훑었다. 습관처럼 그를 마주 끌어안던 하진은 문득 생각했다. 확실히 요즘 한석은 좀, 이상했다.

그대로 현관에서 일을 치를 뻔한 것을 어찌어찌 잘 넘기고 평소보다 조금 늦은 저녁을 먹었다. 메뉴는 한석이 오는 길에 포장해 왔다는 초밥이었는데 두어 번 둘이 같이 간 적 있는 곳이었다.

입이 짧은 하진이 그래도 잘 먹는 편에 속했지만 날생선을 딱히 좋아하지 않는 한석은 옆에서 속 느글거린다며 라면을 끓여 먹었다. 괜히 미안해진 하진이 멋쩍게 말을 붙였다.

"다음에는 너 좋아하는 거 사 와."

"뭐, 라면?"

"아니, 그런 거 말고."

하진이 얼굴을 찌푸리자 한석이 설핏 웃었다. 까칠한 인상이 저랑 있을 때만은 허물어지는 건 볼 때마다 기분이 좋긴 했다. 부지런히 젓가락질을 하는 와중에도 하진은 이러니저러니 해도 한석과 같이 있을 때가 제일 편하고 좋다고 무의식중에 또 생각했다.

"아, 배불러."

"좀 쉬고 있어."

미니 우동까지 다 먹고 나니 배가 부른 하진이 바닥에서 꾸물대는 사이 한석은 바지런히 먹은 걸 치우고 양치까지 끝냈다.

"갔다 올게."

"으응."

엉덩이 한 번 안 붙인 그가 분리수거를 하러 잠깐 나간 틈에 하진은 옷을 갈아입고 저도 양치를 했다. 욕실 거울에 비친 제 얼굴은 처음에 여기 올 때에 비하면 훨씬 생기 있어 보였다.

'이따가 얘기 좀 하자고 할까?'

예민한 하진은 남들은 가볍게 넘길 일에도 기민하게 촉각을 곤두세우는 편이었다. 그런 하진이 한집에서 살을 부대끼고 사는 한석의 변화를 알아차리지 못할 리가 없었다.

행동이 달라졌다는 게 아니라 뭔가 생각이 많아 보인다는 느낌. 원래 많지 않은 말수도 더 확실히 줄고 혼자 다른 생각을 하다 하진이 불러도 못 들을 때도 있었다.

아마 아빠가 한 말에 상처를 받은 게 아닐까.

무슨 말을 했는지 몰라도 아빠 성정에 절대로 좋은 말을 입에 올렸을 리는 없으니까. 사실 그날 이후 한 번 더 한석에게 캐물어 봤었다. 하지만 한석은 정말로 별다를 것도 없었고 애초에 자신은 내내 다른 생각을 하고 있어서 기억이 안 난다고 했다.

다시는 안 돌아간다고 못을 박았고 앞으로도 그 마음은 절대 바뀌지 않을 거였지만, 어쨌든 마음이 어지러웠던 건 하진도 마찬가지라 그 후로 더 캐묻지는 않았다.

'우린 여기서 언제까지 살까?'

꼼꼼히 세수까지 하고 물기를 닦아 내는데 갑자기 다른 곳으로 상념이 튀었다. 최근 한석은 지금 일하는 곳과 1년 더 계약을 연장했다.

사실 그는 다른 곳으로 아예 뜨고 싶은 마음도 있는 것 같았으나 이런저런 얘기를 하는 도중 말끝에 너 수능 끝나면 어떻게 될지 모르니까, 라고 한 것을 보면 하진을 생각해서 내린 결정인 듯했다. 당장 1월 초가 되면 여기 집도 계약이 만료된다고 했다.

먼일 같지만 사실 그리 멀지 않은 앞날이라는 것을 이제 하진은 잘 알았다.

마음에 차게 준비하고 있지는 않지만 어쨌든 수능은 꼭 볼 거였다. 그 결과에 따라 바뀔 미래가 새삼 무겁게 느껴져 하진은 한숨을 한 번 내쉬고 욕실에서 나왔다. 그러다 저만치 창가 옆 우뚝 서 있던 남자와 정통으로 눈이 마주쳤다.

'뭐지?'

어쩐지 떨떠름한 얼굴이 낯설었다. 의아한 표정으로 시선을 내리던 하진의 입술을 타고 아, 얼떨떨한 소리가 흘러나왔다. 미처 말을 잇기 전 먼저 말문을 연 건 한석이었다.

"이게 뭐야?"

작은 상자를 가볍게 흔들어 보이는 남자를 보는데 괜히 입술이 바짝 말랐다. 그러다 이내 정신을 차리고 태연히 대답했다. 하긴, 뭐 잘못한 것도 아닌데.

"피임약인데?"

"그건 나도 알아."

한석이 한쪽 눈썹을 찡그렸다. 명백히 불쾌함을 숨기지 못하는 표정에 하진의 눈빛이 옅게 흔들렸다. 툭, 바닥에 아무렇게나 약을 던져 놓은 한석이 하진에게 한 걸음 성큼 다가왔다.

"내가 궁금한 건 갑자기 저런 걸 왜 샀냐는 거야."

평소보다 한 톤 낮게 가라앉은 목소리에 괜스레 긴장이 되었다. 하지만 하진 역시 할 말은 있었다.

"어떻게 될지 모르니까. 그, 콘돔 잘 끼고 해도 불안하니까 먹어 두면 좋을 것 같아서."

"불안하다고? 뭐가?"

"너 몰라? 콘돔 껴도 완벽하게 피임되는 건 아니잖아. 뭐든지 확실한 게 좋지."

"……."

여전히 전혀 이해가 안 된다는 표정으로 저를 보는 남자 앞, 하진은 몇 시간 전 들었던 말들을 토대로 제 의견을 피력했다. 하지만 말하면서도 이해가 안 가는 건 자신도 마찬가지였다.

별것도 아닌데 왜 그러지? 어떻게 보면 한석에게도 더 확실하고 좋은 일 아닌가? 한석도 이 상황에서 갑자기 덜컥 제가 임신하는 건 절대로 바라지 않을 거니까. 하진의 말을 잠자코 듣고 있던 한석이 갑자기 제 머리를 신경질적으로 쓸어 넘겼다.

"내가 언제 안 끼고 생으로 한다고 한 적 있나?"

"아니. 없지."

"그럼 왜 번거롭게 저딴 걸 네가 먹는다고 하는 건데? 부작용이라도 있으면 어떡하려고?"

"있을 수도 있지만 그거야 먹어 보지도 않았는데 아직 모르는 거고."

"그러니까 왜 네가 그런 걸 감수하냐고. 저거 시간 맞춰 먹는 거 아냐? 안 귀찮아?"

"그만큼 얻는 게 있잖아. 엄청 작은 확률이라도…… 잘못해서 임신한다고 생각해 봐."

상상만으로도 가슴이 쿵 떨어지는 느낌에 하진의 얼굴이 일순 파리해졌다. 어느새 내리깐 그녀의 시선이 저만치 바닥에 떨궈진 약에 꽂혔다.

솔직히 말해서 아까 지서랑 있을 때보다 한석 앞에서 되짚고 있으니 마음이 더 무거워지는 기분이었다. 물론 희박하다는 건 알지만 만약에, 아주 만약에 그런 일이 생긴다면. 하, 어느새 팔짱을 낀 한석이 헛웃음을 흘리며 하진의 말을 복기했다. 잘못해서 임신한다, 라……

"박하진."

짓씹듯 저를 부르는 소리에 하진은 흠칫 고개를 들었다.

"……왜."

"됐고 저딴 거 먹지 마. 내가 알아서 할 테니까."

"뭐?"

뭘 알아서 한다는 건데? 덧붙이기도 전 한석이 뒤돌았다. 바닥에 아무렇게나 던져 놓은 약을 미련 없이 쓰레기통에 넣는 그의 행동을 보는데 절로 입이 벌어졌다.

"뭐 해?"

"말했잖아. 내가 알아서 한다고. 너 불안할 일 없게 내가 할 테니까."

"아니, 그러니까 뭘 어떻게 한다고."

이 정도 되니 하진도 슬슬 기분이 나빠졌다. 워낙 저를 싸고도는 남자니 걱정해서 그런다는 것은 알겠다. 하지만 이렇게까지 분위기를 험악하게 몰고 갈 일인가 싶었다. 굳은 얼굴의 하진의 올라간 눈매가 새치름했다.

"아무리 조심해도 혹시 모르니까, 그럴 일을 방지하는 거라니까?"

"그러니까 넌 가만있어도 된다고. 내가 확실하게 방지해 줄 테니까."

아, 진짜……! 계속 도돌이표로 흘러가는 대화에 짜증이 난 하진의 입이 제멋대로 움직였다.

"너 진짜 왜 그래? 아니, 나 걱정해 주는 건 알겠는데 네가 뭘 어떻게 한다는 거야. 알아, 나도 그럴 가능성 거의 없다는 거. 그런데 1프로라도, 아니, 0.1프로라도 있으면 안 되는 확률이잖아. 막말로 진짜 덜컥 그렇게 되면…… 진짜 인생 끝나는 거야. 알잖아?"

그러니까……. 언성을 높이던 하진의 말은 더는 이어지지 못했다. 찰나 한석의 얼굴을 스쳐 지나간 날이 선 빛에서 하진은 순간적인 섬뜩함을 느꼈다. 그와 지낸 수많은 시간 중 한 번도 한석이 저를 그렇게 본 적은 없었다. 단 한 번도.

얼어붙은 하진의 얼굴을 물끄러미 응시하던 한석의 입꼬리가 비뚤게 올라갔다.

"인생이 끝난다고? 왜?"

"……당연한 거 아니야?"

"누구 인생이 끝난다는 건데?"

"그야, 나도 그렇고…… 너도."

딱히 좋은 꼴은 못 보지 않겠냐고 말하기에는 저를 보는 남자의 눈빛이 너무 형형했다. 새까맣게 침잠하는 눈빛 뒤 채 숨기지 못한 감정이 하진을 당황스럽게 했다. 화가 났구나. 하지만 왜? 하진은 혼란스러웠다.

"그럼, 너는 지금 이 상황에서 애가 생기면 감당할 수 있다는 거야? 아니, 이런 말 하는 거 자체가 어이없긴 한데. 암튼 그건 진짜…… 말도 안 되는 일이잖아. 생각만으로 끔찍해."

"끔찍해?"

하하, 떨리는 말끝을 잡아챈 한석이 악당처럼 웃었다. 아, 박하진……. 뇌까리는 목소리가 음침했다. 한석의 커다란 손이 웃는 듯 우는 듯 일그러진 그의 얼굴을 천천히 감싸는 것을 하진은 숨도 제대로 못 쉬고 바라보았다.

깊게 내쉬는 그의 숨을 따라 딱 벌어진 가슴팍이 들썩이는 것조차 위협적이었다. 찰나의 무거운 정적 후 어느 순간 얼굴을 가리고 있던 남자의 손이 떨어졌다. 온기라고는 찾아볼 수 없는 차가운 시선이 하진에게 붙박였다.

"네가 자꾸 일어나지 않을 일을 들먹여서 그러는데, 그러면 나도 하나 물어볼게. 진심으로 대답해 봐."

"……."

"만약에, 네 말대로 정말 만약에 의도치 않게 우리 사이에 애가 생겼다면. 넌 어떡할래?"

"……생각하기도 싫어."

"왜, 생각해야지. 그래서 저딴 것도 사 온 거 아냐."

쓰레기통을 흘깃 턱짓으로 가리키는 한석에 하진이 입술을 꾹 깨물었다. 어쩌다 이런 얘기까지 나오게 된 거지?

"지금이라면, 당연히 지워야지."

"지워?"

한석의 눈썹이 치켜 올라갔다. 하진도 지지 않고 눈에 힘을 주었다.

"그럼 이 상황에서 어떻게 키워. 준비되지 않은 상황에서 태어나면 애도 불행이야. 그보다 말도 안 되는 소리 그만해."

"말이 안 되는 소리를 애초에 한 건 너지. 아무리 그래도 지운다는 말 너무 함부로 하는 거 아냐?"

"뭐? 그럼 넌 키우겠다는 거야?"

"어."

"하…… 말이 돼?"

"정말 확실하게 한다고 조심했는데도 생긴 거라면 키워야지. 그럼 너랑 내 앤데 지워?"

"……."

"난 그렇게는 못 해. 몸 갈아서 일해 먹여 살릴 거야. 입에 풀칠해 가면서 키운다는 얘기 아니고 해 달라는 거 사 달라는 거 다 해 주고 다 사 줄 수 있게 할 수 있는 거 다 할 거라고."

"아니, 그런 말이 아니잖아."

답답해진 하진이 숨을 크게 몰아쉬었다. 서로가 죽어도 이해되지 않는 둘의 언쟁이 계속되었다. 각자 다른 언어로 말하고 있는 것 같다는 말도 안 되는 착각이 들 정도였다.

"됐어. 그만하고 이리 와."

"싫어."

"……."

중간에 한숨을 내쉰 한석이 두 팔을 벌렸지만 하진이 거부하면서 분위기는 더더욱 험악해졌다. 지금껏 싸움이라는 것을 해본 적이 없는 둘이었다. 일단 한석이 자잘한 생활 습관부터 시작해 전반적인 모든 것을 하진에게 맞춰 주기도 했고 하진 역시 나름의 원칙이 확고한 한석의 뜻을 대체로 따르는 편이었다.

이런 식으로 소리를 높이고 각자의 불편한 감정을 여과 없이 쏟아 낸 건 처음이었다. 집에 오는 길 무심코 사 본 약 하나가 이렇게 큰 파장을 불러일으킬 줄은 생각도 못 했다.

들쭉날쭉 튀던 대화의 끝, 도대체 넌 나랑 끝까지 갈 마음이 있긴 하냐는 한석의 말에는 하진은 지금까지 그가 저를 떠본 건가 하는 생각까지 들었다. 기분이 한없이 가라앉았다.

"내가 너한테 한 말 중에 진심 아닌 건 하나도 없어."

제풀에 지친 하진의 목소리가 조금 잠겨 있었다.

"너를 사랑한다는 말도 진심이고, 예전에 네가 결혼하자고 했을 때 그러자고 했던 것도 진심이야. 그걸로는 안 되는 거야?"

"……."

"그렇지만 앞으로 우리가 어떻게 될지는 아무도 모르는 거잖아? 그렇게 따지면 사람들 다 첫사랑이랑 결혼하게? 넌 자꾸 내 마음이 변할 거라고 생각하는 것 같은데 막말로 네 쪽이 그럴 수도 있어."

"절대 안 그래."

"……그래. 암튼 다 떠나서 우리는 일반적인 우리 나이대 애들처럼 연애한다고 보긴 좀 힘들잖아. 난 가끔 그게 좀 무서울 때가 있어. 싫다는 게 아니라 그냥 좀 겁나. 너도 그렇고 나도 그렇고 앞으로 어떤 선택을 하냐에 따라서 미래가 확 바뀔 수 있는 나이고. 그러니까 나는 암튼…… 조심하고 싶었어."

솔직히 나는 왜 우리가 이렇게 싸우고 있어야 하는지도 잘 모르겠어, 중얼거리는 하진을 한석이 품에 당겨 안았다. 따지고 보면 그리 오랜 시간도 아닌데 다른 사람도 아니고 한석과 목소리를 높여서인지 몸에 기력이 쭉 빠졌다. 순순히 딸려 오는 마른 몸을 빈틈없이 끌어안은 한석이 나지막이 답했다.

"응, 미안해."

대꾸하지 않고 하진은 지친 몸을 한석에게 완전히 기대 쉬었다. 서로가 좋아 끌어안고 있으면서도 둘은 어쩔 수 없이 다른 생각을 했다. 치부를 다 드러낸 것부터 시작해 이미 그에게 많은 것을 내주었다 생각하고 있는 하진은 더한 확신을 바라는 한석을 이해할 수 없었고 한석은 늘 한 발짝 떨어져 그들의 미래를 관망하는 것 같은 하진이 원망스러웠다.

그러나 입을 열수록 더 틀어질 상황을 안다는 것은 둘 다 같았다. 어느 순간 당연하다는 듯 제게 입을 맞춰 오는 남자를 받아들이며 하진은 조용히 눈을 감았다. 모든 것이 어지러웠다.

그날 새벽 하진은 한석과 또 한 번 몸을 섞었다. 예상치 못했던 섹스의 물꼬는 하진이 텄다 해도 과언이 아니었다. 내용이 잘 기억나지도 않은 악몽을 꾼 것은 실로 오랜만이었다. 갑자기 몸에 한기가 들어 뒤척이는데 한석이 왜 그러냐며 꼭 안아 주었다. 목소리가 하나도 잠겨 있지 않았던 거로 봐서는 그는 잠들어 있지 않았던 것 같았다.

"무서운 꿈 꿨어?"

"……응."

꿈과 현실의 모호한 경계에서 잠이 덜 깬 목소리가 제 것 같지 않았다. 말이 나오지 않던 지난날이 찰나 왜 떠올랐을까? 형체 없는 막연한 두려움에 사로잡힌 하진은 저도 모르게 한석에게 칭얼댔다.

"기분이 이상해."

"이상해?"

"응, 나 좀 더 꽉 안아 줘……."

굳이 더 묻지 않은 한석이 하진을 안은 팔에 힘을 주었다. 헝클어진 머리카락을 귀 뒤로 넘겨 주고 귀 뒤와 목덜미에 다정하게 입을 맞췄다. 하진은 저와 같은 섬유 유연제 향이 나는 그의 품 안에서 얼굴을 묻고 색색 숨을 골랐다.

다른 것 다 필요 없고 역시 한석이 있어야 안심이 되었다. 저를 쓰다듬는 손길은 금방이라도 다시 잠에 빠질 듯 나긋하고 자상했으나 지금은 왜인지 그것만으로는 만족할 수 없었다. 너른 품에 묻고 있던 고개를 천천히 든 하진이 한석과 눈을 맞췄다.

"왜?"

그가 슬쩍 웃었다. 자칫했다가는 모르고 넘겼을 미미한 미소. 사방이 온통 까만 어둠 속에서 그것이 순간 선명하게 하진의 가슴에 박혔다. 동시에 썰물 같은 강렬한 무언가가 마음속 깊이 흘러들어 왔다. 하진은 홀린 듯 제가 먼저 한석에게 입을 맞췄다.

잠시 멈칫하던 남자가 이내 하진의 뺨을 손으로 감싼 채 능숙하게 키스를 이어 나갔다. 달래듯 나른했던 입맞춤이 어느 선 밖으로 달궈지는 것은 순식간이었다. 어느새 완전한 나신이 된 둘은 엉망으로 뒤엉켰다.

하진은 묘하게 울고 싶은 마음을 저도 모르게 신음으로 토해 내고 있었다.

"흑……."

여느 때처럼 그의 움직임에 맞춰 정신없이 흔들리면서도 조금 이라도 더 붙어 있고 싶은 마음에 하진은 무의식적으로 자꾸 그 의 품에 파고들려 했다.

한석아, 정한석. 쾌감에 젖은 와중에도 계속 그의 이름을 불 렀다. 그런 하진이 사랑스러워 죽겠다는 듯 한석은 행위를 지속 하는 와중에도 평소보다 더 잦게 입을 맞추고 혀를 빨았다.

허리 아래 난잡한 행위와는 어울리지 않는 달콤한 말들도 더 많이 했다. 사랑해, 예뻐, 진짜 너무 사랑해.

'아…….'

아래에서 쉼 없이 치받는 생생한 감각은 이게 현실이라는 것 을 더할 나위 없이 알려 주는데 자꾸 정신이 몽롱해졌다.

한석과 섹스하는 게 좋은 이유 중 하나였다. 아무 생각을 할 수 없게 만들어 주니까. 오직 제게만 향한 뜨거운 시선, 다 막아 줄 것만 같은 단단한 품, 약하고 예민한 곳을 기민하게 찔러 대 는 능숙한 움직임.

관계 중 그를 이루는 모든 것은 지나치게 자극적이다. 모든 상념이 휘발된 채 순간의 쾌감에만 집중했던 정신은 한석이 천천히 허리를 물렸을 때야 깨졌다.

맞다, 뺄 때도 조심해야 한다고 했는데. 자꾸 흐려지는 눈앞에도 하진은 콘돔을 빼는 그의 행동을 무의식적으로 좇았다. 눈치 빠른 한석이 하, 헛숨을 흘렸다.

"걱정하지 말라고 했잖아."

"……응."

"좀만 이러고 있다가 씻을까?"

"응."

대답이 떨어지자마자 커다란 몸이 그녀에게 쏟아졌다. 정사의 흔적이 고스란히 남아 있는 끈적하고 텁텁한 공기가 오늘따라 기꺼웠다. 멍하니 눈을 깜빡이는 하진의 시야에 그의 몸에 반쯤 가려진 작은 방이 담겼다.

"진짜 너는 숨 쉬는 것도 예쁘다."

"또 이상한 소리……."

"진짠데."

제 속을 까 보여 주고 싶다며 한석이 속살댔다. 원래도 그렇지만 한석은 섹스 직후 훨씬 더 하진이 좋아 어쩔 줄 모르는 마음을 적극적으로 표현하곤 했다.

지금 역시 상황은 다르지 않았다. 혀를 넣지 않은 채 입술끼리 힘주어 비비고, 무방비하게 드러난 목덜미를 쭉쭉 빨고 엉덩이를 꽉 쥐는 그 모든 행동들에서 하진은 순수한 깊은 애정을 느꼈다. 저를 과하게 칭찬하는 말이 낯간지럽고 민망하긴 해도 절대 싫진 않았다.

"내가 예전에 얘기했었잖아. 그…… 남들처럼 살고 싶다고."

또 하나. 그는 이럴 때면 간혹 누구에게도 보이지 않았을 속내를 하진에게 슬쩍 내비치곤 했다. 드물게 보이는 그의 무른 모습이다. 가끔은 정말 제 보호자 같다는 생각이 들 정도로 어른스럽고 담담한 면이 있는 남자가 이럴 때면 하진은 그때야 그가 저와 같은 스물하나라는 것이 실감 났다.

"네가 뭘 걱정하는지 알아."

"……."

사실 한석은 그녀의 냉정함을 이해하면서도 가슴 깊이 서운했지만 굳이 그런 말까지는 입에 올리지 않았다.

"솔직히 나도 아예 생각 안 해 본 건 아니니까. 지금은 당연히 아니지. 그렇지만 나중에, 나도 더 안정되고 너도 네가 원하는 일 하고 있을 때, 너도 원한다는 가정하에 애기 있으면 좋겠다는 생각은 했어. 진짜 나중에."

덜컥 심장이 떨어졌지만 하진은 아무 말도 하지 않았다.

"아니, 또 오해하지 말고. 꼭 애가 갖고 싶다기보다는 뭐라고 해야 하나. 그냥 일반적인 가정집 풍경 같은 거 있잖아. 그걸 너랑 하고 싶다는 얘기야."

말이 좀 이상하네, 그가 멋쩍게 웃었지만 하진은 따라 웃지 않았다. 그가 한 꺼풀 속을 드러낼수록 한 발짝 물러나는 제 마음의 본질은 도대체 뭐란 말인가.

"너랑 있으면, 자꾸 나도 그렇게 될 것만 같아."

그래서 좋다고 그가 덧붙였다. 그새 부은 눈가에 살며시 입을 맞추는 남자가 온몸으로 제가 좋다고 말했다. 피곤함에 젖은 몸은 자꾸 수마로 빨려 들어가는데 채 놓지 못한 한 가닥 끈이 그녀를 붙잡았다.

하진은 한석이 안쓰러웠다.

평범하게 살고 싶다면 저를 선택하면 안 되었다. 그 시점에서 이미 틀린 거였다. 어쩌면, 그가 사랑한 것이 제가 아니라 다른 여자였다면 한석이 원하는 대로 좀 더 빨리 되었을 수도 있었다.

한석은 제 것은 확실하게 챙기는 남자였으니까. 의심 많고 생각 많은 제가 봐도 믿음직한 사람이니까. 물론 상황상 쉽진 않겠지만 소박하게나마 이른 가정을 꾸리고 서로만 바라보며 사는 것이 다른 상대였다면 한결 수월했을 수도.

어쨌든 한석은 매력적이고 의외로 한없이 순정적인 면이 있는 남자였으니 말이다.

'하지만 이렇게 되어 버렸는걸.'

그래도 하진은, 아무리 한석이 외롭고 고단하게 살아왔다 해도 저 아닌 다른 여자에게 그가 이렇게 똑같이 할 거라는 생각은 하지 않았다. 그런 거라면 자신이 있었다. 제가 그에게 처음부터 끌렸던 것처럼 그 역시 어찌할 수 없는 끌림으로 저를 선택한 거라고 믿었다.

한석에게는 네 마음도 변할 수 있다 으름장을 놓았지만 사실 그런 걱정은 거의 하지 않았다. 이 관계에서 칼자루를 쥐고 있는 것은 저인 것 같았다.

어쨌든 저나 한석이나 편하게 풀릴 인생은 아닌 모양이었다. 비관한다 해도 할 수 없지만 그도 그런 운명인 것이다. 발버둥 쳐 봤자 결국 끌려 들어가는 소용돌이처럼, 그렇게……

알면서도 휩쓸리는 것이다.

* * *

'내가 알아서 한다고.'

그가 한 말의 뜻을 알게 되는 데는 그리 오랜 시간이 걸리지 않았다. 어느 날 조금 늦게 돌아온 한석은 공부하다 말고 제게 엉겨 붙는 하진에게 당분간은 못 안아 준다는 알쏭달쏭한 말을 했다. 그리고 한석이 소위 말하는 '묶는' 수술을 하고 왔다는 것을 알게 되었을 때 하진은 꽤 충격을 받았다.

이걸 추진력이 있다고 해야 하나? 약속 지키지 않았냐며 대수롭지 않게 말하는 그의 머릿속을 한번 들여다보고 싶었다. 지금 껏 단 한 번도 하진은 그런 쪽의 피임 방법은 생각해 본 적이 없었다.

"잘 알아보고 한 거 맞아? 아니, 그런 걸 막 함부로 해도 돼?"

"왜, 이제 걱정할 거 없으니까 좋잖아."

나중에 풀 수 있으니까 언제든지 원하면 말하라는 덧붙임에 실소가 나왔다. 저를 빤히 보는 까만 눈동자가 어쩐지 칭찬을 바라는 것 같았지만 잘했다고 하기에도 애매했다.

그래도 저를 그만큼 생각해 준 그의 진심은 와 닿았기에 하진은 조금 고민하다 고맙다고 말해 주었다. 고작 이런 거 갖고 그런 말을 하냐며 피식대던 한석의 얼굴에서는 다른 기색은 찾아볼 수 없었다. 분명 그랬다.

* * *

그해 봄은 유독 느리게 왔다. 이제는 완전히 익숙해진 이곳에서의 생활 속, 익숙해짐과 별개로 둘의 관계는 그리 좋다고는 할 수 없는 방향으로 흘러가고 있었다.

큰 소리 한 번 난 적 없던 집 안에서는 가끔 말다툼 소리가 났고 마음이 풀리지 않은 하진이 잘 때 홱 등을 돌려 버리는 적도 종종 있었다. 채 지우지 못한 담배 내음이 한석의 옷에 묻어 있는 일이 잦아졌고 하진이 공부를 핑계로 한석의 일상적인 스킨십을 거부하는 때도 있었다.

그럴 때면 한석은 정말 손끝 하나 대지 않고 제 할 일을 하다 조용히 먼저 잠이 들었다. 예전이라면 기분 안 좋은 티를 팍팍 냈을 텐데 요즘은 뭐랄까…… 분란이 일어날 것 같으면 회피해 버린다는 느낌을 받았다. 하진은 그런 한석을 이해하면서도 아주 조금은 서운했다.

당장 지난번은 언제나처럼 일 끝나고 유독 지친 얼굴로 맥주 캔을 따는 한석의 모습에 울컥해 술 좀 그만 마시라고 하기도 했다. 사실 어디 한 번 놀러 가지도 않는 한석이, 매일 달고 먹는 것도 아니고 고작 일주일에 두어 번인데…….

돌이켜 보면 괜히 미안하고 찔리는 마음이 그렇게 나왔던 것 같다.

"……어, 술 냄새 많이 나나? 미안해."

돌아올 말을 내심 각오했는데 그는 그렇게 말하며 쓰게 웃었다. 마시다 만 맥주를 싱크대에 흘려보내는 그의 옆얼굴이 그날따라 고단했다.

"담배 냄새도 나, 너 요즘."

"어, 안 피울게."

네가 끊으라면 끊어야 하지 않겠냐며 한석이 중얼거렸다. 더 할 일을 찾지 못한 한석이 욕실에 들어가는 뒷모습을 보는데 왜 찔끔 눈물이 나는 건지. 먼저 상처를 줘 놓고 상처받은 것 같은 그의 모습에 오히려 가슴이 아픈 자신을 하진은 죽어도 이해하지 못할 것 같았다.

균열의 시작이 어디서부터인가를 찾는 것은 아마도 그리 중요하지 않을 것이다.

그렇다고 둘의 마음이 변했나? 그건 아니었다. 어린 연인들은 이제 서로가 없는 삶은 상상할 수도 없었다. 단지 상대를 향한 마음이 깊어짐에 따라 필연적으로 따라붙는 불안에 둘 다 취약했을 뿐.

절대적인 사랑을 받아 본 적 없는 둘은 서툴고, 미숙했으며 때로는 한없이 감정적이었다. 안타깝게도 그들의 잘못이 아닌 그 사실이 비극의 전초였을 뿐이다.

둘은 서로를 가슴 깊이 사랑했다.

한석은 얼핏 까칠하고 냉랭하지만 그 누구보다 섬세하고 예민한 하진이 늘 눈에 밟혔고 하진은 어디 내놔도 제멋대로 잘 살 것 같은 그가 품고 있는 희미한 열등감이 안쓰러웠다. 조금은 위태롭게 흘러가는 날들이었지만 그래도 그들은 함께 있을 때 가장 행복했다.

* * *

"추워."

식당 밖으로 나오자마자 하진의 입에서 무심코 흘러나온 말에 한석이 곧바로 반응했다.

"춥다고?"

"응."

당당한 대답에 한석이 어깨를 으쓱했다. 4월 초라지만 이상 기온이라는 말이 나올 정도로 밤에는 꽤 쌀쌀했다. 그게 오늘이 정점인 듯했다. 어느 곳에는 눈이 내렸다는 말이 조금 전 식사할 때 TV에서 나왔을 정도로. 집 나올 때만 해도 이렇게 바람이 불진 않았는데. 하진은 팔짱을 끼고 몸을 조금 움츠렸다.

"그러니까 뭐 하나 걸치고 오라고 했잖아."

아무튼 말 안 듣는다며 한석이 혀를 찼다. 물론 그는 춥기는커녕 더워 보이긴 했지만. 이거라도 벗어 줄까? 입고 있던 티셔츠를 진지하게 벗을 기세로 물어보기에 하진이 조금 성질을 냈다.

"말도 안 되는 소리 하지 마."

"응, 왜 또 화났어."

씩 웃은 한석이 쪽, 하진의 입에 입을 맞췄다. 여기 밖인
데……. 하진은 흠칫하며 주위를 둘러보았지만 저만치 지나가는
사람 몇몇은 다행히 이쪽을 보지 않은 듯했다. 괜히 헛기침을
한 하진이 말했다.

"얼른 가자."

갑자기 국수가 당긴 하진 때문에 둘은 집 근처 국숫집에 저녁
을 먹으러 온 터였다. 생긴 지 얼마 안 되어 깔끔하고 맛도 괜찮
아서 하진이 요즘 자주 한석에게 가자고 하는 곳이었다.

"춥다며."

"그러니까 빨리 가야지."

종알대는 입술에 한석의 시선이 잠깐 머물렀다. 얼마 전 가벼
운 감기를 앓았던 하진이었다. 한석이 볼 때 하진은 환절기면
꼭 아픈 것 같았다. 원래부터 그랬는지 여기 와서 그렇게 되었
는지는 알 수 없지만.

어쨌든 아까도 외투를 챙겨 온다는 것을, 현관에서 신발을 신
으면서도 국수 먹을 생각에 조금 들떠 있는 작은 얼굴이 너무
귀여워서 입을 맞추다 보니 깜빡했다. 제 부주의를 타박하던 한
석이 망설임 없이 하진을 들어 올려 안았다. 힉, 갑자기 발이 바
닥에서 떨어지자 놀란 하진이 눈을 크게 떴다.

"뭐 해……!"

"어, 추우니까 안고 가려고."

"뭐?"

"나 꽉 안아."

내려놓으라고 발버둥을 쳤지만 한석은 그녀를 안은 팔에 더 단단히 힘을 주었을 뿐이었다. 졸지에 그의 어깨에 둘러메진 행색이 된 하진의 얼굴에 확 열이 올랐다.

그나마 공주님 안기는 아니라 다행이라고 생각해야 되나? 하지만 그러기에는 제가 무슨 취객이라도 된 듯한 기분이었다. 차라리 취했으면 창피를 모를 텐데······.

"깜깜해서 아무도 안 보니까 그냥 가만히 있어. 집 바로 앞인데 뭐, 빨리 갈게."

드문드문한 가로등 불빛 아래 한가로이 걸으며 그가 말했다. 빨리 간다는 사람치고는 느긋했다. 아무리 생각해도 이건 아닌 것 같아서 하진은 차라리 업어 주라고 했다.

"그러면 등이 춥잖아. 이렇게 앞으로 안아야 따뜻하지."

"싫어. 그냥 업힐래."

그냥 걸어간다고 좀 더 고집을 부려도 되겠지만 하진은 그러지는 않았다. 한석이 가볍게 하진을 뒤로 휙 돌려 업었다. 깜짝이야, 하진의 눈이 휘둥그레졌다.

"떨어지는 줄 알았잖아."

"내가 미쳤다고 널 떨어뜨리냐."

"아무튼 힘은 세서."

"좋단 얘기지?"

"······."

하진은 가는 동안 아무도 마주치지 않기를 바랐으나 안타깝게도 몇 명의 행인들이 그들을 스쳐 지나갔다. 하진은 부러 눈을 감고 그의 어깨에 고개를 묻었다. 남들이 딱히 신경 쓰지 않을 건 알아도 민망했다.

그렇게 둘은 집으로 향했다. 한겨울에도 열이 나는 몸이라 그런지 한석의 몸이 뜨끈뜨끈해 정말로 추위는 느껴지지 않았다. 하진을 들쳐 업은 한석의 걸음은 어느 때보다 느렸지만 가는 길이 가까운지라 어느새 익숙한 골목으로 접어들었다.

하진은 그때야 내내 파묻고 있던 고개를 슬쩍 들었다. 살짝 경사가 있는 언덕길을 완전히 올라가면 저와 그의 집이 나온다. 인적 드문 어둡고 조용한 곳에 와서야 하진은 안도하고 그의 체온을 마음껏 즐겼다.

"이제 내려 줘."

괜히 말하니 그가 흘깃 고개를 돌려 눈을 맞춰 왔다.

"싫어. 집까지 업고 갈 건데."

"……."

"한번 시작했으면 끝까지 책임을 져야지."

그게 이 상황에 어울리는 말인가? 얕은 생각은 저를 보며 희미하게 입꼬리를 끌어 올리는 남자에 순간 잊혔다. 이내 한석은 다시 앞을 보았지만 그는 좀 전 분명 웃고 있었다. 아주 기분 좋게.

"……무겁잖아."

"네가?"

그가 황당한 소리를 냈다. 하진이 답하지 않자 그도 더는 뭐라 말을 붙이지 않았다. 언덕을 올라가면서도 그는 지친 숨소리 한 번 내지 않았다. 제게 주어진 하진의 무게를 너무나 기쁘게 받아들이고 있었다.

하진은 말없이 그의 목을 끌어안은 손에 힘을 주었다. 눈에 익은 골목의 풍경이 차례로 천천히 그녀의 동그란 눈동자 안에 담겼다. 익숙함에서 오는 묘한 안정감이 들었다.

차분한 발소리만 나는 밤길, 하진은 문득 그런 생각을 했다. 이 순간의 장면에 그대로 멈춰 평생 살고 싶다고.

8

봄날의 따뜻함이 조금씩 무르익었다. 한석과 하진의 생활에도 미묘한 변화가 생겼다. 한석은 전보다 훨씬 더 잔업을 많이 하기 시작했다. 예전에는 집에서 가만히 잠만 자는 하진이 걱정되어 거의 하지 않았지만 요즘은 하진도 공부하느라 예민하니 자리를 피해 주는 게 낫다고 판단한 듯했다.

"안 그래도 힘든데 잔업까지 무리하지 마."

"하고 싶어서 하는 거야."

일을 하고 싶어서 하는 사람이 어디 있을까? 말리는 말에도 그는 어깨를 으쓱했다.

"이사 가려면 더 벌어 놔야지."

하진의 수능 성적이 어떻게 되든지 한석은 일단 이사를 가기로 마음먹은 듯했다. 밤에 한석의 전화가 울리는 일도 잦아졌다.

소위 친목 다짐이랄까. 같이 일하는 사람들이 술자리에 한석을 부르는 모양이었다. 그럴 때마다 한석은 애인 만나야 한다든가 오늘 다친 데가 너무 아프다는 등 그때그때 능글맞게 받아치고 전화를 끊었다.

정말 여의치 않을 때는 한 번씩 나가기도 했지만 대부분 두어 시간을 넘기지 않았다. 오가는 시간을 제외하면 얼굴만 비치고 온 수준이었다.

주말인 오늘도 상황은 다르지 않았다. 언제나처럼 일찍 집을 나선 한석은 그래도 오늘은 5시 전에는 집에 돌아올 터였다. 새벽까지 이어졌던 정사의 여파로 몸이 축축 늘어졌지만 하진도 심기일전해 책상 앞에 앉았다. 이러다 진짜 대학에 못 갈지도 모를 일이었다.

'졸려.'

커피를 앞에 놓은 하진이 눈을 천천히 감았다 떴다 했다. 열심히 잠을 쫓는데 어젯밤 유독 집요했던 그의 모습이 자꾸 눈앞에 아른거렸다. 그러고 보니 두 번째로 했을 때부터는 콘돔도 안 끼고 했던 것 같다.

한석이 수술을 받긴 했지만 콘돔을 꼭 끼는 게 암묵적인 규칙이었는데 요즘 들어 어느 순간부터는 그게 무너졌다. 물론 하진이 동의했으니 가능한 일이었다. 엄밀히 말하면 동의라기보다는 이제는 완전히 마음을 놓은 하진이 먼저 원했던 것도 있었다.

'집중하자, 집중.'

자꾸 애먼 데로 튀는 생각을 간신히 붙잡은 하진이 책을 폈다. 그래도 요즘은 몇 달 전과 비교하면 확실히 예전 감을 조금씩 찾아 가는 기분이었다. 그렇게 두어 시간 꼼짝하지 않고 앉아 있는데 책상 위에 올려 둔 핸드폰이 진동했다. 하진의 눈이 조금 커졌다.

"어, 언니?"

당연히 한석인가 했는데 지서였다. 뭐 하고 있었냐며 가볍게 물꼬를 튼 지서는 으레 그 경쾌한 말투로 점심 같이 먹지 않겠냐고 물었다.

-맛있는 거 사 줄게, 잠깐 나올래? 저번에 그렇게 너 간 게 계속 마음에 걸려서…….

"아, 그거라면 진짜 괜찮아요."

소나기를 맞았던 날의 일이 지서는 아직도 걸리는지 알바하면서도 그 얘기를 여러 번 했다. 자꾸 밥을 사 주겠다는 걸 괜찮다고 몇 번 넘겼는데 오늘은 아예 이렇게 전화까지 온 거였다.

-아니, 내가 자꾸 미안해서……. 그리고 만나고 싶기도 하고! 우리 저번에 먹었던 곳보다 백 배는 더 맛있는 데 있거든. 너 파스타 좋아한다고 했었잖아.

"백 배요?"

-응, 진심.

보지 않아도 지금 말하고 있는 지서의 표정이 그려지는 듯해 하진은 조금 웃었다. 한석을 제외하면 연락을 주고받는 사람 하나 없는 하진은 내심 그녀에게 정을 주고 있었다. 결국 약속을 잡은 하진은 보던 책을 덮고 나갈 채비를 했다.

* * *

지서가 추천한 식당은 확실히 모든 요리가 맛있었다. 커다란 통창 밖으로 보이는 경치가 예뻐서 더 그렇게 느꼈는지도 모른 다. 바닷가 쪽으로 빠지는 외곽에 위치해 조금 멀다는 것만 빼 면 여러모로 꽤 괜찮았다.

정원이 딸린 널찍한 부지 안에는 바로 옆 건물에 카페도 있었 는데 지서 말로는 둘 다 같은 사람이 운영하는 거라고 했다. 간 만에 만족스러운 식사를 하고 식후 나온 커피와 아이스크림을 사이좋게 나눠 먹는데 지서가 눈을 반짝였다.

"이거 마저 마시고 우리도 밖에서 사진 좀 찍을까?"

"네, 좋아요."

고개를 끄덕인 하진이 다시 창밖에 시선을 주었다. 봄꽃들이 흐드러진 풍경 속 사진도 찍고 벤치에도 앉아 있는 사람들이 보 였다. 어깨를 끌어안고 함께 셀카를 찍고 있는 커플을 보자니 또 한석 생각이 났다. 다음에 같이 한번 오면 좋을 것 같았다. 당장 내일이라도.

식사를 마친 둘은 한동안 정원에 머물렀다. 카페에서 음료를 테이크아웃한 후 야외 테이블에 앉아 마셨는데 그마저 조금 늦었으면 자리가 없을 뻔했다. 서로 사진을 찍어 주기도 하고 같이 찍기도 하고, 알바할 때는 일하느라 미처 다 못 했던 얘기도 하며 즐겁게 시간을 보냈다.

하진은 가끔 지서가 푸념하듯 들려주는 대학 생활이 엄청나게 흥미로웠다. 술만 마신다는 MT나 밀어닥치는 과제, 무조건 한 번은 마주치게 된다는 조별 과제 빌런 이야기 등등……. 어쨌든 제가 경험해 보지 않은 것들이었으니까.

"그럼 언니 다음 학기에 복학하는 거예요?"

"응, 원래 이번에 해야 했는데 어쩌다 보니 그렇게 됐네."

지서가 머쓱하게 웃었다. 졸업까지 한 학기 남겨 둔 지서는 아직 뭘 해서 먹고살아야 할지 정하지 못했다고 했다. 어쨌든 복학 전에는 자연스럽게 알바도 그만두게 될 거라고. 하진은 그 생각만 하면 벌써 서운했다.

"와, 근데 이거 진짜 잘 나왔다. 너 무슨 그림 속에서 튀어나온 애 같아."

직전 찍은 사진들을 보내 준다던 지서가 갑자기 핸드폰을 들이밀었다. 하진은 조금 멋쩍은 표정으로 액정을 들여다봤다. 커피 주문하기 전 지서가 찍자는 곳에서 몇 장 서서 찍었는데, 선명한 색감의 꽃들을 배경으로 조금 어색한 미소를 짓고 있는 제 모습이 나름 그럴싸하긴 했다.

"언니가 잘 찍어 준 거죠."

"아니, 이건 모델의 문제야. 오늘따라 옷도 왜 이렇게 화사하게 예쁘게 입었어? 참, 이거 전에 나랑 같이 가서 고른 치마 맞지?"

"네."

고개를 끄덕이자 지서가 역시, 하며 호들갑을 떨었다. 솔직히 그냥 하던 대로 티셔츠에 청바지를 입으려다가, 날이 워낙 좋아 괜히 들뜨는 마음에 사 놓고 한 번도 입지 않았던 봄옷들을 꺼내 입었다. 과하지 않은 프릴이 포인트인 블라우스와 어울리는 색감의 얇은 카디건은 예전 한석이 사 줬던 거였는데 작년에는 딱히 입을 일이 없어 봄을 넘겼었다.

"내가 말했잖아, 너는 아예 확 화려한 것도 잘 어울릴 것 같다니까? 뭐라고 해야 하지, 얼굴이 좀 고급스럽게 예쁘다고 해야하나 그런 게 있어. 지금도 무슨 아이돌 느낌 나긴 하지만."

지서가 제 외모를 칭찬하는 일은 하루 이틀도 아니지만 오늘따라 더 과하긴 했다. 뭐라 해야 할지 몰라 하진이 침묵하는데 갑자기 지서가 가방을 뒤적이더니 웬 립스틱 하나를 꺼냈다.

"참, 이거 한번 발라 봐."

뭐지, 하진이 멈칫하는데 지서가 열심히 말을 붙였다.

"내 동생이 화장품 가게에서 알바해서 샘플도 많이 주고 신상도 먼저 사서 잘 챙겨 오거든. 이것도 예뻐서 뺏어 왔는데 내 얼굴 톤에는 잘 안 받더라고. 근데 딱 네 생각 나기에 챙겨 왔지."

딱 한 번밖에 안 바른 새것이라며 지서가 눈을 크게 떴다. 성화에 못 이긴 하진이 립스틱을 바르자 지서가 손뼉을 치며 좋아했다.

"대박, 대박. 역시 딱 네 거야. 비싼 것도 아니니까 부담 없이 가져."

"어차피 저 화장 잘 안 하고 다니는데……."

"뭐 어때, 기분 내킬 때 한 번씩 발라. 데이트할 때라든가."

결국 밥도 얻어먹고 립스틱도 선물 받은 셈이 되자 좀 미안해졌다. 그나마 커피는 제가 사기는 했지만. 예전에 지나가는 말로 지서가 제 생일이 여름이라고 했던 것 같은데, 하진은 그때는 꼭 좋은 선물을 줘야겠다고 마음속으로 생각했다. 그 와중 제 셀카도 몇 장 더 찍은 지서가 문득 물었다.

"근데 왜 메신저 앱은 안 깔아? 공부하느라?"

"음…… 네. 그것도 그렇고 한번 삭제하니까 굳이 깔 필요를 못 느끼겠더라고요."

"하긴, 무슨 느낌인지 알 것 같긴 해."

다 예뻐서 고를 게 없다며 수십 장의 사진을 전부 문자로 전송해 준 지서가 시간을 확인했다.

"와, 벌써 시간이 이렇게 됐네. 남친은 일 몇 시에 끝나?"

"4시 좀 넘어서요. 근데 오는 시간도 있으니까……."

말끝을 흐리는 하진의 얼굴에 멋쩍은 빛이 돌았다. 아까 지서와 통화하던 중 저녁에는 한석과 보기로 했다는 식으로 먼저 양해를 구했던 터였다. 어차피 매일 집에서 얼굴을 보고 있으니 그렇게 말한 건데 지서가 볼 때는 정말 매일 만난다고 생각할 것 같았다.

"남친은 대학 안 간대? 아예 그쪽으로 마음먹은 거야?"

"아마 그럴 것 같아요."

"와, 쉽지 않을 텐데 마음먹은 게 대단하다. 그래도 아직 너무 어리지 않아? 다른 길도 생각해 보면 좋을 텐데."

당연히 지서는 별 뜻 없이 하는 얘기겠지만 하진은 괜히 기분이 가라앉았다. 왜냐면 자신도 늘 생각하는 거였으니까. 그렇지만 그런 답답함을 지서에게 풀 이유는 없어서, 대충 고개만 끄덕이고 자연스럽게 말을 돌렸다.

그 후로도 둘은 조금 더 대화하다 자리에서 일어났다. 한낮이 되자 기온도 한층 올라 하진은 입고 왔던 얇은 카디건을 벗어 팔에 걸쳤다. 올 때처럼 갈 때도 택시로 이동했는데 도중 지서가 남친에게 걸려 온 전화를 받는 사이 하진은 한석에게 문자를 했다. 한석도 슬슬 일이 끝날 시간이었다.

[나 지금 언니랑 밖에서 밥 먹고 집 가고 있어]

[서점 잠깐 들렀다 갈게]

서점은 집에서 조금 떨어진 곳에 있었는데 도중에 내려서 문제집을 사고 다시 집까지 걸어갈 계획이었다. 날도 좋으니 20분 정도는 충분히 걸을 만했다. 문자를 보내고 얼마 있지 않아 전화가 걸려 왔다. 하진은 아직도 통화 중인 지서를 한 번 슬쩍 보고 저도 전화를 받았다.

"응."

-그 같이 알바하는 사람이랑?

대뜸 물어 오는 말에 하진은 또다시 대답했다. 응.

"일은 끝났어?"

-어, 이제 출발하려고.

핸드폰 너머 들려오는 소리가 조금 시끄러웠다. 어디냐고 재차 묻기에 택시를 타고 가는 중이라 했다. 곧바로 답이 돌아왔다.

　-그럼 나도 서점으로 갈게. 거의 비슷하게 도착하겠네.

　"응, 알았어."

　한석이 오면 당연히 더 좋긴 했다. 그럼 이따 보자는 말을 하고 하진은 전화를 끊었다. 아직도 지서는 통화 중이었는데 내용이 어째 좀 심각하게 흘러가는 것 같았다. 아까 남친하고 싸웠다는 말을 했는데 그것의 연장선인 모양이었다.

　차창 밖도 보고 할 것 없는 핸드폰도 괜히 뒤적이던 하진은 지서가 보내 준 문자 속 사진들을 넘겨 보기 시작했다. 그러다 지서가 제일 예쁘다고 했던 사진 하나를 한석에게 충동적으로 전송했다.

　문자를 바로 확인한 것 같긴 한데 답은 돌아오지 않았다. 운전 중이라 그런 모양이었다. 하진의 시선이 다시 밖으로 향했다. 휙휙 넘어가는 풍경들이 괜히 아쉬워 가만히 눈에 담았다.

　서점이 있는 대로변에 다다를 때쯤 지서의 통화가 멎었다. 멋쩍은 얼굴로 손을 흔드는 지서를 뒤로하고 하진은 먼저 내렸다. 주위를 한 번 둘러봤지만 한석은 아직 오지 않은 것 같았다.

　'곧 오겠지.'

　하진은 별생각 없이 서점 안으로 발걸음을 옮겼다. 미리 생각해 놓은 문제집도 사고 새로 나온 소설책도 훑어보며 오랜만에 책 구경을 했다. 온통 책들로 가득한 널찍하고 조용한 내부 안이 묘하게 안정을 주는 기분이었다.

흥미를 끄는 제목에 사로잡힌 하진이 어느 순간 온전히 책에 집중한 지 얼마나 되었을까.

"……!"

허리를 부드럽게 감싸는 손길에 하진은 놀라 고개를 들었다. 저를 보며 조금 입꼬리를 끌어 올린 남자가 보였다.

"놀랐잖아……."

절로 안도의 숨이 터졌다. 조금 원망을 담아 올려다보자 한석이 미간을 좁혔다.

"왜, 나 말고 누가 이런다고."

"아니, 갑자기 그러니까."

"완전 집중해 있긴 하더라."

한석이 하진이 들고 있던 책에 흘낏 시선을 주었다.

"재밌어?"

"아, 이거 이번에 나온 영화 원작이래. 근데 확실히 나는 영상보다는 글로 보는 게 더 재밌더라."

"그럼 그것도 사서 가자."

"어? 아니, 괜찮아."

"왜, 공부하다가 머리 식힐 때 읽으면 되지."

결국 문제집에 세 권짜리 소설책까지 사서 나오게 되었다. 계산은 당연하다는 듯 한석이 했다. 하진이 지갑을 꺼내기도 전 주머니에서 휙 카드를 꺼내 결제해 버렸다. 지갑에 넣고 다니라고 했는데 번거롭다고 매번 체크 카드만 덜렁 갖고 다니는 한석이었다.

"그렇게 하지 말라니까. 집에 가서 내가 현금으로 줄 거야."

"나 그 소리 제일 싫어한다고 했지."

"아, 진짜."

주차된 차에 올라타며 하진은 볼멘소리를 냈다.

"네가 일한 돈 쓰는 거 나 죄책감 느껴. 안 그래도 생활비도 네가 거의 다 내는데."

뒷좌석에 책이 가득 담긴 봉투를 놓고 시동을 걸던 한석이 눈을 가늘게 떴다.

"말했잖아. 그냥 이럴 때는 나를 지갑이라고 생각하라니까? 전혀 미안하거나 부담 뭐 이딴 감정 가질 필요가 없다고. 자기 지갑에서 돈 빼서 쓰는데 누가 죄책감을 갖냐?"

"너 그런 말 하는 거 진짜 싫어."

"싫긴. 나는 너 없으면 돈 벌 이유도 없어."

누가 보면 명품이라도 사 준 줄 알겠다, 또 하진을 속 터지게 하는 말을 덧붙이며 혀를 차던 한석이 갑자기 말을 뚝 멈췄다. 저를 가만히 보는 뚫어질 듯한 시선에 하진이 움찔했다.

"왜?"

"입술에 뭐 발랐어?"

"입술? 아……."

갑작스러운 질문에 멈칫하던 하진의 입술이 다시 열렸다.

"아까 언니가 립스틱 선물로 줬어. 자기랑은 잘 안 어울린다고."

"그래?"

"……왜, 이상해?"

"아니."

예뻐, 어깨를 한 번 으쓱한 한석이 이내 핸들을 잡았다. 웃음기 하나 없는 옆얼굴을 보던 하진이 조금 입술을 삐죽였다. 예쁘다는 말을 저렇게 험상궂게 하는 것도 재주였다.

이내 차가 매끄럽게 출발했다. 시선을 돌려 앞을 보는데 문득 하진의 뇌리를 스쳐 지나가는 그 언젠가의 파편이 있었다. 쓰지 않는 공간 안, 채 식지 않은 열기를 애써 가라앉히려 노력하던 그의 새까만 눈동자와 갈라진 목소리.

"아무것도 안 발랐으면서 거짓말은."

입술에 뭐 발랐으니 키스하지 말라는, 되지도 않는 말로 그를 자극했던 예전의 저를 생각하니 헛웃음이 나왔다. 어둡고 후미진 곳만을 찾아다니며 입을 맞췄던 우리의 상황은 지금이라고 나아졌을까.

* * *

언제나처럼 공영 주차장에 차를 댄 후 둘은 바로 들어가지 않고 집 근처 공원에서 시간을 보냈다. 확실히 날이 좋으니 집보다는 밖이 좋았다. 사뭇 무덥게까지 느껴졌던 한낮의 열기도 어느덧 한 김 식어 있었다.

살랑살랑 바람이 불어오는 작은 공원 안 그렇게 서로의 손을 꼭 잡고 천천히 걸었다. 한석의 다른 손에는 조금 전 서점에서 산 책이 담긴 묵직한 봉투가 들려 있었다. 별다른 말이 오가지 않아도 하진은 익숙한 체온에서 평온함을 느꼈다.

"근데 너."

"응?"

"오늘 진짜 예쁘다."

"……."

도중 한석이 툭 던진 말에 하진은 괜히 시선을 돌렸다. 매일같이 그에게 듣는 말이긴 하지만 오늘따라 낯간지러웠다. 딴청을 부리는 옆모습에 지긋한 시선이 꽂혔다.

'존나 귀엽네.'

마음 같아서는 당장 끌어안고 입술 새 혀를 밀어 넣고 싶었지만 하진이 질색할 테니 꾹 참았다. 사실 한석은 하진이 어떤 옷을 입건 얼굴에 뭘 바르건 딱히 상관없었다. 어차피 자신은 하진이 제일 예쁠 때가 언제인지를 알고 있었기 때문에. 그것은 죽을 때까지 저만이 알아야 할 사실이기도 했다.

다만 오늘의 하진은 여느 때와 같은 듯 달라서 안 그래도 늘 그녀에게 붙박인 제 시선을 또 한 번 사로잡았다. 단단히 휘어잡고는 도무지 놓아주지를 않았다.

미묘한 외적인 변화를 아예 빼놓고는 말할 수 없겠으나 여느 때보다 생기 있고 기분 좋아 보이는 모습이 그의 가슴을 벅차게 했다. 그만 좀 보라는 듯 하진이 슬쩍 눈치를 주는 것 같은데도 멈출 수가 없었다.

어느새 또 허리께까지 길어 버린 머리카락이 걸을 때마다 살

살 나부끼는 것조차 한석의 마음을 건드렸다.

한동안 감상하듯 하진에게 꽂혀 있던 시선이 문득 그 자신에게 향했다. 얼마 주고 샀는지 기억도 안 나는 티셔츠와 프리하기 그지없는 트레이닝팬츠, 꽤 닳은 운동화. 하진이 얼마 전 사 준 운동화는 어쩌다 보니 고이 모셔 놓게 되었다. 어차피 일하러 가면 바로 작업복을 입기 때문에 현장에 오는 사람들은 다 저와 비슷한 차림이다.

'뭐, 상관없잖아?'

한석은 괜히 제가 들고 있는 책 봉투를 고쳐 단단히 잡았다. 손에 적당히 전해지는 무게에서 아까 서점에서 집중하고 있던 하진의 모습이 떠올랐다.

진지한 얼굴로 책에 푹 빠진 모습을 먼발치에서 보는데 뭐랄까, 기분이 상당히 묘했었다. 정말 무슨 신입생처럼 보이기도 하고……. 조용하고 지적인 분위기도 기가 막히게 잘 어울리는 하진은 역시 저랑 본질부터 다른 것 같았다.

"무슨 생각을 그렇게 해?"

"아니, 뭐……."

말을 흐린 그가 눈썹을 찡그리며 웃었다.

"너랑 나, 지금 되게 안 어울리는 것 같아서."

"뭔 소리야, 그건 또."

하진의 얼굴이 심각해졌다. 한석은 대놓고 픽 웃었다. 눈치 빠른 하진이 무슨 생각을 할지 뻔했다. 알면서도 자신은 한 번씩 제 감정을 숨기지 않았다. 한석은 하진이 제게 죄책감을 느끼는 것조차 그녀를 붙잡아 둘 수 있다면 나쁘지 않다고 생각했다. 그게 결국 제 살을 깎아 먹는 감정이라는 것까지는 아직 몰랐지만.

"농담, 너무 예뻐서 그냥 해 본 소리야. 그냥 눈을 못 떼겠네."

하지만 모처럼 기분이 좋아 보이는 하진의 얼굴이 심각해지는 게 싫어 한석은 한발 물러났다. 흐음, 하진이 설핏 웃었다. 봄바람같이 가볍고 달콤한 미소에 그의 마음이 또 한 번 울렁였다.

"맨날 이렇게 입고 다닐까?"

"아니."

저도 농담으로 받아친 건데 곧바로 돌아온 말에 하진은 얼굴을 찌푸렸다.

"뭐야, 그게. 예쁘다며."

"치마는 별로."

"뭐?"

설마 이건 한석이 사 주지 않은 거라 그런가……. 순간 그렇게도 생각했지만 역시 그건 좀 아닌 것 같았다. 하진은 걸음을 조금 늦추며 저를 보는 남자와 눈을 맞췄다. 그럴 리 없는데 한석은 계속 키가 크는 느낌이었다.

"왜, 아까 언니도 나 다리 되게 예쁘다고 했는데."

지그시 저를 훑는 은근한 시선에 괜히 민망해진 하진이 평소하지도 않을 법한 말을 입에 올렸다.

"누가 그걸 몰라?"

"그럼 왜, 짧은 거 입어서 싫어?"

불퉁하게 말하자 한석이 헛웃음을 흘렸다.

"내가 그렇게 못난 놈으로 보여?"

"……."

"싸맨다고 예쁜 게 없어지는 것도 아니고. 애인이 예쁜데 싫어할 남자도 있나."

말은 그렇게 하면서도 한석은 오가는 남자들이 하진을 조금이라도 본다 싶으면 눈을 번득였다. 잠깐 벤치에 앉아 쉴 때도 허벅지까지 올라가는 치마를 보고 카디건을 꼼꼼히 덮어 주었다.

말과 행동이 따로 놀았다. 묘하게 신경이 곤두선 듯한 한석 옆 하진은 오늘 지서와 있었던 일들을 생각나는 대로 말했다. 한석은 늘 그렇듯 하진의 시답잖은 말도 집중해서 들어 주었다.

"배 안 고파? 이제 슬슬 가자."

혼자 한참 떠들던 하진이 나란히 앉아 있던 한석의 손을 쥐고 흔들었다. 내심 더 있고 싶긴 했지만 날은 훤해도 벌써 평소 저녁 먹을 시간을 넘겨 있었다. 저야 놀다 왔지만 한석은 일하고 왔으니 들어갈 시간이었다.

"난 괜찮은데."

답하는 한석이 제 기분을 알아차린 것 같아 하진은 제가 배가 고프다며 마음에도 없는 말을 했다. 으음, 한석이 고개를 갸웃하더니 뜬금없는 말을 했다.

"그럼 사진이나 한 장 찍고 가자."

"사진?"

"어."

그러고 보니 둘이 찍은 사진은 많지 않았다. 둘 다 어디 가서 사진부터 찍는 타입이 아니기도 했고. 아까 지서와 찍은 사진들을 보여 줄 때 하나하나 유심히 보던 한석의 마음을 알 것도 같아서 하진은 순순히 제 핸드폰 카메라를 켰다. 이미 붙어 있었지만 더 딱 달라붙으며 그에게 팔짱을 꼈다.

"응, 많이 찍자."

"……."

잠깐 멈칫하던 한석이 이내 하진의 어깨를 안아 왔다. 그렇게 둘이 한동안 얼굴을 붙이고 셀카를 찍었다. 처음에는 조금 어색했는데 먼저 찍자고 한 게 무색하게 한석의 표정이 경직되어 있다 보니 하진이 리드하게 되었다.

"한석아, 좀 웃어 봐."

"웃고 있는데."

"나만 웃잖아. 너 지금 엄청 험상궂어."

찍은 사진들을 하나하나 넘겨 보며 핀잔하자 한석이 억울한 표정을 했다. 비뚤게 올라간 입꼬리를 손가락으로 가리키며 웃고 있지 않냐고 또 말했다. 하진은 단호하게 고개를 저었다.

"아니, 눈이 안 웃고 입만 웃으니까 무서워."

"참 나, 알았어."

결국 몇 장을 또 찍었다. 그나마 한석도 아까보다는 표정이 풀려 있었다. 문득 이 상황에 재미를 느낀 하진은 밖이라는 것을 잠시 망각하고 평소보다 적극적으로 행동했다. 한석의 어깨에 고개를 기대고 예쁜 척을 하기도 하고 보란 듯 더 활짝 웃었다.

"마지막으로 내 걸로 한 번만 찍자."

"응? 그래."

어차피 사진 다 보내 주려고 하긴 했지만 하진은 주머니에서 핸드폰을 꺼내는 남자를 굳이 말리지 않았다. 아……. 별생각 없이 한석의 행동을 따라가던 하진의 눈빛이 일순 흔들렸다.

늘 기본 화면이던 한석의 액정은 아까 제가 보내 준 사진으로 바뀌어 있었다. 조금 마음이 찡해 오는데 그사이 카메라 앱을 실행시킨 한석이 하진의 어깨를 끌어안은 손에 다시금 힘을 주었다.

반사적으로 입꼬리를 끌어 올리던 찰나. 볼에 와 닿는 부드러운 감촉에 하진의 눈이 크게 뜨였다.

"됐다, 이제 가자."

이내 조금은 머쓱한 목소리가 귓가에 감겼다. 아직 사진도 확인 못 했는데 한석은 미련 없이 자리에서 일어났다.

"봐 봐, 어떻게 나왔나."

얼른 따라 일어난 하진이 핸드폰을 빼앗듯 가져가 사진을 확인했다. 웃다가 놀란, 어정쩡한 얼굴인 저와 다르게 슬쩍 눈까지 감은 비스듬한 옆모습은 그럴싸했다. 날카롭고 단단한 턱선과 남성적인 목울대가 더 잘 드러나기도 했고.

새삼스럽게 잘생겼다는 생각이 들었다. 하진은 언제 멋쩍었냐는 듯 다시 뻔뻔한 얼굴로 제 허리를 끌어안는 남자에게 괜히 투덜거렸다.

"갑자기 뽀뽀하고 그래."

"하고 싶으니까 했지."

"근데 왜 이렇게 빨리 걸어?"

"집 가서 제대로 하고 싶어서."

"……."

뭘 제대로 하고 싶냐는 말은 차마 나오지 않았다. 진짜 정한석…… 성큼성큼 걷는 그의 큰 보폭을 따라가는데 자꾸 실없는 웃음이 새서 하진은 조금 곤란했다.

그렇게 데이트 잘 해 놓고 와서 둘은 또 조금 싸웠다. 한석이 씻으러 들어간 사이 그에게 온 연락을 무심코 하진이 보게 된 게 화근이었다. 알바를 다니며 하진은 제 핸드폰에 예전처럼 잠금을 걸어 놓았지만 한석은 여전히 그런 게 없었다.

그렇다고 하진이 굳이 그의 핸드폰을 볼 일도 없었고, 그래서 저장되어 있지 않은 번호로 진동이 계속 울릴 때도 일하는 데서 왔겠거니 하고 씻고 나오면 말해 줄 생각이었다. 그런데.

[정한석! 뭐 하고 살아?]

[나 잊어버린 건 아니지ㅋㅋㅋㅋ]

별생각 없이 본 액정에 뜨는 메시지에 기분이 확 가라앉았다. 최이서, 당연하게 잊고 지냈던 이름 세 글자가 거슬렸다. 그녀가 한석을 엄청 좋아했다는 것은 사실이었으니까.

[너 지방 내려갔다며??? 거기서 뭐 해??]

[이도현이]

[너 연락 안 된다고 개슬퍼해ㅠㅠ 네가 연락하지 말라고 쌍욕 했다며 귀찮다곡ㅋㅋㅋㅋ]

제 연락은 씹지 말라며 애교 섞인 말투 끝 붙은 하트 이모티콘을 보는 하진의 표정이 굳었다. 그 와중에도 메시지는 계속 왔다.

[나 지금 간만에 고등학교 애들이랑 술 먹다가 갑자기 네 생각 나서]

[민지도 너 보고 싶대]

민지는 또 누구지, 하진은 가만히 눈을 깜빡였다. 그 말을 끝으로 더는 메시지가 오지 않았다.

"……."

하진은 잠시 생각에 잠겼다. 아직도 최이서는 한석에게 관심이 있는 모양이었다. 제가 기억하는 그녀의 마지막 모습은 복도에서 마주쳤을 때 저를 죽일 듯 노려보던 모습이었고 그 전은 한석에게 험한 욕을 듣고 울 것 같은 표정을 하던 얼굴이었는데.

'그런 말을 듣고도 연락이 또 하고 싶나?'

이해가 되지 않아 지그시 미간을 찌푸리는데 욕실 문이 열리는 소리가 났다. 젖은 머리를 수건으로 대충 털고 나오던 한석이 의아한 듯 물었다.

"왜 그래?"

하진은 말없이 한석에게 핸드폰을 건넸다. 대수롭지 않은 얼굴로 메시지를 확인한 한석이 툭 말을 뱉었다. 미친년이네. 험한 말에 저도 모르게 조금 안도하는 자신이 볼썽사나웠다. 비뚤어진 마음을 숨기듯 하진은 톡 쏘아붙였다.

"너 얘랑 계속 연락했었어?"

"뭐?"

한석이 헛웃음을 흘렸다.

"그럴 리가. 여기 오고 처음으로 연락 온 거야."

"……."

네가 더 잘 알지 않냐는 듯한 표정을 보는데 말문이 막혔다. 한석은 번호를 바꾸지는 않았지만 그에게 한동안 쏟아지던 연락을 알아서 차단하고 무시했던 것이 하진의 희미한 기억 속에도 있었다. 누가 그렇게 하라고 하지도 않았는데 그랬었다.

"……민지는 누군데?"

"몰라."

"너 보고 싶다는데 몰라?"

"그냥 술 처먹고 하는 헛소린데 뭐. 신경 쓰지 마. 원래 그런 애니까."

그리고 진짜 기억도 안 나, 힘주어 말한 한석이 하진의 앞에서 최이서를 차단했다. 그러다 아예 하진처럼 메신저 앱을 지워버렸다. 쓰지도 않는 거, 중얼거리다가 문득 하진을 봤다.

"번호 바꿔야겠다, 나도."

"됐어. 왜 바꿔?"

절대 바꾸지 마, 덧붙인 하진이 책상에 앉았다. 최이서를 향한 한석의 무정한 행동은 딱히 감흥을 주지 못했는데 원래 그런 애니까, 마치 잘 안다는 듯 덧붙인 그 말이 마음에 걸렸다. 황당한 듯 저를 보는 남자를 애써 무시하다가 결국 또 고개를 돌려 물었다.

"근데, 예전에 너랑 최이서랑 친했잖아."

"내가 걔랑?"

"모른 척하지 마. 둘이 같이 다니는 거 내가 본 것만 해도 몇 번인데."

물론 열이면 열 최이서가 따라다니는 느낌이긴 했지만. 어쨌든 저와 이렇게 되기 전에는 한석도 딱히 내치는 기색은 없었던 것 같다.

확인되지 않은 소문이지만 둘이 학교 밖에서 만나는 것을 봤다는 말들도 종종 들렸었고. 누군가는 최이서가 한석의 팔짱을 끼고 있었다고도 했었다. 순간 제풀에 울컥한 하진이 말을 끊었다. 비딱하게 선 한석의 눈썹이 꿈틀거렸다.

'둘이 만나면 뭐 했어? 밤에 같이 있는 거 야자 끝나고 봤다는 애들도 있었는데.'

'걔랑도 손잡고 키스하고…… 그런 거 했어? 나랑 학교에서 했던 것처럼?'

'아니면 다른 여자애들하고는?'

차마 다른 것은 묻지 못한 하진의 눈빛이 흔들렸다. 한석이 조용히 물었다.

"도대체 뭐가 궁금한 건데?"

"……아냐, 됐어."

미쳤나 봐, 하진은 순간 정신이 들었다. 물론 기분이 좋지만은 않을 상황이지만 지나치게 과한 반응이라는 것을 깨달은 거였다. 거기다 예전에 어쨌든 지금 한석에게는 저뿐이라는 것을 누구보다 잘 알고 있으면서, 무슨 말도 안 되게 집착하는 사람처럼…….

하진은 티 나지 않게 볼 안쪽 연한 살을 꽉 씹었다. 자존심이라면 하늘 꼭대기에 있는 하진이었다. 아직도 기분이 좋지 않은 것과는 별개로 창피하고 속이 상했다.

"나 오늘 좀 늦게까지 할 거니까 먼저 자. 많이 놀아서 할 거 많아."

하진은 여전히 우뚝 서 있는 한석을 돌아보지 않고 이어폰을 끼고 인터넷 강의를 재생했다. 그래도 한석이 질투하니 어쩌니 이런 말은 안 해서 정말로 다행이었다.

'왜 아무 말도 안 하지.'

제멋대로인 자신에게 한마디 할 법한데도 말없이 이부자리를 펴는 한석을 보고 있자니 속이 뒤틀렸다. 자꾸 제가 이상하게 변해 가는 것만 같았다. 원래도 겉으로 티만 안 낼 뿐이지 감정 기복이 심한 편이라는 자각은 있었다.

그런데 한석이 다 받아 줘서 그런지 갈수록 오락가락한 게 심해지는 느낌이었다. 아니면 이것도 약을 먹어야 하는 일종의 정신적인 문제일까. 화면을 노려보며 고민해 봤자 답은 돌아오지 않았다. 갑자기 낮에 지서가 했던 말이 생각났다.

"근데 진짜 너는 남친 얘기만 하는 것 같아."

"……그래요?"

아니, 아니. 안 좋은 뜻이 아니고. 순간 굳은 하진을 보고 오해하지 말라는 듯 손을 황급히 휘저은 지서는 그렇게 덧붙였다.

"네가 전에 그랬잖아, 여기 와서 친구도 없고 부모님하고도 잘 연락 안 한다고. 그래서 그런가 남친한테 엄청 정을 주고 있는 게 나한테도 느껴져. 타지에서 혼자 이러고 있으니까 얼마나 더 그러겠어? 이해 가긴 해. 만나는 사람이 딱 개로 정해져 있는 거잖아."

"……."

"오지랖일 수도 있는데 나도 처음 연애할 때 그랬거든. 물론 너랑 상황은 완전 다르지만 엄청 빠져서 흑역사도 많이 만들고. 근데 지나고 보니까……."

종합하자면 예쁘게 만나는 건 좋지만 너무 몰두하지는 말라는 조언 같았다. 원래 지서가 악의 없이 이런저런 말을 하는 것도 알고 진심으로 걱정해 주는 게 느껴져 별생각 없이 고개를 끄덕였다. 그런데 왜 갑자기 그 말이 떠오르는지.

'나는 정말로 정한석밖에 없구나.'

이미 알고 있는 당연한 사실이 사무치게 와 닿았다. 따로 만날 친구도 언젠가 돌아갈 수 있는 집도 존재하지 않는다. 물론 후자의 경우에는 조금 상황이 다르지만 어쨌든 저 역시 이제는 한석과 같은 처지나 다름없다.

자의든 타의든 간에 고립되었다는 것은 같다. 하지만 한석은? 억울해하기에는 그는 더더욱 저밖에 없는데.

우리의 세계에는 우리밖에 없다. 그건 괜찮은 걸까?

밀려드는 혼란스러움을 애써 무시한 하진이 보던 강의를 종료했다. 똑바로 누워 눈을 감고 있는 남자의 위로 망설임 없이 몸을 포갰다.

"……자려고?"

익숙한 손길로 하진을 받아 주며 한석이 눈을 가늘게 떴다. 제 몸 위에 올라탄 하진의 등을 자연스럽게 끌어안았다. 하진은 대꾸 없이 한석의 목덜미에 고개를 파묻었다. 따뜻했다. 익숙한 향이 좋았다. 한석이 제게 하는 것처럼 코를 박고 숨 쉬기를 몇 번 하다가 열없이 중얼거렸다.

　"미안해."

　"뭐가."

　"그냥, 갑자기 화내서."

　"네가 미안할 건 하나도 없는데."

　하진은 천천히 고개를 들어 한석을 내려다봤다. 누워 있어도 빈틈없는 이목구비를 가만히 보는데 순간 또 울컥했다. 같이 있으면 좋은데, 그냥 이렇게 보는 것만으로 너무 좋은데 그렇다고 아무 생각 없이 마음껏 좋아할 수만은 없는 기이한 모순.

　"입장 바꿔 나였으면 더 난리 쳤을걸. 너 보고 싶다고 한 새끼 누구냐고."

　까만 눈동자가 험악하게 번득이는 도중에도 그의 손은 쉬지 않았다. 무릎까지 내려오는 헐렁한 원피스 안 큼직한 손이 엉덩이를 주물렀다. 얇은 속옷 위를 당당하게 배회하는 손길을 모른 척 하진은 그의 어깨에 또다시 얼굴을 깊게 묻었다. 고작 이 정도의 스킨십에 조금씩 달궈지는 몸이 제 것이 아닌 것 같았다.

　"하진아."

　"……."

　"박하진."

"······왜."

"너 그냥 대학 가지 마라."

한석은 호기롭게 제 위에 올라온 마른 몸이 순간 굳는 것을 느꼈다. 흘러나오는 한숨을 목구멍으로 다시 삼키고 덧붙였다.

"농담."

색색 숨만 내뱉던 하진이 흘깃 그와 눈을 맞췄다. 씻고 나와 잠들기 전, 드물게 풀어진 나른한 얼굴은 하진이 제일 좋아하는 그의 모습 중 하나였다.

"왜, 대학 가면 너랑 안 놀까 봐?"

일부러 가볍게 받아치니 한석이 소리 내어 웃었다. 어, 안 놀아 줄까 봐. 여전히 입꼬리를 끌어 올리고 있지만 눈은 웃고 있지 않다.

"그래도 대학은 가야지······."

"응, 그렇지."

"······."

"어쩌겠어? 이쁜 애인 둔 내가 감수하고 살아야지. 대학 가면 하고 싶었던 것도 다 해 봐야 할 거 아냐. 어디 가서 술만 안 마시면 돼, 너는. 그러면 사달 나니까."

한석은 짐짓 너그러운 척을 하며 마음에도 없는 소리를 했다. 물론 관대한 '척'하면서도 시꺼먼 본심을 드러내긴 했지만. 그러나 하진은 그의 여유로운 모습 뒤 숨겨진 초조함을 안다. 굳이 한석을 자극하고 싶지 않았던 하진이 팔을 벌려 남자를 끌어안았다. 가만히 눈을 깜빡이며 저보다 높은 체온을 느끼다 저도 모르게 입을 열었다.

"좀 된 일이긴 한데, 저번에. 메신저 앱 다시 깔았다가 연우 연락 왔던 거 봤어."

"연우?"

"왜, 나랑 제일 친했던 애 있잖아. 맨날 붙어 다녔던."

아아, 한석이 말을 길게 늘였다. 그러면서도 하진을 쓰다듬는 손은 쉬지 않았다. 맨허리도 쓰다듬고 조금 살이 오른 허벅지도 쥐면서 부드러운 살결을 즐겼다.

"뭐라고 왔는데?"

"예전에 와 있던 거야. 나 말 못 하는 거 때문에 걱정 많이 했었으니까. 암튼…… 근데 잘 살고 있는 것 같더라. XX대도 가고."

딱히 터놓을 생각 없던 조악한 속마음이 술술 나왔다. 솔직히 부럽고 질투도 나고 이러고 있는 내 모습이 한심하다고. 물론 어쩔 수 없었다는 건 인정하지만 그래도 헛헛한 마음은 어쩔 수 없었다고. 그래도 연우를 한 번쯤 보고 싶긴 하다고.

어쩌면 한 번은 이렇게 입 밖으로 털어 내고 싶었는지도 모르겠다. 하진의 말을 듣고 잠시 말이 없던 한석이 물었다.

"그럼, 다시 연락해 보면 되잖아."

하진이 씁쓸하게 고개를 저었다.

"어떻게 그래. 내가 이러고 있는데."

"왜?"

"창피하잖아. 이게 뭐야."

아……. 혹시나 한석이 오해할까 하진은 재빨리 덧붙였다.

"다른 뜻 아니고. 수능이라도 잘 보면 모를까, 지금 대학도 못 가고 집 나와서 이러고 있는데. 만나서 어떻게 사냐고 하면 할 말이 없잖아."

"뭐가 어때서?"

한석이 정말로 이해되지 않는다는 표정을 했다.

"아픈 거야 집구석이 그랬으니까 어쩔 수 없었고. 하지만 잘 이겨 냈잖아. 부모 도움 안 받고 돈도 벌면서 공부도 열심히 하고 있는데. 그냥 그대로 말하면 되는 거 아냐?"

"……."

"그래, 뭐. 나랑 사는 건 어쩔 수 없다 쳐도 다른 건 괜찮잖아. 정 그러면 그 알바하는 사람한테 말했던 것처럼 친척 집에서 산다고 하든가."

하진의 입이 꾹 다물렸다. 한석조차도 저를 이해 못 해 주는 모양이다.

그의 말이 틀리지 않았다는 것을 안다. 하지만 제게는 틀렸다. 자신은 연우 앞에서 절대 그런 말을 할 수 없다. 언제나 저를 내심 부러워하는 마음을 숨기지 못했던 친구 앞 이런 초라한 모습을 보여 주기 싫다. 차라리 말을 못 하는 채로 그 집에 틀어박혀 있다고 하는 게 나을 정도로…….

"됐어, 어차피 연락할 일 없으니까. 대학 가서 새로운 친구 많이 만들면 되지."

그만 자자, 덧붙인 하진이 몸을 일으켰다. 불을 끄고 올 참이었는데 그대로 손목이 잡혀 다시 한석의 위로 엎어졌다. 뭐야?

눈을 동그랗게 뜨는데 묵직한 목소리가 귓가에 내려앉았다.

"너를 어떻게 해야 할지 모르겠다, 진짜."

자조하듯 흘러나온 말에 딱히 저를 타박하는 느낌은 없었다. 하진은 말없이 턱으로 그의 가슴팍을 꾹꾹 눌렀다. 아플 법도 한데 오히려 피식 웃더니 으레 또 애어른 같은 말을 했다.

"하진아, 다 가질 수는 없는 거야."

"……무슨 소리야."

"말 그대로."

"몰라, 나는."

그가 하고픈 말을 알 것도 같았지만 하진은 애써 모른 척했다. 아예 옆에 벌렁 누워 한숨을 한 번 길게 토해 냈다.

"네가 불 끄고 와."

"자게?"

"그래."

"잠 안 오는 것 같은데."

입꼬리를 끌어 올린 한석이 몸을 바짝 붙였다. 심통이 난 듯한 입술을 가만가만 쓰다듬다 결국 입을 맞췄다. 작은 혀를 감쳐물고 마주 엮으며 하진의 다리 사이에 제 것을 자연스럽게 끼웠다. 맞닿은 하체에서 느껴지는 부피감에 하진은 조금 멈칫했다.

내일은 정말 일찍 일어나려고 했는데. 그래도 점점 노골적으로 짙어지는 애무를 그만두라는 말은 나오지 않았다.

"으응…… 하려고?"

원피스를 완전히 들춘 한석이 드러난 가슴에 얼굴을 묻었을 때는 결국 억눌린 신음이 튀어나왔다. 그새 조금 가빠진 숨을 눈치챈 그가 슬쩍 고개를 들어 올려 웃었다.

"글쎄. 콘돔 없는데."

짧은 말을 마친 그가 다시 아찔한 굴곡을 그리는 젖가슴에 얼굴을 파묻었다. 반쯤 벗겨진 레이스 브래지어 위, 달콤한 향이 나는 야들야들한 살의 감촉이 종일 이 짓만 하고 싶을 정도로 중독적이다.

얼마 전 선물이랍시고 앞에 훅이 있는 브래지어를 골라 사 온 것은 다분히 의도적이었다. 색감도 디자인도 물론 제 제 취향이고. 가볍게 속옷을 푼 한석이 오늘따라 더 야릇하게 느껴지는 절경에 잠깐 멈칫했다.

예전에도 몸에 비해 크다는 생각을 하긴 했는데 여자야 벗기기 전엔 모르는 거니 그러려니 넘겼었다. 처음 나신을 봤을 때는 눈이 뒤집혔었고……

모든 게 다 지나치게 예쁘니 가슴이야 크든 작든 상관도 없는데 어떻게 된 게 박하진은 조금도 빈틈이 없다. 그냥 저를 미치게 하려고 만들어진 생명체 같다. 물론 한석은 상대가 하진이라면 기꺼이 미친놈이 되어 줄 의향이 있었다.

짧은 상념을 뒤로한 남자가 살 오른 가슴을 높은 콧대가 눌릴 정도로 가득 베어 물었다. 츕, 추웁. 일부러 소리를 내며 요란하게 빨았다.

존나 맛있다고 진심을 말하니 하진이 그런 말 좀 그만하라며 어깨를 퍽퍽 쳤다. 물론 전혀 타격은 주지 못했다. 어느새 뾰족하게 솟아 오른 정점을 혀로 살살 굴리니 하진이 몸을 비틀었다.

"응…… 그만……."

그만두길 바라지도 않으면서. 개의치 않고 혀를 놀리며 한석은 속으로 웃었다. 매번 생각하지만 퍽 예민하고 민감한 몸이었다.

흰 살결이 착착 손에 감기는 맛은 또 어떤가, 마음 같아서는 일이고 뭐고 때려치우고 종일 안고 뒹굴고만 싶은데, 요즘은 하진이 공부한다고 곁을 내주는 일이 줄어드니 골치가 아팠다. 피곤함에 젖어 잠든 하진 옆에서 그간 수음한 것만 해도 셀 수 없다.

흣, 푸르스름한 핏줄이 툭툭 불거진 손이 잘록한 맨허리를 쓰다듬자 하진의 고개가 젖혀졌다. 드러난 가냘픈 목선이 마치 얼른 물어뜯어 달라는 것 같다. 흐트러진 얼굴을 가느스름한 눈으로 담던 한석이 하진의 등 뒤에 손을 집어넣었다. 그대로 몸을 홱 뒤로 돌려 버리자 놀란 하진이 고개를 돌렸다.

"뭐 해……."

뭐 하긴, 한석은 대꾸 없이 옷들을 하나씩 벗었다. 원래 얼굴을 보고 하는 것을 좋아하지만, 오늘은 왜인지 뒤에서 세게 처박고 싶었다. 이미 무섭게 발기한 성기를 브리프에서 꺼내는 모습을 보던 하진이 웅얼거렸다.

"콘돔 없다며."

엎드린 채 고개만 돌려 저를 보는 게 그 와중에 깜찍했다. 피식 웃은 한석이 잠깐 몸을 숙여 달아오른 뺨에 다정히 입을 맞췄다.

"응, 그럼 하지 말까?"

"……."

"진짜로."

제가 언제 억지로 하는 거 봤냐며 한석이 속삭댔다. 귓가에
쏟아지는 숨이 뜨거워 하진은 살짝 몸을 떨었다. 이미 저도 동
했다는 것을 알고 저러는 게 분명했다. 알면서도 넘어갈 수밖에
없다. 사실은 그의 몸 위로 먼저 안겼을 때부터 은근히 신호를
준 거나 다름없었으니까.

얄팍한 고갯짓 너머 이내 거침없어진 손길에 하진의 허리가
위로 들렸다. 엉덩이를 한껏 들어 올린 볼썽사나운 자세로 그를
받았다. 아……. 꺼떡대는 성기 끝이 갈라진 틈을 비벼 대자 기
분 좋은 긴장감이 들었다.

처음만 견디면, 그렇게 셀 수 없이 했는데도 아직도 버거운 빠
듯한 삽입의 순간만 버텨 내면 정점에 다다르는 것은 한순간이었
다. 완전히 제 몸을 파악한 남자는 섹스할 때면 자유자재로 저를
갖고 놀았다. 고작 얇은 막 하나 없어졌을 뿐인데 파고드는 감각
은 무섭게 선명했다. 하진은 저도 모르게 눈을 꼭 감았다.

"읏……."

선액으로 미끈한 성기가 좁은 밑을 벌리고 들어오자 하진의
입에서 밭은 숨이 터졌다. 아무리 젖어 있었다지만 안은 비좁은
데 들어오는 것은 크니 매번 고역이었다. 달래듯 허리를 몇 번
쓸어 준 손이 엉덩이 양쪽을 잡고 쫙 벌렸다. 미약한 수치심에
하진의 얼굴이 상기되었다.

"힘 빼야지."

정욕으로 갈라진 목소리에 이어 얕게 후려치는 소리에 하진은 눈을 크게 떴다. 아무리 손에 힘을 빼고 때렸다지만 엉덩이를 맞았다는 것은 분명 충격이었다. 아프잖아……. 원망을 담은 눈으로 뒤도니 그가 한쪽 눈을 찡그리며 안타깝다는 듯 말했다.

"응, 미안."

전혀 미안하지 않은 표정이잖아! 항의하고 싶었지만 그럴 틈은 주어지지 않았다. 히익, 곧바로 힘 있게 치받아 오는 움직임에 하진의 몸이 앞으로 무너졌다. 물론 한석이 다른 손으로 단단히 붙잡고 있어 도망갈 수는 없었다. 아, 씹. 한석의 입에서 기어이 욕지거리가 터졌다.

"너무 조인다, 하진아."

"흐윽……."

"힘 좀 풀고, 후, 엉덩이 더 올려."

그게 제 맘대로 되는 게 아니라는 걸 알면서도 꼭 저랬다. 요즘 많이 유해졌다고는 하나 한석은 관계할 때는 유독 더 거칠었다. 하진은 입술을 깨물며 제 안을 꾸역꾸역 파고드는 성기를 힘겹게 받아 냈다.

제일 굵은 부분이 안쪽으로 밀려 들어올 때는 순간 숨이 턱 막혔다. 안이 찢어질 것같이 한껏 벌어지고 나서야 뿌리까지 다 받아먹을 수 있었다. 하, 등 뒤에서 만족스러운 탄식이 터졌다. 몸을 깊게 숙인 남자가 칭찬하듯 하진의 귓가를 잘근잘근 씹었다. 허리를 앞뒤로 점점 크게 쓰면서, 손안 가득 빠듯이 들어오는 가슴을 세게 움켜쥐고 부피감을 즐겼다.

"아파?"

"흐……."

"아파도 참아."

금방 좋아져, 한석이 질 나쁜 어투로 말하며 말랑한 귀를 질척하게 핥았다. 행위 중 조금 아플 정도로 힘주어 가슴을 쥐면 하진이 더 흥분한다는 것도 남자는 이미 다 알고 있었다. 세게 쥐면 부서질 것 같은 하진이니 살살, 더할 나위 없이 조심스럽게 만지고 싶은데 하다 보면 눈이 돌아 힘 조절을 하지 못했다.

다 제가 처음이니 이런 제게 길들었을지도. 한석은 그 생각만 하면 밖에서도 발정했다. 어쩔 수 없었다.

"깊게 해 주는 거 좋다며, 응?"

바들바들 떠는 안쓰러운 팔을 모른 척 세게 밀어붙이니 하진이 도리질을 하며 흐느꼈다. 뭐라고 하는 것 같은데 아득한 신음에 섞인 말이 반쯤 뭉개져 들어오지 않는다. 애틋하긴 해도 미안하진 않았다. 제 것에 쩍쩍 달라붙는 안쪽은 적어도 솔직했으니까.

한석은 알면서도 혀를 찼다. 찰지게 조이는 내벽의 뜨거움에 순간 뒷골이 뻐근할 정도로 성감이 올라왔다. 아무래도 박하진은 저를 녹여 먹으려고 작정한 모양이다.

"이렇게 좋아서 싸면서, 뭔 공부를 한다고, 씨발."

"아…… 아! 흐윽……."

"몸이 이렇게 달아 가지고. 공부는 무슨."

어떻게 된 게 내지르는 소리마저도 제 마음을 동하게 했다.

제멋대로 흐트러진 긴 머리카락이 잘빠진 허리를 타고 제가 움직일 때마다 흔들리는 것도 볼 만했다. 지금 몸을 돌려 눈을 맞추면 어쩌면 마음이 약해질지도.

하지만 오늘은 별로 달래 주고 싶지 않다.

"그냥 나랑 평생 여기서, 이 짓만 하고 살자."

혼란한 틈을 타 한석은 음침하기 그지없는 속의 말을 했다. 대답할 여지를 주지 않으려 부러 더 거칠게 박아 넣었다.

오늘은 어쩐지 저도 마음이 조급하다. 저에 비하면 한참 모자란 체력의 하진 때문에 강약을 조절하며 연거푸 관계를 갖곤 했기 일쑤였는데, 지금은 처음부터 끝까지 머리 굴리지 않고 제 페이스대로 그냥 하고 있었다. 이미 이성은 날아간 지 오래였다. 한석은 마음껏 폭주했다.

뒤에서 짐승처럼 흘레붙어 날뛰는 남자를 감당할 수 없었던 하진의 몸은 이미 균형을 잃고 무너져 있었다. 드문드문 그가 뱉는 상스러운 말은 잊고 찌걱대고 찰박대는 소리만이 점점 더 크게 울렸다. 쉼 없이 때려 박는 힘이 어찌나 빠르고 센지 가슴이 아플 정도로 정신없이 흔들렸다.

지금 이 순간을 이루는 모든 것은 지나치게 적나라하고 말초적이다. 눈이 풀린 채 야릇한 비음만 쏟아 내던 하진이 문득 정신이 든 것은 행위 중 제 배를 지그시 감싸 오는 따뜻한 손에서였다. 어루만지듯, 느릿하고 뭉근하게 쓸어 오는 그것은 단순한 애무라고 하기에는 퍽 기분이 묘한 행위였다.

뭐 하냐고 묻고 싶었는데…….

"흣……!"

아주 잠시 느려졌던 허리 짓이 별안간 험악해졌다. 퍽, 퍽 소리가 날 정도로 욱여 박으면서도 판판한 배에 올려진 손은 그대로였다. 눈앞이 아득해졌다. 하진은 숨넘어가는 소리를 내며 베개에 얼굴을 깊게 묻었다. 등 뒤에 쏟아지는 남자의 무게가 오늘따라 더 묵직했다. 안에서 왈칵 정액이 터지는 기분은 언제나 이상했다.

"하……."

깊은숨을 토해 내며 한석이 하진의 목덜미를 제멋대로 물고 빨았다. 입술과 이가 닿은 곳에서 연신 아릿함이 느껴졌지만 하진은 꼼짝도 할 수 없었다. 위험하지 않다는 것을 알면서도 한석이 제 안에 사정할 때마다 불규칙적으로 심장이 뛰었다.

온전히 그와 연결되어 있다는 점에서는 짜릿하지만 원체 의심이 많은 자신이다. 축 늘어진 상태로 볼과 귓불, 목덜미에 흩뿌려지는 입맞춤을 받고 있는데 의지와는 별개로 자꾸 눈이 감겼다.

그러다 다시 퍼뜩 뜨인 것은 또다시 제 배를 지분대는 손 때문이었다. 더듬대는 손길은 마치 있을 리 만무한 무언가를 찾고 있는 듯도 했다. 하진은 본능적으로 몸을 비틀었다. 찰싹, 또 엉덩이를 맞았다.

"왜 자꾸……!"

말할 힘도 없는 하진이 고개를 돌려 노려보자 한석이 눈을 찡그리며 웃었다. 그새 땀에 젖은 머리를 쓸어 올리며 저를 보는 남자는 안타깝게도 지나치게 매력적이다. 엉덩이를 맞은 것도 순간 잊게 할 정도로.

"흘리면 안 되지."

"……뭐?"

"오늘은 그냥 이러고 잘까?"

한풀 나긋해진 목소리에 잠시 멍해졌던 하진이 이내 힘주어 그에게서 벗어났다. 그냥 한쪽 팔로 짓누르는 것만으로 막을 수 있었겠지만 한석은 순순히 몸을 비켜 주었다. 물론 곧바로 그녀를 안아 제 품으로 당기는 것은 잊지 않았다. 언제나처럼 팔베개를 해 준 그의 품에 안겨 마주 보고 누운 자세가 되었다. 하진은 아직도 가쁜 숨을 진정하려 노력하며 툭 물었다.

"왜 자꾸 배 만졌어?"

"그냥."

등을 살살 쓰다듬던 남자의 손이 어느새 엉덩이로 내려왔다. 은근슬쩍 밑으로 향한 손가락이 갈라진 틈을 비집고 들어가자 하진이 질색을 했다.

뭐 해……! 그러나 쯥, 짐짓 엄격한 눈빛으로 일갈한 한석이 밖으로 조금 흘러나온 끈적끈적한 정액을 다시 안으로 밀어 넣었다. 애액과 정액으로 흠뻑 젖은 음부는 엉망이었다. 자비 없는 섹스에 그새 부어오른 아래에 꾸역꾸역 손가락을 밀어 넣는 행위에 하진의 눈이 경악으로 커졌다.

"그, 그만해……."

벗어나려 몸을 비틀었지만 어깨를 꽉 안고 있는 남자의 힘에 꼼짝도 할 수 없었다. 밑을 비벼 대는 손이 이미 안에 퍼진 꾸덕꾸덕한 액체를 내벽에 펴 바르는 움직임에 등줄기를 타고 얇은 소름마저 돋았다. 정말 한 방울도 흘리지 못하게 할 셈인가 싶었다. 남자는 그 자신조차 어쩌지 못하는 소유욕을 이런 방식으로 표현하고 있었다.

"그만하라니까……!"

하진은 최후의 반항으로 드러난 그의 단단한 어깨를 꽉 물었다. 꽤 아프게 문 것 같은데 아무 반응도 돌아오지 않았다. 도리어 무심하게 저를 보는 얼굴에 흠칫한 것은 오히려 하진이었다. 울먹거리는 눈동자를 가만히 들여다보던 남자가 그제야 천천히 밑에서 손을 뗐다.

"진짜, 뭐 하는 거야."

질겁한 하진이 얼른 허벅지를 꽉 붙였다. 성기와 손가락으로 한껏 쑤셔진 아래가 횃횃했다.

"도대체 무슨 생각 하는 거야?"

"솔직히 말해?"

그의 입가에 번지는 희미한 조소에 하진은 움찔했다. 알고 싶으면서도 알고 싶지 않다. 그래도…….

"어, 말해."

찝찝한 건 딱 질색이었다. 한석이 느릿한 숨을 길게 토해냈다.

"너 임신하면 좋겠다고 생각했는데."

"……!"

말도 안 돼. 하진의 눈동자에 비치는 경악을 보고도 그는 태연하게 말을 이었다.

"솔직히 아직 상상이 안 되긴 하는데, 그래도. 생각은 할 수 있는 거니까. 너 임신하면 진짜…… 맨날 업고 다닐 것 같아. 불안해서 어디 못 내놓을 것 같기도 하고……."

"그게 무슨……."

"왜?"

입이 떡 벌어진 하진을 보고 한석이 고개를 갸웃했다.

"지금 한다는 게 아니잖아. 나중에 어차피 할 건데, 생각도 못 해?"

그 생각이 지나치게 구체적이라는 건 모르는 걸까? 황당함에 말도 못 잇는 하진 앞 그는 당당했다. 그 언젠가 한석을 질 나쁜 양아치로 취급하며 수군대던 이들의 심정을 하진은 조금이나마 이해할 것 같았다. 너무 제멋대로다. 그리고 그런 모습을 딱히 숨기려 하지도 않아서 더 문제다.

"겁먹긴."

얼어붙은 하진의 이마에 한석이 제 이마를 콩, 맞댔다. **상황**과 어울리지 않는 달콤한 목소리로 속삭였다.

"한 10년은 있어야 할 것 같으니까 걱정할 필요 없어."

"……됐어, 그런 이상한 말 좀 하지 마."

쌀쌀맞게 받아치자 한석은 눈을 찡그리면서도 딱히 다른 말을 덧붙이지는 않았다. 씻고 올래, 벌떡 몸을 일으키는데 순간 다리에 힘이 풀렸다. 같은 자세로 지나치게 혹사당한 여파였다.

싫다는 하진을 번쩍 안아 든 한석이 욕실로 향했다. 입술을 삐죽이면서도 하진은 그의 목에 손을 감았다. 따뜻한 물로 세심하게 씻겨 주는 손길에 몸을 맡기면서도 하진은 그가 배를 만질 때마다 괜히 움찔해 몸을 비틀었다. 조금 전 그가 했던 행동이 꽤 충격이었던 모양이었다.

'진짜 뭔 생각을 하는지 모르겠다니까.'

아무튼 정한석은 한 번씩 예측할 수 없는 면이 있었고, 어느 부분에서는 상당히 이상했다. 그래도 고작 그 정도로 한석이 싫어지지는 않았다. 따지고 보면 저는 더 이상할지도 모르니까.

"불 끈다."

"응……."

씻고 나와 낙낙한 새 잠옷으로 갈아입은 하진은 완전히 늘어졌다. 무방비하게 제 품에 끌려 오는 나긋한 몸을 한석이 꼭 끌어안았다. 하진에게는 딱 좋지만 한석은 조금 더울 법도 한데 매번 더 세게 안는 쪽은 한석이었다. 잘 자, 짧은 입맞춤은 한없이 다정했다.

세상모르고 잠들었던 하진은 새벽녘 설핏 눈을 떴다. 고된 섹스 후 이렇게 깨는 일은 드물었다. 옆에는 고른 숨소리를 내며 잠든 한석이 있다. 검푸른 빛이 조금씩 새어 드는 창가와 제 옆에 누운 남자를 번갈아 보던 하진의 눈이 스르르 잠기려는데.

'또…….'

이상한 죄악감이 들었다.

한석과의 섹스는 좋았다. 제가 집을 나와 배울 수 있었던 최고의 일탈은 섹스였다. 당연히 후회도 없고, 갈수록 더 좋아지기만 했다. 그런데 왜 가끔 이렇게 헛헛한지.

아마도 제 삶이 '정상적'으로 흘러갔다면 이 좁은 방에서 이러고 있지는 않을 거라는 생각 때문일 것이다. 한석을 알게 된 것은 분명 운명 같은 일이지만 하진은 지금 제 인생이 수렁에 빠져 있다고 여겼다.

하지만 한석마저 없다면?

모든 것이 불투명한 지금 이 남자마저 없다면 자신은⋯⋯.

하진은 잠결에도 확 치미는 다급함에 한석을 허겁지겁 끌어안았다. 얇은 천 사이로 전해지는 단단함이 정처 없이 흔들리는 마음을 고요히 진정시켜 주었다. 으음, 한석이 나직한 숨을 흘렸다.

"⋯⋯깼어?"

얼른 자야지, 꽉 잠긴 목소리마저 잔잔한 노래처럼 듣기 좋았다. 하진은 말없이 그의 품에 고개를 묻었다. 등을 토닥이는 손길은 익숙하다. 악몽을 수없이 꾸던 날들에 그는 꼭 그렇게 저를 달래 주었으니까.

* * *

그날은 유독 날이 좋았다. 완연한 봄의 정점, 따뜻한 기온과 무르익은 꽃향기에 거리마다 사람들이 많았다. 집 근처 공원이라고 사정은 다르지 않았다. 이쪽으로 가야 집이 더 빨리 나오는지라, 하진과 같이 오는 게 아니면 딱히 와 볼 일 없는 곳으로 방향을 틀었던 그였다.

벌써 낮에는 초여름 더위가 찾아오는 터라 가벼운 옷차림으로 마실 나온 사람들은 모두 다 활기차고 괜히 들떠 보였다. 그 가운데 생각에 잠긴 표정으로 빠른 걸음을 옮기는 커다란 남자만이 사뭇 이질적이다.

"나도 다 해 본 일이니까 이런 말도 할 수 있는 거야. 한번 상한 몸은 다시 안 돌아와. 계약 기간까지는 어쩔 수 없으니까 하고 그 후에는 삼촌 일 도우면서 여기 있어. 월급도 절대 섭섭지 않게 줄게. 너 성실한 거야 그동안 지켜봤으니까 내가 집사람한테 이런 말도 당당하게 했다. 우리야 자식도 없고…… 너만 좋다면 이 가게도 너한테 다 물려주고 갈라니까."

꼭 할 얘기가 있다며 며칠 전부터 성화였던 탓에 실로 오랜만에 들렀던 가게에서 삼촌은 그런 말을 했다. 물론 한석은 한 귀로 듣고 한 귀로 흘렸다. 아무리 잘 쳐줘 봤자 여기서는 단기간에 빨리 돈을 벌 수 없다. 혼자였다면 또 모를까 하진이 있는 지금은 가당치도 않다.

"어차피 내년에는 여기 뜰 건데요."

"뭐?"

심드렁한 반응에 삼촌이 예상치 못했다는 듯 눈을 크게 떴다. 구구절절 설명하는 것은 딱 질색인 한석은 삼촌이 뭐라 뭐라 말을 덧붙이는데도 입을 꾹 다물고 있었다. 귀찮았다. 역시 오는

115

게 아니었는데……. 잔업 끝나고 곧바로 집에 갔으면 하진을 벌써 끌어안고 있을 시간이다.

"이사는 좀 생각해 봐라. 좀 상황이 나아지면 공부 다시 하는 것도 생각해 보고……. 대학은 가야지, 그래도. 네가 마음만 있다면 삼촌도 최대한 도울게."

저를 안타깝게 여겨 그러는 것은 알지만 한석은 그 호의를 받아들일 마음이 없었다. 진심으로 고마웠던 것은 용접 쪽 인맥을 처음 소개해 줬던 것, 그뿐이다.

물론 삼촌은 여러모로 제게 마음을 많이 써 주었다. 처음에 당분간은 집세도 대신 내 줄 테니 마음 잡고 성실하게 잘 살라고도 해 줬을 정도로. 그러나 한석은 딱 잘라 거절하고 꼬박꼬박 제가 다 알아서 했다. 일단 돈으로 엮여 버리는 순간 문제가 된다. 하고 싶은 말을 다 하고 살려면 경제적으로 떳떳해야 한다는 것을 그는 잘 알았다.

아마도 삼촌이 제게 이러는 이유는 죽은 제 아버지에 대한 연민과 죄책감 때문일 거였다. 처음 이곳으로 내려오기로 했을 때, 한번은 삼촌은 한석의 구질구질한 원룸에서 술을 마시고 아버지 얘기를 했다.

네 아버지 그래도 좋은 사람이었다며, 결혼하고 서울 올라가면서 안 좋은 일이 겹쳐 그렇게 되었다는 식으로. 제가 붙잡아 줬어야 했는데 그러지 못한 게 한이라는 말도 했다. 돈 달라고 할 때마다 안쓰러워 있는 돈 없는 돈 다 끌어 준 것도 자신의 잘못이라고 했었다.

그러나 한석은 회한을 쏟아 내는 삼촌의 말을 웃으며 부정했다. 아버지는 어머니가 집을 나가기 전에도 술과 욕을 입에 달고 사는 사람이었고 자신은 어릴 때부터 개 패듯 많이 맞았다고, 날아온 맥주병 파편에 머리가 찢어진 게 아직도 흉터가 남아 있다며 그때만큼은 친절하게 이런저런 말을 다 해 주었다. 그 후로 삼촌은 아버지 얘기를 다시는 입에 올리지 않았다.

"그런데, 그 여자애랑은 아직 같이 사는 거냐?"

더 할 말 없으시면 이만 가 보겠다고 몸을 일으키는데 삼촌이 어렵사리 물었다. 지난번 숙모가 집에 왔다 간 걸 알고 한바탕 난리를 치고 온 후로 엄청나게 조심하는 듯했다.

삼촌 속까지야 다 모르겠지만 숙모는 한석이 어디서 말 못 하고 순진한 애 꼬드겨 같이 산다고 철석같이 믿는 듯했다. 한석은 이번에도 무심하게 대답했다.

"당연하죠. 혼인 신고도 이미 했어요."

평생 같이 살려고요, 농담 끝 진심을 덧붙인 한석은 고개를 건성으로 까딱하고 슈퍼를 빠져나왔다. 휘둥그레진 눈으로 저를 보던 삼촌이 무슨 생각을 할지 뻔했지만, 딱히 신경 쓰지는 않았다.

그의 머릿속에 가득한 것은 언제나 하진뿐이다.

하진은 모르는 일이었지만 사실 한석은 잔업이 없는 날에는 돈이 된다면 일용직 일도 뛰고 돌아올 때가 있었다. 한동안 잔업이 많다가 요즘은 좀 뜸했기 때문이었다. 노가다도 뛰었고 이삿짐도 날랐다. 집에서 가만히 있으면 뭘 하겠는가, 돈만 나가

117

지. 항상 조급한 한석은 한 푼이 아쉬웠다.

닥쳐 봐야 아는 거지만 한석은 아마 내년에는 하진을 데리고 서울로 다시 올라가지 않을까 예상했다. 똑똑한 하진은 원하는 대학에 붙을 테니까.

그러면 많은 것들이 달라지겠지. 일도 다시 구해야 하고, 여기서는 비교적 큰돈 나갈 일 없이 살았지만 집세에서부터 시작해 차원이 다르게 돈도 많이 나갈 거다.

'뭐든 해야지.'

등록금부터 시작해 학비까지 한석은 제가 다 댈 용의가 차고 넘쳤다. 책임지겠다고 했으니 당연한 일이었다. 하진이 그 집에 있었더라면 적어도 돈 걱정은 안 했을 테니까. 그러니 하진은 아무 생각 말고 공부만 하고 집에 돌아오기만 하면 되었다.

그러니까, 돌아오기만 하면 된다.

한석은 괜히 그 말을 입 안에서 굴려 보았다. 헛바람 들지 않고, 불필요한 생각 하지 말고. 더 고된 일을 하고 더 힘들어도 상관없으니 어느 날 제가 싫어졌다며 훌쩍 떠나지만 않았으면.

집이 가까워질 때쯤 한석은 문득 핸드폰을 확인했다. 잠깐 삼촌 가게에 들른다고 문자를 보내 놨던 참인데 답은 없었다. 한창 공부할 시간이니까 그러려니 하면서도 뭔가 서운했다.

예전에는, 그러니까 하진이 말하지 못했을 때와 조금씩 몸과 마음을 회복해 가던 그사이 언젠가의 하진은 제가 조금만 늦게 와도 불안함을 숨기지 못했다.

연락은 안 해도 꼭 집 밖을 서성이거나 아니면 창문을 빼꼼 열어 두고 저 오는 쪽을 보고 있곤 했었다. 눈이 쑥 들어갈 정도로 마르고 야위었지만 한없이 제게는 애틋하고 예쁘기만 했던 그 얼굴. 그 표정이 오늘따라 보고 싶은 건 왜일까.

다시금 생기를 되찾은 하진의 모습이 더할 나위 없이 사랑스러우면서도 한석은 가끔, 아주 가끔 그때가 그리웠다. 물론 하진이 다시 말을 하지 못했다면 좋겠다, 그런 건 절대 아니고. 그냥.

익숙한 골목길에 들어서고, 언덕을 올라가기 시작한 한석의 걸음이 점점 더 빨라졌다. 오늘따라 이상하게 더 하진이 보고 싶었다. 점심때 통화하며 아이스크림을 사 오라고 했던 하진의 말도 한석은 어느새 까맣게 잊어버렸다. 뛰듯 집에 도착해 현관 키패드를 누르는 남자의 손가락에는 거침이 없었다. 그리고.

"……."

제가 온 것도 모르고 등을 돌린 채 책상에 앉아 있는 하진의 모습에 한석은 순간 숨이 덜컥 막혔다. 이유는 모르겠지만, 그냥…… 그렇게 되었다.

살짝 열린 창문에서 들어오는 바람을 맞으며 노래를 흥얼거리는 하진은 얼마 전 한석이 사 준 이어폰을 끼고 있었다.

인터넷 강의를 들을 때 그냥 소리 켜고 해도 된다고 했는데, 한석이 잘 때 방해된다며 하진은 어느 순간부터 잡화점에서 산 이어폰을 끼고 있었다. 그게 또 마음에 걸려 당장 다음 날 일 끝나고 오는 길에 최신형 이어폰을 사서 돌아온 한석이었다.

'완전 빠졌네.'

음악에 완전히 취한 듯 고개까지 까딱이는 뒷모습에 한발 늦게 웃음이 나왔다. 노트북 화면도 꺼져 있는 거로 봐서는 나름의 쉬는 타임인가 보다.

한석은 신발을 조심히 벗고 안으로 들어갔다. 그래도 하진은 인기척을 느끼지 못한 듯했다. 뭔가 타이밍을 놓친 한석은 우뚝 선 채 말없이 제 애인을 바라보았다. 어떻게 된 게 박하진은 노래도 잘했다. 한껏 취해 노래를 따라 부르는 목소리도 얼마나 맑고 예쁜지. 그런데…….

'가사가 왜 이렇게 좆같지?'

한석의 눈매가 설핏 날카로워졌다. 처음엔 몰랐는데 듣다 보니 상당히 구슬펐다. 이젠 우린 끝난 거라니, 다시는 못 볼 거라니 등등……. 잘은 몰라도 헤어지는 내용의 노래인 것 같은데 듣기 좋은 목소리와는 별개로 심히 거슬렸다.

저런 우중충함은 창밖의 봄보다 더 빛나는 하진에게는 어울리지 않는다. 어울려서도 안 되고.

그래도 하진의 잠깐의 여유를 방해하고 싶지 않았던 한석은 노래가 끝날 때까지 가만히 서 있었다. 어쩌면 좋아서였는지도 모른다. 한껏 경계하던 모습은 사라지고, 비록 작고 허름하지만 제가 만든 공간 안에 어느새 익숙하게 녹아든 하진이 좋아서. 이내 뒤를 돌아본 하진이 놀라며 그의 품에 안길 때까지 그렇게 한동안 그녀의 모습을 눈에 담았다.

화창한 날에 어울리지 않는 우울한 노래를 부르는 그날의 하진이 한석의 마음속에 깊이 새겨졌다.

* * *

불청객은 초여름 부슬비와 함께 찾아왔다.

'왜 이렇게 몸이 처지지.'

우산을 든 채 낮은 언덕을 올라가는 하진의 발걸음이 느렸다. 다른 손에는 조금 전 편의점에서 산 간식거리가 가득 든 봉투가 들려 있었다. 공부하다가 갑자기 충동적으로 나가서 초콜릿이며 사탕 같은 단것을 손에 집히는 대로 다 사 버린 거였다. 코앞인 집이 한없이 멀게만 느껴져 한숨이 나왔다.

'그냥 집에 있을걸.'

나올 때부터 추적추적 내리던 비는 여전했다. 확 퍼붓는 것도 아니고, 그렇다고 우산을 받치지 않을 만큼은 또 아니고. 마치 이러지도 저러지도 못하는 요즘의 제 모습 같다.

또다시 돌아온 주말이었지만 하진은 늦잠을 자느라 일을 나가던 한석을 배웅하지도 못했다. 잔업 좀 그만하라는 말도 이젠 포기했다.

정말 몇 달 안 남은 수능을 코앞에 두고 하진은 요즘 부쩍 예민했다. 불필요한 에너지를 말싸움으로 흘려보낼 수 없었다. 알바할 때는 그래도 최대한 티 안 내려고 하는데, 묘하게 가라앉은 하진이 지서도 느껴졌는지 어제는 요즘 무슨 일 있냐고 물었었다.

일단 하진이 입을 다무니 한석과 대화하는 시간도 자연히 많이 줄었다. 신경이 곤두선 하진 앞 한석은 최대한 그녀를 거슬리지 않게 하기 위해 노력했다.

그게 보여서 고맙고 애틋한 한편 마음이 좋지 않았다. 신경 안 쓰고 마음대로 해 줬으면 싶었다. 어지러운 마음을 자꾸 몸을 겹치며 푸는 나쁜 버릇이 들어 버렸다. 한석이 저 때문에 집을 비우고 일하러 나가는 것 같아서 주말이면 더 기분이 가라앉았다.

사실 얼마 전 집 근처 독서실도 등록했었는데, 그렇게 말려도 한석이 밤마다 꼬박꼬박 저를 데리러 오는 바람에 며칠 못 가고 흐지부지되었다.

일 끝나고 와서 한석도 푹 쉬고 싶을 텐데 또 저를 데리러 온다고 하는 것이 미안한 게 첫째였고, 처음으로 가 본 공간이 저와 맞지 않았던 탓도 있었다. 조용한 것을 좋아하면서도 칸막이 쳐진 환경 속에 들어가니 갑자기 답답해졌다. 학교 자율 학습 시간과는 또 다른 느낌이랄까.

이따 한석이 돌아오면 오늘은 그래도 좀 웃으면서, 반갑게 맞아 주어야지. 다짐하던 하진이 멈칫했다. 집 앞에 떡하니 주차된 매끈한 스포츠카는 아까만 해도 없던 것이다.

'뭐지.'

이 동네와 어울리지 않는 등장은 애써 잊고 지냈던 몇 개월 전의 기억을 떠올리게 했다. 무의식적으로 도리질을 한 번 한 하진이 차를 흘깃 보고는 이내 안으로 들어가려는데.

"저기요."

탁, 차 문이 열리는 소리와 함께 저를 부르는 목소리에 하진은 흠칫했다. 동그래진 눈으로 뒤도니 싱긋 웃고 있는 남자가 보였다.

"혹시 여기 살아요?"

친근하고, 나긋나긋한 목소리의 낯선 사람. 우산을 접고 막 밀고 들어가려던 건물 문 앞에서 하진은 굳어 버렸다. 그사이 '참, 비 오지.' 이런 태평한 말을 한 남자가 차 안에서 장우산 하나를 꺼내 쓰고는 성큼성큼 다가왔다. 하진이 한 발 뒤로 물러나자 씩 웃고는 예의 그 사람 좋아 보이는 얼굴을 했다.

"아, 놀랐구나."

"……."

"나 나쁜 사람 아니고."

하진은 경계심을 숨기지 않는 눈으로 남자를 올려다봤다. 짙은 색의 셔츠에 깔끔한 슬랙스 차림, 잘 세팅된 머리에 훌쩍 키가 큰 남자는 잡지나 TV에서 튀어나온 것처럼 번드레한 얼굴을 하고 있다. 과하게 치장했다는 느낌까진 아니지만 머리부터 발끝까지 꾸며 낸 고급스러움이 물씬 풍긴다. 하진이 우뚝 서 있는데 남자가 갑자기 눈짓을 했다.

"바지 다 젖겠다."

아닌 게 아니라 손에 들린 젖은 우산이 허벅지에 바짝 붙어 있었다. 하진은 퍼뜩 몸에서 우산을 뗐다. 갑작스러운 상황에 사소한 것을 신경 쓸 겨를이 없었다. 어차피 조금 젖는다고 문제될 것도 아니었고.

"여기에 아는 사람 산다고 해서 한번 찾아와 봤는데……."

어쨌든 한 걸음 앞에 있는 남자는 지나치게 여유로워 보인다. 고작 잠깐이지만 하진은 스스럼없이 제게 말을 거는 남자의 물 흐르듯 자연스러운 언행에 미묘한 불편함을 느꼈다.

지나치게 잘난 외형과 몸에 밴 듯한 사근사근한 태도는 일반 적으로는 상대에게 호감을 줄지 몰라도 하진에게는 아니었다. 괜 히 주위를 한 번 둘러보고 주머니 속 핸드폰을 꽉 쥐어 보는데.

"정한석, 알아요?"

곧바로 들려온 생각지도 못한 말에 심장이 덜컥 내려앉았다. 흔들리는 하진의 눈동자를 유심히 들여다보던 남자가 보일 듯 말 듯 입꼬리를 끌어 올렸다. 하진의 입술이 천천히 열렸다.

"……한석이는 왜요?"

"와, 처음으로 대답 들었네."

남자의 눈매가 완전히 휘어졌다. 이유 없는 불쾌함을 느끼며 하진은 남자를 똑바로 보았다.

"나 한석이랑 꽤 친했던 사람인데. 걔 힘들 때 도움도 많이 줬 었고. 이 근처 내려온 김에 얼굴이나 한번 보고 가려고 들렀지."

"……."

친했던 사람? 하진의 머릿속이 복잡해졌다. 이곳에 내려오기 전 한석의 인간관계에 대해서는 아는 것이 없다.

"그러는 그쪽은?"

"네?"

"같이 살아요? 한석이랑?"

대뜸 묻는 말에 말문이 막혔다. 가벼운 어조였지만 어쩐지 단정 짓는 느낌이랄까. 잠시 멈칫했던 하진이 고개를 끄덕였다.

"그런데요. 왜요?"

사실 집을 드나드는 사이를 친구라고 하는 것도 애매했다. 그래도 대충 둘러대고 넘길 수도 있었겠지만, 하진은 한석과 같이 사는 것을 굳이 숨길 필요 없다고 느꼈다. 아빠한테도 들킨 마당에, 물론 상대가 연우나 지서라면 좀 얘기가 달라지지만······.

그래도 일단 한석이 아는 사람이라고 하니 조금은 경계를 풀었지만 여전히 시선은 불신이 가득했다. 아, 역시······. 낮게 탄식한 남자가 미간을 조금 좁혔다.

"새끼, 얼굴 보는 건 여전하네."

"······."

누구를 향한 말인지 굳이 묻지 않아도 알 수 있었다. 눈썹을 씰룩이던 하진이 다시금 물었다.

"한석이한테 연락 안 하고 오신 거예요?"

"음, 하긴 했는데 안 받더라고요."

아직 일할 시간이니 그럴 수도 있었다. 그래도 역시 뭔가 석연치 않았지만 그렇다고 여기서 계속 이 남자랑 대치하고 있을 필요는 없는 것 같았다. 무엇보다, 흥미로운 눈빛으로 저를 구석구석 뜯어보는 듯한 시선이 불쾌했다.

"······조금 있으면 일 끝나고 올 거예요."

"얼마나?"

"한 시간 안에는요."

그럼, 고개를 꾸벅하고 그대로 돌아서려는 하진을 경쾌한 목소리가 다시 붙잡았다.

"한석이 어떻게 만났어요?"

돌아선 하진이 우산 안 남자의 얼굴을 말없이 응시했다. 남자가 어깨를 으쓱했다.

"너무 어려 보이는데, 고등학생은 아니고?"

"아닌데요. 동갑이에요."

"아아."

남자가 또 고개를 끄덕이더니, 말도 안 되는 소리를 했다.

"집에 들어갈 수는 없으니까 어디 가서 잠깐 얘기 좀 할래요? 내 차도 괜찮고. 뭐, 의심되면 차 문 활짝 열어 놓고 대화해도 돼요."

"제가 왜요?"

"그냥, 기다리기 심심하니까. 그리고 내 동생 같아서 좀 해 주고 싶은 얘기도 있고…… 내 동생도 나이가 그쯤 되거든."

"싫어요."

이쯤 되니 슬슬 좀 무서워졌다. 잠시 굳어 있던 머리가 빠르게 돌아갔다. 한석이와 친하다는 게 맞긴 할까? 집은 또 어떻게 알고 왔고? 연락도 안 된다면서……. 물론 쌀쌀맞은 얼굴에 딱히 티가 나지는 않았다.

"그럼 그냥 서서 얘기하지 뭐."

"……."

"내가 정한석 진짜 왜 찾아왔을까, 안 궁금해요?"

남자가 싱긋 웃었다. 그대로 무시하고 돌아가야 하는데 이상하게 발걸음이 떨어지지 않는다. 설마 빚쟁이, 뭐 그런 걸까? 하지만 한석은 빚이 있다는 말은 없었는데. 하진은 애써 태연하게 물었다.

"왜 찾아왔는데요?"

"음. 꼬시려고?"

"네?"

하하, 얼어붙은 하진을 보고 남자가 소리 내어 웃었다.

"아, 그런데 진짜 너 예쁘게 생기긴 했다. 순진해 보이고. 정한석이랑 너무 안 어울리는데?"

"……이상한 소리 하지 말고 제대로 얘기해요. 한석이 왜 찾아왔어요?"

"진짜 꼬시려고 왔다니까."

"…….."

"스카우트, 뭐 그런 거지."

어느 순간 남자는 말을 놓기로 작정한 듯했다. 물론 하진에게 굳이 그런 것을 지적할 여유는 없었다. 딱 봐도 저보다 나이가 많아 보이기도 했고.

"그 자식 항상 돈 많이 벌고 싶다고 했었거든. 딱 맞는 일이 있으니까 내가 여기까지 찾아온 거고. 나도 좋은 물건 데리고 가면 이득이니까, 서로 원원하는 거지. 학교만 졸업하면 데리고 가려고 했는데 갑자기 서울 떠 버려서 좀 황당했어."

물건? 하진의 눈빛이 어둡게 가라앉았다.

"……그게 무슨 일인데요?"

말을 하면 할수록 의뭉스러운 남자는 이번에도 산뜻하게 대답했다.

"별거 아냐. 그냥 뭐, 가진 건 돈밖에 없는 누님들 술 한 잔씩 따라 드리는 거?"

하, 하진의 입술 새로 뜨거운 숨이 샜다. 하진의 눈빛이 순수한 경멸로 물들었다. 대꾸할 가치를 느끼지 못하면서도, 화가 나서 말이 절로 터졌다.

"무슨 그런 술집 일을 시키려고 여기까지 왔다는 거예요?"

어쩐지, 모든 것이 묘하게 계속 거슬렸던 남자는 그쪽에서 일하는 모양이었다.

"그냥 술집이라고 하면 섭섭한데, 우리 가게 하루 매출 알면 그런 소리 못 할걸? 내가 직접 이렇게 사람 구하러 돌아다니는 건 거의 없는 일이야. 날고 기는 애들이 하고 싶다고 줄을 섰다고."

"말도 안 되는 소리 하지 말고 그냥 가세요. 한석이 괜히 화나게 하지 말고요."

"글쎄, 화낼지 안 낼지는 두고 봐야 알지. 아, 어쩌면 네 앞에서는 화낼 수도 있겠다. 어쨌든 여친이니까."

기가 막혀 입이 벌어진 하진을 두고 남자는 제멋대로 떠들었다.

"내가 이런 일을 하다 보니까 사람 좀 볼 줄 알거든. 넌 딱 봐도 곱게 자란 것 같은데…… 부모님은 남자랑 동거하는 거 아셔?"

"……."

"대학은 갔고? 한석이는 어떻게 만난 거야?"

대답할 이유 없지 않나? 싸늘한 하진의 태도에도 그는 여유롭다. 이제 비가 그친 것 같다며 퍽 우아한 손길로 우산을 접기까지 했다.

"왜 이런 촌구석까지 굴러들어 왔나 했더니 순진한 애랑 살림차리는 재미가 꽤 좋았나 보네. 한석이 서울에서 고생 많이 했는데. 알고는 있어? 딱히 성실하다고는 못 해 줘, 학교도 좆같이 다녔거든. 아, 가정 환경이 좀 그랬긴 한데…… 그거야 이 바닥 그런 애들 천지지 뭐. 지금 일 갔다고 했나? 무슨 일 하는지는 모르겠지만 그것도 오래는 못 다닐걸. 너한테도 마찬가지고, 걔가 좀 싫증을 잘 내."

마치 제가 아무것도 모른다는 듯 말을 늘어놓는 남자 앞 헛웃음이 나왔다. 자기가 알면 뭘 안다고? 까다로운 손님들 상대하는 데에 이골이 난 남자에게 하진은 굳이 머리 굴릴 필요도 없는 쉬운 상대였다. 조금만 건드려 줘도 약이 바짝 오르는. 바로 지금처럼.

"다 알아요. 한석이랑 같은 고등학교 나왔으니까."

"아, 그래?"

짐짓 놀란 듯 눈을 크게 뜨지만 어쩐지 말리고 있는 기분은 왜일까? 그러나 말을 멈출 수가 없었다. 일 끝나고 온 한석이 이 남자를 만나지 않았으면 싶었다.

저조차 이렇게 짜증 나는데 그는 어떻겠는가? 곧이어 빠른 어조로 한석이 얼마나 성실한지, 그리고 자신이 한석에 대해 모르는 것은 없다는 것을 피력하는 하진을 남자는 옅은 미소를 매단 낯으로 응시했다.

"……그러니까 그냥 가세요. 연락 안 받았다면서요, 한석이도 엮이기 싫은가 보죠."

"음……."

한바탕 쏘아붙이는 것을 가만히 듣고 있던 남자가 말끝을 흐렸다.

"진짜 어리다, 너."

어느 순간 웃음기가 완전히 지워진 남자에게는 좀 전과 다른 분위기가 흘렀다. 심각해진 표정 앞 절로 꼴깍 마른침이 넘어갔다.

"이렇게까지는 얘기할 생각 없었는데 좀 안쓰러워서. 걔랑 놀던 애들 정도 수준이면 내가 이런 말도 안 하지. 진짜로 한석이랑 잘해 볼 생각이라면 빨리 접는 게 좋을 거야. 너 좀, 속고 있는 것 같아."

아니라고 받아치는 것보다 남자가 빨랐다.

"너 내가 정한석 어떻게 만난 줄 알아? 그 자식 고1 때 경찰서에서 봤어. 걔가 폭행한 애가 어쩌다 보니 나랑 연관이 있는 놈이라, 좀 사정이 복잡하긴 한데 내가 보호자로 가야 했거든."

"……."

"얼굴 딱 봤을 때 느꼈던 게 진짜 물건이네, 싶더라고. 감이 있거든, 잘 갈고닦으면 괜찮을 것도 같고. 그렇다고 고딩 데리고 뭘 할 순 없고 그냥 깽값 내가 대 줬어. 생판 남인 데다 아무것도 모르면서 말이야. 진짜 웃긴 상황인 거지, 피해자 보호자로가 놓고 가해한 놈 몰래 뒤에서 돈 준 거니까. 그때까진 솔직히 별생각 없었는데 어쩌다 보니 계속 보게 되더라."

쯧, 남자가 혀를 찼다. 하진은 숨도 제대로 못 쉬고 그의 말에 집중했다. 들을 필요 없다는 걸 아는데 멈추게 할 수가 없다.

"근데 어느 날 돈을 갖고 온 거야. 사실 살짝 모자라긴 했는데 나한텐 푼돈이어도 걔 입장에선 거액이지. 어디서 났는지는 나도 모르는데 갚겠다고. 그 돈으로 아버지 도박 빚이나 갚아 드리라고 하니까 웃는데 눈빛이 좀……. 아, 모르겠어. 암튼 존나 신선하더라. 걔가 좀 그런 게 있어, 이상하게 사람 홀리는 게. 남자인 나도 느껴지는데 여자들은 더하겠지. 그게 돈이 될 거라고 난 믿는 거고."

나긋하게 들려오는 목소리는 부드러운 듯하면서도 불쾌하게 축축했다.

"사실 이 바닥에서 얼굴만 믿고 설치면 안 되거든. 높이 올라가려면 외모 그 이상의 뭐가 있어야 되는데 정한석은 그게 있더라고, 어린놈의 새끼가. 애가 좀 많이 개차반이라 사근사근하지 못한 게 흠이라면 흠인데, 돈맛 보면 알아서 치고 빠질 거야. 뭐, 그런 타입 취향인 사람도 제법 있긴 하니까. 내가 봤을 때도 걔는 이쪽 일 오래는 못 하고, 잠깐 바짝 벌다 큰 거 하나 물어 나갈걸."

제멋대로 말을 늘어놓던 와중 불현듯 알 수 없는 콧노래를 한

번 부른 남자가 눈을 설핏 찡그렸다.

"지금에야 성실한 척 돈 벌지만 얼마나 가겠어? 사람 패고 다니는 습관 쉽게 못 고쳐. 그런 걸 떠나서도 걔는 평범하게는 못 살아. 지 성질도 있고, 굴러먹던 가락도 있고, 그러니까 생각 잘 해서 너도 빨리 여기 떠. 여자애 신세 망치는 거 한순간이야. 지금이야 한창 좋을 때지, 새파랗게 어린 애들이 뭘 한다고."

"……."

"정말 잘 풀려 봤자 개과천선한 양아치 와이프밖에 더 돼? 아직 창창한데 왜 네 인생 사지로 몰고 있어."

"그만해요……!"

귀가 아팠다. 쉬지 않고 저를 공격하는 남자의 음습한 목소리가 자꾸 마음에 불필요한 파동을 일게 했다. 주머니 속 핸드폰이 진동하는 게 느껴졌지만 받을 수가 없었다. 심장이 너무 빨리 뛰어 숨이 찼다. 희게 질린 얼굴에 이 정도 갖고 벌써 놀라면 어떡하냐고 남자가 과장된 한숨을 쉬었다.

"내가 정한석 어떻게 놀고 다녔는지 말해 주면 뒤로 넘어가겠네. 말했지, 걔 사람 존나 잘 후린다고."

저렇게 밑바닥인 인간의 말을 다 믿는 것은 바보 같은 짓이다. 하진은 거친 숨을 몰아쉬었다.

"조심해. 그 새끼가 한번 빡 돌면 눈이 돌아. 내가 직접 봐서 알아. 좀 또라이 같은 면이 있어서 가만히 있다가도 뭔가 꽂히는 게 있으면……."

"……."

"물론 당연히 널 때린다든가 하는 얘기는 아니지만, 또 모르지. 수틀리면 너한테도 언젠가 상식 이하의 짓을 할지도 몰라. 원래 없이 산 애들이 그 특유의 집착 같은 게 있잖아."

짐짓 안쓰럽다는 듯한 표정으로 말을 잇던 남자가 저만치 들려오는 소리에 멈칫했다. 박하진! 하진은 저를 부르는 날 선 목소리에 퍼뜩 고개를 돌렸다.

'아…….'

한달음에 달려온 한석이 그대로 남자의 멱살을 잡아 올렸다. 망설임 하나 없는 동작에 놀란 하진이 흡, 숨을 들이마셨다.

"뭐야, 씨발."

이내 남자의 얼굴을 확인한 한석이 걸쭉한 욕과 함께 확 손을 놓았다. 누군지도 모르고 일단 손부터 나간 듯했다. 아, 이 새끼……. 거친 악력에 뒤로 밀려나 헛기침을 한 번 한 남자가 이내 웃었다.

"형 보고 씨발이 뭐냐, 씨발이."

"여긴 어떻게 알고 왔는데?"

"말 까는 것도 여전하네. 오랜만에 봤는데 반갑지도 않아?"

"씹, 반갑긴. 스토커도 아니고 어떻게 왔냐고. 연락하지 말라고 한 게 언젠데."

한 자 한 자 짓씹는 말에서 금방이라도 다시 손을 올릴 것 같은 분노가 느껴졌다. 숨이 턱턱 막히는 험악한 분위기의 한석은 실로 오랜만에 보는 것이다.

일촉즉발의 상황인데 오히려 멍해졌다. 파리한 얼굴의 하진이 우두커니 서 그들을 지켜보았다. 일단 한석이 이 남자를 아는 것은 확실해 보였다. 문득 한석이 고개를 돌려 하진을 보았다.

"……잠깐 들어가 있어. 비 온다."

어느새 다시 내리기 시작한 빗줄기는 여전히 얕았다. 하진이 고개를 저었다.

"싫어."

"……."

한석이 멈칫했다. 남자가 소리 내어 웃었다.

"와, 목소리 변하는 것 봐. 너 뭐냐 진짜? 이러는 건 또 처음 보네."

"씹, 좀 닥쳐."

"너 형한테 자꾸 욕할래?"

형은 무슨, 코웃음을 치던 한석이 갑자기 한 발 성큼 다가갔다. 남자도 키가 컸지만 한석이 워낙 커 눈을 조금 올려야 했다. 싱글싱글 웃고 있지만 미묘하게 어그러지는 눈을 똑바로 보던 한석이 조용히 일갈했다.

"누가 시켜서 왔어?"

"시키긴?"

"그럼 갑자기 왜 나타나."

"너 내 정보망 무시하냐? 형이 알려고 하면 모를 일이 뭐가 있어. 근처에 일 있어서 왔다가 시간 내서 들른 거야. 간만에 너 어떻게 사는지도 좀 보고……. 연락 좀 하고 살자, 이 자식아."

주머니를 뒤적인 남자가 검은 지갑에서 명함 하나를 꺼냈다.

저절로 하진의 시선이 따라갔다. 한석이 받지 않자 피식 웃더니 다시 넣었다.

"형 가게 알지? 언제 한번 놀러 와. 맞지도 않는 험한 일 한다고 몸에 흠집 내지 말고."

하······. 한석이 헛웃음을 흘렸다. 뒤에 버티고 선 하진만 없어도 좀 더 노골적으로 누가 뒷배로 있냐고 물어볼 텐데. 한다고만 하면 선수금 섭섭지 않게 깔아 줄 테니까, 조금 낮게 깔아 한 말은 한석에게는 들리지 않았지만 하진의 귀에는 쏙쏙 잘만 들렸다.

"생각 없어도 그냥 한번 와 보기만 해. 분위기도 좀 보고, 잘 풀린 놈들 어떻게 사는지 구경도 좀 하고. 솔직히 네가 아직 비빌 급은 아닌데 옛정 생각해서 한번 들른 거야."

한번 사는 인생 재밌게 좀 살자며 남자가 고개를 삐딱하게 젖혔다. 하, 한숨을 내쉰 한석이 어깨를 쫙 폈다.

"할 말 끝났으면 그만 좀 꺼지지. 더 듣고 있으면 존나 사고 칠 것 같은데."

"이 새끼가, 내가 뭔 말을 했다고 그러냐?"

"얘 데리고 개소리 지껄였을 생각 하니 빡쳐서."

하진을 흘깃 본 한석의 입꼬리가 비틀렸다. 남자가 설레설레 고개를 저었다.

"그래, 진심인 것 같긴 하네. 오래가라."

"또 연락하면 진짜 가만 안 있어."

"알지, 정한석 성격 좆같은 거. 알았어, 갈게. 간다고."

의외로 더 붙잡지 않고 키득키득 웃던 남자가 갑자기 고개를 쭉 빼고 한석의 뒤 하진을 보았다. 흠칫한 하진의 눈을 똑바로 응시하며 말했다.

"잘 지내고. 근데 이렇게 사는 거 너무 아깝다."

"씹, 좀 닥치라니까?"

"응, 그래도 아깝잖아. 왜 여기서 썩고 있어. 말도 안 되게."

주먹을 쥔 한석 앞 슬쩍 뒤로 물러나면서도 할 말을 다 하는 남자를 보는데 기묘한 이질감이 들었다.

분명 한석에게 하는 말일 텐데 왜 저를 보고 있는 걸까? 한석을 그런 술집으로 빼내 가려고 온 건 알겠는데, 왜 자꾸 저를 설득하는 것 같은 기분이 드는지. 비약이라는 걸 알면서도 기분이 몹시 이상했다.

"여기 생활 얼른 털고 올라가자. 이게 뭐냐? 꼴이."

마치 도망가라고 하는 것처럼, 한석의 곁에서 하진이 하루빨리 없어지기를 바라는 사람처럼. 끝까지 그렇게 말한 남자는 이내 미련 없이 뒤돌았다. 차가 사라지기도 전, 하진의 어깨를 끌어안은 한석이 뒤돌았다.

"가자."

빗물에 젖은 그의 손이 평소보다 조금 차갑게 느껴졌다. 은근한 힘에 이끌려 안에 들어가던 하진이 슬쩍 고개를 돌렸다. 하진과 눈이 마주친 남자가 웃으며 손을 흔들었다.

그날 의외로 둘은 아무렇지 않게 지냈다. 험한 꼴 보여서 미안하다며, 잠깐 알았던 형이지만 여기 온 후로 연락한 적 없다는 한석의 말에 하진은 잠자코 고개만 끄덕였다. 그러고는 평소처럼 저녁을 먹고 제 할 일을 했다.

한석은 하진이 뭔가 더 물어볼 거라 여긴 듯했으나 그러지 않았다. 사실 정말 할 말이 없기도 했다. 남자가 지껄였던 말의 진실 유무를 떠나 어쨌든 모두 과거의 일이지 않은가.

알고 있다. 하지만.

"정말 잘 풀려 봤자 개과천선한 양아치 와이프밖에 더 돼?"

속을 뒤집는 것은 한석의 과거가 아니라 앞으로의 제 모습을 제멋대로 그리던 말이라는 것을, 하진은 인정하고 싶지 않았다. 또다시 찾아온 밤 잠든 척 한석의 품에서 가만히 눈을 감고 있으면서도 자꾸 다른 생각이 들었다. 이를테면 '이렇게 되지 않았다면' 저는 지금 어떤 모습일까 하는 의미 없는 상상.

당연히 대학생이겠지. 자취는 어려워도 기숙사 생활이라면 가능했을지도 모른다. 어쩌면 연우와 같은 캠퍼스를 거닐고 있었을 수도 있고, 곧 다가올 여름 방학 계획을 세우고 있었을 수도.

졸업하자마자 아빠 옆에서 일 배우라고 했었으니 딱히 진로를 고민하지는 않았을 거였다. 정말 어쩌면 거기서 다른 누군가와 연애라는 것을 했을 수도. 살짝 눈을 뜨자마자 마주한 똑바른 눈빛에 하진은 흠칫했다.

"무슨 생각 해."

"……."

역시, 안 자고 있던 걸 알았던 모양이었다. 하진은 대답 없이 눈만 깜빡이다 이내 시선을 내리깔았다.

"만약에 말이야."

"어."

"나 안 만났다면 넌 지금 뭐 하고 있었을 것 같아?"

어둠 속 그의 눈빛이 순간 흐려진 것도 같았다.

"모르지."

"……"

"생각 없이 되는대로 살았으니까, 계속 그렇게 살았겠지."

"아까 그 남자가 하자는 일도 했을까?"

"아니. 난 남 비위 맞추는 일은 딱 질색이라."

어렵사리 물은 말에 돌아오는 칼 같은 답. 그렇지만 딱히 위로는 되지 않는다. 무거운 침묵 속 애써 잠을 청하던 하진은 나직한 목소리에 다시 눈을 떴다.

"나는 네가 말하는 그 만약에, 가 싫어."

"……그냥 물어본 거야."

"알아. 그런데 싫어."

팔베개를 해 준 커다란 손이 하진의 목덜미를 쓰다듬었다. 가냘프게 뻗은 선을 따라 쇄골을 쓸고 헐렁한 옷 속에 손을 넣어 맨어깨를 부드럽게 쥐었다. 저도 모르게 긴장하고 있던 몸의 힘이 조금 풀렸다.

"그냥 지금만 생각하면 안 돼?"

"……"

"지금만, 너랑 나랑 이렇게 같이 있는 현재만 생각하고 살면 안 되냐고."

"무슨 말이야."

"말 그대로. 과거에 미련 두지 말고, 이미 저질러진 일 후회하지도 말고 앞으로 더 잘 살 생각만 하면 되잖아."

더할 나위 없이 맞는 말이라고 생각하면서도 온전히 받아들이지를 못했다. 한석이 답답하다는 듯 말을 붙였다.

"너 만나기 전에 내가 좆같이 살았던 건 맞아. 알고 있잖아."

그런가? 알고 있나?

몇 시간 전 남자의 멱살을 잡아 올리던 한석의 얼굴이 불현듯 스쳐 지나갔다. 그때는 당연히 알고 했을 거라 짐작했는데 곰곰이 돌이켜 보면 그냥 제가 모르는 남자랑 얘기하고 있는 걸로 생각하고 그랬을 수도 있다 싶었다.

어느 쪽이든 하진을 놀라게 하기는 충분했다. 적어도 하진은 제 눈앞에서 한석이 누구에게 폭력을 행사하는 것을 본 적이 없었다. 제가 아는 한석은 저를 따뜻하게 안아 주고 멋쩍게 사랑을 고백하고 일 끝나고 지친 몸을 이끌고도 저 좋아하는 간식을 꼭 사 들고 돌아오는 그런 애틋한 다정함뿐이다.

처음으로 하진은 한석의 다른 모습에 대해서 깊이 고민했다.

불안정하고 우울했던 제게 묵묵한 사랑만을 쏟아 줬던 한석처럼, 저도 제가 모르는 한석의 이면을 받아들일 수 있을까? 그게 어떤 모습이라 해도 사랑이라는 이름으로 가엾게 여기고 전부 감싸 안을 수 있을까.

"그렇지만, 나는 너를 책임지기로 결심한 순간부터 다른 인생을 살기로 했어. 그리고 한 번도 선택에 후회해 본 적이 없어. 앞으로도 어떤 일이 있어도 그럴 거고."

"……"

"너랑 내 마음이 같을 거라는 생각은 안 해."

그럴 수 없다는 것도 안다고 말하는 남자의 눈빛이 씁쓸했다.

"근데 네가 그것만 알아준다면 다른 건 다 괜찮아. 내가 너한테 진심이라는 것만 알아주면 된다고."

알아, 하진은 중얼거렸다. 멈칫하는 한석의 등을 끌어안고 말을 붙였다.

"뭔가 오해하는 것 같은데 나도 너 선택한 거 후회한 적 없어."

아마 그것은 평생 변하지 않는 사실일 것이다.

"그리고 나는 네가 그간 어디 마음 붙일 데도 없이 힘들었을 거라고 생각해. 네가 다 들어 줬던 것처럼 너도 나한테 힘들었던 얘기 얼마든지 다 해도 돼. 넌 원래 네 얘기 잘 안 하려고 하잖아. 지나간 일을 되새기는 게 힘들면 당연히 안 해도 되지만, 좀 털어놓으면 편해지는 것도 있으니까. 어쨌든 네 마음이 변하지 않는다면…… 나도 그걸로 됐어."

지금 한 말 중 진심이 아닌 것은 하나도 없다. 다만 차마 하지 못한 말이 있을 뿐. 그러니까, 후회하지는 않지만……. 제 말에 참을 수 없다는 듯 입을 맞춰 오는 남자를 받아들이면서 하진은 자신을 신랄하게 비난했다.

사람의 마음처럼 간사한 것이 또 있을까?

말만 다시 할 수 있게 되면 영혼이라도 팔 수 있었던 것이 엊그제 같은데, 그토록 벗어나고 싶던 집을 벗어나 저밖에 모르는 남자를 만나게 되었는데. 도대체 뭐가 부족해서 우울하단 말인가. 분명 답은 제 안에 있는데 온전히 마주하는 것이 두렵다. 하진을 괴롭히는 것은 그뿐만이 아니었다.

"너한테도 마찬가지고, 걔가 좀 싫증을 잘 내."

몇 달 전 아빠의 말과 남자의 말은 묘하게 일맥상통하는 바가 있었다. 한석의 마음이 변한다는 것은 생각만으로도 끔찍하다.

열아홉 살 때까지 저를 키워 준 엄마의 태도가 한순간에 바뀌는 것도 겪었던 하진이었다. 인생이라는 것은 한 치 앞을 내다볼 수 없다는 것도 뼈아프게 배웠다. 한석의 지금을 믿지 못하는 것이 아니다. 단지 혹시 모를 또 다른 실망과 추락이 실체 없는 공포로 다가올 뿐이다.

9

여름밤의 공원은 고요한 듯 소란스러웠다. 손을 꼭 잡은 커플과 두 팔을 앞뒤로 힘차게 흔들며 지나가는 아주머니, 단란해 보이는 가족을 차례로 지나친 하진은 은은한 가로등 빛이 옅게 스며드는 벤치 위 자리를 잡고 앉았다. 가만히 앉아 숨을 고르며 한가로이 흘러가는 풍경을 눈에 담았다. 그러고도 마음이 진정이 되지 않아 깊이 심호흡을 몇 번 했을까.

'그렇게 화낼 필요는 없었는데.'

입을 꾹 다물고 저를 보던 한석을 떠올리니 뒤늦은 후회가 밀려왔다. 물론 저도 속상해서 그랬다지만, 그렇다고 집을 나오지는 말걸. 하진은 두 손으로 얼굴을 가렸다. 마음이 이루 말할 수 없이 심란했다.

　그러니까, 시작은 언제나처럼 저녁을 먹던 중 하진에게 걸려 온 한 통의 전화였다. 퇴근길에 한석이 포장해 온 막국수를 나란히 앉아 먹을 때까지만 해도 분위기는 좋았다. 지난밤 같이 TV를 보다 지나가는 말로 먹고 싶다고 한 것을 기억하고 사 온 듯했다.

　"그래도 8월까지는 할 줄 알았는데 아쉬워. 언니도 그러려고 했는데, 집 문제도 그렇고 사정이 있어서 좀 당겨졌대."

　다음 주를 끝으로 알바를 그만두게 된 지서에 대해 하진이 아쉬움을 토로하고 있을 때, 전화가 울렸다. 여보세요, 별생각 없이 전화를 받았던 하진의 입에서 어색한 목소리가 튀어나왔다.

　"아…… 네. 아뇨, 그런 건 아니고 저 그냥 혼자 하기로 했어요. 네…… 네."

　짧은 통화 후 곧바로 누구냐고 묻는 한석에게 하진은 대수롭지 않게 답했다. 아, 과외 문의 한번 했어.

　"과외?"

　젓가락을 내려놓은 한석이 눈을 가늘게 떴다. 고개를 끄덕인 하진이 지금의 상황을 뭉뚱그려 설명했다.

　인터넷 강의로만은 부족하다는 생각을 한 건 최근이었다. 아무리 하진이 머리가 좋고 혼자 공부하는 방법을 잘 안다고는 하지만, 하다 보면 안 풀리는 문제가 있기 마련이었고 몇 달 남지 않은 지금 획일화된 강의로는 여러모로 부족함을 느낀 것이다.

처음에 생각한 것은 학원이었지만 이 도시에 딱 한 군데 있는 재수 전문 학원은 멀기도 했고 커리큘럼 자체도 불필요한 게 많게 느껴졌다. 하진은 처음부터 끝까지 다 배우고 싶은 게 아니라 제가 필요한 부분만 짚어 줄 사람이 필요했다.

그래서 생각한 건 과외였다. 지난번 알바했을 때처럼 인터넷 신문 광고를 뒤져 보니 마침 여름 방학을 맞아 고향에 내려와 과외를 구하는 대학생들이 여럿 있었다. 나름 고심해 몇 군데 전화를 걸었고, 시세를 확인했다.

생각보다 저렴했지만 제 형편에서는 만만치 않았다. 과외비는 당연히 제 알바비로 충당할 생각이었으니까.

뭔가를 하려고 할 때 돈을 먼저 생각하게 되는 제 모습이 하진은 아직 어색했다. 어쨌든 일단 한번 수업을 받아 봐도 된다고 해서 친절한 목소리의 대학생 언니와 통화를 한 것까지는 좋았는데.

–토요일 괜찮아요? 집 알려 주면 시간 맞춰서 갈게요.

집? 그 순간 정신이 번득 들었다. 눈앞에 보이는 아직 덜 마른 한석의 작업복에 잠시 말문이 막혔던 하진은 이내 어색하게 중얼거렸다. 눈을 반짝이며 이것저것 야무지게 질문했던 직전과는 다르게, 기운이 빠진 목소리로.

"아니요…… . 제가 좀 더 생각해 보고 연락드릴게요."

왜 그 생각을 지금 했을까? 누가 봐도 남자와 산다는 것이 느껴지는 원룸. 물론 어찌어찌 잘 치우면 과외하는 잠깐은 문제없을지도 모른다. 하지만 과외할 동안 한석을 나가 있으라고 할 수도 없는 노릇이었다.

평일이든 주말이든 어차피 둘은 붙어 있으니까. 주로 일을 하러 나가지만 시간대를 매번 맞출 수도 없고…… 그렇다고 과외하는 대학생 집에 제가 찾아가는 것도 꺼려졌다. 어딘지도 모르지만.

솔직히 상대가 어떻게 생각하든 철판 깔고 제 할 일만 하면되는 거 아니냐고 생각할 수도 있다. 그러나 지금의 하진에게는어려운 일이었다. 하진은 남들의 시선을 꽤 신경 쓰는 편이었고,조금이라도 책잡힐 일을 하는 게 싫었다. 살아온 환경 탓에 자존감은 낮지만 자존심이 셌고 목표로 한 것에 무섭게 열중하다가도 안 될 것을 아는 순간에는 의외로 포기가 빨랐다.

"그냥 한번 연락해 본 거야. 신경 안 써도 돼."

그러나 이런 깊은 사정까지는 말하지 않았다. 한석이 알면 당연히 나가 있겠다고 할 게 뻔했고 마음이 불편해서 공부도 못할 거였다. 한석이 눈썹을 찡그렸다.

"과외비가 얼만데? 돈 때문에 그래?"

"아니, 무슨 고액 과외도 아니고. 내가 알아서 충분히 할 수있어."

"알아서 하긴. 과외든 학원이든 말만 해 봐."

제가 거기까지는 생각을 못 했다며, 하진이 얼마를 말하든 당장 월급이라도 다 줄 것처럼 하는 태도에 새삼스럽게 속이 상했다. 자신이 초라해지고. 한석이 제게 돈 때문에 그러냐고 물을때는 기분이 묘했다. 제가 이렇게 될 줄 누가 생각이나 했을까.

"아니라니까? 내 알바비로도 충분해."

"그럼 왜 안 한다는 건데? 알아보기까지 해 놓고?"

"……."

입맛이 딱 떨어진 하진은 젓가락을 내려놓았다. 반이나 남긴 막국수 그릇을 보고 한석이 미간을 좁혔다.

"알았어. 밥 다 먹고 얘기하자."

"안 먹어."

"왜. 맛있다며."

"배불러. 더 먹으면 얹혀."

예민의 극치에 달한 요즘 하진은 실제로 종종 체한 적도 많아서 한석도 더는 말을 붙이지 않았다. 모든 것이 '공부하느라 힘들어서'로 암묵적 통용되는 상황이었다. 어중간한 식사를 마친 한석이 다시 말을 꺼냈다. 아까보다 훨씬 누그러진 목소리였다.

"정말로 왜 그러는데. 그냥 나한테 다 말해 봐."

"……."

침묵하던 하진이었지만, 불필요한 오해를 만들기 싫은 마음에 제가 생각한 바를 다 털어놓았다. 말하면서도 괜히 눈치를 보게 되고 조마조마했는데 역시나 예상했던 답이 돌아왔다.

"난 어차피 나가 있잖아. 내가 알아서 일 갈 테니까 걱정하지 마."

"어떻게 그러냐고."

"왜? 난 상관없어."

작은 상을 앞에 둔 한석이 픽 웃었다.

"대학 꼭 간다며. 원하는 데 가려면 뭐라도 다 해야지. 물론 난 정말 상관없긴 하지만…… 막말로 내 기분 따위가 뭐 대수야?"

문득 흐려진 목소리에 하진이 멈칫했다. 흐음, 한석이 깊은숨을 내쉬며 팔짱을 꼈다. 하진은 그의 기분이 상했다는 것을 본능적으로 알았다.

"존나 꼰대 같아서 이런 말 하기 싫은데."

물을 벌컥벌컥 마신 한석이 컵을 내려놓고 하진을 응시했다.

"절박하지가 않잖아."

"뭐?"

"뭐든 해야지. 네가 그렇게 직접 전화까지 할 정도면 정말 필요하다는 건데. 나랑 이렇게 사는 거 창피해서 보여 주고 싶지 않은 마음? 이해해. 그럴 수 있어. 기분은 좆같지만 이해할 수 있다니까? 두 시간이 아니고 종일이라도 나가 있을 수 있다고. 정 마음이 쓰이면 네 말대로 직접 가도 되잖아. 가깝든 멀든 너 혼자 다니는 건 나도 싫으니까, 내가 왔다 갔다 데려다주면 되는 일이고. 과외비도 마찬가지야, 말했지? 네 돈은 네 돈이니까 절대 다른 데 쓰지 말고 다 모으라고. 그것도 이미 말 끝난 일이잖아. 도대체 뭘 미안해하는데? 부탁이라는 말도 웃기지만 네가 해 달라고 하면 뭐든 기쁘게 할 텐데. 왜 이용을 못 해 먹고 있냐고."

답지 않게 긴말을 늘어놓은 그가 거칠게 머리를 쓸어 넘겼다. 그래도 한 자 한 자 때려 박는 목소리가 하진의 마음에 모두 쿡쿡 박혔다.

"정말 절박하면 남들이 생각하는 게 뭔 상관이야. 막말로 내가 옆에 딱 붙어 앉아 있어도 해야 하면 해야지. 선생이 어떻게 생각하든 말든 어차피 돈 받고 사라질 사람인데. 아냐? 이도 저도 안 되면 아예 밖으로 나가도 되고. 너 일하는 카페 같은 데도 괜찮네. 어떤 방법이든 좋으니까 맘먹은 건 해야 하잖아."

아. 그런가.

왜 그 생각을 못 했지? 정곡을 찌르는 것 같은 말에 굳어 버렸던 하진은 한석의 마지막 말에 멈칫했다. 하지만 그것도 잠시, 엄청난 수치심이 몰려들었다.

한석의 말이 틀린 것은 단 하나도 없었다. 절박하다면 하나만 보고 가야 하지 않냐고 꾸짖는 말을 듣고 있자니 낯 뜨겁기까지 했다.

서운한 진심을 내보이면서도 본질을 꿰뚫는 목소리에는 저를 향한 답답함이 보였다. 나이답지 않게 뚝심 있고 생활력이 좋다고 감탄만 하고 있을 게 아니었다. 의지할 곳 하나 없이 혼자 헤쳐 나가야 했던 그에게는 이런 제가 얼마나 나약하게 보일까. 부끄럽고 창피했다. 대답 없이 흔들리는 하진의 눈빛에 한석의 마음이 또 약해졌다.

"박하진."

그는 지그시 제 애인을 불러 보았다. 아무리 제 속을 지지고 볶고 상하게 해도 결국에는 안쓰럽고 애틋한 마음이 드는 것을 어찌하겠는가.

"사실 난 대놓고 네가 말했으면 오히려 그러려니 했을 거야.

아, 그렇구나. 당연히 나가 줘야지. 그런데 네가 미안하다고 망설이니까 내가 도리어 큰소리를 치게 되잖아."

하얀 얼굴에 조금이라도 어두운 빛이 도는 것이 싫어, 한석은 그새를 참지 못하고 팔을 뻗어 하진을 품에 안았다.

"어중간하면 안 돼. 이도 저도 아닌 게 제일 위험해. 애매하게 미안해하지 마. 어차피 미안할 거면 뻔뻔하게 할 거 다 하라고."

어쭙잖게 가르치려 드는 게 절대 아니었다. 저랑 비교할 수 없을 정도로 똑똑한 하진에게 제가 뭘 가르치겠는가?

단지 한석은 요즘 조금 두려웠다. 하진이 대학을 가지 않았으면 하는 마음도 진심이지만 하진이 잘되어서 기뻐했으면 하는 마음 역시 순수한 진심이었다. 하진이 몰두하는 만큼 혹시 뜻을 못 이뤘을 때의 그녀의 모습을 상상하는 것만으로도 한석은 숨이 막혔다.

"무슨 말인지 알겠어."

잠자코 있던 하진이 한석의 품에서 벗어났다. 조금만 힘을 주어도 막을 수 있었겠으나 한석은 일단 내버려 두었다.

"그래도 과외는 역시 안 할래. 솔직히 상담했을 때 딱 마음에 드는 사람 아무도 없었어."

말을 마친 하진이 먹은 것들을 주섬주섬 치우기 시작했다. 제가 할 테니 내버려 두라고 해도 요지부동이었다. 곧바로 욕실로 들어가기에 씻으려나 했는데 금세 나와서는 갑자기 옷을 갈아입었다.

"왜?"

"잠깐 나갔다 오려고."

"어딜."

바람 쐬러, 얇은 점퍼를 하나 걸친 하진이 현관으로 향하며 덧붙였다. 커다란 몸이 그 앞을 가로막았다.

"있어 봐. 같이 가게."

"혼자 갈 거야."

고집을 부리는 하진에 한석의 눈빛이 일순 어두워졌다. 하진이 밤중에 혼자 바람을 쐬고 오겠다고 나갔던 적은 아직 한 번도 없었다.

"어두워져서 위험해. 같이 가."

"8시밖에 안 됐어. 뭐가 위험해?"

"그래도 안 돼."

다른 곳보다 일찍 조용해지는 골목인 것도 알고, 한석이 왜 자꾸 저를 잡는지 알고 있으면서도 하진은 갑자기 확 짜증이 났다.

"진짜 왜 그래? 내가 무슨 애도 아니고, 잠깐 앞에 산책 좀 하고 온다니까."

이러면 집하고 뭐가 달라? 덧붙인 말이 뭔가 잘못되었다는 것은 홧김에 뱉은 후에야 알았다. 날카롭게 치켜뜬 눈매에 덜컥 숨이 막혔다. 하진은 말없이 뒤돌아 문을 닫고 도망치듯 밖으로 나왔다. 성격 파탄자라도 된 기분이었다.

'다 내가 잘못한 거야.'

찬찬히 되짚어 보니 한숨이 나왔다. 희미한 풀 냄새가 나는 공원 한복판, 어중간하면 안 된다는 한석의 말이 계속 귓가를 울렸다. 그는 늘 저를 정확히 보고 있었다.

문제는 저였다.

공부만 파도 모자란다는 걸 알면서도 모든 걸 의지할 수 없으니 알바도 하고 자존심을 놓기 싫으니 과외도 안 한다고 했다. 한석을 좋아하고, 그만큼 안쓰럽고 대단하다 여기며 그와의 미래를 어설프게 그려 보면서도 막상 남들 앞에 그를 당당하게 드러내지는 못했다.

물론 나름의 이유가 있고 누구에게 함부로 말 못 할 사정이 담겼다고는 하지만 어차피 그 모든 것은 제 선택이 아니었던가.

딱히 슬프지도 않은데 괜히 눈시울이 뜨거워지던 찰나. 특유의 무심한 목소리가 들렸다.

"누가 잡아가기 딱 좋네."

전혀 인기척도 느끼지 못했는데. 하진은 털썩 제 옆에 주저앉는 남자의 기척에 흠칫했지만 고개를 돌리지는 않았다. 새삼 한석이 제 버릇을 참 나쁘게 들였다는 생각이 들었다. 제가 잘못한 걸 알아도 한석이 먼저 다가와 줄 걸 아니까 이러는 거다. 제 손을 은근슬쩍 잡아채는, 바로 지금처럼 말이다.

"이렇게 청승 떨고 있으면 옆에 덥석덥석 앉기 더 좋지."

쯧, 한석이 과장되게 혀를 찼다. 그러면서도 잡은 손에는 더 힘이 들어갔다. 여전히 앞만 응시하던 하진이 입을 열었다.

"혼자 있고 싶다니까 왜 왔어?"

제가 공원에 있는 건 또 어떻게 알았을까. 하긴, 이 근방 갈데도 없고 저는 친구도 없긴 하지만. 귀찮은 듯 내뱉으면서도 하진은 한석이 저를 찾으러 온 데에 내심 안도했다.

"와이프가 집 나갔는데 그럼 찾으러 와야지, 안 와?"

심드렁한 목소리에 그제야 하진이 고개를 돌렸다. 집이 아닌 밖에서의 한석을 보는 게 새삼스러웠다. 요즘은 한석의 일이 조금씩 늦게 끝나 알바 끝나고 하진이 집에 먼저 가 있었고, 주말에도 놀러 나가지 않고 집에만 있었다.

어스름한 가운데도 또렷하게 보이는 반듯한 이목구비를 하진이 하나하나 눈에 담는데 얼굴이 천천히 가까워졌다. 하진은 움찔했지만, 피하지는 않았다. 기어이 혀까지 밀어 넣어 짧지만 척척하게 입을 맞춘 그가 입술을 댄 채 속살댔다.

"바다 갈까?"

"……지금?"

하진의 눈이 커졌다. 한석이 고개를 끄덕였다.

"너 바다 가면 맨날 속 탁 트인다고 하잖아. 가자."

"…….."

아주 예전, 말이 나오지 않을 때 한석과 갔던 초봄의 바다는 잊을 만하면 자꾸 떠올랐다. 이 도시의 장점이기도 한지라 한때는 생각나면 자주 갔었다. 당장 지난겨울만 해도 인적 드문 바다를 주말마다 가기도 했고. 그러다 올해 들어서는 한 번도 못 갔다.

고개를 끄덕이는 하진을 한석이 꼭 끌어안았다. 다시는 혼자 집 나가지 말라며 덩치에 어울리지 않는 우는소리를 했다. 하진이 결국 웃어 버리자 가만히 그 얼굴을 쓰다듬으며 예쁘다고도 해 주었다.

* * *

반년 만에 간 바다는 그대로였다. 여름이라지만 확실히 부는 바람이 썰렁해 한석은 하진을 아주 품에 끼고 다녔다. 공부하는 데 감기 걸리면 큰일 난다고 했다. 그렇게 별말 없이 조용한 바닷가를 같이 걸었다. 아주 가끔 그들을 스치고 지나가는 다른 이들도 보고, 눈앞에 잔잔하게 일렁이는 물속을 상상하기도 하고, 또 그러다 별이 반짝이는 하늘을 보기도 하고…….

문득 하진은 생각했다.

'난 치열하게 사는 걸 좋아하지 않는지도 몰라.'

쉬는 게 편하고, 한가로운 게 좋다. 당연한 사실일지도 모르지만 하진에게는 아니다.

하진은 휴식을 게으름으로 취급하고 게으름을 곧 죄처럼 치부하는 사람 밑에서 자랐다. 예전의 저를 생각하면 지금 제 발밑에 깔린 셀 수 없는 모래알처럼 목구멍이 까끌까끌하다. 하진은 말없이 제 몸을 덥히는 남자와 계속해 느린 걸음을 옮겼다.

시간이 꽤 되었다는 것은 한석이 그만 돌아가자고 할 때에서야 알았다. 아쉬웠지만 언제까지 있을 수도 없는 노릇이라 순순히 차로 향했다.

"이거 뭐야."

조수석 문을 열고 들어가던 하진이 뒷좌석 검은 봉투를 흘깃댔다. 아까 차에 탈 때는 의식하지 못했는데 지금 보니 떡하니 한 자리 차지하고 있었다.

"아, 막국수 사 오는 김에 사 놓고 안 가지고 내렸네."

태연한 소리가 흘러나왔다. 하진은 제게 꼼꼼히 벨트를 매어 주는 남자의 손길을 가만히 받으며 다시 물었다. 술이지?

"어."

고개를 끄덕이기에, 손을 뻗어 보였다.

"나 마실래."

"지금?"

"응. 조금 마시고 출발하게."

넌 못 마시니까 나 혼자, 부러 힘주어 말해 보니 한석이 픽 웃더니 봉투를 뒤적였다. 하진을 위한 것으로 보이는 초콜릿과 주전부리가 먼저 보였고 맥주 캔이 큰 걸로 세 개, 소주도 한 병 있었다. 많기도 하네, 하진이 눈을 깜빡였다.

"나 소주 먹어 보고 싶어. 종이컵 없어?"

"말도 안 되는 소리."

수능 보고 나면 술을 제대로 가르쳐 주겠다며 한석이 피식피식 웃었다. 컵이 없다며 한참이나 캔 입구를 티슈로 닦고 건넸다. 열어 둔 차창 사이로 바다가 보였다. 상당히 운치가 있었던 것 같다. 많이 마셔 보진 않았지만 그날따라 맥주가 달게만 느껴졌던 것을 보면.

그러니까, 왜 이런 상황이 되었는지는 불명확했다.

"아…… 아, 흐윽……."

저를 깔고 올라탄 남자의 무게에 갇힌 채 하진은 쉼 없이 끅

끅댔다. 아래서 쳐올리는 힘이 너무 세 자꾸 몸이 뒤로 밀렸지만 양옆으로 벌려진 허벅지를 꽉 붙잡은 남자가 다시금 험악하게 제 쪽으로 끌어 내렸다. 힘들다고 끙끙대 보지만 가차 없이 때려 박는 허리 짓에 헉, 숨이 막혔다. 쩍쩍 살이 맞붙는 소리가 귓가를 아프게 울렸다.

비좁은 차 안에서의 관계는 확실히 불편하고 버겁기 그지없었다. 하진보다 훨씬 큰 남자 역시 그러할 텐데 그는 그런 기색 없이 마치 기계처럼 미친 듯 박아 댈 뿐이다. 말 한마디 없이, 이따금 거친 숨을 들이마시며.

칠흑같이 암전된 사위와 차 안을 가득 메우는 덥고 습한 공기, 인정사정없는 몸짓에 차체가 흔들리는 착각이 든다. 어쩌면 착각이 아닐지도 모르겠다. 술에 취한 머릿속은 뒤죽박죽 어지럽고 눈앞은 온통 흐릿하다.

한석아, 정한석, 불러 보지만 대답은 돌아오지 않는다. 문득 서러워진 하진이 물기 어린 목소리로 항의했다.

"왜, 왜 여기서…… 흣…… 왜 여기, 여기서, 하냐고…… 흐으……."

아……! 동시에 허리를 뒤로 물렸다 퍽, 처박는 강한 힘에 새된 소리가 절로 나왔다. 술에 절어 흐물흐물 풀린 몸은 제멋대로라 손자국이 날 정도로 연한 살을 쥐고 있는 남자가 주는 통각은 지우고 흠뻑 젖은 아래를 들쑤시는 쾌감만 기억했다. 굵고 긴 성기가 안을 드나드는 느낌이 아득한 듯하다가도 지독하게 생생하게 다가왔다.

155

어쩔 줄 모르고 몸을 비틀던 하진은 퍼뜩 또 다른 것을 느꼈다. 늘 그와 뒹구는 이불 위가 아닌, 한껏 젖혀진 조수석 시트는 딱딱하고 차갑다. 척척하고…… 문득 또 서러워졌다.

"왜, 여기서…… 응……."

그런데도 묘하게 색에 젖은 끝 음을 놓치지 않은 남자가 헛웃음을 흘렸다. 하진이 더우면 그는 더 더울 것이다. 올라붙은 입꼬리처럼 날렵한 턱선을 타고 땀이 흘렀다. 어둠 속에서도 정확히 하진과 시선을 맞추고 무섭게 몰아붙였다.

"이번엔 또 거기에 꽂혔어? 어? 씹, 그럼 또 말해 줘야지."

"흣…… 아, 아……."

백 번이든 천 번이든 해 주겠다며 그가 비웃었다. 모르는 사람이 보면 매력적일지도 모르나 적어도 하진에게는 그렇게 보였다. 순간 기분이 상해 벗어나려 몸에 힘을 주었지만, 오히려 그만 조이라며 핀잔을 받았을 뿐이다. 찰싹 소리 나게 엉덩이를 맞기까지 했다.

"가다가, 후, 사고 낼 것 같아서 집까지 못 가겠다고 했잖아. 어? 기억 안 나?"

사고라니. 무서운 말이다. 입을 벌리고 저를 멍하니 보는 하진을 응시하던 남자가 미간을 확 좁혔다. 씨팔, 거침없이 욕을 뱉어 내더니 갑자기 달려들어 허겁지겁 입을 맞춰 왔다. 입 좀 크게 벌리라고 화까지 내면서.

정말 왜 이러는 걸까? 의문이 들면서도 무의식적으로 그의 말을 따라 입을 벌리는 하진에게 축축한 살덩이가 위아래로 꾸역

꾸역 들어왔다. 으흑, 하진의 입술을 타고 밭은 신음이 샜다. 살살 마음 녹이는 가냘프고도 간질간질한 음성이었으나 그래도 한석은 봐주지 않았다.

혀가 얼얼할 정도로 빨리고 어느 순간 깨물리기까지 했다. 가까스로 손을 들어 그의 어깨를 계속 밀어 냈지만 당연히도 역부족이었다. 취하지 않았을 때도 어림없는데 축 늘어진 몸으로 그래 봤자 본의 아니게 남자를 더 자극할 뿐이었다. 머릿속은 온통 물음표로 가득했다.

'왜 이렇게 화가 났지?'

'왜 집에 안 가고 이러고 있지?'

그 말을 밖으로 뱉었는지 아닌지도 불명확했다. 눈이 감겼다가 다시 떠졌다가. 눈앞이 하얘졌다가 까매졌다가. 정신없는 와중 드문드문 좀 전의 기억들이 끊어진 필름처럼 펼쳐졌다. 분명 맥주를 마셨고, 한 캔 더 마신다고 했던 것도 같고. 소주 한번 먹어 보고 싶다고 말도 안 되는 애교를 부렸던 것도 같다.

안 된다는 한석에게 제가 먼저 입을 맞췄던 건…… 확실하게 생각난다. 어느 순간 시트가 뒤로 넘어갔고, 정신없이 키스했고, 한석이 집에 가자고 운전대를 잡았고, 자고 있으라고 말했고, 그런데도 자신은 누운 채 계속해서 생각나는 대로 입을 놀렸고…….

"너 나랑 헤어져도 용접 일 계속할 거야?"

그런데 도통 왜 그 말을 제가 하게 되었는지는 생각이 나지 않는다. 저를 보는 싸늘한 눈빛은 기억나는데, 중간중간 제가 뱉은 말들은 누가 그 부분만 도려낸 것처럼 날아가 버렸다.

"헤어지면, 헤어지는 거지. 물론 힘들고 엄청 슬프겠지만."

"나 질릴 때 많지 않아? 솔직히 말해도 돼."

"너도 너 하고 싶은 대로 살아. 왜 나한테 다 맞춰 줘? 놀고 싶으면 놀고 나가고 싶으면 나가도 돼. 갑자기 변하는 게 난 더 무서우니까."

별말을 다 했구나……

진짜 미쳤나.

제가 했던 말들이 찬물을 끼얹는 것처럼 정신이 들게 하다가도 깨지 않은 취기가 다시 모든 감각을 몽롱하게 했다. 한껏 벌어진 밑을 뜨겁고 굵은 것이 쉴 새 없이 드나들었다. 아래가 얼얼할 정도로 때려 맞으면서도 느꼈다. 솔직히 지나칠 정도로 좋았다. 온몸이 성감대가 된 것 같았다.

이루 형용할 수 없이 이상하고 야릇한 감각이었다. 단 한 번도 생각해 본 적 없는 장소에서 이루어지는 관계에서 오는 묘한 배덕감과 그러면서도 드는 희미한 죄책감. 어쩌면 알코올을 핑계 삼아 저 편할 대로 회피해 버리는 현실 도피 비슷한 거였는지도.

"좆같네, 씨발."

확 핸들을 꺾어 버리던 한석의 뒷모습이 어렴풋이 기억난다. 멋대로 하게 내버려 둔 제가 등신이라고 자조하기도 했다.

당연한 말이지만 엄청 화가 난 것 같았지. 한 번만 더 술 먹으면 뭘 어떻게 한다고도 했던 것 같은데. 여기 집 가는 방향 아닌데, 어딘지 모를 어둑한 곳으로 무섭게 달리는 차 안에서 그 생각을 했던 것 같다. 순서 없이 띄엄띄엄, 가물가물해지던 기억은 휙 들리는 다리와 함께 또다시 사라졌다.

"흑……!"

거의 머리까지 닿을 것 같을 기세로 발끝이 들렸다. 아래를 훤히 내보이는 자세에 더 오를 것도 없는 열이 얼굴에 몰렸다. 당황한 하진의 발목을 꽉 쥔 한석이 숨을 한 번 길게 내쉬고 허리를 썼다.

직전보다는 확실히 얕아지고 느긋해졌지만 마치 결합하는 양을 보려는 듯 노골적인 자세와 시선에 오히려 더 견딜 수 없어졌다. 척척하게 젖은 입술을 타고 사뭇 칭얼대는 소리가 흘러나왔다.

"으응…… 그냥, 막 해. 빨리…… 흐…….."

잔뜩 뭉개진 채, 애가 다는 목소리가 제가 듣기에도 낯간지러워 귀를 막고 싶었다. 좁아터졌으면서 한껏 벌어져 제 것을 잘도 받아먹는 모습을 홀린 듯 지켜보던 한석이 어이없다는 듯 웃었다.

"그냥 막 해? 어?"

흐느낌에 젖어 돌아오는 대답은 없었지만 그는 이미 자신도 모르는 사이 눈이 돌아 있었다. 다시금 그의 입이 꾹 다물렸다. 하진은 어느 순간 제대로 소리도 못 내고 꺽꺽대기만 했다. 쉼 없이 들쑤시는 남자를 받아 내느라 꺾인 허리가 아프고 다리도 저렸지만 꼼짝할 수가 없었다. 섹스란 것은 때에 따라 벌이 될 수도 있는 모양이었다.

그래도 여전히 아픔보다는 쾌감이 큰 것은 부정할 수가 없어서, 둥둥 뜬 것 같은 기분은 뭔가가 안에 쏟아지는 느낌이 날 때도 계속됐다.

아…… . 흠칫 놀라 눈을 크게 뜨던 하진은 이내 든 생각에 안도해 몸에 힘을 뺐다. 콘돔을 안 써도 된다는 걸 잠시 깜빡했다. 심지가 죽지 않은 기둥이 끝까지 제 안을 들쑤실 때는 하진은 이미 정신을 반쯤 놓고 있었다. 갑자기 미친 듯이 졸음이 쏟아졌다.

"……너를 어떻게 하면 좋을지 모르겠다."

탄식과도 같은, 잔뜩 갈라진 목소리가 귓가에 휘감겼다.

'미안해. 그래도…… 미워하지 마.'

불현듯 찾아오는 고백을 입 밖으로 냈는지는 모르겠다. 저를 덮어 오는 무게에 기꺼이 몸을 맡기며 하진은 죽음과도 같은 깊은 잠에 휩쓸렸다. 한석도 제가 정말 지긋지긋하지 않을까 싶었다. 적어도 지금만큼은.

* * *

"그만하고 얼른 가서 식사해."

깨끗한 테이블을 괜히 한 번 더 닦고 있는 하진에게 사근사근한 목소리가 내려앉았다. 네, 하진은 어색하게 고개를 끄덕이고 스태프 룸으로 향했다. 오늘따라 더 한가한 카페에 남자와 둘만 있는 게 도무지 적응이 되지 않았다.

'오늘도 도시락이네……'

말이 도시락이지, 방금 배달되어 따끈하고 정갈한 찬에 후식으로 제철 과일까지 세팅된 점심은 확실히 과한 감이 있었다. 지서랑 있을 때는 챙겨 먹긴 해도 간단하게 김밥이나 샌드위치 정도였는데. 그마저도 바쁘면 대충 넘길 때도 있었고 말이다.

하진은 저 먹기 편하라고 자리를 비운 듯한 문밖 남자를 조금 흘깃대다, 빨리 먹고 나가기로 마음을 먹고 자리에 앉아 수저를 들었다.

맛있긴 했지만 여전히 좀 부담스러운 건 어쩔 수 없었다.

처음에 몇 번 이렇게 안 주셔도 된다고 말해 봤는데, 자신은 원래 밥을 든든히 먹는 스타일이고 같이 일하면서 다르게 먹는 것도 이상하지 않냐고 해서 하진의 말문을 막히게 했다. 분명 식대를 넘길 것 같아서 물어보니 웃으며 그런 건 신경 안 써도 된다고 하기도 했다.

그렇게 말할 수 있는 건 그가 이 카페 사장의 아들이어서 그럴 것이다. 외아들인 그는 대학생으로 방학을 맞아 본가에 와서 카페 일을 돕고 있었다.

이름은 김영우. 하진보다는 네 살이 많았고 군대도 일찍 다녀와 반년 전 복학했다고 했다. 원래도 방학이면 이렇게 내려와 일을 돕곤 했는데 지서가 그만두고 자연스럽게 일을 이어받게 된 거였다.

"마셔."

"……감사합니다."

서둘러 식사를 마치고 나가니 영우가 시원한 아이스티를 건넸다. 괜찮다고 사양하는 것도 하루 이틀이라 하진은 그냥 꾸벅하고 받아 들었다. 뭔가 할 일이 없나 두리번거리는데 재깍 눈치 챈 영우가 할 게 없으니 쉬라고 했다. 시원한 에어컨 바람을 맞으며 앉아 있자니 호사가 따로 없었다. 그래도 돈을 받고 일하는 입장이라 마음은 계속 불편했다.

영우와 일을 같이 한 지도 벌써 2주가 다 되어 간다.

처음에 대타가 구해질 때까지 도우러 왔다는 그는 어째 매일 나오고 있었다. 알고 보니 일단 방학 동안은 그냥 하기로 했다고 사장님과 말이 끝난 모양이었다.

그도 그럴 게, 확실히 손님이 확 준 게 하진이 봐도 티가 났다. 지서가 나갈 때쯤 근처에 유명 프랜차이즈 카페가 들어온 거였다. 동네 장사라 단골도 많긴 했지만 아무래도 영향을 받지 않을 수는 없을 것이다. 이 시점에서 알바를 더 쓰는 것은 그렇고, 일단 영우가 있으면서 앞으로 어떻게 할지 상황을 본다고 했다.

"오늘따라 더 손님이 없네."

마저 식사를 마치고 나온 영우가 매장 안을 둘러보며 난처하게 웃었다. 하진은 뭐라 대꾸해야 할지 몰라 가만히 있었다. 원래 사교성이 좋은 편도 아닌지라 친근하게 다가오는 영우가 하진은 조금 불편했다.

부담스럽고 싫다, 이런 게 아니라 말 그대로 어색한 느낌. 차라리 바쁘면 일하느라 말할 시간도 없을 텐데. 어서 오세요, 딸 랑이는 종소리에 곧바로 반응한 하진의 목소리가 평소보다 컸다.

테이크아웃 손님이 연달아 몇 번 오가고 나자 또다시 카페는 조용했다. 직전 들어온 여자 손님이 구석에서 이어폰을 끼고 노트북 앞에 앉아 있을 뿐이다.

"그래도 저녁 매출은 거의 비슷하다고, 우리 사장님은 걱정도 없다니까. 정 안 되면 접고 여행이나 다닌다고 하시네."

남 얘기 하듯 가벼운 말투로 영우가 대화의 물꼬를 텄다. 조그만 의자에 나란히 앉은 채 하진은 잠자코 고개만 끄덕였다. 영우는 딱히 말이 많은 타입은 아니었으나 하진이 워낙 말을 안 했기 때문에 주로 그가 먼저 말을 걸어오곤 했다.

처음에는 영우가 나 싫어하냐며 장난식으로 물어볼 정도였다. 그래도 지금은 많이 나아진 편이라 하진도 묻는 말에는 대답을 곧잘 했다.

"일하면서 공부하는 거, 힘들지 않아?"

차분한 목소리에 하진은 슬쩍 고개를 돌렸다. 영우가 예의 그 무해한 미소를 띠고 있었다. 같이 있으면서 느꼈지만 영우는 바른 생활 하는 남자의 표본 같았다. 기본적인 매너가 몸에 배어 있었고 말투도 나긋했다.

"그 오빠, 엄청 인기 많아. 이 앞에 고등학교 나왔거든? 거기서도 유명했대. 딱 봐도 그렇게 생겼잖아. 사장님이 얼마나 자랑하는지 몰라."

영우를 알고 있던 지서의 말로는 화 한 번 내는 것을 본 적이 없다고 했다. 예전에 갑자기 취객이 들어와 시비 끝 멱살까지 잡았는데도 눈살 한 번 찌푸리지 않고 대응했다며, 서비스직의 표본 같은 사람이라는 말까지 덧붙였었다.

한석만큼은 아니지만 키도 컸고, 순한 느낌의 인상에 옷도 깔끔하게 잘 입고 다녔다. 주말에도 카페 일을 도우면서 짬을 내어 과외 알바도 하고 운동도 게을리하지 않는 모양이었다. 둘째가라면 서러울 명문대도 수석으로 입학해 이 동네에서는 영우를 모르는 사람이 없다고 했다.

이 모든 건 물론 지서를 통해 알게 된 것이다.

"괜찮아요."

하진이 수능 준비를 하는 것도 지서가 영우에게 말한 터였다. 지서가 마지막으로 일하던 날, 영우도 함께 있었는데 그때 지서가 이런저런 얘기를 하며 자연스럽게 하진의 정보가 영우에게 꽤 옮겨졌다.

잘생기고 성실한 동갑내기 남친이 있다는 것, 사정이 있어 서울에서 내려와 살면서 지금 수능을 준비하고 있다는 것 등등.

"따로 뭐, 학원 다니면서 해?"

"아뇨. 그냥 혼자 인강 듣고…… 집에서 해요."

"그렇구나."

고개를 끄덕인 영우가 안타깝다는 듯 다시금 중얼거렸다. 혼자서 힘들 텐데.

"혹시 공부하다 어려운 거 있으면 갖고 와. 내가 도와줄게."

별생각 없이 답하던 하진이었지만, 덧붙인 영우의 말에는 저도 모르게 눈이 조금 커졌다. 그 미세한 변화를 알아차린 영우가 다시 재빨리 덧붙였다.

"지서한테 대충 들어서 너 되게 잘하는 거 아는데, 그래도 힘든 부분이 있을 수 있잖아. 내가 도움 되면 좋지. 혹시 알아? 내 후배 될지."

사람 좋게 웃은 그가 참, 하더니 몸을 일으켰다. 그가 늘 들고 다니는 보스턴백을 뒤적이더니 두툼한 파일 하나를 내밀었다. 이게 뭐지, 하진이 의아하게 보는데 영우가 말을 이었다.

"이거 영역별로 기출문제 정리해 놓은 건데, 한번 풀어 볼래? 답지랑 다 그 안에 있고, 내가 따로 중요한 부분 요점 정리해 놓은 것도 있어."

엉겁결에 파일을 받아 든 하진이 깔끔하게 정리된 내용물을 확인했다. 안 그래도 이번 주말에 서점에 가서 문제집 좀 더 사려고 했는데. 솔직한 말로는 기출문제보다도 영우가 따로 정리했다는 탐구 영역 부분이 더 눈길이 갔다. 요즘 이상하게 많이 틀리는 부분이기도 해서.

"……받아도 돼요?"

어렵사리 뱉은 말에 영우가 사람 좋게 웃었다.

"당연하지. 나야 한 부 더 뽑으면 되니까."

그 말을 끝으로 단체 손님이 우르르 몰려왔다. 그 후부터는 계속 바빠서, 하진은 영우가 준 파일을 제 가방 안에 대충 넣고 일에만 집중했다. 고맙다는 말은 퇴근할 때에야 겨우 할 수 있었다.

"뭘, 별것도 아닌데."

잘 가고 내일 보자며 영우가 손을 흔들었다. 영우는 하진이 간 후에도 두어 시간 더 일을 돕다 간다고 했었다. 꾸벅 고개를 숙인 하진이 빠른 걸음으로 카페를 빠져나왔다. 괜히 마음이 든든했다.

그렇게 또다시 돌아온 주말 내내 하진은 정말 앉아서 공부만 했다. 간만에 공부할 맛이 났다. 수석으로 들어갔다는 것을 증명이라도 하듯 영우가 준 자료는 돈 주고도 못 살 것 같았다.

자기 식대로 직접 수기로 정리한 영역별 도표는 고등학생 때 과외 선생님이 준 것 그 이상이었고 기출문제도 그냥 무작위로 뽑은 게 아니라 겹치는 유형을 정리해 깔끔하고 체계적이었다. 가끔 문제마다 보이는 따로 쓰인 설명들도 하진은 꼼꼼히 살펴보았다. 글씨도 주인을 닮았는지 반듯하고 깔끔했다.

'과외받는 학생은 좋겠다.'

졸린 눈을 비비면서도 하진은 문득 그런 생각을 했다.

그래도 기분은 실로 오랜만에 계속 좋은 상태여서, 한석도 덩달아 기분이 좋아 보였다. 당장 오늘만 해도 여름인데 몸보신 좀 해야 하지 않냐고 집과는 꽤 떨어진 유명한 곳에서 삼계탕을 포장해 온 그였다. 입맛이 돌아 밥 한 그릇을 싹싹 비우는 하진을 보고 눈을 빛내며 뭐 다른 거 먹고 싶은 건 없냐고 재차 물었다.

"수능 끝나면 어디 멀리 여행 가자."

"……여행?"

"응, 휴가 잘 맞춰서. 해외로 뜰까?"

여름휴가마저도 잔업으로 날린 한석이었다. 이런저런 곳을 얘기하며 벌써 계획을 세우는 한석 앞 하진은 건성으로 고개를 끄덕였다. 난 아무 데나 상관없어. 덧붙이는 와중 얼핏 한석의 눈빛에 서운함이 스친 듯도 했지만 기분 탓이겠거니 여겼다. 고작이 정도로 서운함을 표할 남자가 아니었다.

"응, 내가 잘 모시고 가야지."

아니나 다를까 금세 또 저를 끌어안고 뽀뽀를 퍼붓다 은근히 옷 속에 손을 집어넣는 남자를 밀쳐 놓고 늦게까지 공부를 하다 책상에서 잠들었다. 알람 소리에 깼을 때는 한석은 이미 출근한 뒤였다. 아직 따끈한 아침상만 차려 놓은 채.

언제나처럼 카페에 도착해 열심히 일하던 하진은 고민에 고민을 거듭하다 결국 빈 시간을 틈타 염치없이 영우에게 문제집 하나를 내밀었다. 도저히 잘 개념이 들어오지 않는 수학 문제였는데, 예전에도 어려워했던 유형의 문제였다.

어렵사리 물어보는 하진에게 영우는 친절하게 설명해 주었다. 나란히 앉아 설명을 듣고 있는 하진의 입이 집중해 약간 벌어졌다. 영우는 하진을 보았고, 하진은 문제집만 보았다. 펜을 들고 있는 영우의 손이 매끄럽게 움직였다. 몇 날 며칠을 고민하던 문제가 단번에 풀렸다.

"……이렇게 되는 거야."

"아."

하진은 크게 고개를 끄덕였다. 어때? 영우가 물었고 하진이 다시금 답했다.

"확실히 이해 가요."

큰 깨달음을 얻은 듯한 표정에 영우가 듣기 좋은 웃음을 흘렸다.

"와, 보람 있다."

"……."

"내가 지금 과외하는 남자애가 인서울 목표거든. 착하긴 한데 사실 그렇게 공부를 좋아하는 편은 아니라. 이런 리액션 진짜 오랜만이다."

가르칠 맛이 난다며 영우가 흐뭇하게 웃었다. 조금 멋쩍어진 하진이 문제집을 집어넣으려는데.

"내가 준 자료는 봤어?"

"네, 엄청 좋았어요. 정리가 잘 되어 있어서."

자연스럽게 화제를 옮기는 말에 하진은 얼른 대답했다. 영우가 아직 많다며 내일 또 가져다주겠다고 하기에, 괜찮다고 하려다 말을 삼켰다. 진짜 염치없는 거 아는데 솔직히 받고 싶었다. 그 대신 감사하다고 또 한 번 말했다.

매번 무표정이거나 어색하게 웃을 때가 전부였던 작은 얼굴에 채 숨기지 못한 희미한 기대가 어려 있었다. 보는 듯 안 보는 듯, 섬세하게 화사한 이목구비를 눈에 담던 영우가 다시 펜을 들었다.

"이거 말고 또 어려웠던 건 없어? 아니, 아예 개념을 좀 더 심화해서 설명해 줘야겠다."

비슷한 문제가……. 영우가 문제집을 뒤적였다. 거의 틀린 부분이 없음에 눈을 크게 뜨며 정말 제 후배가 되었으면 좋겠다고도 말했다. 어느새 자리가 바 안쪽 비좁은 구석에서 앞 테이블로 옮겨졌다.

영우가 하진이 어려워할 법할 문제들만 콕 집어서 풀어 보라하고 풀이 과정을 봐 주었다. 중간중간 손님이 오면 그가 주문을 받았다. 하진이 일어나려고 하면 그 문제 마저 풀고 있으라며 손을 내저었다.

'진짜 설명 잘한다.'

틀린 문제를 세밀하게 짚어 주는 영우 앞, 하진은 순수하게 감탄했다. 지금 푸는 수학 문제집은 지난번 서점에서 일부러 고른 난이도 상당한 문제집이었다. 아무리 머리가 좋아도 대학 가서 다른 공부 하다 보면 이런 수능에 특화된 문제는 틀릴 법도한데, 영우는 거침이 없었다.

왜? 새삼 저를 빤히 보는 하진에게 영우가 미소를 띠었다.

"아니…… 진짜 잘 알려 주셔서요."

"뭘, 나 원래 누구한테 가르쳐 주는 거 좋아해."

오랜만에 집중해 보니 좋다며 영우가 씩 웃었다. 기지개를 한 번 켜고, 손목시계를 보더니 하진에게 그만 옷 갈아입으라고 했다.

"또 물어볼 거 있으면 언제든지 가져와."

몇 문제 안 푼 것 같은데 벌써 퇴근 시간이 되었다니, 하진은 내심 충격을 받았다. 오늘은 정말 돈을 받을 게 아니라 돈을 주고 일했어야 하는 거 아닐까.

"정현 오빠 아직 안 왔는데, 가도 돼요?"

옷을 갈아입고 나오며 멋쩍게 말하자 계산대 앞에 서 있던 영우가 하진을 보았다. 날이 더워 가벼워진 옷차림에 드러난 희고 날씬한 다리에 괜히 다시 고개를 돌려 버렸다.

"응, 오늘 조금 일 있어서 늦는다고."

"아……."

하진이 말을 늘이는데 갑자기 영우가 다시 하진을 보며 장난스럽게 농을 걸었다.

"근데 왜 김정현은 오빠야? 나한테는 한 번도 그렇게 부른 적 없으면서?"

음? 예상외의 말에 하진은 멈칫했다. 다음 알바 정현은 하진보다는 한 살 많았는데 실제로 대화를 나눈 적은 거의 없었다. 그렇다고 이름을 부를 수는 없으니 처음으로 그런 식으로 호칭을 한 건데…….

"저기, 매번 이렇게 부르지 말고 나한테도 오빠라고 불러."

알았지? 영우가 싱긋 웃었다. 아, 네……. 얼떨결에 답하는데 딸랑, 소리가 들렸다. 둘의 시선이 곧바로 같은 곳을 향했다.

"어휴, 날이 왜 이렇게 더워."

"오셨어요?"

"어, 영우. 나 피신 왔다. 에어컨 빵빵한 데 좀 있다 가려고.

뭘 아낀다고 선풍기만 죽자 살자 트는지. 에어컨 한번 확 틀어야 시원해진대도 말을 안 들어."

등장부터 떠들썩한 사람은 미용실 아저씨였다. 가끔 부인과 직원들 줄 몫인 커피를 사 가고는 했는데, 영우가 오면서부터는 더 자주 들르는 것 같았다. 친밀하게 대화를 나누는 걸로 봐서는 예전부터 잘 아는 사이인 듯했다.

예전에 아빠와 한석이 대치할 때 아저씨가 지나간 후로 하진은 괜히 민망했다. 그래도 딱히 다른 것을 물어보거나 알은척하지 않아서 내심 다행이라고 생각하고 있었다.

"수고했어, 하진아."

투덜대는 아저씨에게 주문을 받으면서도 내일 보자며 영우가 살갑게 인사를 건넸다. 꾸벅 마주 인사하는데 아저씨가 여어, 하면서 하진에게 알은체를 했다. 역시 고개를 꾸벅 숙이고 잰걸음으로 바를 빠져나왔다.

묵직한 카페 문을 열고 나오니 턱 숨이 막힐 정도의 무더위가 저를 덮쳤다. 어차피 코앞이 집인데 괜히 막막해졌다.

* * *

여름도 정점을 향해 달려가고 있었다. 영우가 온 지도 한 달, 하진은 영우가 더는 어색하지 않았다. 애초에 그는 상대에게 부담스럽지 않게 다가가는 재주가 있는 사람이었고 실제로 하진에게 도움도 많이 주었다. 그러면서도 적정한 선을 유지해서 낯을 많이 가리는 편인 하진도 제법 영우를 편안하게 생각하게 되었다.

적어도 지금처럼, 손님이 없을 때 일상적인 얘기를 하면서 어색하지는 않을 정도로 말이다.

"지금이 제일 지치는 시기잖아. 날도 덥고. 이럴 때일수록 체력 싸움이야. 규칙적인 생활이 중요하고."

남들 다 아는 대수롭지 않은 말일지도 모르지만 하진은 영우의 한 마디 한 마디를 놓치지 않고 들었다. 공부라는 것은 실로 외로운 싸움이기도 해서, 어쨌든 미리 경험해 보고 나름의 조언을 해 주는 그의 말을 듣고 있으면 조금은 위안이 되기도 했다.

"혹시 뭐 따로 운동하는 거 있어?"

"아뇨, 전혀 없어요."

하진은 곧바로 고개를 저었다. 영우가 그럴 줄 알았다는 듯한 표정으로 으음, 고개를 끄덕이더니 재차 물었다.

"아침에 언제 일어나는데?"

"음. 6시 반이요."

"생각보다 이른데? 쭉 공부하다 알바 오는 거야?"

"그건 아니고……. 그때 잠깐 일어나서 밥 먹고 자다 와요."

얼버무렸지만 솔직한 답변이었다. 물론 간밤 고된 섹스 후에 못 일어나는 때도 있었지만 대개는 졸려도 일어나서 한석과 같이 아침을 먹었다. 밥을 먹지 않더라도 상 앞에 앉아 있기라도 하고, 저를 꼭 끌어안고 입을 맞춘 후 현관을 나가는 뒷모습을 봐야 한석이 올 때까지 마음이 편했다.

"아, 가족들이 일찍 일어나나 보네."

"……네."

아예 틀린 말도 아니라 하진은 덥석 고개를 끄덕였다. 잠시 뭔가를 생각하는 듯하던 영우가 말을 이었다.

"그럼, 바로 자지 말고 한 시간 정도 밖에서 걷다 오는 거 어때? 앞에 공원 딱 좋잖아. 그냥 산책하는 것도 좋지만 약간 땀 날 정도로 빠르게 걸으면 더 좋고."

걸으라고? 하진이 고개를 갸웃하자 영우가 좀 더 힘주어 말했다.

"처음에는 힘들고 더 지치는 기분이겠지만 자고 일어나는 것보다 여러모로 훨씬 나을 거야. 내가 장담할게."

그럴까. 항상 부드러운 어조던 영우가 단호하게 말하니 진짜 그런 듯도 싶었다. 자신은 없지만 한번 해 보긴 해야겠다고 생각하는데.

"남친도 근처 사는 거 아냐? 혼자 하기 그러면 같이 하자고 해 봐."

아……. 갑작스러운 말에 하진은 조금 머뭇대다 대답했다.

"그 시간은 일을 갈 때라서요. 같이 해 달라면 뭐든 다 해 주긴 할 텐데."

뒷말은 괜히 붙였나 싶었는데 영우는 다른 곳에서 놀란 모양이었다.

"일? 대학생 아니었어?"

아니면 그 시간에 무슨 알바 해? 재차 묻기에 하진은 별수 없이 한석이 용접 일을 다닌다는 것까지 말하게 되었다.

솔직히 숨겨야 할 일도 아니라고 생각했고. 지서가 하진의 남친 유무는 말했어도 깊숙하게는 들어가지 않았던 모양이었다. 대단하네, 고개를 끄덕이던 영우가 문득 말했다.

"얼마나 만났어?"

"사귄 걸로 하면…… 1년 반 정도요."

열아홉 살 때부터 알았다는 얘기까지는 굳이 할 필요 없을 것이다.

"내가 봤을 때 넌 무조건 인서울인데, 남친은 직장이 여기니 장거리 연애 되겠네."

그건 아니었다. 제가 서울로 가든 외딴섬에 가든 한석은 저와 같이 갈 거였다. 그보다 너무 앞선 얘기 아닌가 싶었지만 하진은 굳이 토 달지 않고 침묵했다. 묘하게 가라앉은 하진의 얼굴에 영우도 더 말을 붙이지 않았다.

퇴근 시간이 거의 다가올 때쯤이었다. 얼마 없는 설거지를 마치고 앞치마에 손을 닦는데 바 안으로 들어오던 영우가 가볍게 물었다.

"전에 내가 말한 거 생각해 봤어?"

"아, 네. 근데 진짜 괜찮아요."

"부담 안 가져도 되는데."

덧붙이는 말에 하진은 다시금 고개를 저었다.

"지금도 너무 많이 도움받았어요."

뭘, 영우가 쓰게 웃었다. 그러고는 더 물어보지 않고 제 할 일을 했다. 하진은 영우의 이런 면이 편했다.

'당연한 거지.'

조금 아쉽지 않다면 거짓말이지만 하진은 그렇게 생각했다. 지난주 영우는 하진이 놀랄 만한 제안을 하나 했는데, 알바 끝나고 카페에서 잠깐 공부를 봐주겠다는 거였다. 일주일에 두어 번 정도 어떻냐고 그는 산뜻한 어조로 말했고 과외 개념이긴 하지만 당연히 돈을 받을 생각은 없다고도 했다. 그냥, 열심히 하는 게 기특해서 도와주고 싶다고.

"어차피 나도 다음 달 말엔 서울 올라가야 하고, 하진이 너도 그때까지만 일하니까."

어쩌다 보니 지난번 영우에게 먼저 그만두는 시점을 말해 버렸다. 사장님에게보다 먼저 말이다. 물론 통보는 아니었고 대충 그때까지만 할 것 같다, 이런 얘기였다.

남은 두 달 정도는 공부에만 집중해야겠다고 생각했던 차에 한석이 먼저 제안해서 겸사겸사 그렇게 되었다. 조금 놀란 눈치던 영우는 그럼 다음 달에는 모집 공고를 내야겠다며, 사장님에게도 자기가 잘 얘기할 테니 걱정하지 말라고 해 주어서 한시름 놓을 수 있었다.

"다른 건 신경 쓰지 말고 그때까지 지금처럼 잘 해 주면 돼."

영우가 세심하게 봐줄수록, 더 많이 챙겨 줄수록 하진은 고맙고 좋으면서도 염치가 없었다. 그런 저를 눈치채고 아예 판을 깔아 준 것 같은데 철판 깔고 그런 호의를 받을 수는 없었다.

뭐…… 사실 하면 하는 거지만, 괜히 한석이 걸렸다.

알게 되면 분명 싫어할 것 같았다. 차라리 진짜 돈 주고 과외를 받으라고 하겠지. 영우는 원래 그렇게 누구에게나 친절하다든지, 그에겐 이미 군대도 기다려 준 여자 친구가 있으니 혹시라도 다른 의도는 절대 없다는 그런 것들은 딱히 한석에게는 와닿지 않을 거였다.

그렇게 얼마 있지 않아 다음 타임 정현이 왔다. 옷을 갈아입고 나오니 정현과 이야기를 나누고 있던 영우가 하진과 눈을 맞췄다.

"하진이, 오늘도 수고했어."

내일 보자며 그가 웃었다. 하진도 조금 웃으며 인사했다. 네, 내일 봬요.

별생각 없이 카페 문을 열고 나오던 하진이 흠칫했다.

"……깜짝이야."

놀랐잖아, 얕게 타박하며 하진은 눈앞에 떡 버티고 선 남자를 올려다봤다. 오늘은 일이 정시에 끝났는지 간만에 저를 데리러 온 모양이었다. 까만 면 티셔츠에 짙은 색의 진. 무난하기 그지없는 차림이지만 날카로운 인상과 피지컬이 무난하지 않았다. 그러니 지나다니는 사람들이 괜히 그를 한 번씩 흘깃대고 가는 것일 터였다.

"놀라긴."

짧게 일갈한 그가 하진의 어깨를 끌어안았다. 훅 끼치는 열기에 하진은 조금 눈을 찌푸렸다.

"더워."

"응."

대답만 하고 한석의 팔은 떨어질 줄 몰랐다. 속으로 한숨을 한 번 내쉰 하진은 저를 이끄는 남자의 더운 품에 반쯤 안긴 채 걸었다. 몇 발짝 안 걸었는데도 후덥지근한 공기에 숨이 턱턱 막히는 게 여름이 사람 잡겠다 싶었다.

"오늘 힘들었겠다. 이렇게 더운데."

횡단보도 앞, 문득 든 생각에 하진은 다시금 한석을 슬쩍 올려다봤다. 제가 덥다는 투정을 부릴 때가 아닌 듯했다. 한석은 이 날씨에 정말 숨통을 틀어막을 듯한 두꺼운 마스크를 쓰고 열기에 휩싸여 저 큰 몸을 한껏 구부린 채 갖가지 위험 속에 있다 왔는데. 자신은 시원한 에어컨 바람 쐬고 일한 주제에.

별말 없이 앞만 보고 있던 한석이 고개를 돌렸다. 카페 앞에서 만났을 때부터 느꼈지만 그는 기분이 별로 좋지 않아 보였다. 일하고 온 직후니 당연히 컨디션이 좋지 않을 것이다.

여름내 조금 그을린 그는 더 남자다워 보이고…… 조금은 더 아슬아슬한 분위기다. 어쩌면 처음 만났을 때 느꼈던 감상과도 비슷했다.

"어, 존나 빡셌지."

"……."

"힘들어 뒤지는 줄 알았어."

필터링 없는 말에 잠깐 말문이 막혔다. 정말 오늘 무슨 일이 있었나 싶기도 했고. 매번 괜찮다, 이 정도는 일도 아니다, 이런 식으로 받아치던 한석이었기 때문에.

멈칫한 하진을 보고 그가 보일 듯 말 듯 입꼬리를 끌어 올렸다. 한여름에도 희멀건 기가 도는 얼굴을 흥미롭게 보더니 고개를 기울여 입술에 키스했다. 워낙 재빠르게 일어난 일에 뭐라 할 틈도 없었다. 무의식적으로 주위 눈치를 살피는 하진에게 심드렁한 목소리가 내려앉았다.

"괜찮아."

얼떨결에 걸음을 옮기는데 그가 다시 말을 이었다.

"난 네가 걱정해 주면 뭔 짓을 하고 와도 정말 다 까먹거든."

머리가 안 좋은 건가, 그가 재밌다는 듯 웃었지만 하진은 따라 웃을 수 없었다.

* * *

집에 와서 번갈아 씻고 나온 둘은 조금 이른 저녁을 먹었다. 가끔 외식이나 한석이 포장해 오는 게 아니고서야 먹는 음식은 거의 비슷비슷했다.

반찬 가게에서 사 온 소박한 밑반찬, 한석이 끓이고 간 찌개나 국. 가끔 하진이 하는 달걀부침. 요즘 하진은 한석과 같이 밥을 먹으면서도 배가 고프지 않아 많이 남기곤 했다. 영우 때문에 워낙 점심을 든든히 먹고 다녀서였다. 덕분에 살만 더 찌는 기분이었다.

"한석아. 이거 먹어 봐."

그래도 디저트 배는 다른 법이었다. 냉장고에서 고급스럽게 포장된 상자를 꺼내 내밀자 상을 물리던 한석이 뭐냐는 눈짓을 했다.

"……음, 그냥 먹고 싶어서 샀어. 예전에 잘 먹었던 게 갑자기 생각나서."

하진은 대충 말을 얼버무리며 리본 포장을 풀었다. 차갑고 달콤한 아이스크림을 머금은 수제 슈가 칸칸이 포장되어 들어 있었다. 하진이 하나를 집어 주자 한석이 입을 벌렸다. 결국 입에까지 넣어 주니 그제야 우물대고 맛을 보았다.

"어때?"

"달아."

"맛없어?"

"뭐, 그냥."

한석이 간에 기별도 안 간다는 듯 꿀꺽 삼키더니 이리 오라고 무릎을 탁탁 쳤다. 이거 진짜 맛있는 건데, 하진은 입술을 조금 삐죽이고 슈를 하나 집어 들고 그 위에 앉았다.

딱딱하고 판판한 몸이 등에 와 닿는 감각이 선명하다. 공부할 때를 빼놓고는 이렇게 한 몸처럼 붙어 있는 것도 이제 익숙했다. 집 안에서 둘은 숨 쉬듯 입을 맞췄고 당연한 듯 안고 있었다. 상대의 온기를 무의식적으로 원하는 그 부분에서는 둘이 정확히 맞았다.

"그럼 내가 다 먹는다."

어, 건성으로 답한 한석이 곧바로 허리에 팔을 감고 좋다고 볼비며 입가에 쪽쪽 입을 맞췄다. 에어컨 바람과 대비되는 남자의 체온은 뜨겁다. 가감 없이 훤히 드러난 허벅지를 훑는 손길이 은근했다.

몸이 차면서도 더위를 많이 타는 하진은 입은 듯 안 입은 듯 얇디얇은 원피스 한 장만 입고 있었다. 헐렁한 옷이 슬쩍 내려가, 마른 어깨 위 가는 검은색 브래지어 끈이 보였다.

흐음, 한석은 내려간 옷을 굳이 올려 주는 바보 같은 일은 하지 않았다. 천천히 움직이던 그의 시선이 보고만 있어도 괜히 동하게 하는 매끈한 다리에 내려앉았다.

'뭐 어떻게 이렇게 생겼냐고.'

한석은 수백 번도 더 한 생각을 오늘 또 했다. 어디 안 예쁜 곳이 어디 있겠느냐마는 하진은 몸의 선이 기가 막혔다. 그냥 깡말랐다는 느낌이 아니라 있어야 할 곳은 다 있으면서 안아 주고 싶게 가냘팠다.

당장 눈앞에서 까딱대며 노는 저 다리만 해도 그렇다. 힘주면 부러질 것 같은 약한 발목 위 종아리는 매끈하고 허벅지는 그보다 조금 살이 올라 먹음직스럽다. 손에 착착 감기는 말랑한 감촉은 또 어떻고?

오늘따라 더 희고 부들부들해 보여 절로 애가 탔다. 저 다리가 섹스할 때 제 허리를 감는 맛에 중독되어 헤어날 수가 없었다.

순간 그냥 확 여기서 눕히고 싶다는 충동이 들었다. 한석은 가만히 혀로 입술을 축였다. 뭐, 그래도 입에 있는 건 먹고 다른 것도 먹게 해 줘야지. 좀 참아 보자고 생각하면서도…….

'먹는 것도 존나 꼴리니까 문제지.'

아쉬운 숨을 토해 낸 한석이 화풀이하듯 하진의 엉덩이를 힘주어 주물렀다. 평소라면 괜히 한 번 밀어 냈을 하진이지만 지금은 먹는 데 정신이 팔려 제가 노골적으로 만지는데도 가만히 있었다. 한석이 헛웃음을 흘렸다.

"집 근처에 이런 거 파는 데가 있던가?"

"아니. 배송받은 거야."

"그렇게까지 먹고 싶었음 말을 하지."

한 열 박스 더 시키자며 한석이 옆에 놓인 제 핸드폰을 들었다. 하진이 뭘 먹고 싶다고 시키기까지 한 건 처음이라 나름 놀란 모양이었다. 흠칫한 하진이 얼른 핸드폰을 뺏었다.

"그렇게까지 안 해도 돼."

말하면서도 다른 손을 뻗어 한 개를 더 먹기 시작하는 모습에 한석이 이번에는 대놓고 웃었다.

"너 자꾸 밥 안 먹고 딴 거 먹을래?"

반응에 아랑곳하지 않고 하진은 입 안 가득 퍼지는 차가운 단맛을 음미했다. 분명 맛있는데 괜히 예전 생각이 나는 건 어쩔 수 없다.

입맛 까다로운 엄마가 유독 좋아했던 간식. 슈를 파는 곳이야 많지만 꼭 이 집 것만 고수했었다. 여름만 되면 꼭 찾았던 곳이라 하진도 디저트 카페 상호까지 기억하고 있었다. 그때만 해도 배송이 안 되었던 것 같은데 혹시 하고 찾아보니 요즘은 하는 모양이었다.

딱히 엄마 생각이 나서 산 건 아니었고…… 영우에게 선물할 간단한 먹을거리로 뭐가 좋을까 생각하다 떠오른 김에 결제한 거였다. 다섯 세트 이상부터 배송이 되어서, 두 상자는 영우를 주고 두 상자는 지서에게 따로 연락해서 주었다.

공부를 도와주겠다고 한 후로 영우는 하진에게 과외 학생에게 주는 자료 그대로를 모두 프린트해 가져다주었으며, 카페가 한가할 때마다 하진을 봐주었다. 하진이 미안해하는 기색을 숨기지 못하며 문제집을 가지고 오지 않자, 아예 자신이 책을 가지고 와서 틀린 문제를 유형별로 분석해 주며 설명해 주기까지 했다.

이쯤 되니 하진도 받기만 하기 민망했다. 물론 이 정도로는 받은 것에 많이 못 미치겠지만 그래도 간단한 성의 표시를 하고 싶었다.

"와, 나 여기 거 좋아하는데. XX대 앞에 있는 거 맞지? 이번에 처음으로 분점도 냈을걸?"

그리고 영우가 뭘 이런 걸 사 왔냐며 덧붙이는 말에 하진은 눈을 동그랗게 떴다.

"여기 아세요?"

"응, 내가 좀 안 어울리게 디저트 이런 거 좋아해서. 군대 가기 전에는 여자 친구랑도 많이 갔는데 요즘은 좀 뜸했어. 여기 슈가 유명하긴 하지."

이번 여름에는 처음 먹는다며 그가 기분 좋게 웃었다. 티는 안 냈지만 하진은 속으로 엄청나게 다행이라고 생각했다. 사실 영우가 지나치는 말로 단것 잘 먹는다고 했던 게 떠올라서 고른 거기도 했으니까.

영우는 잘 먹겠다고 하면서도 뭐 이런 데 돈을 썼냐며 다시는 이런 거 사 오지 말라고 했다. 그런 말을 하면서도 계속 너그럽게 웃는 낯을 보던 하진은 문득 생각했다.

'이런 건 아무것도 아닌데.'

혹시 몰라 검색해 본 블로그 후기에서는 맛은 있지만 사악한 가격이라는 평이 대다수였다. 하지만 전혀 돈이 아깝다는 생각은 들지 않았다.

물론 상황은 완전 다르지만, 예전에 엄마가 제 과외 선생님에게 과외비 외에 따로 챙겨 줬던 것들을 생각하면 이건 답례라고 할 수도 없는 정도였으니까. 그 후 둘은 그 카페에서 뭐가 맛있는지에 대해 조금 더 얘기하며 달콤한 간식을 나눠 먹었다.

"뭔 생각 해."

"……응?"

그러다 기가 막히게 들어온 질문에 하진은 퍼뜩 고개를 돌렸다. 마주한 남자의 새까만 눈이 반들거렸다.

"아무 생각 안 했어."

"그게 문제란 거야."

"뭐?"

"남편이 이렇게 안고 있는데 아무 생각이 없어?"

짐짓 싸늘한 표정을 지어 보인 한석이 허옇게 드러난 목덜미에 얼굴을 묻었다. 이를 쓰지 않고 입술로 잘근잘근 물고 빨며 가슴을 부드럽게 쥐었다.

"수능 끝나면, 해외여행 가자고 했잖아."

그랬었나?

"읏…… 세게 하지 마."

하진은 기억을 더듬으며 몸을 비틀었다. 여름인데 자국이 남으면 안 되었다. 물론 한석이 알아서 조심하지만 그래도 혹시 모르니까.

"어디로 갈지 생각해 봤어?"

"아니……."

솔직히 그 자리에서 듣고 흘려보냈던 것 같다. 지금 하진의 관심사는 수능뿐이었다. 더불어 하진은 수능이 끝나면 제 인생이 정상 궤도로 돌아갈 거라는 은근한 기대를 무의식중에 갖고 있었다.

"이런 거 말하기 좀 없어 보이긴 하는데."

여전히 목에 입술을 댄 채 한석이 조금 웃었다. 연한 피부에 닿는 더운 숨이 간지러웠다.

"난 비행기 한 번도 안 타 봤거든."

"……정말?"

"어."

너는? 한석이 물었다. 하진은 대답 없이 눈을 깜빡였다.

한석 앞에서 이런 걸로 으스댈 이유도 없지만 방학 때마다 가족끼리 해외로 많이 나갔다. 비단 방학 때가 아니더라도 시험

기간이 아니면 엄마와 이곳저곳 많이 돌아다닌 편이었다.

친구를 만나고 돌아다니는 건 안 되어도 엄마와 함께 각종 전시회며 공연을 보러 다니는 것은 아빠가 장려하는 일이었다.

겉으로는 짐짓 집중하는 척했어도 하진은 실제로 흥미를 느꼈던 적은 거의 없었다. 그건 휴식이 아니라 또 다른 공부였다. 인맥으로 초대받아 가는 것이 대부분이라 늘 새로운 사람들 앞에서 웃어야 하는 것도 지겨웠다. 가끔 가족 동반 모임에라도 동원되는 때는 고역이 그지없었고. 남들 앞에서 자상하고 좋은 아빠인 양 꾸며 대는 모습에 장단을 맞추기가 힘들었기 때문이었다.

"됐어. 뭘 묻냐."

또다시 멍해진 낯에 한석이 픽 웃었다. 하진의 몸을 제 쪽으로 돌려 안고 스스럼없이 입술을 겹쳤다. 아직 차가운 기가 남은 혀를 쪽쪽 빨고 비벼 대는 움직임이 투박했다.

제가 좋고 예뻐서 어쩔 줄 모르는 게 티가 다 났다. 가끔 예상치 못한 말이나 돌발적인 행동을 할 때도 있지만 한석은 기본적으로 하진에게는 알기 쉬웠다. 축축하고 따뜻한 혀가 입 안을 돌아다니는 것을 가만히 받아 주고 있는데 어느 순간 입술이 떨어졌다.

갑자기 바닥에 머리를 대고 그대로 누워 버리는 한석에 덩달아 하진도 그 위로 엎어졌다.

"……!"

느닷없이 뒤바뀐 자세에 멈칫하는데 갑자기 한석이 하진의 어깻죽지를 잡더니 단번에 위로 들어 올렸다. 순식간에 붕 뜬 몸에 하진이 히익, 짧게 비명을 질렀다.

"뭐 해……!"

놀라 눈이 커진 하진을 올려다보며 그가 밑에서 웃고 있었다.

"아니, 색다른 비행기 좀 태워 줄까 해서."

뭐? 황당함에 입이 벌어지는데 한석이 그대로 다리를 구부렸다 폈다. 순간적으로 떨어질까 무서워 하진은 저를 잡고 있는 커다란 손을 꾹 움켜쥐었다. 그런 하진에 한석이 웃음을 참는 듯 입술을 지그시 깨물었다.

"딱 열 번만 타자."

그러더니 하나, 둘, 숫자를 세며 정말 무슨 아빠가 애 비행기 태워 주듯 하고 있었다. 아무리 힘이 좋아도 그렇지 팔 하나 떨리지 않고 여유롭게 저를 들었다 올렸다 했다.

"누가 너 이렇게 해 준 사람 있어? 아빠라든지."

스스럼없이 아빠를 입에 올리는 한석에 하진은 잠깐 멈칫하다 고개를 저었다. 여전히 저는 한석에 의지해 공중에 떠 있다.

"없어, 그만해."

"정말?"

"응."

"와, 첫 번째네."

처음 좋지, 중얼거리는 목소리에서 힘든 기색이라고는 찾아볼 수 없었다. 요새 진짜로 살쪘는데. 걱정은 되었지만 얼떨떨한 와중에 하진은 내려갈 생각은 하지 못했다. 한석이 싱긋, 웃었다.

"처음 마다하는 남자는 없지."

"……"

누워 있어도 흐트러지지 않는 남자의 얼굴이 가까워졌다, 조금 멀어지기를 반복했다. 조금 자괴감이 들었다. 이게 지금 뭐 하는 건지…….

"그런데 난 마지막이 좋아."

그러니 끝까지 같이 있자는 실없는 말을 하며 그가 피식댔다. 열 번만 타자고 해 놓고 훨씬 더 많이 하진을 공중에서 놀린 한석이 어느 순간 그녀를 제 몸 위로 사뿐히 내려놓았다.

"재밌지."

"……아니. 다신 하지 마."

미간을 좁히니 한석이 귀엽다며 볼을 잡아당겼다. 이렇게 노닥일 때가 아니라 얼른 책상 앞에 앉아야 하는데, 그렇게 생각하면서도 하진은 저를 안고 보이는 대로 입을 맞추며 뒹구는 남자를 밀어 내진 못했다.

어느 순간 정신을 차렸을 때는 한석이 저를 올라타고 있었다. 기분 좋은 묵직함에 이어 은근히 비벼지는 하체에서 발기한 그의 것이 느껴졌다. 웃음기가 완전히 빠진 얼굴은 얼핏 서늘하지만, 저를 보는 눈빛에는 감추지 못한 짙은 욕망이 꿈틀댔다.

'아…….'

사람 홀리는 것, 그 언젠가 비 오는 날 그를 찾아왔던 남자가 한석에 대해 말했던 것이 문득 생각났다. 다른 건 다 아니어도 아마도 그것만큼은 사실일 거였다. 아무것도 하지 않았는데 숨이 차는 건 왜일까. 할 일이 넘쳐 나는데 저를 원하는 손길을 거부할 수가 없다.

알면서도 휩쓸린다는 게 이런 거겠지. 하진은 이미 그렇게 흘려보낸 수없는 그와의 밤을 떠올렸다. 말려 올라간 원피스 안 느릿하게 움직이던 남자의 손이 금방이라도 아래 속옷을 끌어 내릴 듯했다. 내일 주말 아닌데, 원래도 그러하지만 어쩐지 길고 집요한 섹스가 될 것 같은 감이 들던 찰나.

"……!"

팽팽하던 공기를 깨는 진동 소리에 둘 다 멈칫했다. 하지만 그것도 잠시, 그대로 아래 속옷을 내리는 한석을 가까스로 제지한 하진이 몸을 일으켰다.

내 것 같아. 한석은 불만스럽게 눈을 찌푸리면서도 책상 위 올려 둔 전화를 받는 하진을 딱히 제지하지는 않았다. 헝클어진 머리칼을 대충 쓸어 넘기며 발신인을 확인한 하진의 눈이 조금 커졌다.

"……여보세요?"

-어, 하진아.

돌아오는 차분한 응답에 하진은 괜히 한석을 한 번 흘깃 봤다. 두 팔로 머리 뒤를 괴고 누워 있는 한석에게는 별다른 표정은 없다.

-잠깐 통화 가능해?

"아…… 네."

-응, 별건 아니고 네가 카페에 작은 가방 같은 거 놓고 가서.

중요한 건가 하고.

가방? 눈을 굴리던 하진의 입에서 낮게 탄성이 터졌다. 아.

-나 지금 일 끝나서 카페 나가려고 하는데, 집이 근처면 내가 갖다 줄까?

"아, 아니에요. 그러지 않으셔도 돼요."

갑작스러운 말에 하진은 정말 놀라 눈을 동그랗게 떴다. 영우가 앞에 있는 것도 아닌데 고개까지 내저으며.

"그거 그냥 파우치예요. 립밤 같은 거 있는…… 그냥 카페에 놔두시면 돼요."

카페 갈 때면 하진은 어깨에 메는 작은 크로스 백에 지갑과 핸드폰, 파우치를 담아 다녔다. 파우치라고 해 봤자 립밤과 휴대용 양치 세트가 있을 뿐이다. 실제로 중요한 거라 해도 제가 가면 되는 일이었고.

하진은 느릿하게 몸을 일으킨 남자가 저를 뒤에서 끌어안는 것을 한 박자 늦게 인지했다. 단단한 팔이 허리를 감고 가슴을 주무르자 긴장해 절로 몸이 굳었다. 고개를 확 돌려 하지 말라고 눈짓을 줬지만 아랑곳하지 않고 오히려 더 세게 쥐기까지 했다.

어차피 말 안 들을 게 뻔하니 빨리 끊는 수밖에 없었다.

-아, 그래. 알겠어.

"네, 오빠."

그럼 내일 봬요, 급하게 말을 이으려는데 영우가 빨랐다.

-응, 그리고…… 진짜 부담 안 가져도 되니까 언제든지 모르

는 거 있으면 갖고 와서 물어봐. 이제 볼 날도 얼마 없는데.

"네⋯⋯."

일단 빨리 끊고 싶었던 하진의 답에 영우가 조금 웃는 소리가 났다. 예의 그 친절한 목소리가 이어졌다.

-참, 준 것도 잘 먹을게. 고마워.

진짜 별것도 아닌데 다시금 인사하는 것도 영우다웠다. 뭘요, 덧붙인 하진이 그럼 내일 뵙자며 먼저 말했고 영우는 오늘도 힘내라고 화답해 주었다.

짧은 통화가 끝나자 괜히 안도의 숨이 터졌다. 영우 때문에 그런 건 아니고, 이젠 아주 제 귓불을 잘근잘근 씹고 있었던 남자 때문이었다. 정말⋯⋯. 하진은 눈을 가늘게 뜨고 한석을 노려보았다. 여전히 그는 저를 안고 있다.

"전화하는데 뭐 해."

"뭐가 고마워?"

"어?"

"그 오빠가, 너한테 고맙다고 했잖아."

오빠, 라는 말에 대놓고 강한 힘이 실렸다. 사뭇 빈정대는 느낌이기도 했다. 어⋯⋯. 망설이는 하진을 한석이 채근했다.

"뭐가 고맙냐고."

"⋯⋯저거, 빵 준 거 말하는 거야."

"저걸?"

여전히 귓가에 머무르던 한석의 입술이 떨어졌다. 에어컨 돌아가는 소리만 나는 원룸 안 침묵이 무거웠다. 구태여 되묻지 않아도 한석은 더 자세한 설명을 요구하고 있다는 걸 하진은 알았다.

하필 배송까지 시켰다고 말해서, 하진은 티 안 나게 입술을 조금 깨물었다. 괜히 둘러대는 게 더 이상할 것 같다는 판단을 내린 하진은 솔직하게 말했다. 틈틈이 공부를 봐준 게 고마워서 답례차 줬다고. 한석의 입가가 미묘하게 비틀렸다.

"일하는데 공부를 도와줘? 어떻게?"

"아, 별건 아니고. 과외하는 애가 있어서 걔 봐주는 김에 내 자료도 같이 뽑아 주고 그랬어. 한가할 때 모르는 문제 알려 주기도 하고. 그…… 오빠가, 원래 누구한테나 친절해."

저를 빤히 보는 남자 앞 하진은 변명 아닌 변명을 했다. 마지막 말은 괜히 붙였나, 혹시나 한석이 기분 나쁘거나 다른 쪽으로 오해하지 않을까 하는 생각에 했던 말이었는데…….

"응. 누가 뭐래?"

어깨를 으쓱한 한석이 픽 웃었다. 그러면서도 눈은 웃고 있지 않다. 절로 꼴깍 마른침이 넘어갔다.

"좋겠네, 그 오빠는. 박하진이 오빠, 오빠 하면서 모르는 것도 물어보고, 이런 것도 사다 주고. 전화도 존나 귀엽게 받고."

귀엽게 받은 건 절대 아닌 것 같은데. 미세하게 떨리는 하진의 눈을 가만히 들여다보며 한석이 나긋하게 덧붙였다. 잘못한 것도 없는데 괜히 긴장이 되었다.

"저거 준 것 때문에 기분 나빠?"

하진은 최대한 태연한 척 그의 눈을 똑바로 보았다. 경험상

한석은 이런 상황에서 눈을 돌리면 더 비뚤어졌다. 뻔뻔한 답은 즉시 돌아왔다.

"아니?"

"……."

"기분은 그 전부터 더러웠는데."

흠, 나직한 숨을 흘린 그가 고개를 갸웃했다. 멈칫하는 하진에게 다시금 친절하게 덧붙여 주기까지 했다.

"그냥, 네가 남자 전화 받는 순간부터 기분 잡치더라. 목소리 듣는 것만으로 열받던데."

그 정도면 병 아닌가? 생각보다 심각한 반응에 하진의 입이 벌어졌다. 어깨를 쫙 펴고 어쩔 거냐는 식으로 저를 보는 한석이 간만에 한껏 불량스러워 보였다.

"말도 안 되는 거 알지?"

"있는 생각을 그대로 말한 건데?"

"겨우 그런 걸로 열받으면 어떡해. 나 대학 가면……."

황당함에 조금 크게 말을 잇던 하진이 입을 꾹 다물었다. 언젠가부터 하진은 수능 끝나고의 일을 입에 올리는 것을 꺼렸다. 한석과 제가 꿈꾸는 방향이 다르다는 것을 알고 있기 때문이었다. 한석이 거칠게 제 머리를 쓸어 올렸다.

"알아, 그래, 뭐. 익숙해져야지."

"……."

"대학 가면 아는 오빠 동생 난리 날 텐데. 그치?"

쯧, 혀를 찬 그가 손을 들어 하진의 볼을 쓰다듬었다. 입술에 짧게 입을 맞추고는 별안간 성큼성큼 옷걸이 앞으로 향했다. 여름용 작업복 점퍼 속 지갑에서 지폐를 한 장 빼서 대충 주머니에 쑤셔 넣고, 잠깐 슈퍼에 다녀오겠다며 현관을 나섰다. 잠시후 돌아온 한석의 손에는 꽤 묵직해 보이는 검은 비닐봉지가 들려 있었다.

별다를 것 없는 저녁 시간이 이어졌다. 한석은 조용히 맥주를 마셨고 하진은 뒤돌아 이어폰을 끼고 강의를 들었다. 그래도 한석이 더 다른 말을 하지 않아 다행이라고 생각하면서. 그날은 섹스를 하지 않고 잠이 들었다. 저를 안고 자는 남자에게서는 채 지우지 못한 희미한 술 냄새가 났다.

* * *

이른 시간이지만 8월 초의 공원은 후텁지근했다. 얼마 걷지 않았는데 땀이 났으나 하진은 멈추지 않고 계속 빠른 보폭으로 걸었다. 주위에는 저보다 더 빨리 걷는 사람도 많고 아예 뛰는 사람도 있다.

하진은 아침의 공원에 이렇게 많은 사람들이 온다는 것에 처음에는 충격을 받았었다. 이른 저녁부터 조용해지는 골목이라 오전에는 더 그럴 줄 알았는데, 골목 하나 건너 작은 공원은 활기차게 오가는 사람들로 복작거렸다.

그 틈에 섞인 지 벌써 열흘째.

운동이라고까지 하기에는 좀 그렇고, 조금 힘든 산책이라고 할까? 하진은 지난번 영우가 해 줬던 조언을 착실히 이행하고 있었다.

"자고 일어나는 것보다는 여러모로 훨씬 나을 거야."

반신반의했었지만 영우의 말은 옳았다. 무거웠던 몸은 갈수록 가뿐해졌고 잠이 덜 깬 멍했던 머릿속에 맑은 공기가 돌았다. 고비였던 것은 처음 시작하고 사흘 정도. 첫날은 하루가 길어 여느 때보다 일찍 곯아떨어졌던 것 같다.

한석이 간 후 곧바로 이불 위에 엎어졌던 습관을 고치는 게 힘들었다. 혼자 공원을 도는 것이 괜히 좀 어색하게도 느껴지고.

하지만 하루, 또 하루, 같은 일상에 반복적인 무언가를 끼워 넣는 것은 확실히 하진에게 좋은 일이었다. 이런저런 잡생각을 정리하는 데도 좋았고, 좀 더 상쾌한 기분으로 일을 시작하게 되었다. 매번 졸린 눈을 비비며 늦을까 뛰어가곤 했었는데 땀을 흘리고 샤워를 하고 가는데도 시간이 오히려 남는다.

'내가 금방 그만둘 거라고 생각했나 보지.'

아침을 먹을 때, 오늘도 공원 가냐며 묻던 얼굴을 생각하니 좀 웃음이 나왔다. 지난 주말은 계속 하진과 함께 있던 한석은 오늘은 미리 잡아 놓은 다른 일이 있다고 새벽같이 집을 나섰고, 하진은 조금 꾸물대다가 습관적으로 집을 나왔던 터였다. 알바를 가지 않는 날이라 괜히 여유를 부리게 되었다.

'한 바퀴만 더 돌고 갈까.'

어느새 한 시간이 훌쩍 흘렀다. 오늘따라 발걸음이 더 가벼워 출발지로 돌아오고 나서도 조금 고민이 되었다. 쓰고 있던 캡을 잠깐 벗은 하진이 숨을 한 번 들이마시며 주위를 둘러보는데.

"하진아?"

저를 부르는 소리에 놀란 하진이 홱 뒤를 돌아보았다. 어…….
몇 걸음 앞에서 걸어오는 상대를 확인한 하진의 입이 조금 벌어
졌다.

"와, 이렇게 만나네."

서글서글하게 웃으며 다가오는 남자는 영우였다. 하진은 일단
꾸벅 인사를 했다.

"안녕하세요."

어느새 제 앞에 선 남자를 얼떨떨한 기분으로 바라보는데 영
우도 의아했던 건 마찬가지였던 모양이다.

"설마 운동하고 있었어?"

"아…… 네. 운동까진 아니고, 잠깐 공원 산책했어요."

"와, 내 말 듣고 시작한 거야?"

영우가 눈을 크게 떴다. 하진의 얼굴에 멋쩍은 빛이 돌았다.
당연하게도 그간 하진은 제가 그의 말을 듣고 아침마다 공원을
돌기 시작했다는 말을 굳이 꺼내진 않았다. 영우도 지나가는 말
로 한 소리일 거였고. 무언의 침묵에서 긍정을 발견한 영우가
기분 좋게 웃었다.

"그랬구나. 뭔가 감동인데?"

감동까지 받을 건 아닌데, 하진은 눈앞의 남자를 다시금 바라
보았다. 그러고 보니 평소랑은 미묘하게 다른 모습이다. 기본적
으로 깔끔한 느낌은 여전하지만, 저처럼 캡을 눌러쓰고 티셔츠

에 트레이닝바지를 입은 게 늘 꾸민 듯 안 꾸민 듯 갖춰진 모습과는 달랐다. 조금은 더 프리한 느낌이랄까.

"오빠는 여기 웬일이세요?"

"아, 나 여기 근처 친구가 살아서. 어제 자취방에서 같이 술 먹다가 자 버렸네."

오랜만에 좀 달렸거든, 멋쩍게 덧붙인 영우가 시계를 확인했다.

"나 아직 카페 가려면 시간 남았는데. 잠깐 앉아 있다 갈래?"

"……."

"가자."

멈칫하는 하진 앞 영우는 음료수를 뽑아 오겠다며 저만치 자판기로 먼저 걸음을 옮겨 버렸다. 딱히 거절할 이유를 찾지 못한 하진은 떨떠름한 얼굴로 그 뒤를 따랐다.

"마셔."

감사합니다, 영우가 내민 이온 음료 캔을 받아 든 하진이 짧게 인사했다. 캔을 따고 적당히 시원한 음료를 마시는데 문득 한석이 떠올랐다. 한석은 이런 캔을 먹을 때면 꼭 제 옷으로라도 쓱쓱 입구를 닦고 건네주었다.

"얼마나 됐어, 공원 나온 지?"

"한 일주일 정도요."

"안 빼고 매일 한 거야?"

"네."

하진은 조금 자신 있게 고개를 끄덕였다. 지난 주말만 해도 한석과 같이 돌기까지 했으니까, 하루도 빠지지 않았다. 같은 음료 캔을 손에 든 채 영우가 슬쩍 웃었다.

"어쩐지 요즘 활기차더라. 카페 들어올 때."

"제가요?"

"응, 인사할 때도 뭔가 더 밝은 느낌? 그냥 기분에."

그랬나, 그랬던 것도 같고. 하진이 고개를 끄덕이는데 영우가 자연스럽게 이것저것 얘기를 걸어왔다. 장소가 밖으로 바뀌었다 뿐이지 나란히 앉아 대화하는 건 그새 익숙해진 일이라 어색하거나 불편한 건 없었다.

"솔직히 다 열심히 하는 애들이니까. 머리도 다 좋고. 나도 여기서는 날고 긴다 했는데 딱 입학하고 보니까 완전 다른 세계였던 게 처음에는 좀 힘들었어."

그래도 역시 제일 흥미를 끄는 건 대학 얘기였다. 영우가 들려주는 캠퍼스 생활은 지서가 말해 줬던 것과는 얼핏 같으면서도 분명 달랐다. 시험 기간 분위기라든가 새로운 사람들을 만나고 취미를 확장할 수 있는 동아리 활동, 가만히 듣던 하진은 제 안에서 뭔가가 꿈틀대는 것을 분명히 느꼈다.

영우가 해 주는 생생한 이야기를 듣고 있으면 막연한 설렘과 기대감이 들었다. 지금은 동창에게 창피해 연락도 못 하는 상황이지만 조만간 저도 그 풍경 안에 같이 녹아들 수 있을 것 같다는 희망이 생겼다.

"⋯⋯근데 개강하면 모임에 많이는 안 나갈 것 같아."

동아리 얘기를 하던 그가 어색하게 웃었다. 하진이 물었다. 왜요?

"수민이랑 깨졌으니까 아무래도 좀 껄끄럽지. 이래서 CC 하면 안 돼. 어차피 취업 준비하다 보면 바빠지니까 어쩔 수 없기도 하고."

수민이라면……. 하진이 고개를 갸웃하자 영우가 답했다.

"전 여친. 전역하고 얼마 안 돼서 헤어졌어."

계속 만나는 게 아니었나? 지서는 분명 영우가 여친 있다고 했었는데. 하긴, 그런 사정까지는 잘 모르겠지. 굳이 당사자가 말하지 않는 이상. 하진은 살짝 고민하다 다시 물었다.

"왜 헤어졌어요? 군대도 기다려 줬다면서요."

"음, 사실 군대 가기 전에도 좀 위험했어. 만난 것도 6개월? 그 정도가 전부이기도 하고. 나는 헤어지길 원했고 수민이는 기다려 주겠다고 했지. 확실히 끊고 갔어야 했는데 내가 그러질 못했어. 휴가 때 딱 한 번 만나서 진지하게 말했는데 많이 힘들어하니까 또 마음이 약해지고. 복학하고 어영부영 지내다가……자연스럽게 그렇게 됐어."

영우가 쓰게 웃었다. 역시나 그는 칼 같은 면은 없는 모양이었다. 하진은 지서 후에 처음으로 듣는 남의 연애사가 조금 더 궁금했지만 캐묻지 않고 입을 다물었다. 그래도 처음에는 어쨌든 좋아서 시작했을 텐데, 마음이라는 건 왜 변하는 걸까? 실없는 의문이 들었다.

"참, 어제 알바 공고 냈어. 미리 구해지더라도 말한 대로 이번

달 말까지는 해 줘."

"네."

하진은 크게 고개를 끄덕였다. 그러고 보니 카페에 나갈 날도 얼마 남지 않았다.

"그간 짧지만 정도 많이 들었는데. 그렇지?"

"아, 네."

처음으로 일한 곳이니 하진도 남다른 느낌이긴 했다. 어쨌든 처음으로 시작하는 사회생활이니 겁도 먹고 일머리도 없는 자신이 잘리지는 않을까 전전긍긍했는데 카페에서 만난 사람들은 다 좋았다. 지서는 말할 것도 없고 영우도 그렇고. 몇 번 안 본 사장님도 친절했다. 순간적인 감상에 빠진 하진의 눈빛이 흐려지는데 경쾌한 목소리가 들렸다.

"근데 난, 그렇게 막 아쉽진 않아."

"……."

"왜냐면 금방 또 볼 것 같거든. 넌 분명히 서울로 올 거고, 그럼 더 자주 볼 수도 있고."

이렇게 만난 것도 인연인데 안부라도 묻고 살자며 영우가 말했다. 같은 대학에서 보면 더 반가울 것 같다는 말도 했다. 하진은 말없이 고개를 끄덕이면서도 괜히 부푸는 마음은 어쩌지 못했다. 연락하고 지내자는 말 때문이 아니라, 대학생이 된 자신을 상상하는 것만으로도 기분이 좋았다.

"마지막 날에는 같이 회식이라도 할까? 지서도 부르고 해서?"

"회식요?"

"응, 거창하게 말고. 그냥 밖에서 밥이라도."

남친도 불러도 된다며 영우가 씩 웃었다. 과연 한석이 그 자리에 간다고 할까……. 하진은 답을 하지 않았고 영우도 더는 덧붙이지 않았다.

그 후 좀 더 이야기하다 둘은 자리에서 일어났다. 하진은 집으로 향했고 영우는 그대로 카페 쪽으로 방향을 틀었다. 예상보다 늦게 집으로 돌아가는 언덕에서 문득 그런 생각이 들었다. 제가 만약 대학에 갔다면, 그리고 거기서 누군가와 연애를 했다면 아마도 영우 같은 타입이 아니었을까.

'무슨 생각을 하는 거야.'

불경한 것을 떠올린 느낌에 퍼뜩 자신을 타박하다가도 만약이니까, 그렇게 스스로 면죄부를 주었다. 하진은 언젠가부터 만약이라는 상상을 많이 했다. 만약 내가 그때 부모님의 대화를 듣지 않았다면, 만약 내가 정신을 더 차리고 독하게 수능 준비를 했다면 등등.

의미 없다는 것을 알면서도 자꾸 현실 도피를 하게 되었다. 분명 현재를 후회하는 건 아닌데 왜 그런지는 모르겠지만.

정말로, 맹세코 영우에게는 아무런 감정도 없었다. 그저 편하고 친절한 오빠일 뿐이다. 그리고 그것은 한석을 만나기 전 하진이 은연중에 그리고 있던 이상적인 상대의 모습이기도 했다. 바른 생활의 모범생에 화 한 번 낼 줄 모르는 순한 남자. 욕은커녕 거친 말도 하지 않고 제 아빠처럼 감정적이지도 않은.

그러니까, 비단 영우가 아니라도 그런 사람이기만 하면 되었던 것이다.

* * *

나름대로 치열하게 보냈던 여름도 끝물이었다. 카페 알바도 앞으로 이틀 후면 마지막이었다. 그날은 영우와 지서와 함께 근처 삼겹살집에서 간단하게 회식을 하기로 했다.

일 끝나면 정현도 합류하기로 했는데 하진은 그렇게 늦게까지 있을 생각은 없었다. 다만 한석에게 말하기가 상당히 껄끄러워 망설이다 오늘에서야 저녁을 먹으며 겨우 입을 열었다. 의외로 한석은 별말 없었다. 하진의 밥그릇 위에 고기반찬을 얹어 주며 툭 뱉을 뿐이다.

"언제 끝나는데."

"그냥 난 잠깐만 있다 올 거야. 늦어 봤자 음, 8시?"

"술은 마시지 마. 데리러 갈 테니까."

영우와 전화하는 것만으로도 기분이 더럽다고 한 남자가 술자리는 흔쾌히 다녀오라고 하자 조금 의아했지만 다행이다 싶었다. 어차피 한석이 가지 말라고 안 갈 것도 아니었지만 그래도 괜한 말다툼을 하는 것은 싫으니까. 안도한 하진은 다시 식사에 집중했다.

한고비 넘겼다고 생각했는데 일은 엉뚱한 데서 터졌다. 상을 치운 후 한석과 잠깐 TV를 보며 이런저런 얘기를 하던 중 무심코 나온 화제 때문이었다. 만약 서울로 올라가게 되면 꼭 동거를 하지 않아도 되지 않느냐는 하진의 말에 한석의 눈빛이 싸늘해졌다.

"그건 무슨 말이지?"

"말 그대로. 꼭 같이 살지 않아도 되잖아, 기숙사 생각까진 아직 안 해 봤지만…… 만약 자취하면 나는 학교 근처에서 하게 되지 않을까?"

가까이 있으면 좋긴 한데 한석이 거기서 무슨 일을 어떻게 할지 모르니 그런 부분도 생각해야 할 것 같았다. 그간 하진은 몇 번이나 서울에 가면 어떻게 할 거냐고 물었지만 한석은 일할 데야 천지라는 말만 했다. 한석이 급한 숨을 한 번 몰아쉬었다.

"헤어지자는 얘기 돌려 하는 건가, 지금?"

"아니야. 너야말로 왜 그렇게 생각해? 사귄다고 다 동거하는 건 아니잖아. 나 너랑 헤어질 마음 없어. 그냥, 남들 보는 눈도 있고 하니까."

"씹, 그놈의 남들 보는 눈."

짓씹듯 욕을 뱉은 한석이 시끄럽다며 별안간 TV를 꺼 버렸다. 순간 찾아온 정적을 곧바로 깬 것은 하진이었다.

"어떻게 그런 걸 생각 안 하고 살아?"

"그러니까 갑자기 왜 나랑 따로 살 생각이 들었냐고."

"갑자기가 아니라……. 그냥 생각해 보자는 거야. 같이 살 수도 있고 아닐 수도 있고. 여러모로 가능성을 두자는 거잖아."

"생각할 것도 없이 싫은데 어떡하라고."

점점 언성이 높아졌다. 왜 하필 지금 얘기해 가지고, 하진은 후회했지만 이미 뱉은 말은 돌릴 수 없었다. 그리고 말을 하면 할수록 어째 제 생각이 옳다는 것을 확인받는 기분이 들었다.

"기분 나쁘게 듣지 말고 현실적으로 생각해 봐. 동거하는 거 동기나 과 사람들이 알게 되면 어떻게 생각하겠어? 나는 싫어. 조심한다 해도 혹시 모르잖아. 여기야 우리 아는 사람들 아무도 없다 해도……."

"그럼 아예 결혼하면 되겠네."

"자꾸 말도 안 되는 소리 하지 마."

"왜 말이 안 돼? 어차피 지금도 같이 사는 건 마찬가진데."

서로가 미칠 듯 답답한 둘의 대화가 격양된 분위기에서 이어졌다. 같은 말이 모양만 바꿔 돌고 돌았다. 생각보다 더 심각해진 분위기에 하진은 말을 멈추고 숨을 몰아쉬었다. 비딱하게 저를 보는 남자의 마음이 이해가 가면서도 한편으로는 이해하고 싶지 않았다.

딱히 깊게 생각해 보지 않았던 것을 진지하게 고려해 본 것은 최근이었다. 지난주 잠깐 카페에 놀러 왔던 지서가 언제나처럼 두서없는 수다를 떨다 나온 제 동기 이야기였다.

"꽤 유명한 CC였거든. 동거한다는 거, 쉬쉬해도 과에는 이미 소문 다 퍼졌지. 둘이 죽고 못 살아서 결혼까지 하나 했었는데 역시……. 근데 확실히 그렇게 되면 여자가 손해야. 소문에는 임신했다 지웠다는 소리까지 있다니까. 그것 때문에 이번

학기도 휴학한다고."

괜히 목소리를 낮추는 지서의 얼굴이 사뭇 심각했다.

"그러니까 그런 문제는 덜컥 결정하면 안 돼. 나는 솔직히 동거 자체는 찬성하거든? 근데 학생 때는 좀 아닌 것 같아. 졸업하고라면 모를까."

영우는 대수롭지 않게 듣는 눈치였지만 하진은 달랐다. 죄지은 것처럼 심장이 쿵쿵 뛰었다. 저는 당연히 대학 가서도 한석과 같이 살 거라고 생각했는데. 그럴 일은 없겠지만 아주 혹시 소문이라도 나면 감당할 수 있을까 싶었다. 그 와중 지서는 영우는 어떻게 생각하냐며 물었다. 생각할 것도 없다는 듯 답변은 곧바로 돌아왔다.

"내가 보수적이라서 그런가, 난 별로. 그렇게 좋으면 그냥 결혼을 할 것 같아."

"에이, 오빠. 그러면 커플들 다 결혼하게요? 미리 알아 봐야 실패 확률을 줄이죠."

"음, 그런가."

지서의 타박에 영우가 웃었지만 하진은 그저 무표정으로 서 있을 뿐이었다.

"이렇게까지 화낼 필요는 없잖아."

지난 일을 떠올리니 괜히 더 억울해졌다. 감정을 꾹꾹 누르며 뱉은 하진의 말에 한석이 깊은숨을 한 번 들이마셨다. 오늘따라 피곤해 보이는 모습이 고된 일 때문인지 저 때문인지 잘 분간이 되지 않았다.

여름이 되고 한석은 확실히 살이 빠졌다. 타고난 골격은 그대로라지만 살이 내린 얼굴은 한층 더 날카롭고 딱딱한 분위기가 났다. 거칠게 머리를 쓸어 넘긴 그가 벽을 보고 다시 한숨을 흘렸다. 그러다 고개를 돌려 하진을 똑바로 응시했다.

"내가 진짜 화나는 게 뭔지 알아?"

"……."

"넌 항상 그런 식이야. 날 언제든지 떠날 수 있는 사람처럼 굴어."

뭐? 하진은 곧바로 부정했다.

"아니야."

"아니라고?"

한석이 입꼬리를 비뚤게 끌어 올렸다. 노골적인 조소에 심장이 쿵, 쿵, 불안하게 뛰었다.

"그럼 말해 봐. 내가 죽어도 안 되겠다고, 네가 대학을 가든 뭘 하든 너 끼고 살아야겠다고 하면 넌 어쩔 건데?"

"……."

"존나 앞서가는 것 같지만 그래, 네 말대로 주위 사람들한테 들켰어. 그러면 넌 어떡할 건데?"

"……그럴 일이 없도록 하자는 거잖아."

"말 돌리지 말고 똑바로 대답해."

여느 때와 다르게 살벌하게 몰아붙이는 한석이 적응이 되지 않았다. 열 오른 머릿속으로 하진은 곰곰이 생각했다. 하지만.

"모르겠어. 모르겠는데 어떻게 말해."

이렇다 할 답을 내지 못하는 하진에 한석이 쓰게 웃었다.

"뭘 몰라. 헤어지자고 하겠지."

"왜 이렇게 극단적이야? 아니라고 했잖아."

"지금 나한테는 그렇게 들려."

"……."

"난 그렇게 생각해. 네가 정말 나 없으면 안 된다면, 나처럼 너 없는 인생은 상상도 할 수 없다면 주위에서 뭐라 하든 신경 안 쓰겠지. 근데 넌 아니야. 넌 언제나……."

잠깐 말을 끊은 그가 허탈하게 중얼거렸다.

"너는 언제나 돌아갈 데가 있는 사람 같아."

……아.

절대 그렇지 않은데. 정말로 그런 생각은 한 적이 없는데……. 정곡을 찔린 느낌에 가슴이 철렁했다. 저조차 몰랐던 감정을 들킨 기분. 굳어 버린 하진의 얼굴을 보며 그는 다시 말을 이었다.

"난 답이 너로 나와 있는데 넌 아니지. 지금이야 이렇게 내 옆에 있지만 마음만 먹으면 날 잊는 건 아무것도 아닐 거야. 씨발, 생각만으로 돌 것 같은데 어쩌겠어? 그게 현실인데."

한없이 차가운 목소리와는 달리 저를 보는 눈빛은 그조차 어쩌지 못하는 감정들로 들끓었다. 당장이라도 폭발해 버릴 것 같은 상태를 그는 마지막 인내심으로 간신히 꾹꾹 눌러 참고 있었다.

"말이 나왔으니까 하는 말인데 난 네가 나한테 이상한 죄책감 가진 것도 싫어. 내가 매번 말하잖아, 너 없었어도 난 이 일 했을 거라고. 혼자 살았어도 했을 거고 너 말고 딴 여자 만났어도 했을 거야. 차이가 있다면 내 마음이겠지. 누굴 만나도 너한테처럼은 절대 못 했을 거니까. 그런 식으로 날 생각해 봤자 우리 관계에 좋을 건 하나도 없어. 알잖아?"

하진은 그 와중에도 딴 여자라는 말에 꽂히는 자신이 싫었다. 무너지는 속내를 내비치는 남자의 모습은 안타깝게도 잘 들어오지 않았다. 한석이 어떤 마음으로 그렇게 말하는지는 알지만, 정말 그를 생각하고 걱정하는 진심을 몰라주는 것만 같아 서운했다. 멈칫하던 하진의 입술이 느리게 열렸다.

"······난 돌아갈 데 없어. 확실해."

"그래. 그럴지도."

하지만 아쉬워하잖아, 덧붙인 그의 말에 하진의 눈빛이 흔들렸다.

"지금 이 상황에 만족하지 않는 것도 진심이잖아. 아나?"

말문이 막힌 하진을 보며 한석이 힘없이 웃었다. 많은 것을 내려놓은 것 같은 그 허탈한 미소는 그와 어울리지 않았다.

"넌 어떻게든 벗어나야겠다고만 생각하잖아. 현실을 받아들이고 뭘 더 해야지, 그게 아니라 도망치고 싶어서 필사적으로 발버둥 치는 걸로 보여, 나는."

마음의 크기가 다른 것까지는 감수하더라도 언제든 버려질 수 있다는 생각이 드는 것은 비참하다. 돌아오는 침묵에 한석은 또다시 절망했지만 그만둘 수 없었다. 확인하고 싶었다. 아니라는 말을 계속해서 듣고 싶었다.

"이해해. 한순간에 뒤바뀐 인생을 어떻게 그렇게 쉽게 받아들이겠어? 하지만 알면서도 괴로워. 나도 사람이니까 그런 널 보면 가끔은 울컥하고 가끔은 미쳐 버릴 것 같아. 알면서도 나는 너한테 휘둘린다고. 지금도 그래, 이렇게 난리 쳐 놓고도 한 번 네가 웃어 주고 한 번 네가 사랑한다고 해 주면 싹 잊을 거야, 존나 등신처럼."

씨근덕대는 그의 가슴팍이 거칠게 들썩였다. 하진은 할 말을 잊은 채 그에게서 눈을 피했다. 낱낱이 까발려지는 기분에 괜히 얼굴이 화끈거리고 은근한 수치심이 들었다. 한석의 말이 모두 다 맞는 건 아니라고 생각하면서도 뭐가 틀렸냐고 하면 정확히 지적할 수 없었다. 박하진, 낮은 목소리가 저를 불렀을 때.

"넌 남들처럼, 평범하게 살고 싶다고 했잖아."

표정 없이 읊조리는 하진에 남자의 눈이 가늘어졌다. 후회할 거라는 걸 알면서도 입이 제멋대로 움직였다.

"이런 식으로는 연애도 평범하게 못 해."

그만두고 싶은데 이미 늦어 버렸다.

"……."

"자격지심이야, 그거."

아.

말이 끝남과 동시에 가슴이 철렁 내려앉았다.

둘 사이 지금껏 빠듯하게 당겨졌던 팽팽한 공기의 흐름이 탁, 끊겼다. 한석의 눈이 조금 커지고, 반듯한 미간이 좁혀졌다. 제가 말해 놓고 어찌할 바를 모르는 하진을 멍하니 바라보았다. 안절부절못하는 하진의 손이 괜히 옷자락을 잡아 뜯었다. 하, 그에게서 탄식 같은 숨이 흘러나오는 데는 그리 오랜 시간이 걸리지 않았다.

"그럴 수도."

"……."

"아니, 네 말이 맞아."

경직된 얼굴로 말을 마친 한석이 갑자기 벌떡 일어났다. 흠칫한 하진이 덩달아 몸을 일으키려 했지만 이미 그는 제게 등을 돌린 채였다. 아무 말 없이 그대로 현관문을 열고 나가는 남자의 뒷모습을 하진은 멍하니 바라보았다. 지금까지 한 번도 한석이 이런 식으로 밖으로 나가 버린 적은 없었다.

혼자 남은 집은 고요했다.

'어떡하지?'

갑자기 덜컥 무서워졌다. 직전 그의 눈빛에서 발견한 것은 분명 상처였다. 하진은 불규칙적으로 뛰는 심장을 애써 붙잡으며 자책했다. 왜 나는 그런 말을 했을까. 좀 더 풀어서 잘 얘기할 수도 있었을 텐데. 좀 더 솔직하게 대화하고 잘못된 점이 있다면 바로잡을 수 있었을 텐데. 도대체 왜.

벌떡 일어나 창문을 열었지만, 미미한 가로등 빛만 퍼지는 골목에 사람의 인기척은 찾을 수 없다. 갑자기 몸에 힘이 쭉 빠졌다. 하진은 다시 자리에 주저앉았다.

'잠깐 머리 식히러 갔을 거야.'

지갑도, 핸드폰도 갖고 가지 않았으니 멀리 간 건 아닐 것이다. 그렇게 생각하면서도 자꾸 불안해졌다. 찾으러 나갈까도 싶었지만 연락도 되지 않으니 엇갈릴까 걱정이 되었다. 이러지도 저러지도 못한 하진은 초조하게 방 안을 서성였다. 당연히 한석이 곧 돌아올 줄 알고 있으면서도, 지금까지 그렇게 싸워 놓고서도⋯⋯.

한석이 못 견디게 보고 싶었다.

그가 돌아온 것은 한 시간이 조금 못 돼서였다. 홧김에 집을 나간 것치고는 금방 돌아온 셈이었으나 하진에게는 길게만 느껴졌다. 책상 앞에 앉아만 있었지 아무것도 하지 않았던 하진은 문이 열리는 소리에 홱 고개를 돌렸다 다시 모른 척을 했다.

말없이 들어온 한석은 욕실로 직행했다. 문 너머 물소리가 나자 그제야 안도가 되었다. 하진은 미련 없이 책을 덮고 불을 끈 채 자리에 누워 버렸다. 눈을 감자 긴장이 풀려 버린 몸이 한없이 가라앉았다.

아주 잠깐, 깜빡 잠이 들었던 것도 같다.

옆자리에 조심히 눕는 인기척에 하진은 설핏 눈을 떴다. 익숙하게 제 머리 밑에 팔을 끼워 넣고 다른 팔로 안아 오는 남자의 몸짓에 순간 잠이 확 깨며 괜히 울컥해졌다. 저를 감싸는 더운 체온이 그 어느 때보다 다정하게만 느껴져 염치가 없었다. 하진은 꼭 감고 있던 눈꺼풀을 조심스럽게 들어 올렸다.

어둠 속 둘의 시선이 마주했다.

너무나 당연한 듯 입술이 겹쳐졌다. 혀를 넣지 않고 부드럽게 비비던 한석이 도톰하게 까진 아랫입술을 조금 힘주어 빨았다.

맛을 보듯 느릿하고 뭉근한 움직임이 도리어 더 자극이 되었다. 괜히 목구멍이 간지러우면서도, 알 수 없게 애가 타는 느낌.

하진은 저도 모르게 한석을 안은 팔에 힘을 주었다. 입술을 붙인 채 그가 조금 웃었던 것도 같았다. 입술을 건드리던 혀가 천천히 안으로 들어왔다. 어둑한 방을 가득 메운 정적 속 점막끼리 맞붙는 소리만이 유일한 소란이었다.

어느 때보다 하진은 적극적으로 혀를 얽었고 한석은 반대로 그런 그녀를 차분히 받아 주었다. 급하게 달려드는 것은 언제나 한석의 몫이었는데. 따뜻하고 야릇한 열기가 점점 퍼져 나가는 와중 기분이 묘해졌다. 결 좋은 긴 머리칼을 쓰다듬던 그의 손이 잘록한 허리를 지나 엉덩이를 부드럽게 쥐었다. 으응, 무의식적으로 흘린 가냘픈 소리에 한석이 잠깐 멈칫했다.

키스가 점점 더 깊어지는 와중 힘없이 다리가 벌려졌다. 벌어진 허벅지 사이 커다란 손이 망설임 없이 들어왔다. 짙게 입을 맞추는 와중에도 그의 손은 쉬지 않았다. 속옷 위 고작 몇 번 문질렀을 뿐인데 쉽게 젖어 버리는 밑이 저도 느껴져 정신없는 와중에도 얼굴에 열이 올랐다.

결국 얇은 천이 얼마 못 가 축축해졌을 때는 한석도 더는 여유를 부리지 못했다. 게걸스러운 키스가 이어졌다. 지금껏 조심스러웠던 게 거짓말처럼 몰아붙이는 와중 그가 중간에 하진의 혀를 살짝 깨물었을 때는 놀라고 따끔한 듯 아팠지만 화는 나지 않았다. 그냥, 그것마저도 그만큼 한석이 몰입했다는 것으로 느껴져 좋았다.

입술이 떨어졌을 때는 어느새 한석이 제 위에 올라타 있었다.

언제부터 그렇게 나신으로 뒤엉켜 있었는지 도무지 출발점이 기억이 나지 않았다. 단단하고 뜨거운 남자의 몸이 제게 쏟아지는 것이 숨이 턱턱 막힐 정도로 만족스러웠다. 완전히 발기한 그의 것이 닿는 허벅지 안쪽이 홧홧했다.

이미 절정을 맞은 하진에게서 색색거리는 가쁜 숨이 연신 터져 나왔다. 삽입 직전의 순간의 남자가 그 모습을 세상 가장 사랑스러운 것을 보듯 바라보았다.

문득 좀 더 자세히, 정확히 보고 싶다는 강렬한 충동이 들었다.

환한 빛 아래 보는 하진의 흐트러진 모습은 분명 더 숨 막히게 예쁠 거니까. 하지만 그는 몸을 일으켜 불을 켜는 대신 엉망으로 헝클어진 머리칼에 손을 뻗었다. 그 찰나의 시간도 지금 이 순간 하진과 떨어지기 싫었다. 하진은 몸을 섞을 때 가장 솔직했다. 그래서 멈출 수가 없었다. 한석은 저도 모르게 속삭였다.

"……사랑해."

미사여구 하나 없는 담백한 고백이 하진의 심장을 울렸다. 마음을 두드리고 가슴에 파동을 일게 했다. 처음 듣는 말도 아닌데 왜 이렇게 벅차 오는 건지. 제 마음이지만 도무지 알 수 없었다. 나도, 조그맣게 중얼거리니 그가 눈을 찡그리며 웃었다. 근사했다. 시원하게 올라가는 입꼬리를 홀린 듯 보던 것도 잠시, 절대로 익숙해질 수 없을 것 같은 아픔이 찾아왔다.

"훗……."

쉬이, 한석이 달래듯 달콤하게 입을 맞춰 왔다. 그러나 지금

만큼은 밑이 벌어지는 것 같은 그 기분마저도 황홀했다. 괜찮아, 하진은 남자의 목을 꽉 끌어안으며 찰나의 고통을 즐겼다. 눈을 감고 그가 들어오는 생생한 감각을 받아들였다. 한석이 그런 그녀의 젖은 눈가에 조용히 입술을 댔다.

그날 하진은 그 어느 때보다 적극적으로 섹스했다. 살 치는 소리가 무섭게 귓가를 파고드는 것마저 쾌감으로 다가와 저조차 제어가 되지 않았다. 늘 소리를 죽였던 날들과는 다르게 마음껏 헐떡였고 몇 번이나 좋다고, 그가 좋다고 말했다. 제 안의 뭔가가 터져 버린 것 같았다.

그런 하진에 한석은 눈이 돌았다. 고삐가 풀린 짐승처럼 예측할 수 없이 제멋대로 움직이는 남자는 머릿속에 섹스밖에 없는 것 같았다. 인정사정 봐주지 않고 쉼 없이 하진을 먹어 치웠다. 머릿속에 있는 모든 잡념들 역시 그렇게 집어삼킬 수 있었다면 더할 나위 없이 좋았을 것이다.

몇 번이나 극점에 도달했는지 알 수 없었다. 쉼 없이 때려 맞은 밑이 얼얼했다. 그는 여전히 지친 기색 하나 없으나 안타깝게도 하진은 아니었다. 드나드는 굵직한 성기의 감각마저도 점차 희미해질 정도로 심각한 수마가 밀려왔다.

'자면 안 돼.'

퍽, 퍽 치받는 움직임에 퍼뜩 눈을 뜨다가도 감당하지 못할 피곤함에 눈앞이 가물거리고 정신이 흐려졌다. 하진은 이미 한계였지만 안타깝게도 남자는 이 행위를 끝낼 기미가 전혀 없었다. 아득해지는 느낌을 받은 것도 셀 수 없던 어느 순간, 뜨거운 정액이 안에 퍼지는 느낌과 함께 하진의 몸이 축 늘어졌다. 죽음 같은 잠에 밀려들기 직전 그가 뭐라고 말했던 것 같지만, 알수 없었다.

　풍족하진 않아도 부족하지 않고, 사치할 수는 없지만 아낌없는 사랑을 받는다는 것을 알면서도.
　하진은 만족하지 못했다.
　그 말이 정확했다. 싫고 벗어나고 싶은 게 아니라 더한 것을 원한 것이다.
　마음 편히 쉴 수 있는 세상 가장 안락한 방 한 칸을 내준 그의 진심에 머무르지 못하고, 놓고 온 것들이 좋아 보여 그마저도 다시 가지고 싶었다. 부러움과 때로는 시기와 질투를 받던 예전의 자신, 응당 제 손에 쥐어질 탄탄한 앞날과 수많은 가능성.
　그런 것들이 자꾸 생각나 현실 안에서 행복을 찾는 것을 방해했다. 그 사실을 조금 더 일찍 깨달았다면 더할 나위 없이 좋았겠지만 후회는 늘 그렇듯 일이 터진 후에야 밀려오는 법이었다.
　턱없이 부족한 경험에 불안한 마음이 합쳐지면, 때로는 뭐에 씐 것처럼 불행이 이끄는 방향으로 가 버릴 때가 있는 것이다.

* * *

　주말을 앞둔 금요일, 들어올 때만 해도 몇 테이블 차 있지 않앉던 삼겹살집은 두어 시간 만에 거의 만석이 되었다. 나름 이 동네 이곳저곳 돌아다녔다고 생각하는데 삼겹살은 하진이 좋아하지 않아 그간 한 번도 한석과 가 보지 않았다. 맞은편에 영우를 두고 뭔가를 열심히 얘기하는 지서 옆, 하진은 음료수를 홀짝이며 시간을 확인했다. 8시 10분.

'이제 슬슬 일어나려나.'

원체 입이 짧은지라 후식으로 나온 냉면도 반은 남겼다. 그래도 지서가 옆에서 자꾸 이렇게 쌈을 싸 먹어야 맛있고, 여기는 이 소스를 꼭 찍어서 먹어야 하고, 이런 식으로 코치를 해서 고기는 나름 많이 먹기는 했다.

"그럼 오빠는 이따 정현이 데리고 2차 가려고요?"

"응. 그냥 앞에 포차에서 둘이 간단히 한잔하려고."

"아아."

고개를 끄덕이는 지서의 얼굴에 술기운이라고는 찾아볼 수 없었다. 주량이 세다더니, 맥주 세 병을 혼자 마셨는데도 거뜬했다.

"저도 끼고 싶은데 김정현이 오지 말라고 어찌나 하는지. 하진이는 괜찮아도 저는 싫대요. 시끄럽다고."

"하하, 그거야 그냥 하는 말이지, 정현이 그래도 은근 너 기다릴걸? 같이 가자."

"아니에요, 저도 나름 바쁜 여자예요."

술잔을 든 채 지서가 입술을 삐죽였다. 뚱한 모습에 하진은 조금 웃었고 그런 하진을 영우가 슬쩍 보았다.

하진이 알바를 그만두는 날이었던 오늘, 셋은 약속한 대로 모여 즐겁게 시간을 보내고 있었다. 딱히 별다른 얘기가 오가는 것도 아닌데 분위기는 좋았다. 하진도 평소보다 많이 웃고 말도 많이 했다.

'근데 진짜 연락 한 번 없네.'

하긴, 고작 집을 나선 지 두 시간 반 만에 연락을 몇 통씩 하면 그것도 문제지만 그래도 문자 하나 없었다. 집에서 혼자 저녁을 먹었을 한석을 생각하니 괜히 기분이 가라앉는데 지서가 문득 물었다.

"근데 하진이는 술 많이 약한 거야?"

"아, 네."

하진이 얼른 고개를 끄덕였다. 가는 건 괜찮지만 술은 한 모금도 먹지 말라는 한석과의 약속을 하진은 착실히 지키고 있었다. 영우는 차를 가져왔다고 먹지 않아서 지서 혼자 열심히 달리고 있었다.

"주량이 얼만데?"

"음, 맥주 한 캔만 먹어도 좀 얼굴 뜨거워지고, 세 캔 이상은 먹어 본 적 없어요."

"와, 진짜 약하구나."

눈을 동그랗게 뜨던 지서가 납득한다는 듯 고개를 끄덕였다.

"하긴, 술 마실 기회도 별로 없긴 했겠다. 원래 술은 마신 만큼 늘거든. 영우 오빠처럼 체질적으로 잘 받는 사람이 아니고서야. 나 이 오빠 밤새 달리고도 아침 운동 나갔대서 기함했잖아.

예전에 김정현이랑 셋이 마신 적 있었는데, 걔도 술 잘 마시는 편인데 오빠를 못 당하더라고."

"오빠 술 잘 마셔요?"

의원데, 영우와 술은 안 어울렸다. 안 믿긴다는 얼굴로 영우를 보자 그가 멋쩍게 웃었다.

"안 좋아하긴 하는데, 못 먹는 건 아니야."

하긴 한석도 제가 술을 딱히 좋아하는 건 아니라는 말을 했었다. 그러기엔 요즘은 좀 자주 먹긴 하지만. 또 한석이 생각난 하진이 슬그머니 핸드폰을 보는데 지서가 코맹맹이 소리를 냈다.

"아, 그래도, 마지막인데 한번 짠은 해야 하는데. 한 모금만 마실래?"

"술 억지로 권하면 안 돼."

곧바로 부드럽게 저지한 사람은 영우였다. 말 끝나자마자 하는 거라 하진이 뭐라 대꾸할 새도 없었다.

"어차피 우리 또 볼 거잖아. 하진이 수능 끝나고도 또 이렇게 보기로 약속했고."

"그렇긴 한데…… 아쉬워서 그러죠."

지서의 말에 하진은 옆에서 놀고 있던 빈 잔을 집었다.

"한 잔 정도는 괜찮아요."

"정말?"

"네, 근데 딱 한 잔만요."

저도 제가 취하는 게 무서워서요, 덧붙이니 지서가 알겠다고 반색하며 얼른 맥주를 채워 주었다. 짠, 잔이 부딪치는 경쾌한 소리와 함께 하진은 아직 시원한 김이 있는 맥주를 꿀꺽꿀꺽 마셨다.

한 잔 정도 마신다고 어떻게 되는 것도 아니었고, 어차피 끝날 때쯤 연락하면 한석이 데리러 오기로 했었다.

"근데 오빠. 하진이 진짜 예쁘게 생기지 않았어요? 저랑 일할 때도 하진이 번호 묻는 고딩들 많았는데. 글쎄, 전에는 무슨 은행원까지 와서 커피 사 주면서 작업 걸더라니까요?"

"그런 일이 있었어?"

"네. 전 한 번도 없었던 일이지만."

갑작스러운 지서의 말에 하진의 얼굴에 난처한 빛이 돌았다. 지서가 외모 칭찬을 하는 일이 하루 이틀은 아니었으나 오늘따라 좀 민망했다.

"근데 하진이가 딱 잘라 거절하는데 와, 강단 있더라고요. 그래도 남친은 좀 불안할 것 같아. 그런 말 안 해?"

"아뇨."

거짓말, 하진이 어색하게 미소 짓자 지서가 못 믿는다는 듯이 고개를 휘휘 저었다. 그러더니 다시 영우를 보고 열변을 토했다. 하진이 볼 때 지서는 취한 기색은 없었는데 평소보다 말이 더 많아지고 화제가 들쭉날쭉했다. 의식의 흐름대로 얘기하는 느낌이랄까.

"같은 여자가 볼 때도 예쁜데 남자들이 볼 땐 더 그럴 거 아니에요? 이건 좀 다른 얘기긴 한데 저 처음에 하진이 봤을 때 뭔가 부잣집 외동딸 같은 느낌 들었거든요, 외모도 그렇고 일

하나 안 해 본 티도 나고. 그게 그냥 어설프다는 느낌이 아니라 정말 곱게 자란 느낌? 뭔가 막 꾸미지 않았는데 부터 나고. 무슨 느낌인지 이해하죠, 오빠?"

"음…… 응, 예쁘지."

조금 가라앉은 것 같은 목소리에 하진은 문득 영우를 보았다. 언제나처럼 웃고 있을 줄 알았는데, 이상하게 마주한 남자의 얼굴에는 웃음기가 없었다.

"우리 지서도 예쁘고."

"아, 진짜. 오빠밖에 없다."

지서가 생글생글 웃으며 맥주를 추가로 주문했다. 슬슬 파할 것 같은 분위기였는데 지서가 딱 한 병만 더 마시고 일어나자고 해서 문자만 슬쩍 보내 놓았다.

[늦어도 한 30분? 내로는 끝날 것 같아.]

어디서 먹는지는 알고 있으니 아마 조금 일찍 오지 않을까. 그사이 어쩌다 지서가 한 잔만 더 마시라고 해서 또 마시게 되었다. 그래도 한석과 있을 때와는 다르게 나름 긴장하고 마셔서 그런지 말짱했다.

아마 나중에 대학 가서 술을 마시면 이런 느낌이려나, 왁자지껄한 사람들 사이 시시껄렁한 이야기를 나누며 먹고 마시고 있는 기분이 사뭇 묘했다.

[알았어]

짧은 답은 1분도 지나지 않아 도착했다. 역시, 저 신경 쓰게 안 하려고 연락만 안 했지 계속 핸드폰은 보고 있는 모양이었다. 하진이 조금 안도하는데 지서가 남친이냐며 호들갑스럽게 말했다.

"남친 맞지? 뭐야, 너 술 마실까 봐 걱정된대?"

"······그런 건 아니고요."

흠음, 지서가 입술을 끌어 올리며 영우를 보았다.

"오빠, 하진이 남친 본 적 없죠? 무슨 운동선수같이 키 크고 몸도 좋아요. 얼굴도 존잘이고."

"음, 난 먼발치에서 한 번 봤는데."

"그래요?"

지서는 대수롭지 않게 반응했지만 하진은 속으로 놀랐다. 도대체 언제 봤지, 한석이 몇 번 데리러 오긴 했었으니 그때 보았으려나?

"암튼 하진이 더 마시게 하면 안 되겠다. 막 쳐들어오는 거 아냐? 얼마나 하진이를 애지중지하는데요. 오빠 자세히 못 봤다니까 얘기하는 건데 좀 무섭게는 생겼거든요? 근데 하진이 보는 순간 얼굴이 그냥 확 펴지는데 진짜 사랑이 느껴지더라고요, 사랑이. 암튼, 둘이 맨날 만나는 것도 그렇고 가끔 얘기 들어 보면 무슨 신혼부부같이 연애하는 것 같았어."

장난스럽게 농을 거는 지서 앞 하진은 당황해 시선을 피했다. 별거 아닌 것처럼 넘기면 되는데 지레 찔리는 것이다.

"지서, 너무 많이 마시는 거 아니야?"

"잉? 갑자기요?"

화제를 돌리는 영우의 말은 하진이 생각해도 좀 부자연스럽긴 했다. 방금까지 지서의 잔에 술을 따라 주던 사람도 영우였으니까.

"맥주 갖고 취하나요, 저 취할 때까지 마시는 사람 아닌 거 오빠도 알잖아요. 어차피 난 데리러 올 사람도 없고."

"걱정 마, 데려다줄게."

"헉, 정말요? 집 바로 앞이긴 한데⋯⋯."

"아냐, 밤인데 위험해. 하진이까지 데려다주고 난 카페 다시 가려고."

"네, 네. 좋아요."

바로 대답하는 지서와 다르게 하진은 고개를 저었다.

"아, 전 괜찮아요."

"왜? 같이 타고 가자. 너는 우리 집보다 더 멀잖아. 그 골목은 밤엔 사람도 거의 안 다니고."

지서가 곧바로 말해 왔고 영우도 거들었다. 응, 그렇게 해, 하진아.

"그게 아니고⋯⋯."

남친이 데리러 온다는 말을 하면 되는데 순간 말문이 막혔다. 직전 지서가 신혼부부 같다고 한 말에 괜히 신경이 쓰인 것이다. 결국 하진은 고개를 끄덕였다.

[한석아 그냥 집에 있어]

[오빠가 차 갖고 와서 나랑 언니 데려다주고 간다고]

[곧 출발해]

연달아 문자를 보냈지만 답은 돌아오지 않았다. 그래도 가게를 나올 때도 한석이 보이지 않는 걸 보면 읽었거니 싶었다. 하진은 별다른 생각 없이 영우의 차에 올랐다.

* * *

"오빠, 고마워요! 하진아, 또 연락해!"

시끌벅적한 인사와 함께 지서가 먼저 내리자 둘만 남은 차 안 잠깐 정적이 흘렀다. 당장 저 횡단보도만 넘으면 집으로 올라가는 언덕인데 차가 멈췄다. 신호를 기다리고 있는데 새삼스럽게 어색해졌다. 하진이 말없이 까맣게 어둠이 깔린 차창 밖만 바라보던 때.

"하진아."

"……네?"

뒷좌석에 앉은 저를 흘낏 돌아보는 영우에 하진은 고개를 돌렸다.

"좀, 하고 싶은 말이 있어서."

"뭔데요?"

"그게…… 음, 오지랖인지도 모르겠는데."

머뭇대는 영우에 괜히 불안해졌다. 가만히 돌아올 말을 기다리는데 영우가 사뭇 진지한 목소리를 냈다.

"혹시 남자 친구랑 같이 살아?"

아.

'뭐지?'

하진의 눈빛이 세차게 흔들렸다. 설마 떠보는 건가, 문득 그런 생각까지 들던 찰나 영우가 뒷좌석에 앉은 하진을 흘낏 한 번 돌아보았다.

"전에 미용실 아저씨한테 들었어. 둘이 같이 산다고."

"……."

"작년 겨울부터 봤다고도 하시더라. 이런 동네는 아무래도 소문이 바로바로 퍼지니까."

"네. 맞아요."

같이 살아요, 심호흡을 한 번 한 하진이 답하는 사이 차가 출발했다. 잠시 말을 멈춘 영우의 뒷모습만 보는데 뭐라 말할 수 없는 감정이 썰물처럼 몰아쳤다. 하긴, 드나들다 마주친 것만 해도 몇 번인데 같이 사는 거 다 알겠지.

그래도 주변에서 그렇게 뒤로 말하고 다닐 정도로는 생각을 못 해서 충격이긴 했다. 마치 머리만 숨기면 다 되는 줄 아는 꿩과 다름없이 속 편하게 지낸 거였다. 물론 알았대도 입방아에 오르는 것을 막을 수는 없었겠지만.

"그런데, 그건 왜 물어보세요?"

저도 모르게 날 선 말이 나왔다. 그사이 언덕을 다 올라가 코앞에 집이 보였다. 하지만 영우는 끝까지 올라가지 않고 슈퍼 앞에 차를 세웠다. 운전석에 앉은 채, 몸을 최대한 하진 쪽으로 틀어 눈을 맞췄다.

"일단 무례한 질문 한 건 미안해. 하지만 꼭 물어보고 싶은 게 있어서, 아니면 내가 계속 마음에 걸릴 것 같아."

뭐지? 그새 쿵쿵 뛰는 심장을 애써 누르며 하진은 영우를 똑바로 응시했다. 영우가 얕은 한숨을 쉬었다.

"그러니까, 하진이 네 의지로 같이 사는 거. 맞아?"

"네?"

전혀 생각지도 못한 말에 얼떨떨한 소리가 나왔다. 하지만 영우는 심각한 표정으로 말을 이었다.

"서울에서 둘이 내려와서 산 게 작년 겨울부터라고 들었어. 그럼 고등학교 졸업하고 바로라는 건데, 너무 어리잖아. 어쩌다가 여기까지 와서."

"……."

"그래, 그런 것까지는 생판 남인 내가 걱정할 일은 아니지. 지난번에는 앞에서 많이 소란스러웠다며? 남자 친구랑 너랑 어떤 어른이 한 분 같이 계셨는데 분위기가 너무 험악했다고. 무슨 일 날까 봐 경찰 부르려고 하셨다더라."

하진의 얼굴이 점점 더 창백해졌다. 아저씨가 지나갔던 건 기억난다. 하지만 언제부터 그걸 보고 있었는지, 무슨 말까지 들었을지는 저도 모르는 일이다. 그 당시 하진은 한석에게 혹시나 무슨 일이 있을까 전전긍긍하며 두 사람의 대치를 보고 있었던지라 정신이 반쯤 나가 있었다.

"물론 알고 지낸 지 얼마 안 되긴 했지만 하진이 네가 착하고 좋은 애라는 건 느껴져서 신경이 쓰이더라고. 그래도, 그때까지도 내가 상관할 수 있는 일은 아니라고 생각했어. 둘이 좋아서 그렇다면 내가 같잖게 조언해 봤자 의미 없는 거잖아. 그렇게 여겼었는데……."

영우의 시선이 어느새 시트를 꽉 움켜잡고 있는 하진의 손으로 향했다.

"여기 내려왔을 때, 말 못 했다며. 꽤 오래 그랬다는데…… 맞아?"

"……!"

그 말에는 정말로 놀랄 수밖에 없었다. 어떻게 알았지? 희뿌연 안개처럼 지워져 있는 그때의 기억 속 하진은 거의 밖에 나가지 않았다. 혼자 돌아다닌 적도 손에 꼽고 누군가를 만나서 굳이 말을 해야 할 일도 없었다. 그런데 어떻게?

"누가, 그래요? 미용실 아저씨가요?"

"아니."

침착하려 했지만 떨리는 목소리를 숨기지 못한 하진을 영우가 복잡미묘한 표정으로 보았다.

"정확하게는 아저씨도 들어 들어 알게 된 거지. 아까도 말했지만 이런 작은 동네는 소문이 빨리 퍼져. 특히 여기 미용실에서는 별별 얘기가 다 나오고. 여기서 10분 정도 차 타고 가면 큰 슈퍼 하나 있지? 거기 주인아주머니가 머리하면서 어쩌다 얘기가 나왔나 봐."

으음, 영우가 곤란한 듯 잠깐 망설이더니 다시 입을 열었다.

"말도 못 하는 애를 부모도 없고 허구한 날 경찰서 드나들며 험하게 놀던 남자애가 데리고 와서 산다고. 집 밖에도 못 나가게 하고 숨겨 두는데, 자기가 도와주고 싶어도 남편이 워낙 불

225

쌍하다고 싸고돌아서 뭐 할 수 있는 게 없다. 이런 식으로……."

충격적인 말에 하진은 그대로 굳어 버렸다. 이게 무슨 말인가. 혼란스러운 와중 언젠가 곰탕을 고아 와서 제게 지폐를 쥐여 주고 가던 아주머니의 얼굴이 떠올랐다. 말할 수 없이 수치스러워 애써 잊고 지냈던 기억이다. 분명 그분이 맞는데, 어떻게…….

'어떻게 그런 식으로 얘기할 수가 있지?'

"못 믿으니까 와 봤을 게 뻔한데, 뭔 이딴 핑계를 대면서."

심장이 가쁘게 뛰는 와중 문득, 그 언젠가 화를 내며 냄비째 갖다 버리려고 했던 한석의 얼굴이 떠올랐다. 그때는 사실 아주머니에게 그렇게까지 하는 한석이 이해가 되지 않았었는데.

"아저씨도 그 얘기 들은 건 좀 되셨나 봐. 아주머니가 몸이 안 좋으셔서 슈퍼에 잘 안 나오신 지도 꽤 오래됐거든. 어쨌든, 그렇게 실랑이하는 것도 보고 좀 마음이 뒤숭숭했는데 네가 우리 카페에서 알바하는 거 보고 안심하셨다고 하더라고. 그래도 나한테 한번 물어나 보라고."

"……."

"어차피 그냥 흘려보내는 말씀인 거 나도 아는데 들은 후로부터는 내가 자꾸 걸리더라. 사실 카페에서도 한 번은 물어보고 싶었는데 못 했어."

또 숨이 자꾸 가빠졌다. 머릿속이 엉망진창이었다. 그러니까, 모두 수군대고 있는데 저만 몰랐던 것이다. 귀를 막고 눈을 감고 살았다는 게 실감 났다. 제가 여기에 언제 왔는지부터 시작해 감추고 싶던 치부에다 어떻게 손쓸 수 없는 오해까지.

실로 나약한 생각일지도 모르겠으나 하진은 도망가고 싶다는 생각을 했다.

"혹시나 내가 도움을 줄 수 있는 일이 있을까 하고. 정말로 순수하게 도와주고 싶은 마음이야. 어떤 식으로든지 괜찮아."

"아뇨."

단호한 목소리에 영우가 멈칫했다.

"알고 계신 게 맞아요. 좀, 안 좋은 일이 있어서 여기로 내려와 지내고 있었고요. 말도 몇 개월 못 했던 것도 맞아요. 하지만 한석이랑 여기서 사는 건 제 의지예요. 서로 좋아서 같이 사는 거예요."

"……말은 왜 못 했던 거야?"

"실어증 비슷한 거였어요. 충격을 받았던 일이 있었거든요."

그랬구나, 영우가 천천히 고개를 끄덕였다. 힘들었겠네, 뇌까리는 모습을 보는데 문득 영우가 제게 차마 하지 못한 다른 말들이 많을 것 같다는 생각이 들었다. 돌려 한 말이 저 정도면 날 것의 소문은 더 날카로울 것이다.

"그런 말 듣고 걱정해 주신 건 이해하지만 잘 지내고 있으니까 신경 안 써 주셔도 돼요."

이루 말할 수 없는 불편한 감정이 꾸역꾸역 올라왔다. 하진의 말에 영우가 깊은 한숨을 흘려보냈다.

"그래, 미안해. 기분 나빴을 거 아는데 정말로 걱정하는 마음에서 물어봤어. 요즘 세상이 워낙 흉흉하기도 하고."

"……네. 괜찮아요."

괜찮지 않지만 그렇게 말한 하진이 다시 숨을 크게 들이마시고 빠르게 인사했다.

"데려다주셔서 감사합니다. 가 볼게요."

하진아, 저를 부르는 소리가 들렸지만 차 문을 여는 손은 망설임이 없었다. 탁, 문을 닫고 나오는데 여름밤의 후덥지근한 공기가 확 끼쳤다. 숨 막히기 딱 좋은 조건이다.

"하진아."

따라 나온 영우가 다시금 하진을 불러 세웠다. 하진은 내키지 않는 표정으로 고개를 돌렸다. 희미한 가로등 불빛만 미미하게 비치는 골목길은 텁텁하고 습하며 깜깜했다. 성큼 제 앞으로 다가온 영우에 하진의 미간이 슬쩍 좁아졌다.

"미안해, 너 지내는 거 보면 별일 없을 거라고는 생각했는데 그래도 혹시 하는 마음에."

"……."

"마음 불편하게 하려던 건 정말 아니고."

"네, 정말 괜찮아요."

하진은 대충 고개를 끄덕였다. 빨리 영우를 보내고 안으로 들어가고 싶은 마음만 가득했다.

"그래도 하진아."

마주한 남자의 얼굴은 사뭇 비장하기까지 했다.

"무슨 일이 있었는지는 모르겠지만 공부는 놓지 마. 당연히 그러겠지만 수능도 꼭 보고, 대학도 가고. 혹시 부모님과 무슨 일이 있어서 그런 게 아니라면 웬만하면…… 집에 들어갔으면 좋겠어. 아까 말한 널 찾아왔다는 분이 아버지 맞으신 거지?"

영우는 마치 가출한 학생을 타이르는 선생님처럼 보였다. 흡사 질 나쁜 비행 청소년이 된 기분이었다. 하진은 이 상황에서 제가 화를 내야 하는 건지 가만히 듣고 있어야 하는 건지 점점 헷갈리기 시작했다.

"안 지 얼마 되지도 않은 내가 이런 말을 하는 게 별로 와 닿지 않을 수도 있어. 네가 스스로 결정할 수 있는 성인이라는 것도 잘 알고. 하지만 지금 네 상황은 누가 봐도 불안정하잖아. 도움을 주고 싶다는 말은 진심이야. 다른 뜻이 있어서가 아니고 같이 있으면서 난 네가⋯⋯."

조곤조곤한 듯 조금씩 톤이 높아지는 목소리를 말없이 듣는데 가슴이 터질 것 같은 강렬한 압박감이 들었다.

"⋯⋯오빠."

제가 뭐라고 할지도 모르면서 하진이 영우를 부르던 순간. 하하. 기가 찬다는 듯한 짧은 웃음이 들렸다.

"⋯⋯!"

하진과 영우, 둘 다 놀라 소리가 나는 곳으로 고개를 돌렸다. 가로등 빛이 들지 않는 담벼락 앞에서 팔짱을 끼고 있던 남자가 여유롭게 다가오는 것을 보는데⋯⋯ 심장이 터질 것같이 뛰었다. 이렇게 코앞에 있었는데 왜 몰랐을까 싶을 정도로 한석은 바로 앞에서 그들을 지켜보고 있었다.

"개소리도 존나 정성스럽게 하고 있네, 씨팔."

걸쭉한 욕을 뱉은 남자가 영우의 앞에 버티고 섰다. 영우도 절대 작은 편은 아닌데, 한석과 마주 보고 있으니 체구부터가 확실히 차이가 났다. 조금 시선을 올려 한석을 본 영우가 이내 평정을 되찾은 표정으로 물었다.

"하진이 남자 친구?"

"처음 보면서 뭔 말을 까고 앉아 있어."

한석이 어이없다는 듯 픽 웃었다. 하진은 저도 모르게 그의 단단한 팔을 잡아당겼다.

"됐어, 한석아. 들어가자."

"이런 말 같지도 않은 헛소리 듣고 그냥 들어가라고?"

영우를 보는 어둠 속 한석의 눈이 번득였다. 순간적으로 소름이 돋을 정도의 살기를 하진은 분명히 느꼈다. 그것은 상대에게도 전달이 되었던 모양이다.

이 집에 뭐가 있나…… 이사를 가든가 해야지, 음산하게 읊조린 그가 어깨를 쫙 펴며 입꼬리를 비뚤게 끌어 올리는 모습은 사람 하나 족칠 것 같은 모양새였다. 긴 숨을 따라 들썩이는 흉곽은 위협적이었고 눈은 이미 살짝 돌아 있었다. 영우의 얼굴이 무섭게 굳었지만 물러나지는 않았다.

"……상식적으로 이러고 있는 건 좋은 모양새가 아니니까. 하진이가 안정된 환경에서 공부하고 싶어 하는 게 내 눈에 보이기도 했고. 남자 친구한테는 고깝게 들릴 수 있지만 지금 말하는 거나 행동하는 것만 봐도 내 생각이 틀린 건 아닌 것 같은데……."

윽, 차분하게 말하던 영우가 한쪽 어깨를 꽉 움켜쥐는 한석에 짧은 신음을 뱉었다. 하진의 눈이 커졌다.

"정한석!"

"이런 좆같은 새끼가."

그만해, 하진이 다시금 한석의 팔을 쥐었지만 영우의 오른쪽 어깨를 꽉 쥔 그의 손은 그대로였다. 어찌나 악력이 센지 그대로 조금만 방향을 꺾으면 비틀릴 것 같았다. 당황함을 티 내지 않으려 노력하며 영우가 몸에 힘을 주었지만 끄떡도 없었다. 아무리 골격이 크다 해도 비대한 느낌은 전혀 없는데 도대체 어디서 이런 괴력이 나오는지 알 수 없었다.

"쫄기는."

흔들리는 눈빛을 빤히 보던 한석이 같잖다는 듯 픽 웃고는 손을 탁 놓았다. 마치 벌레를 치우는 듯한 성의 없으면서도 은근히 힘이 실린 몸짓이었다. 거센 반동에 순간적으로 뒤로 밀려난 영우의 얼굴이 일그러졌다.

"걱정 마. 박하진 있으니까 처맞지는 않을 거야."

"그만하라고, 정한석!"

누가 듣기라도 할까 봐 목소리를 높일 수도 없는 하진이 불안하게 입술을 계속해서 깨물었다. 말아쥔 손끝이 덜덜 떨리고 있었다. 이런 거야말로 제가 피하고 싶었던 최악의 상황 중 하나가 아닐까?

역시 회식 같은 거 가는 게 아니었다. 집에서 공부나 해야 했는데. 하진의 외침에도 한석은 눈 하나 깜빡하지 않았다. 그의 시선은 처음부터 지금까지 오직 눈앞의 남자에게만 꽂혀 있었다.

"또라이 같은 놈이 뭘 안다고 애한테 이래라저래라야. 뭐? 부모한테 돌아가? 모르면 그냥 가만히 닥치고나 있어."

한 걸음 성큼 앞으로 다가간 한석에 영우가 본능적으로 상체를 조금 뒤로 물렸다. 그 투명한 반응에 한석이 웃었다. 샌님 같은 새끼가 겁은 많아 가지고. 당장 반쯤 죽여 놓고 싶은데 그러지 못해서 죽을 맛이었다.

아아…… 이 자리에 박하진만 없었어도. 한석은 무섭게 뜨거워진 머릿속을 간신히 식히며 한 자 한 자 짓씹었다.

"그냥 어떻게 한번 해 보려고 했다 해. 차라리 그건 솔직한 맛이라도 있지, 남자 새끼가 씨발 살살 돌려 말하면서 애 속이나 뒤집고."

"……그런 게 아니라, 나는 하진이한테 도움이 됐으면 해서……."

"씹새끼가 진짜."

하진이 말릴 새도 없이 한석이 영우의 멱살을 잡아 틀어 올렸다. 셔츠 자락을 세게 움켜쥔 그의 손이 참을 수 없는 분노로 잘게 떨렸다.

"박하진 이름 한 번만 더 입에 올려 봐."

진짜 죽여 버리는 수가 있으니까, 귓가에 흩뿌려지는 목소리는 뜨거운 손과 다르게 무섭도록 정제되어 있었다. 그 괴리감이 오히려 위태로웠다. 영우가 거친 숨을 내뱉는 찰나 조금 울음 섞인 목소리가 그들에게 내려앉았다.

"오빠, 가세요."

"……."

"정한석, 너 계속 그러고 있으면 나 진짜 너 안 봐. 진심이야."

영우를 압박하던 손의 힘이 순간 조금 빠졌다.

"……그딴 말 하지 말라고 했지."

내팽개치듯 영우를 놓은 한석이 하진을 무섭게 노려봤다. 잔뜩 구겨진 셔츠로 영우가 숨을 몰아쉬었다.

"미안하다. 하진아, 정말 이렇게까지 일을 키울 의도는 아니었고."

"얼른 가세요."

"……그래. 갈게."

무슨 일 있으면 전화하라는 말까지는 차마 하지 못한 영우가 한석을 한 번 슬쩍 보고 차로 향했다. 차가 골목을 빠져나가는 것을 보는데 순간 다리에 힘이 풀렸다. 곧바로 제게 손을 뻗는 남자를 하진은 치를 떨며 거부했다.

"만지지 마."

"뭐?"

하, 한석이 어이없다는 소리를 냈다. 하진은 아직도 떨리는 손을 꼭 말아 쥐며 한석을 똑바로 응시했다. 사람이 너무 수치스럽고 창피하면 눈물이 날 수도 있다는 사실은 생전 처음 알았다.

"꼭 그런 식으로 얘기했어야 했어?"

"씹, 그럼 어떻게 해야 하는데?"

잘한다고 듣고 있어 줘야 하나? 싸늘하게 식은 얼굴의 남자를 두고 하진은 멈칫했다. 그럴 리 없다는 걸 알면서도 괜히 주위를 한 번 둘러보고, 이내 뛰듯 안으로 들어갔다. 뒤따라 들어오는 느릿한 발소리를 듣는데 숨이 막혔다.

사실은 들어가고 싶지 않았다. 여기가 아니라 아예 다른 곳으로 도망치고 싶었다. 하지만 제게는 돌아갈 곳이 없었다.

앉을 정신도 없이 방 한가운데 우뚝 서 있는데 뒤에서 인기척이 느껴졌다. 하진은 애써 태연하게 말을 이었다.

"기분 나쁠 수 있다는 건 충분히 알아. 나도 그랬으니까. 그렇지만 그런 거 그냥 무시해 버리면 되잖아. 꼭 그렇게 폭력적으로 하지 않아도, 욕하지 않아도."

"폭력?"

나는 폭력을 쓴 적이 없는데. 제게 등을 돌리고 선 하진의 뒷모습을 보던 한석이 황당하단 소리를 냈다. 하진은 더 참지 못하고 뒤돌아 그를 마주했다. 영우의 차 안에서부터 미친 듯이 뛰던 심장은 지금은 오히려 죽은 듯 가라앉아 있었다.

"그런 식으로 하면 더 무시받잖아. 참았어야지. 나를 봐서라도."

"더 참았어야 한다고?"

하하, 한석이 헛웃음을 흘렸다. 하진은 말없이 시선을 돌렸다. 괜한 벽지만 뚫어지게 보며 마음을 다스리려 했다. 알고 있다. 저는 지금 한석에게 무리한 요구를 하고 있다. 한석은 아무 죄가 없다. 후회할 짓을 하지 말자, 힘겹게 다짐하며 다시 입을 뗐다.

"너도 알았어? 주위에서 우리에 대해서 이러쿵저러쿵 말도 안 되는 입방아 찧는 거?"

조용한 목소리에 한석이 어깨를 으쓱했다.

"멋대로 떠들겠거니 생각은 하지."

"……."

"하지만 신경 쓴다고 달라질 것도 없잖아."

"……이 집에서 살기 싫어."

저도 모르게 튀어나온 말에 하진의 눈빛이 흔들렸다. 낮은 한숨을 흘려보낸 한석이 조금은 누그러진 눈빛으로 그녀를 보았다.

"응. 내일이라도 다른 데로 갈까."

"어떻게."

"네가 원하는데 내가 뭘 못 해 주냐. 말만 해."

한석은 어떻게 이렇게 저를 다 받아 줄 수 있을까. 하진은 억울하고 화가 나는 와중에도 그를 향한 깊은 죄책감을 느꼈다.

"됐어. 그냥 해 본 얘기야. 어차피 수능 보고 나면 여기 뜰 건데 뭐. 이런 소리 안 듣게 잘 처신하고 살면 돼."

"……또 혼자 산다는, 그딴 소리야?"

갑자기 튄 화제에 하진의 눈이 동그래졌다.

"왜, 안 돼?"

"……."

"전에도 말했잖아. 대학 가면 근처에서 자취할 거야. 겨울에 또 알바라도 해서 보증금이라도 맞춰 보면 되지."

다른 때라면 어찌어찌 넘어갔겠으나 지금은 상황이 좋지 않았다. 애써 가라앉히고 있지만 하진 역시 한계였다. 자존심이 건드려지는 것은 자존감이 낮은 하진에게 오히려 가장 최악이었다.

"아, 진짜 너."

하진의 말에 한석이 실소했다.

"나 지금 화나서 하는 말 아니니까 잘 들어. 너 혼자 어떻게 살려고? 넌 못 살아."

"뭐?"

그 순간만큼은 정말로 한석의 말을 잘 이해하지 못했다. 지금도 뭐, 한석이 옆에 있다 뿐이지 혼자 집 나와서 그럭저럭 잘 살고 있지 않은가.

"무슨 소리야, 혹시 내가 너한테 돈 같은 걸로 도움이라도 요청할까 봐 그래?"

"너 자꾸 말 뭐같이 할래?"

"그럼 그게 뭔 말인데. 다들 대학 가면 자취하고 살아."

"그래, 근데 넌 힘들 거야."

좀 많이, 말끝에 힘이 실려 있었다. 단언하는 태도에 하진의 눈꼬리가 치켜 올라갔다.

후에 돌이켜 보면 그때 자신은 꽤 오만했었다. 당장 집을 구하는 것부터 온갖 발품 다 팔아서 해야 한다는 것 자체를 생각하지 못할 정도였으니까.

사소하게는 공과금을 내는 것에서부터 온갖 크고 작은 것들을 한석이 알아서 해결해 주니 아무 불편함을 느끼지 못하고 살면서도 그게 편한 것이라는 인식 자체가 없었다. 원래도 그런 환경에서 자랐으니 당연하게 생각한 것이다.

거기에 어쩌다 들어간 알바도 끝이 이랬을 뿐이지 나름대로 잘해 왔으니 어쭙잖은 자만까지 생겼다. 일단 수능만 잘 보면 앞으로는 어떻게든 될 거라고 믿는 막연하고도 근거 없는 믿음이 생긴 것이다.

"뭐가 힘들어? 일단 집 구해서 살고, 장학금 받으면서 다니고 생활비는 과외로 벌면 되지. 전에도 말했지만 헤어지자는 얘기가 아니니까 그렇게 반응하지 마."

"현실은 다르다고, 박하진."

"넌 왜 내가 맨날 못 할 거라는 식으로 얘기해? 나 무시해?"

영우의 말이 억울했다면 한석의 말은 서운했다. 아무것도 못 하는 사람 취급당하는 기분.

한참이나 이어진 의미 없는 대치에서 먼저 손을 내민 것은 또 다시 한석이었다.

"……그래. 미안해."

"……."

"널 무시하려는 의도 아니고."

하진은 한석이 이렇게 드물게 지친 표정을 할 때마다 심장이 철렁했다. 티는 내지 않았지만, 말할 수 없이 불안했다.

"그냥 내가 너랑 같이 있고 싶어서 그래. 대학 가도, 그냥 나랑 같이 살자. 없는 사람처럼 네 옆에 있을 테니까. 그럴 일도 없지만 절대 이런 소문 같은 거에 휩쓸리지 않게 할 테니까."

아.

밑바닥을 다 드러낸 순정과 진심에 순간 왈칵 눈물이 터질 것 같았다. 하진은 입 안을 꽉 깨물며 눈에 힘을 주었다.

"……나중에 얘기해."

늦었으니까 그만 자자며 하진은 먼저 욕실로 들어가 버렸다. 저를 보고 있을 남자의 표정은 차마 상상이 가지 않았다. 한석을 불쌍하게 만드는 자신이 싫었다. 그를 초라하게 만드는 자신이 미웠다. 하지만 달리 어떻게 해야 할지 몰랐다.

'우리는 미래의 이야기만 하면 싸우는구나.'

조금씩 조금씩 균열이 생겨나는 기분. 그리고 그것은 걷잡을 수 없이 커지고 있었다. 물을 틀어 놓은 세면대 앞, 하진은 세수를 하려다 문득 거울에 비친 제 얼굴을 보았다. 무섭게 질린 얼굴은 한없이 파리하고 또 어쩌면 악에 받친 듯도 하다.

안타깝게도 하진은 이 느낌을 알았다. 이미 겪어 봤으니 말이다. 정교하게 짜 맞춰 있던 저만의 세계가 흔들리고 뭔가가 묘하게 비틀리는 기분. 손쓸 수 없는 변화의 전조였다.

평소보다 오래 씻고 나온 하진은 따끈따끈한 몸으로 얇은 이불 속으로 파고들었다. 등을 돌리고 눕자 한석이 조심스럽게 허리에 팔을 감아 오는 게 느껴졌다.

모른 척, 눈을 감았다. 목덜미에 얼굴을 묻는 남자의 행동에도 꿈쩍도 하지 않았다. 한석도 더 뭘 할 마음은 없는지 그렇게 하진을 깊이 끌어안은 채 말이 없었다.

'이상해.'

어느 것 하나 정리된 것이 없는데 익숙한 그의 체향만으로 한없이 안정이 들었다. 한석을 향한 마음은 딱 하나로 정의 내릴 수 없다. 아니, 어느 순간부터 하진은 제가 진심으로 원하는 것이 뭔지 지금 상황에서 뭘 어떻게 하고 싶은지까지 모호해졌다.

제가 원하는 것을 하면 한석에게 미안했고 한석의 뜻대로 따르면 뭔가가 잘못될 것 같았다. 그를 좋아하지만 도저히 한석이 제게 하는 것만큼 할 수는 없는 자신이 마치 간을 보는 질 나쁜 사람이 된 것처럼 여겨져 괴로웠다.

말을 잃어버렸던 것에 이어 마음까지도 잃어버린 기분. 아직도 잘 모르겠다. 영우에게 자신은 더 세게 화를 냈어야 했을까?

"잘 자."

낮은 목소리에 결국 하진은 천천히 뒤돌았다. 변함없이 저를 바라보는 눈빛을 말없이 응시하다 먼저 입을 맞췄다. 조금 전엔 발소리만 들어도 가슴이 답답했으면서 결국은 숨 막히게 끌어안고 싶다는 충동이 드는 제가 정신이 나간 것 같았다. 그날 밤 둘은 결국 잠들지 못했다. 뜨겁게 끌어안은 체온 속, 잃어버린 마음의 행방은 묘연했다.

10

한번 틀어지면 계속 엇나갈 수도 있는 모양이다.

별다를 것 없는 저녁, 하진은 간만에 한석과 나란히 앉아 TV를 보고 있었다. 어느새 9월로 접어들었다지만 늦여름 더위는 계속되는 중이라 선풍기를 약하게 틀어 놓았다. 손에는 퇴근길 그가 사 온 아이스크림이 들려 있었다.

알바를 하지 않으니 더더욱 집 밖에 나갈 일이 없었다. 주말에도 틀어박혀 공부만 했고 아침마다 나갔던 운동도 카페를 나가지 않은 후로 그만두었다.

"볼 것도 없네."

그나마 하진이 띄엄띄엄 보던 드라마도 끝난 후, 한석이 채널을 휙휙 돌리며 중얼거렸다. 입 안 가득 퍼지는 달콤함을 마저 삼킨 하진이 천천히 입술을 뗐다.

"한석아."

"어."

"예전에 아빠한테 연락 왔던 거, 왜 말 안 했어?"

"……."

제 말에 그대로 멈춘 손을 모른 척, 다시 물었다. 이미 충분히 마음을 다스린 후라 목소리를 높일 필요도 없었다.

"그래서 내 핸드폰 번호 바꾸자고 했던 거였어?"

"……네가 알게 하는 게 싫었어. 솔직히 연락 온 거 자체에 화도 났고."

TV가 꺼졌다. 하진은 먹고 있던 아이스크림 통을 바닥에 조용히 내려놓았다. 적막이 흐르는 방 안 선풍기 돌아가는 소리만 날 뿐이다.

"알아, 그때는 나 상태도 안 좋았고 너도 말하기 쉽지 않았겠지."

정말로 이해한다. 하지만.

"그래도 앞으로는 내가 모르는 내 일은 없었으면 좋겠어."

"어떻게 알았는데. 설마 또 나 없는 새 찾아오기라도 했어?"

대답 대신 성급하게 물어 오는 말에 하진은 숨을 한 번 깊이 들이마셨다.

"아까 엄마가 전화했어."

"……."

"저장 안 된 번호로 왔는데, 그냥 번호 보니까 바로 알겠더라고. 한 번 끊겼는데 또 오기에 받았어."

"……뭐라고 했는데."

하진은 잠시 주저했다. 몇 시간 전, 한석이 일을 간 사이 걸려 온 전화는 애써 유지하던 평온을 또다시 깨뜨렸다. 좀 집중해서 살아갈 만하면 또 뭔가가 계속 생긴다. 참 얄궂은 일이었다.

-하진아. 엄마야.

조금 잠긴 목소리는 분명 떨리고 있었다. 한참 후에야 응, 대답한 제 목소리에 흡, 숨을 들이마시는 소리가 났다.

-정말 다행이다.

엄마가 본 제 마지막 모습이 말을 하지 못했던 때라는 것은 한 박자 늦게 생각났다.

그 후 엄마는 특유의 조금 느리고 힘없는 목소리로 꽤 여러 말을 했다. 사실인지는 확인할 수 없으나 아빠 몰래 전화한 거라는 말도 했고, 밥은 잘 먹고 다니는 거냐고도 물었고…… 하늘나라에 간 아기에 대해서도 얘기했다.

정신적인 충격이 커 몸이 굳어 버렸었다고. 한동안 걷지도 못했다는 말에는 가슴이 욱신거렸다. 아직도 치료를 받고 있긴 하지만 많이 좋아졌고, 그래도 꾸며 놨던 아기방은 차마 치우지 못했다는 말도 했다. 하진은 묵묵히 엄마의 말에만 귀를 기울였다. 그러다 어느 순간.

-엄마가, 조만간 그쪽으로 한번 가도 될까? 얼굴 한번 보고 얘기하고 싶어서.

그 말에는 심장이 덜컥 내려앉았다. 대꾸 없는 하진에게 엄마가 조금 힘주어 말했다.

-엄마는 하진이의 선택을 항상 존중해. 너를 억지로 데려온다든가 그런 거 절대 아니고…… 그냥 잘 지내는지 내가 한번 보고 싶어.

결국 망설이던 하진은 조금 생각해 보겠다는 말과 함께 전화를 끊었다. 아빠가 아는 것은 아마 엄마도 다 알고 있을 텐데, 여기서 이러고 있는 제게 다른 무슨 할 말이 있을까?

"……그게 다야. 언제든지 연락하라고만 했어."

뭉뚱그려 전한 말에 한석이 눈썹을 치켜올렸다.

"그래서, 만날 거야?"

"글쎄……."

아니라고 잘라 말하지 못하는 하진을 한석이 복잡한 눈빛으로 보았다.

"안 만났으면 좋겠는데."

"왜?"

"그냥. 집에 다시 들어갈 거 아니고서야 굳이 마음만 더 심란해지지 않겠어?"

한석은 늘 맞는 말만 한다. 그래서 좋은데 그래서 싫다. 하진은 대꾸 없이 아이스크림 통을 들고 자리에서 일어났다. 조금씩 녹아가는 아이스크림을 냉동실에 넣고 한석에게 말했다. 씻고 올게.

그날 섹스는 분명 거칠었다. 원래도 몸을 겹칠 때면 다분히 집착적인 면이 더 두드러지는 남자였지만 정도가 더했다. 연한 목덜미에서부터 살 오른 젖가슴, 부들부들한 허벅지 안쪽도 모자라 하물며 엉덩이까지 그의 흔적이 남지 않은 곳이 없었다. 보이는 곳을 깨물 때는 순간적으로 제지하려 했지만, 그냥 두었다. 어차피 딱히 밖에 나갈 일도 없었다.

폭력적으로까지 느껴지는 쾌감의 끝 하진은 지쳐 눈을 감았고 그대로 밤은 흘러가는 듯했다. 하지만 하진은 검푸른 빛이 새어 드는 새벽의 어느 순간 눈을 떴다. 무섭게 밀려오는 수마보다 더 지독한 갈증을 느꼈다.

"한석아……."

잠꼬대처럼 미약한 소리에도 잠들어 있던 남자는 곧바로 반응했다. 응? 잠긴 목소리는 그 순간에도 다정하게 들렸다. 하진은 눈을 감은 채 중얼거렸다.

"복숭아 먹고 싶어."

"지금?"

"으응……."

하진이 고개를 끄덕였다. 여전히 눈은 감긴 채였지만 진심이었다. 물로는 해소되지 않을 것 같았다. 보다 더 시원하고, 더 달콤한 것이 미친 듯이 당겼다. 꿈인지 현실인지 몽롱했던 정신이 얼떨떨하게 들려오는 남자의 목소리에 확 들었다.

"임신했어?"

뭐? 하진은 무거운 눈꺼풀을 신경질적으로 들어 올렸다. 얘가 지금 무슨 소리야.

"이상한 소리 하지 마."

"그렇지…… 그런데."

"내가 뭔 임신이야."

"맞아. 그럴 리가 없지."

고개를 갸웃거린 한석이 갑자기 몸을 일으켰다. 하진의 시선이 따라 올라갔다.

"왜?"

"복숭아 먹고 싶다며."

"뭐? 지금 아무 데도 안 팔아."

"있어 봐."

몇 시지, 한석이 앉은 채 팔을 뻗어 핸드폰으로 시간을 확인했다. 불빛에 눈을 조금 찡그리는 남자의 머리가 부스스했다.

"새벽에 시장 좀 일찍 여는 데 있어. 지금 가면 얼추 맞을 것 같으니까 기다렸다 바로 사 올게."

"됐어……!"

한석이 진심이라는 게 느껴지자 잠이 확 깼다. 막 일어나려는 다리를 붙들자 한석이 엉거주춤하게 섰다.

"왜, 어차피 잠 다 깼어. 다녀올게."

"됐다고. 내가 무슨 진짜 임신한 것도 아니고, 빨리 다시 누워."

"봐 봐. 갔다 온다니까?"

"괜찮다니까?"

조금 더 이어지던 실랑이는 하진이 더 자고 싶다며 안아 달라고 했을 때야 멈췄다. 다시 누운 한석이 제게 엉겨 붙는 몸을 꼭 끌어안으며 이따 일 갔다 돌아올 때 꼭 사 오겠다는 말을 했다. 그러면서도 묘하게 기분이 좋아 보였다. 말도 안 되는 헛소리에 단잠이 깼는데도 말이다.

"진짜 이 안에 애 있어서 그렇게 말했던 거면 좋았을 텐데."

슬쩍 옷 속에 손을 집어넣은 한석이 판판한 배를 만지며 말했다. 옅게 소름이 돋았다.

"너 그렇게 애 좋아해?"

언젠가 꿈꾸던 가정의 모습을 말하던 그를 떠올리며 물으니 한석이 고개를 저었다.

"뭐, 싫어하진 않지만 그렇게 지금 꼭 갖고 싶은 건 아니고."

"그럼?"

"애기 있으면 너 안 도망갈 거 아니야."

내용과 어울리지 않는 천진한 표정에 말문이 막혔다. 왜 제가 도망갈 거라고 생각하는지 묻는 대신 하진은 불쾌함을 다른 식으로 표현했다.

"그런 표현도 싫지만, 혹시나 임신했다고 해서 달라질 것도 없어."

"무슨 말이야?"

"아주 혹시나…… 내가 원하지 않는 상황에서 임신했다면 더 볼 것도 없단 얘기야. 그냥 다 끝이야."

많은 의미를 함축한 말에 한석의 눈빛이 탁하게 가라앉았다.

"넌 너무 극단적이야."

누구보다 극단적인 사람이 그렇게 말하자 기가 막혔다. 결국 둘은 새벽부터 또 싸웠다. 정신을 차렸을 때는 날이 밝아 있었고 하진은 벽에 기대앉은 채 마주한 남자를 계속해서 노려보며 날 선 말을 뱉고 있었다. 출발점은 어렴풋이 기억이 나는데 중간이 어영부영 날아간 의미도 없고 지치기만 하는 입씨름이다. 그것도 묘하게 일방적인 감이 있는.

이렇게 한바탕할 때마다 감정의 골이 깊어지는 것이 절실히 체감되는데 왜 나아지지 않는지, 하진이 쏟아부을 때마다 가만히 씩씩대며 듣고 있던 한석이 한 번씩 던지는 폭탄이 하진을 멈출 수 없게 만들었다.

결국은 이럴 거면 왜 같이 사냐는 말까지 하게 되었다. 차라리 따로 살면 덜 싸울 텐데, 까지 입에 올리자 한석이 이를 악물었다.

"싸워도 할 말이 있고 안 할 말이 있는 거 아냐?"

하진은 차마 저를 어떻게 하진 못하고 씨근대는 남자에게 툭 물었다.

"지쳐?"

"뭐?"

"지치냐고. 나랑 있는 거."

될 대로 되라고 내뱉은 말에 한석이 입꼬리를 비스듬히 끌어올렸다. 화내다가 갑자기 저러니 좀 무서웠다.

"아니."

"……."

"고작 이깟 걸로 지칠 거면 시작도 안 했지. 너는 안 믿겠지만 나는 지금 이러고 있는 이 순간도 네가 존나 예뻐. 화는 낼 수 있어도 절대 미워할 수는 없어."

확신을 담은 목소리에 하진은 아무 답도 할 수 없었다. 도대체 저 맹목적인 애정의 근본은 뭐란 말인가. 한석은 제가 아니면 절대 이렇게 하지 않았을 거라 했지만, 차마 더 깊이 물어볼 수 없지만 하진은 요즘 그 본질을 조금씩 의심하기 시작했다.

"하진아."

"……."

"박하진."

"……왜."

이리 와, 낮게 중얼거린 그가 두 팔을 벌렸다. 잠시 고민하던 하진은 이내 무릎걸음으로 가 그의 품에 안겼다. 안기면서도 자괴감이 들었다. 이게 뭐 하는 거지.

그래도 저렇게 약한 표정으로 저를 보고 있으면 도저히 외면할 수가 없다.

손을 들어 뺨을 쓰다듬기에 입을 맞추려나 했는데, 한석은 의외로 가만히 제 얼굴을 들여다보기만 했다. 동그란 이마에서부터 촘촘하고 풍성한 속눈썹, 옅게 쌍꺼풀이 진 커다랗고 맑은 눈, 매끈하게 뻗은 콧대와 그가 언젠가 이렇게 생겼으니 자꾸 빨고 싶다고 푸념하던, 확실히 도톰한 감이 있는 입술.

분명 깨끗하나 괜히 야릇한 감상을 불러일으키는 그 모든 것들을 찬찬히 눈에 담는 남자의 표정은 평온했다. 새삼스럽게 민망했지만 안락하게까지 느껴지는 침묵을 깨고 싶은 마음은 들지 않았다. 여름에도 조금 까슬한 감이 있는 입술을 타고 낮은 목소리가 흘러나온 것은 꽤 시간이 지난 후였다.

"사랑하는 거 알지."

"모르는데."

"거짓말."

알고 있잖아, 덧붙인 한석이 옅게 웃었다. 시원하게 올라가는 입매가 보기 좋아, 하진은 저도 모르게 손을 뻗어 그의 입술 언저리를 어루만졌다. 이내 부드럽게 손목이 잡혔다. 더운 숨결이 확 끼치며 저랑 비교도 할 수 없는 강건한 몸이 그녀의 위로 쏟아졌다. 하진은 저항 없이 눈을 감고 그가 원하는 대로 입을 벌렸다.

그날 한석은 처음으로 일을 가지 않았다. 무슨 일이 있어도 단 한 번도 지각조차도 한 적 없는 그가 말이다.

시간의 흐름도 잊고 둘은 서로에게만 몰두했다. 중간에 전화가 걸려 왔는데 그가 뭐라 말하고 끊었는지까진 잘 기억나지 않는다. 그저 색에 눈이 먼 사람들처럼 수도 없이 몸을 겹쳤다. 목이 마르면 한석의 입으로 물을 받아 마셨고 배가 고프면 한석의 무릎에 앉아 차가운 감이 있는 빵을 대충 쑤셔 넣었다. 그러다 또 눈이 맞아 섹스했다.

몇 번이나 절정을 맞았는지, 얼마나 많이 그가 제 안에 사정했는지 등을 세는 것은 무의미했다. 그러다 한번은 한계에 몰려 까무룩 잠도 들었던 것 같다. 하지만 다시 뒤에서 제 가슴을 쥐어 오며 잔뜩 젖은 아래에 성기를 박아 넣는 남자의 행동에 또 퍼뜩 눈이 떠졌다.

형편없는 체력에 지치고 고단했으나 그만두라는 소리는 입에서 나오지 않았다. 눈은 퉁퉁 붓고 목은 쉰 것처럼 아팠으며 연이은 정사로 후텁지근한 방의 열기에 눈앞이 흐려져도…… 좋았다. 다른 생각 할 필요도 없고 싸우지도 않고 마음껏 그를 안을 수 있고.

하지만 이 순간이 지나면 또 지금을 후회하겠지. 터진 둑을 허술한 돌멩이 몇 개로 막으려 해 봤자 눈속임이 아니겠는가. 그 사이로 수없이 물은 빠져나갈 텐데 말이다. 알면서도 악순환을 멈출 수 없다.

둘은 난폭하게 사랑했다.

잘못되었다는 것을 알았지만 어떻게 고쳐야 할지 몰랐다. 미숙하고, 치기 어리고, 받아 본 적 없는 끝없는 애정을 어떤 식으로 지켜 나가야 할지 모르는 어린 연인들이 할 수 있는 것은 고작 이런 식의 몸부림뿐이다.

'……진짜 미친 걸까?'

완전히 늘어진 하진의 가물거리는 시야에 창밖에 깔린 짙은 어둠이 보였다. 분명 새소리가 나는 아침이었는데 하루가 통째로 날아간 것이다. 2년 전의 자신은 알았을까? 지금 제가 한석과 종일 섹스만 하리라는 것을. 누가 말해 줬어도 헛소리라며 무시했겠지.

"씻겨 줄게."

말은 그렇게 하면서도 헐벗은 어깨에 입을 맞추는 입술은 멈출 생각을 하지 않았다. 한석도 마치 감기에 걸린 것처럼 목소리가 무섭게 갈라져 있었다. 어깨를 넘어 가슴을 빨고 다시금 온몸에 입을 맞추는 남자는 좀 전까지 저를 거칠게 몰아붙였던 것을 잊은 것 같다.

더러운데……. 땀과 체액으로 엉망이 된 몸을 물고 빠는 남자를 보며 희미하게 스쳐 지나갔던 생각은 이내 사그라들었다. 한석이 그렇게 여겼다면 직전 제 아래를 그렇게 걸신들린 사람처럼 빨아 재끼지는 않았을 거였다.

따뜻한 물로 씻고 자리에 누우니 미칠 듯한 수마가 몰려왔다. 당연히 제 옆에 눕겠거니 했던 한석이 옷장을 열자 의아한 소리가 났다.

"……뭐 해."

"좀 자고 있어."

"어디 가려고?"

한석이 답 없이 어깨를 으쓱했다. 어디 가냐고 다시 물어보려 했는데 정말로 그냥 눈이 감겼다.

깨었을 때는 또다시 한밤중과 새벽의 경계인 어느 순간이었다. 몸은 무거운데 머릿속은 개운했다. 어디 갔었어, 하진이 응석을 부리듯 그에게 엉겨 붙자 한석이 바람 빠지는 소리를 내며 웃었다.

"복숭아 사러 갔지."

아.

저조차 잊고 있던 것에 하진은 말없이 눈만 깜빡였다.

"먹고 잘래?"

"……응."

그의 목소리에서 잠기운이라고는 찾아볼 수 없었다. 하진의 말에 한석이 곧바로 부스럭거리며 일어났다. 불을 켜자 조그마한 다용도실 한쪽에 놓인 복숭아 두 상자가 보였다.

"끝물이라 얼른 먹어야 된대. 그래도 달고 맛있을 거라고 하더라."

"뭘 이렇게 많이 샀어……."

그러면서도 하진은 한석이 직접 깎아 주는 복숭아를 오물오물 잘도 먹었다. 한석은 저는 대충 먹어도 하진이 먹을 것은 꼭 예쁜 접시에 포크까지 들려 주었다. 안타까운 점이라면, 매번 그런 대접이 당연했던 환경 속에서 자랐던 하진은 고마워하면서도 크게 감흥을 받지는 못했다는 점이다.

"맛있다."

오늘 딱히 먹은 게 없어서 그런가, 진짜 복숭아가 달아서 그런가 그렇게 잘 들어갈 수가 없었다. 한석을 주는 것도 잊고 먹다가 아차 싶어 포크에 찍어 건네니 한석이 씩 웃으며 받아 들었다. 그러면서도 저는 먹지도 않고 하진이 먹는 것만 봤다.

"잘 먹는 건 좋은데 체할까 무섭네."

"몰라. 막 들어가."

이래서야 한석이 임신했냐는 헛소리를 한 걸 타박할 수도 없었다. 제가 생각해도 좀 이상하니까. 잘 말리고 자지 않아 부스스한 머리와 헐거운 옷을 입고, 한석 앞에서 배가 터지게 허겁지겁 복숭아를 먹고 있는데…….

'뭐지?'

갑자기 한없이 초라한 마음이 들며 코끝이 시큰해졌다. 하진은 뿌옇게 젖어 드는 눈가에 당황해 눈에 힘을 주었다. 왜 이러지?

한석에게 정말로 고맙고 복숭아는 정말로 맛있는데.

"……그만 먹을래."

"응. 먹고 싶을 때 또 먹어."

조금은 걱정스러운 눈빛으로 저를 보던 한석이 얼른 접시를 들고 일어섰다. 원래라면 제가 치우겠다고 말이라도 할 텐데 차마 그러지 못한 하진은 얼른 이불 속으로 들어갔다. 우는 자신을 보면 한석이 이상하게 생각할 것 같았다.

＊ ＊ ＊

엄마를 만난 것은 정확히 사흘 후, 집에서 꽤 떨어진 감이 있는 카페였다. 언젠가 지서가 데려간 곳이기도 했다. 굳이 이곳으로 약속 장소를 잡은 것은 이제 동네는 돌아다니기 무서워서였다. 영우의 충격적인 말을 들은 이후 하진은 잠깐의 외출도 극도로 꺼렸다.

'이제 나는 완전히 집에서 나온 사람이라고 확실히 얘기해야지.'

곧 도착한다는 연락을 받은 하진은 다시금 마음을 굳게 먹었다. 그러니까, 이렇게 빨리 약속을 잡은 것은 다른 이유가 있어서가 아니다.

도망치듯 집을 나왔던 그때는 서로 한계에 몰려 있었다. 엄마에게도, 제게도 한 번은 이런 시간이 필요했다. 이 시간이 끝이 나야 정말 코앞에 닥친 수능 준비에 집중할 수 있을 것 같았다.

'왜 이렇게 긴장되지.'

다른 사람도 아니고 엄마를 만나는데 왜 이렇게 입술이 바짝바짝 마르는 걸까? 창밖을 보던 하진은 갑자기 치솟는 갈증에 미리 시켜 놓은 시원한 커피를 황급히 마셨다.

푸른 잔디밭으로 탁 트인 야외에도 사람들이 많았지만 엄마는 시끄러운 곳을 싫어하니 일부러 매장 맨 구석 자리를 골랐다. 조금씩 부는 바깥바람이 신경 쓰이기도 했고. 어쨌든 엄마는 몸이 약하니까. 저 멀리 주차장 쪽이 보이는 건 덤이다.

그리고, 미끄러지듯 정차한 고급 세단에서 내려 이쪽으로 우아하게 걸어오는 여자를 발견한 어느 순간.

분명 제 의지로 나왔음에도 잘한 것인지 후회가 들었다.

엄마는 여전했다. 예쁘고, 마르고, 약해 보이고. 단지 조금 더 살이 빠졌다는 것을 빼면 그대로였다.

"잠깐 걸었는데도 확실히 공기가 다르더라."

어색한 미소와 함께 엄마가 대화의 물꼬를 텄다. 엄마 몫의 차가 나온 지 10분도 더 넘어섰던 것 같다. 차 향기가 좋다고 했으면서도 손도 대지 않는 것 역시 까다로운 엄마다웠다.

"이런 말, 어떻게 들릴진 모르겠지만…… 그래도 집을 나갔을 때보다는 훨씬 좋아 보여서 다행이야."

"……."

"아빠한테 대충 얘기는 들었어도 내가 봐야 안심할 것 같았거든. 아빠는 널 정말 놓았다고 말로는 그러지만, 네가 먼저 다가가면 또 달라지실 분이잖아."

"엄마."

제 입에서 나온 엄마라는 소리가 낯설어 하진은 순간 입을 꾹 다물었다. 엄마 역시 하던 말을 멈추고 하진을 보았다.

"그거 확실히 하려고 나온 거야. 그냥 하는 말 아니고 나 이제 집하고는 연 끊었어. 아빠하고도, 엄마하고도. 나야말로 이런 말 어떻게 들릴지 모르겠지만 그동안 날 키워 줘서 정말 고마웠고 또 미안했다는 말 하고 싶어서 마지막으로 나왔어. 괘씸하다고 생각할 수도 있지만 나도 많이 생각하고 내린 결정이니까 이해해 줬으면 좋겠어."

어젯밤 수십 번도 넘게 머릿속으로 연습했던 말이 나오는데도 자꾸 괴리감이 들었다. 습관처럼 반말을 쓰면서도 뭔가 존대를 해야 할 것 같은 기분이랄까? 하진의 말을 잠자코 듣던 엄마가 깊게 숨을 들이마셨다. 한숨마저도 고상하게 쉬는 모습은 카페 벽에 걸린 한 폭의 명화 같았다.

"너를 보내고 내가 편해질 거라고 생각했었던 건 맞아, 하진아."

"……."

"실제로 처음에는 그랬어. 아이를 가져서 정신없이 기쁜 게 컸고, 한편으로는 홀가분했다는 것도 부정은 못 해. 말도 못 하는 채로 그런 질 나쁜 남자애랑 떠나 버린 너를 생각하면 마음이 꽉 막힌 듯 걱정도 되었지만 한편으로는 내 할 일은 다 끝났으니 어쩔 수 없다고도 여겼지. 하진이 넌 나를 항상 좋게 생각해 줬지만 난 사실 그렇게 인정 많고 너그러운 편이 못 돼. 의기소침하고, 자격지심도 많고. 못된 면이 많은 피곤한 사람이지."

가슴이 난도질당하는 것처럼 아팠지만 하진은 애써 표정 관리를 했다.

"그렇지만 사람 마음이 정말 이상하더라. 늘 있어야 할 자리에 네가 없는 게 언제부턴가 너무 괴로워지는 거야. 네가 없다는 걸 알면서도 괜히 방문을 한 번씩 열어 보고…… 그 방 청소는 꼭 내가 하겠다고 고집을 부리기도 했지. 낳은 정보다 기른 정이 크다는 말, 나는 한 번도 믿은 적이 없는데…… 조금은 알 것 같더라고. 무슨 뜻인지."

하진은 숨도 제대로 못 쉬고 가느다랗게 흘러나오는 한 마디 한 마디에 온 정신을 집중했다.

"돌아오지 않겠다는 네 선택을 존중해."

"……."

"아빠가 너를 끌고 집에 와 봤자 또다시 반복될 거야. 아빠는 너를 사랑하면서도 온전히 사랑을 주지 못해. 내가 있으니까. 너를 보면서 그 여자를 떠올리는 나를 누구보다 잘 아니까."

묘한 소름이 돋아 하진은 마른침을 삼켰다.

"그렇다고 너를 힘들게 한 아빠의 행동을 정당화하는 건 아냐. 아빠는 원래 천성이 그런 사람이야. 난 알면서도 사랑하니까 받아들이지만 자식은 다른 문제지. 곱게 자란 네가 이런 곳까지 와서 돈까지 벌면서 사는 심정이 어떻겠어? 처음에는 도저히 이해가 안 되는 네 마음을 수없이 생각하니 알 것도 같더라."

조곤조곤 말을 잇는 엄마의 얼굴에는 이렇다 할 표정이 없었다.

"아빠는 언젠가는 네가 돌아올 거라고 생각하지만 엄마는 다르게 생각해. 이대로 집에 들어와 봤자 아빠 뜻대로 네 인생이 흘러가겠지. 한번 혼자 개척해 보려는 시도 자체는 의미 있다고 생각해. 일반적인 사람들보다 훨씬 더 많은 것을 가진다고 해서 꼭 행복하리라는 법은 없긴 하니까. 물론…… 온전히 이해할 수는 없지만."

조금 길게 말했다고 그새 숨을 몰아쉬는 엄마를 보는 하진의 눈빛이 미세하게 떨렸다.

"다만 하진아, 너는 너무 어려. 나이만을 얘기하는 게 아니야. 너는 원래 그렇게 자랐으니까, 몸에 밴 것을 하루아침에 바꾸고 주체적이고 단단하게 살아간다는 거? 절대 쉽지 않아. 당연한 말이지만 엄마는 네가 그 남자애랑 오래갈 거라고 생각하지 않아, 결국엔 홀로 서야겠지. 그때를 얘기하는 거야."

"경제적인 부분 때문에 그러는 거야?"

"혼자 선다는 것은 그런 거니까."

"……나 알바도 해서 돈도 벌고, 학교 가면 과외도 할 건데."

"응, 모든 것을 네가 결정하고 판단해야 하지."

기분이 말할 수 없이 이상해졌다.

싸울 때면 그가 으레 하는, 혼자서 살 수 있겠냐는 한석의 말과 엄마가 지금 하는 말이 묘하게 통하는 구석이 있다는 생각이 들었다.

왜 다들 저를 못 믿는 걸까? 물론 걱정할 수는 있으나 지금처럼 집 구해서 살면서 장학금도 받고 여의치 않으면 방금 말한 것처럼 돈도 벌면 되는데.

"엄마가 만약에, 너처럼 다 주어진 환경에서 자랐다면 절대 이런 얘기 못 해 줬을지도 몰라. 어떻게든 널 데리고 가려고 했다든가 아니면 너에게 희망적인 얘기를 해 줬겠지. 그래, 혼자서도 잘 살 수 있어. 어떻게든 되겠지."

"……"

"하지만 오히려 밑바닥을 아니까 공주님 같은 네가 잘 살 수 있을지 걱정돼. 비꼬는 게 아니야. 그래도 너를 키워 온 사람으로서 마지막으로 해 주고 싶은 얘기야."

마지막으로, 의미심장한 감이 있는 그 말은 몰아치는 자극에 흘려 버렸다. 이런 상황에서 들 생각은 아니지만 문득 언젠가 한석이 했던 공주님같이 모시고 살겠다는 말이 떠올랐다.

물론 제가 풍족한 환경에서 자란 건 사실이지만 다들 왜 그 부분을 그렇게까지 크게 받아들이는 걸까. 이해가 되지 않았던 하진이 슬쩍 미간을 좁히는데 엄마가 가방에서 뭔가를 꺼냈다.

설마, 연한 금색의 봉투를 받은 하진의 입술이 천천히 벌어졌다.

"이게 뭐야?"

"꼭 받아."

"뭔데."

"돈이지. 그 정도면 대학 근처에 괜찮은 방 하나는 구할 거야, 좀 살 만한 데는 요즘 많이 비싸다고 하더라. 경제적으로 독립해야 하는 네 상황을 참작해서 넣었어. 그래도 등록금 내고 몇 개월 치 생활비까진 될 거야. 사치만 안 한다면."

하진은 말없이 엄마가 건넨 체크 카드를 확인했다. 말은 그렇게 해도 지금으로서는 짐작도 못 할 큰 액수일 게 분명했다.

"내가 이거 받을 거라고 생각해?"

"그거 안 받으면, 넌 집에 돌아오게 되어 있어."

단호한 말투에 하진이 움찔했다.

"확실히 해 두고 싶은 건 엄마는 네가 돌아오지 말라고 이렇게 행동하는 게 아니야. 하지만 돈이 없으면 결국 사람은 비참해지거든. 넌 아직은 그거 절대 감당 못 해. 그래도 처음에 기반을 닦아 줄 사람이 있는 건 네 복이야. 너를 다시는 볼 일 없을 거라 생각했으면서도 내 발로 여기까지 찾아온 나처럼. 네 독립의 시작을 내가 도와주고 싶었어. 그뿐이야."

돌아오고 싶으면 언제든 돌아오라는 예전의 말은 지금도 유효하다며 엄마가 희미하게 웃었다. 하진은 망설이다 조용히 봉투를 가방 안에 넣었다. 자존심 때문에라도 쓰지 않겠다고 마음속으로 굳게 다짐하면서. 그래도…… 그래도, 사람 일은 모르니까. 예전에도 후회하지 않았던가.

"아빠는 절대로 모를 거니까 걱정하지 마. 오늘 내가 여기 온 것도 정말로 몰라."

"그건 아닌 것 같은데."

"너한테 심어 뒀던 사람들도 다 그만둔 지 오래야. 널 만나고 와서 충격이 컸던 것 같더라고."

간만에 말을 많이 했더니 피곤하다며 엄마가 머리를 쓸어 넘겼다. 하진은 본능적으로 이제 남은 시간이 얼마 없다는 것을 느꼈다. 잠시 말을 멈춘 엄마를 물끄러미 응시하다 조심스럽게 물었다.

"……엄마는, 정말 괜찮아?"

"……."

많은 것을 뭉뚱그린 질문이지만 엄마는 알아들었을 것이다. 저를 보는 눈빛이 금세 촉촉하게 젖어 드는 것을 보면. 묘하게 냉정한 면이 있던 낯이 고단함과 회한이 묻어 있는 얼굴로 순식간에 변해 버리는 것을 보면. 하진은 그 순간 처음으로 온전히 느꼈다.

저는 어떻게 해도 엄마의 진짜 딸이 될 수는 없었다.

"괜찮아. 다 잊었어."

"……."

"내 것이 아니었던 거야. 이미 분수에 넘친 걸 누리고 있는데 더한 것을 바란 내 잘못이야."

"그런 건 아닌데……."

"하진아."

물기 어린 목소리가 하진의 마음을 마구 휘저었다. 숨을 한 번 고른 엄마는 사뭇 이해되지 않는 호칭으로 저를 불렀다.

"하진아, 우리 아가."

"……."

"엄마가 그동안 너무 미안했어. 이제는 네가 하고 싶은 대로, 네 행복을 찾아서 살아. 힘들어도 버티고 버티다 보면 좋은 날이 오겠지."

* * *

가을 장맛비가 무섭게 내리던 어느 오후였다. 문제집을 채점하던 하진은 닫히는 현관문 소리에 흘깃 뒤를 돌았다. 창을 때리는 빗소리가 워낙 커서인지 아니면 집중해서인지 비밀번호 누르는 소리도 듣지 못했다.

"……어디 갔다 와."

그냥 물어보지 말걸, 저도 모르게 물은 후에야 후회했지만 이미 말은 나온 터였다. 오늘 한석은 일을 가지 않았다. 왜인지는 모른다. 다만 답지 않게 늑장을 부리며 일어나 홀연히 어딜 나가고, 점심을 넘긴 후에 들어온 지금 그의 행동은 절대로 예사롭지 않았다.

제대로 눈도 안 마주치고 묻는 하진에 한석이 비뚤게 웃었다.

"왜."

"……."

"관심이나 있어? 내가 뭐 하고 돌아다니는지?"

"뭐?"

말을 왜 그렇게 해? 신경질적으로 덧붙인 하진이 그제야 한석을 똑바로 보았다. 우산을 갖고 갔는데도 비를 많이 맞은 건지, 매일 입고 다니는 허름한 점퍼 어깨와 바지가 온통 젖어 있다. 조금 헝클어진 머리도 역시 축축해 보인다.

'차 안 갖고 갔나? 왜 이렇게 비를 맞고 온 거야.'

'옷도 좀 두꺼운 거 하나 사서 입고 다니라니까. 나는 집에만 있는데 내 옷만 사 재끼고, 쓸데없이.'

표정 없이 저를 보는 지친 듯한 얼굴이 실로 말할 수 없이 짜증 나는데 또 한없이 불쌍해 보였다. 하진은 더 말을 붙이지 않고 다시 몸을 돌려 문제집을 보았다. 욕실 문이 닫히는 소리를 듣는데 금방이라도 터져 버릴 듯 가슴이 답답해졌다.

수능까지 한 달 반, 돌아보면 그 시기는 둘에게는 살얼음판을 걷는 듯한 아슬아슬한 날들이었다. 안 그래도 위태로운 면이 있던 관계는 어느 순간을 기점으로 완전히 틀어졌다. 굳이 원인을 찾자면 엄마를 만나고 돌아온 지 얼마 안 되어 하진이 충동적으로 연우에게 메시지를 보냈던 시점부터인 것 같다.

[연우야. 나 하진이.]

[잘 지내지?]

그러니까, 공부하다 냉장고에 들어 있던 맥주를 마시고 메신저 앱을 다운 받아 연우에게 연락을 한 것은 지금 생각해도 미친 것 아닌가 싶은 충동적인 행동이었다. 왜 그랬는지는 지금도 모르겠다. 한석이 일을 가고 틀어박혀 방 안에 있는데 그냥 외롭다는 생각이 들었던 것도 같다.

메시지 옆 1이 지워진 것은 한 시간 정도 후였고, 취기에 상 앞에 앉아 잠깐 졸고 있던 하진은 요란하게 울리는 소리에 놀라 눈을 떴다. 어플 내에서 전화가 걸려 온 것이었다. 엄청나게 당황했지만 술기운에 흐려진 머릿속은 재빠른 판단을 하지 못하고 그대로 통화를 수락했다.

"여보세요."

떨떠름한 말이 떨어지자마자 흡, 핸드폰 너머 숨을 들이켜는 소리가 났다.

-하진아! 정말 너야?

꽤 오랜만에 듣지만 마치 어제 들었던 것 같은 감상을 불러일으키는 목소리에 잠이 덜컥 깼다. 하진은 어질어질한 머리를 부여잡고 통화를 이어 나갔다. 연우는 수업이 막 끝나자마자 전화를 걸어온 거라고 했다. 언제부터 말할 수 있게 되었냐, 몸은 괜찮은 거며, 그동안 어떻게 지낸 거냐 등등……

쏟아지는 질문에 하진이 얼떨떨하면서도 반갑게 통화를 하고 있을 때였다.

-그러지 말고, 우리 만나자. 언제 시간 돼?

말문이 덜컥 막혔다. 결국 하진은 지금 사정이 있어 혼자 지방에 내려와 있다는 식으로 둘러댔다. 연우가 곧바로 놀란 듯 다시 물었다. 그럼 대학은? 설마 안 다니는 거야?

"······그렇게 됐어."

좀 아파서, 회복하느라 수능을 늦게 준비했다는 말을 하는데 순수하게 창피하다는 생각이 들었다. 역시나 연우도 놀란 눈치였다. 그래도 착한 연우는 얼른 말을 돌리며 그래도 회복한 게 어디냐고, 목소리 들으니까 좋다고 말해 주었다. 반가웠지만 괴로운 마음에 그만 통화를 마무리하려고 하는데.

-참, 재연이도 옆에 있는데 바꿔 줘도 돼? 네 목소리 듣고 싶대!

재연? 가물가물한 이름에 눈살을 찌푸리는 사이 어, 소리와 함께 상대의 목소리가 바뀌었다.

-박하진? 나야, 재연이. 임재연.

임재연이라······.

"아."

성을 말하자 그제야 기억났다. 사이가 딱히 나쁘지도, 그렇다고 좋지도 않았던 애였는데 2, 3학년 모두 같은 반이었다. 안경을 끼고 단발에 체구가 작았었다. 크게 나서지 않았던 조용한 애.

-야. 진짜 다행이다. 너 이제 말할 수 있구나.

모두 저를 보면 그 얘기부터 했다. 당연한지도 모른다. 많이 말을 나눠 보지도 않았던 상대는 상당히 반가워하는 기색이었다.

재연이 연우와 같은 학교라는 데는 놀랐다. 임재연이 그렇게 공부를 잘했던가. 재연과 몇 마디 주고받는 사이 한석이 일을 마치고 돌아왔다. 바닥에 널브러진 술병과 얼굴에 열이 오른 채 전화를 받는 하진을 번갈아 훑어본 그의 얼굴이 굳어졌다.

-암튼 하진아, 번호 알려 줘! 너 곧 서울 오면 진짜 꼭 만나자.

전화를 넘겨받은 연우는 하진이 제가 다니는 학교로 당연히 올 것처럼 얘기했다. 그럼 제가 선배가 되는 거냐는 농담까지 할 정도로. 순간 정말로 그렇게 될 것 같은 착각이 들 정도로 확신하는 게 티가 났다. 알겠다고 답하는 하진의 목소리도 덩달아 조금 커졌다.

조금 더 통화한 후 전화를 끊고 나자 그때야 한석이 제대로 보였다. 알 수 없는 표정으로 맥주병을 치우던 한석이 툭 물었다.

"뭐야?"

"아…… 연우. 내가 연락해서, 통화했어."

"갑자기 술은 뭐냐고."

"그냥 마시고 싶어서 마셨는데."

나름 긴장하고 통화를 했던 모양인지 전화를 끊고 나자 몸에 힘이 쫙 빠졌다. 이부자리에 벌렁 눕자 허, 한석이 기가 찬다는 소리를 뱉었지만 신경 쓰지 않았다. 며칠 잠을 제대로 자지 못한 데다 술까지 마신 하진의 눈이 또다시 감겼다, 뜨였다 했다.

그 와중에 메시지는 계속 왔고, 연우에 이어 재연까지 번호를 저장했다. 그러다 문득 저장된 재연의 프로필 사진을 눌러 보았다. 남자 친구와 찍은 건지 누군가가 그녀의 볼에 입을 맞추고 있는 모습이다.

'좀 의외네……'

휙휙 넘겨 보는 다른 사진 역시 온통 커플 사진인데, 기억 속 재연의 모습과는 사뭇 달랐다. 단발은 여전했지만 안경은 쓰지 않았고 프리한 모습도 있지만 대부분 예쁜 화장을 하고 예쁜 옷을 입고 있다. 자연스럽게 변화한 그 모습이 잘 어울렸다.

"뭘 그렇게 열심히 봐."

"……임재연이라고, 알아?"

"처음 듣는데."

"나랑 같은 반이었어. 연우랑."

한석이 그래도 이해되지 않는다는 듯 고개를 갸웃했다. 하진의 눈이 느릿하게 깜빡였다.

"대학 진짜 잘 갔네. 좋아 보이지 않아? CC인가 봐, 공부도 하고 연애도 하고. 원래 되게 조용한 애였거든."

"음."

잠깐 뭔가를 생각하던 한석이 물었다.

"부러워?"

"부럽지."

취한 하진의 말은 필터링을 거치지 않았다. 한석이 다시 물었다.

"네가 가고 싶은 대학 가서?"

"이것저것. 다."

그냥 좋아 보여……. 하진이 얼굴을 베개에 폭 묻었다. 커다란 등이 제 손을 쓰다듬는 것이 느껴졌다. 연우랑 같이 재연하고도 만나다 보면 자연스럽게 남자 친구 얘기도 나올 수 있다.

그럼 나는 그때.

'한석이랑 사귄다는 말을 할 수 있을까?'

그런 생각 자체를 했다는 것 자체에 놀라면서도 또 우울해졌다. 물론 아직 먼 앞날인 것도 알고, 혹시 묻는다 해도 말할 생각도 없지만 제가 정한석과 사귀다 못해 동거까지 하고 있다는 걸 알면 뭐라고 할까.

"진짜 미쳤다고 할 것 같아."

"뭐?"

"한석아. 미안해."

"취했으면 그냥 자."

"아니, 안 취했어. 전화하는 거 보면 몰라?"

의식의 흐름은 제멋대로였다. 하진은 저를 보는 남자의 얼굴이 싸늘하게 식어 가는 것을 인지하지 못했다. 여전히 고개를 파묻고 있었으니까.

"나중에 친구들 만나도…… 너랑 사귀고 있다고는 말 못 할 것 같아."

"……."

"그러니까, 혹시나, 걔네가 물어보면. 그냥 내가 사서 걱정하는 거야. 나는 못 해. 네가 싫다는 게 아니라, 그러니까."

하진은 인정했다. 자신은 누구보다 남들 시선을 신경 썼으며 늘 남들보다 제가 우월하다는 것을 과시하고픈 못된 허영심이 있었다. 지금까지는 그런 마음이 충족되는 환경에서 자랐지만 이제는 그런 것을 기대할 수 없는 환경이라는 것을 아직도 받아들이지 못한 것이다.

"후회하는 거야?"

"아니, 안 해. 그냥, 그냥…… 창피해."

"씹, 뭐가 창피하냐고."

남 등쳐 먹고 사는 것도 아니고 열심히 하고 있는데 도대체 뭐가 문제냐며 그가 씨근덕댔다. 고개를 들자 슬쩍 비켜난 시야에 억울하고 험악한 표정의 남자가 보였다.

'이것도 지긋지긋해.'

한석이 아니라, 그냥 이 현실이.

멀거니 저를 보는 낯에 그가 이를 바득 악물었다.

"너 뭐야."

"뭐가."

"왜 그런 표정이냐고. 박하진."

제가 무슨 표정을 짓고 있는데 그럴까? 하진은 대꾸 없이 씻지도 못한 채 제 뒤치다꺼리를 하는 한석을 눈에 담았다.

"있잖아, 정한석. 너 나 없으면 어떻게 할 거야."

"진짜 헛소리 그만해라."

"대답하라고."

어깃장을 놓자 그가 비웃었다.

"네가 없을 리가 없는데 왜 고민해? 죽어도 안 놔줄 건데. 농담 아니고 진짜야."

악에 받친 목소리에 하진은 입을 꾹 다물었다.

저는 어쩌면 아빠보다 더 악독한 부류인지도 모른다.

죄 없는 한석을 상처 내면서 그에게 자기밖에 없다는 것으로 초라한 현실에 잠깐이나마 질 나쁜 위안을 얻지만, 결국에는 돌고 돌아 자신도 깊이 상처받는다. 그만큼 못된 자신을 발견하며, 저로 인해 지쳐 가는 안쓰럽기 그지없는 남자를 바라보며.

 하, 머리를 거칠게 쓸어 넘긴 한석의 눈이 번득였다.

 "카드는 왜 받아 왔어."

 "……뭐?"

 "모르는 척하지 말고. 그런 데다 대충 놓은 건 나 보라는 거 아닌가?"

 멍해진 머릿속, 엄마를 만나고 돌아온 그날 서랍 속 아무렇게나 넣어 놓은 봉투가 생각났다. 딱히 숨길 생각은 없었으나 그렇다고 굳이 말할 필요도 없다 여겼다.

 "그거로 뭐 하려고. 아, 수능 보자마자 방 알아본다고 했던가? 집에서 나올 거면 그런 것도 받지 말았어야지. 그때는 절대 안 돌아갈 것처럼 굴더니."

 "알아……! 그냥, 혹시 몰라 받아 놓은 거야. 쓸 마음 없어. 구해도 내 힘으로 할 거고 집도 절대 안 돌아가."

 말하면서도 앞뒤가 맞지 않는다는 건 잘 알았지만 정곡을 찔린 기분에 하진은 날카롭게 반응했다.

 "그럼 나갈 생각은 있다는 거네."

 한석의 입꼬리가 비틀렸다. 그가 한 번 크게 숨을 들이마시자 두꺼운 가슴팍이 오르락내리락했다. 이제는 일교차가 꽤 큰데 아직도 안에 반소매 티셔츠 한 장만을 덜렁 입고 다니는 그의 팔뚝에 채 지워지지 못한 화상 자국을 보는데 가슴이 따끔거렸다. 천천히 몸을 일으켜 앉는 하진을 보던 남자가 피식 웃었다.

"내가 요새 무슨 생각 하는지 알아?"

"……."

"너 수능 보는 날 콱 사고나 나 버렸으면 좋겠다. 그 생각 해. 일 가다 차에라도 치이면 네가 수능 안 볼까 해서."

술이 확 깼다. 경악을 금치 못하고 굳어 버린 얼굴을 보던 한석이 조소했다.

"걱정하지 마. 할 수만 있다면 어떤 식이든 할 것 같은데, 그렇겐 안 해. 왜냐면 지금 넌 내가 당장 죽을 지경에 놓였다고 해도 안 올 것 같거든. 어쩌면 죽었다고 해도 수능은 끝나고 올 것 같아. 선택할 시간이 있다고 하더라도."

"……무슨, 그런 말을."

충격에 휩싸인 하진의 목소리가 떨렸다. 그렇게까지 생각했다고? 한석의 기이한 집착을 모르는 바는 아니었으나 사고도 모자라 저를 그렇게 생각했다는 것 자체에 망치로 머리를 한 대 맞은 것 같은 배신감까지 들었다. 한석이 당연하지 않냐는 듯 눈을 치켜떴다.

"사실이잖아."

"미친 것 같아."

"간절한 거지. 그만큼."

중얼거리는 하진을 그가 말없이 노려보았다. 어느새 하진의 숨소리도 거칠어졌다.

"너는, 내가 아무것도 못 하고 네 옆에만 있기를 바라는 거야?"

그래? 어긋난 대답을 종용하는 날 선 목소리에 남자가 비뚤게 고개를 기울였다.

"내가 그런 식으로 말한 적이 있던가? 그냥 옆에만 있어 달라고 빌었던 건 기억나긴 하는데."

"……."

"아까도 말한 것 같은데 애초에 내가 그렇게 해 달라고 구걸해도 넌 안 할 거잖아. 의미 없는 얘기지."

"그 말이 그 뜻 아냐?"

박하진, 하진을 부르는 남자의 목소리가 미세하게 진동했다.

한계에 다다른 것은 한석도 마찬가지였다. 아직도 서툴고, 고되고 또 고된 일보다 그에게 더 모진 것은 그녀였다. 하진의 철 모르고 나약하며 이기적인 면까지도 가엾게 여기고 사랑하는 그였지만 제 진심을 부정하는 듯한 말에는 결국 폭발했다.

어쩌면 그 자신조차도 모르는 사이 하진의 짐작대로 극도로 지쳐 버렸는지도 모른다. 할 수 있는 모든 것을 끌어모아 사랑하고 또 사랑하는 제 마음을 늘 뒤로 제쳐 두고 제가 줄 수 없는 것들을 부서진 환상처럼 놓지 못하는 하진이 한석은 미치도록 답답했다.

"그래."

진심인지 악에 받친 발악인지 이제는 한석도 알 수 없었다.

"나는 네가, 말 못 할 때가 좋았던 것도 같아."

"뭐?"

"다시 말해 줘? 네가 말 못 할 때가 더 나았다고. 그때 네가……."

"정한석!"

저를 보는 남자의 눈에 분노인지 슬픔일지 모를 형형한 기운이 번들거렸다. 백지장처럼 희게 질린 얼굴로 하진은 벌떡 자리에서 일어났다. 충격에 말아 쥔 두 손이 바들바들 떨렸다.

"아무리 그래도, 진짜, 네가 그렇게 생각했어도……! 너는 나한테 그 말은 절대 하면 안 됐어."

그대로 현관으로 내닫는 하진을 한석이 강한 힘으로 돌려세웠다.

"어디 가."

"놔."

지갑도, 핸드폰도 챙기지 않고 밖으로 나가는 것은 실로 객기였다. 하지만 그때만큼은 하진도 계산적으로 움직이지 못했다. 이 안에 계속 있으면 돌아 버릴 것 같았다.

"놓으라니까!"

온몸에 힘을 잔뜩 주고 발버둥을 쳤지만 당연히 저를 숨 막히게 끌어안는 남자의 힘에는 댈 수도 없었다. 벗어나려 할수록 오히려 더 꽉 조여 오는 힘에 헐떡거리는 숨이 터졌다. 좁은 공간 안은 두서없이 쏟아 내는 하진의 숨소리로만 가득 찼다. 한동안 의미 없는 거센 저항을 하던 하진의 몸에서 어느 순간 완전히 힘이 빠졌다.

"……징그러워."

"……."

"이상해. 네가 진짜 싫어."

비수처럼 쏟아지는 말을 형벌처럼 담담히 듣고 있던 그가 중얼거렸다.

"미안해."

"그딴 말도 하지 마."

"워낙에 가진 게 없다, 내가."

묘하게 핀트를 벗어난 담담한 목소리를 듣는데 문득 깨달음처럼 밀려들어 오는 직감이 있었다. 어쩌면 제가 아니라 한석이 먼저 끝을 고할 수도 있지 않을까. 어쩌면 여기까지 온 것이 기적이었을지도 모른다.

그날을 기점으로 둘에게는 더는 대화가 오가지 않았다.

아무리 싸워도 다음 날이면 꼭 한석의 출근을 지켜보던 하진은 깨어 있어도 눈을 꼭 감은 채 일어나지 않았다. 저녁도 같이 먹지 않았다. 먼저 먹거나, 한석이 먹고 나면 보란 듯 그 후에 먹었다.

대부분 이럴 때 한석이 먼저 다가왔는데 그러질 않으니 냉전은 끝날 기미가 보이지 않았다. 잘 때도 늘 한석보다 한참 늦게 누웠다. 건드리지 말라는 듯 얼마 전 배송시킨 다른 이불을 펴고 벽을 보고 돌아누워 잠을 청했다.

하루, 또 하루, 시간은 계속 갔지만 차가워지는 날씨만큼 둘의 온도는 급속도로 냉각되어만 갔다. 같은 공간에 있지만 서로 없는 사람처럼 대한 지도 일주일. 매번 오는 시간에 한석이 돌아오지 않자 가슴이 덜컥 내려앉았다. 그래도 차마 전화를 먼저 못 걸고 전전긍긍하는데 밖이라며, 늦지 않게 갈 거라는 문자 하나가 뒤늦게 도착했다.

'알아서 해.'

보내지 않은 답 대신 속으로 그렇게 말했다.

그래 놓고 한석은 늦은 밤이 되어서야 돌아왔다. 화가 나 저도 모르게 돌아보던 하진이 흠칫했다. 한석이 그렇게 취한 것은 처음 보았다. 술 냄새를 풍기며 가타부타 말없이 씻고 온 한석이 바닥에 드러눕는 소리가 났다.

'이불 위에 눕지 왜 저러고 있대.'

모른 척 돌아보지도 않고 책상 앞에 앉아 있으면서도 등 뒤에 온 신경을 집중하고 있는데.

"하진아. 미안해. 미안하다."

무겁게 가라앉은 목소리에 문제를 풀던 하진의 손이 뚝 멈췄다.

"……."

"그때 그 말, 진심 아니었어. 그러니까……."

잊어버려, 짙은 한숨이 밴 소리가 힘겹게 그에게서 흘러나왔다. 얼마 지나지 않아 고른 숨소리가 들렸다.

그제야 자리에서 일어난 하진이 그의 머리맡에 주저앉았다. 맨바닥에 잠든 남자의 얼굴을 가만히 바라보다, 손을 뻗어 그의 뺨을 만져 보았다. 냉수마찰이라도 하고 왔는지 차갑기 그지없다.

하진은 그 언젠가 화가 나고 힘들어도 저를 미워할 수는 없다는 남자의 말을 처음으로 이해할 것 같았다. 더 보고 있다간 왈칵 눈물이 터질 것 같아 그대로 몸을 일으켰다. 차마 그대로 매트 위에 옮길 수는 없어서, 베개를 목 뒤에 끼워 주고 이불을 가슴께까지 덮어 주었다. 불을 끄고 저는 매트 위에 올라가 잠을 청했다.

그래도, 술에 취해 한 말일지라도 한석이 진심이 아니라고 해 줘서 다행이라고 생각했다.

그날 밤 후에도 계속 둘은 냉랭했다. 꼭 필요한 말이 아니면 하지 않았고, 그렇게 틈만 나면 붙어 있던 게 거짓말처럼 철저히 모르는 사람처럼 굴었다.

어쨌든 수능 때문에 한껏 예민해진 하진도 그런 분위기를 더는 신경 쓸 수 없었다. 이제는 말이 오가지 않는 것이 오히려 편하게까지 느껴졌다.

딱 한 번, 한석이 화해 비슷한 것을 시도했으나 또다시 틀어졌다. 간만에 몇 마디 오가는 와중 하진이 수능 끝나고 집을 알아봐서 바로 떠날 거라는 말을 했기 때문이었다. 사실 그럴 생각까진 구체적으로 해 보지 않았는데 왜 그랬는지 정확히는 기억이 안 나지만 한석의 말이 또 한 번 신경을 건드렸던 것 같다.

아니, 더 솔직히 말하면…… 기억하지 못하는 걸 보면 역시나 한석은 잘못이 없고 제가 또 혼자 미친 짓거리를 했던 모양이다. 수능이 끝나고 나면 꼭 병원에 가 봐야지, 집도 집이지만 상담부터 좀 받아야겠다며 하진은 막연한 앞날의 계획을 또 하나 추가했다.

지난 몇 주간을 회상하던 하진의 눈빛이 흐려졌다. 달칵, 욕실 문을 열고 나오는 소리에도 가만히 있던 하진이 이내 천천히 몸을 돌렸다. 아직 덜 마른 머리를 수건으로 털고 있던 한석과 눈이 마주치자 괜히 가슴이 철렁했다.

"……잠깐만 이리 와 봐."

새침하게 뱉으니 한석의 눈썹이 들썩였다. 그래도 성큼 다가와 제 앞에 선 남자의 얼굴에는 아직도 물기가 맺혀 있다. 대충 닦고 나오는 건 평생 안 고쳐질 모양이었다. 하진은 책상 밑 잘 놔둔 큼직한 쇼핑백을 천천히 꺼냈다. 한석의 눈이 가늘어졌다.

"뭐야."

"그냥, 겨울에 입으라고."

백화점에서 온라인으로 주문한 브랜드 패딩은 하진이 알바로 모았던 돈의 반도 넘는 고가였다. 그래도 변변한 겨울옷 하나 없는 한석이 이번에도 조금 두툼한 점퍼 두어 개로 겨울을 나는 것을 보고 싶지 않았다. 제가 사 준 코트는 어차피 입지도 않을 거니까…….

"이걸 왜 사? 무슨 돈으로?"

이해되지 않는다는 표정으로 저를 보는 남자 앞 하진은 입술을 꾹 깨물었다.

"내가 번 돈으로 내가 사고 싶어서 산 거야. 이번 겨울 춥다고 하니까 잘 입고 다니라고."

환불 같은 건 못 하니까 무조건 입어, 덧붙인 하진이 홱 몸을 돌렸다. 입어 보지 않아도 잘 어울릴 거니까 태그도 이미 다 뗀 터였다. 돌아오지 않는 대답에 가슴이 이상하게 쿵쿵 뛰었다. 이내 한석이 옷을 옷장에 거는 듯한 소리가 나서야 안도하는데.

"고마워."

"……뭘."

돌아보지도 않고 말했지만 입꼬리가 조금 움찔거렸다. 조금 안도하며 다시 공부에 집중하려는 순간.

"……!"

뒤에서 제 어깨를 감싸 안는 한석에 하진은 흠칫 몸을 떨었다. 정말 아무것도 아닌 스킨십인데 순간 알 수 없는 그리움이 확 치솟았던 것이다. 한석에게서 나는 미미한 비누 향이 세상 그 무엇보다도 자극적으로 느껴졌다.

그도 같은 것을 느꼈을까, 저를 응시하는 남자의 눈빛에 심장이 지끈했다. 입술이 맞물린 것은 불가항력이었다. 하진에 맞춰 몸을 굽힌 남자가 조그만 얼굴을 붙잡고 게걸스럽게 입을 맞췄다. 그동안 닿지 못했던 것들이 사무쳤던 열렬한 키스 후 그가 입술이 닿을 듯 말 듯 한 거리에서 중얼거렸다.

"미안해."

'내가 더 미안한데…….'

그러니 괜찮아, 그렇게 말하려던 하진이었으나 곧바로 들려오는 푹 가라앉은 목소리에 멈칫했다.

"그래도, 후회는 안 할 것 같아."

미안해, 다시금 덧붙인 한석이 다시 입을 맞춰 왔다. 그러고 보면 사람에게는 확실히 감이란 것이 있는 모양이었다. 사실 대수롭지 않은 말일 수도 있는데 괜히 걸렸던 것을 보면.

그날은 서로 마주 보고 껴안은 채 잠이 들었다. 뒤척이지 않고, 한 번도 깨지 않고 곤히 잠들었던 것 같다. 묘하게 찝찝한 감이 있던 말을 캐물을 생각은 어느새 하진의 머릿속에서 깨끗이 지워졌다.

* * *

제법 쌀쌀해진 바깥 날씨와 다르게 작은 방 안은 열기로 후끈했다.

"아, 아…… 홋, 으응…… 아!"

하진은 한석의 아래에서 가쁜 숨을 헐떡였다. 말없이 허리를 쳐올리는 남자의 눈빛이 창밖에 깔린 어둠보다도 아득했다.

나름의 극적인 화해를 나눈 지도 일주일, 둘의 분위기는 나쁘지 않게 흘러가고 있었다. 과장 조금 보태서 눈만 마주쳐도 괜히 찌릿했던, 섹스에 미쳐 살았던 것 같은 그 당시와도 비슷했다.

다른 점이 있다면 하진의 컨디션을 위해서인지 한석이 직접적인 삽입은 하지 않았다는 것이다. 그러다 오늘은 잠들기 전 적극적으로 안겨 오는 하진에 결국 포기했는지 사납게 그녀에게 달려들었다.

"응…… 한석아, 아…… 너무……."

열에 달떠 띄엄띄엄 말을 뱉으면서도 하진은 한 달여 만의 버거운 쾌감에 속절없이 휘말렸다. 이러면 내일 컨디션에 지장이 있을 거란 생각은 물론 들었다. 서서히 수능 시간표대로 리듬을 맞춰 가고 있는 중이니까.

그래도 저를 안아 주는 품이 못 견디게 따뜻해서, 까마득하게 오랜만인 것 같은 익숙한 체향과 온기가 달가워서 어쩔 수가 없었다. 한석과 완전히 결합한 이 순간의 기분이 너무 짜릿하고 달게만 느껴져 미칠 것 같았다.

이럴 때면 확실히 느낀다. 가만히 있어도 매력적인 그는 몸을 겹칠 때 세상 그 누구보다 자극적인 대상이 된다. 바위같이 단단하고도 흠을 찾을 수 없는 완벽한 몸, 군데군데 보이는 흉터와 푸르스름한 핏줄 하나하나까지도 그림으로 그린 듯 그와 지나칠 정도로 잘 어울린다.

이런 남자가 제 것이라는 것에 가슴속 깊은 충만함이 드는 것은 실로 중독적인 감각이다. 계속해 제 이름을 부르는 하진의 귓가에 그가 다정하게 속삭였다. 사랑해, 박하진. 사랑해. 미안해.

……너무 사랑해서 그래.

물론 언제나처럼 그의 진심은 격한 정사 속 열기에 휩쓸려 휘발될 뿐이다. 어쩔 줄 모르고 제 밑에서 흔들리는 하진을 보는 한석의 시선이 미묘하게 어긋나던 순간.

'아…….'

오랜만이라 그럴까, 오늘따라 더 깊은 곳까지 퍼지는 듯한 뜨거움에 하진은 파르르 몸을 떨었다. 그도 괜히 어색했던 걸까? 어울리지 않게 조금 망설인 그가 이내 하진의 위에 기분 좋게 무게를 실어 왔다.

설명할 수 없는 묘한 이질감은 땀에 젖은 머리칼을 살살 넘겨주고 눈가에 조심히 입을 맞추는 남자의 행동에 이내 눈 녹듯 사라졌다. 몇 번이나 갔던 탓에 이미 몸은 지쳐 있었지만, 이내 제게서 몸을 떼는 남자에게 저도 모르게 다음 있을 행동을 예상하던 순간.

"……씻자."

응? 뒤이어 들려오는 목소리에 하진은 의아함을 느꼈다. 지금 껏 한석이 한 번으로 관계를 끝낸 적은 처음을 제외하고는 단한 번도 없었다.

'나 신경 써 주는 건가.'

딱히 그거 외에는 다른 이유를 찾지 못한 하진은 아주 약간의 아쉬움을 느끼며 천천히 눈을 깜빡였다.

"좀만 있다가."

대답은 들려오지 않았다. 한석이 알아서 해 주겠지. 못 씻길 때는 따뜻한 물을 끼얹은 수건으로 구석구석 잘 닦아 주고 옷도 갈아입혀 주는 한석이니까. 예민한 하진이지만 혹사당한 날은 누가 업어 가도 모를 정도로 잠들어 한석의 살뜰한 보살핌도 깨닫지 못하는 일이 잦았다.

"하진아."

"……응."

지금 잠들면 딱 좋게 잘 것 같은데……. 저도 모르게 눈을 감고 있던 하진은 뒤이어 들려오는 목소리에 미간을 확 찌푸렸다.

"네가 없으면 난 정말 죽어."

"그런 소리 좀 하지 마."

신경질을 내면서도 하진은 그마저도 살벌한 후희의 한 종류로 치부해 버렸다. 원체 '그런' 면이 있는 남자니까.

'아무튼 자기가 더 극단적이라니까.'

더는 한석에게 다른 소리가 들려오지 않자 조금 안심하며 밀려오는 수마에 몸을 맡겼다. 잠들기 직전 뭐라 더 말하는 낮은 목소리가 들렸던 것도 같지만 당연히 기억하지 못했다.

그 밤이, 우리의 많은 것을 바꿔 놓았다.

* * *

그날 이후 한석은 몸을 겹칠 때마다 꼬박꼬박 피임했다. 한번은 콘돔 없다고 안 한 적도 있을 정도였다.

왜 그러냐고 물어보니 답지 않게 어물대다 확실한 게 좋지 않냐고 했다. 물론 하진은 절대 그럴 일 없다 믿었지만, 아주 드물게 낮은 확률로 생긴다는 것도 들어 봤긴 해서 수긍했다. 한석도 이제야 좀 심각성을 느낀 모양이겠거니 생각하면서.

어차피 수능 날짜가 다가올수록 그저 꼭 끌어안고 자는 날들이 많아지기도 했다. 사실 하진은 확실히 불안했다. 혼자 준비해 그런 것도 있고 처음 본 수능의 기억이 너무 끔찍해서 그런 것도 있었다. 그래도.

'어떻게든 되겠지.'

'잘 볼 것 같기도 한데.'

막연한 기대와 알 수 없는 자신감이 드는 것 역시 사실이었다. 어쨌든 처음으로 제 능력을 온전히 평가받는 순간이 아닌가? 물론 준비 과정이 100퍼센트 제 마음에 차지는 않았지만 그거야 정말 어쩔 수 없었고.

걱정되었지만, 오히려 수능 날이 가까워질수록 어렴풋이 기대가 되기도 했다. 그래도 남은 불안함은 잘될 거라고 끊임없이 말해 주는 남자의 품속에서 조금씩 옅어졌다. 마음이 갈수록 차분하게 가라앉는달까. 그러니 한석과는 말다툼 비슷한 것도 한 적이 없었다. 어차피 제가 어깃장 나는 소리만 안 하면 한석은 제게 늘 다정했다. 지나칠 정도로.

"고맙긴 한데 이런 걸 매일 사 오면 어떡해?"

"그냥, 사 주고 싶어서."

떡과 엿이 예쁘게 포장된 상자도 몇 번이나 받았다. 집 앞 빵집에 뭔가 새로운 게 들어오면 오면서 지나치지 못하고 꼭 들르는 것 같았다. 체력이 중요하다며 몸에 좋다는 보약과 영양제까지 한 아름 들고 돌아왔을 때는 하진도 기함했다.

수능 앞두고 이런 거 함부로 먹으면 안 된다고 했더니 몰랐다며 놀란 눈을 했다.

그뿐인가, 하진이 TV를 보다 지나가며 한 맛있겠다는 한마디에 다음 날 다른 도시에까지 가서 정해진 시간에만 한정 판매하는 디저트를 줄을 서서 기다렸다 사다 주기도 했다. 그날 일을 쉬면서까지 말이다. 도대체 일터에는 뭐라고 둘러댔을지 모를 일이었다.

그러다 어느 날 저녁은 가만히 공부를 하다 갑자기 답답하다는 생각이 들었다. 한석에게 아이스크림이 먹고 싶다고 하니 곧바로 나갈 채비를 하기에 저도 같이 가겠다 했다.

"밖에 추운데."

그냥 제가 빨리 다녀오겠다기에 고개를 저었다. 어차피 이 동네도 곧 뜰 텐데. 돌아보면 죄지은 것도 없는데 괜히 웅크려 있었다 싶었다. 그마저도 마음이 안정되니 드는 생각이겠지만.

이제는 밤에 패딩이 그리 어색하지 않을 정도의 날이라 최대한 두껍게 입고 한석의 손을 꼭 잡고 밖으로 나섰다. 편의점에서 아이스크림을 사서 느긋하게 집으로 돌아오는데, 가을밤의 정취가 물씬 풍기는 인적 드문 골목길이 새삼스러운 감상을 불러일으켰다.

"여기는 정말, 평생 잊지 못할 것 같아."

그의 손을 꼭 쥔 채 말하니 한석이 눈을 마주쳐 왔다.

"……그래?"

"응. 어떤 의미로든."

처음 여기에 흘러들어 올 때만 해도 낯설고 두렵기 그지없던 골목은 이제 사뭇 정겹게까지 느껴졌다.

한석을 기다리며 서성이던 한겨울의 언젠가, 간식을 잔뜩 사서 지금처럼 손을 꼭 잡고 돌아오던 밤의 온도, 국수를 배불리 먹고 그의 어깨에 업혀 보았던 언덕길과 알바에 늦지 않으려 뛰어가던 때의 제 숨소리와 발에 닿던 진동, 아무도 없는 것을 몇 번이나 확인하고 못 이긴 척 그와 입을 맞추던 순간의 야릇한 떨림까지…….

물론 좋았던 것만 있는 것은 아니지만 이곳에 깃든 크고 작은 수많은 추억들은 쉽게 지워지지 않을 기억으로 제 안 깊은 곳에 자리할 거였다.

이렇게 기분이 좋은 것은 실로 오랜만이었다.

가을로 물든 나뭇잎들이 찬 바람에 버석거리는 소리를 내고 희미하지만 꺼지지 않는 가로등 빛은 마치 둘만이 이 무대의 주인공인 것처럼 저와 한석을 비춰 주었다.

그 장면 안에서 천천히 걸음을 옮기는데 문득 벅차올랐다. 긴 터널을 빠져나온 느낌이랄까? 뭔가가 앞으로는 다 잘될 것 같은, 그런 확신이 들었다.

"한석아."

"어."

좀 갑작스럽나? 살짝 고민하다 하진은 천천히 입술을 뗐다.

"고마워. 그리고…… 사랑해, 많이."

쑥스러워 조금 작아진 목소리였지만 한석은 분명 정확히 알아들었을 것이다. 잡고 있던 손에 순간 욱신거릴 정도로 힘이 들어가는 것을 보면. 안 그래도 하진에 맞췄던 발걸음이 눈에 띄게 더 느려진 것을 보면.

순간에 취해서 한 말이 아니라, 그에게 지금 한 말은 불순물 하나 섞이지 않은 떳떳한 제 진심이었다. 으레 들려올 그의 뜨거운 고백을 하진이 내심 기다리는데.

말없이 걷던 한석이 우뚝 걸음을 멈췄다.

"……정한석?"

의아해진 하진이 고개를 들어 그를 올려다보던 순간.

'아.'

턱, 목구멍에 뭔가가 걸린 기분이 들었다. 저를 보는 남자의 얼굴은 분명 일그러져 있었다. 거칠게 흔들리는, 혼란을 숨기지 못하는 그 눈빛은 애틋한 고백에 감동한 그것과는 분명 달랐다. 당황한 하진의 얼굴을 응시하던 한석의 입에서 쥐어짜는 듯한 꺼칠한 소리가 흘러나왔다.

"나는……."

하진은 갑자기 쿵쿵 뛰는 심장을 붙잡으며 그의 다음 말을 기다렸지만 들을 수 없었다. 그대로 하진을 와락 끌어안은 남자가 뜨겁게 입을 맞춰 왔기 때문이었다.

그가 들고 있던 아이스크림이 든 봉투가 바닥에 아무렇게나 떨어지는 소리가 났지만 누구도 그것을 신경 쓰지 않았다. 차디찬 공기와 대조되는 뜨겁고 축축한 그의 혀가 입 안을 엉망으로 휘저었다. 어디로 도망갈 것도 아닌데 하진을 끌어안은 힘은 무지막지했다.

밀려드는 그의 숨결이 절박하게까지 느껴져 하진은 순간적으로 깊은 측은함마저 느꼈다. 어렴풋이, 이 순간 역시 잊지 못할 또 한 번의 밤으로 기억될 거라는 예감이 들었다.

* * *

수능을 단 이틀 남긴 오후였다.

한석이 새벽부터 끓여 놓고 간 찌개로 밥 한 그릇을 뚝딱 먹고 난 하진은 옷을 챙겨 입고 밖으로 나왔다. 몇 개월 만의 혼자만의 외출이었다.

'생각보다 더 춥네.'

낮이어도 확 내려간 기온이 체감되어 하진은 머플러에 얼굴을 반쯤 푹 파묻고 걸음을 재촉했다. 몇 번이나 검토했던 평가원 모의고사들을 마지막으로 찬찬히 보던 중 문득 크림빵이 먹고 싶어진 것은 이른 시간이었다.

나가기도 좀 그래서 이른 점심을 많이 먹었는데도 계속 생각나 그냥 빨리 갔다 오기로 했다. 한석이 올 때면 이미 다 팔리고 없다는 크림빵이 지금도 있는지는 모르겠지만……. 절대 먹는 것에 큰 의미를 부여하는 타입이 아닌데 요즘은 식탐만 늘었는지 지금 안 먹으면 공부도 안 될 것 같았다.

'진짜 이틀 남았네.'

하긴, 정확히는 이틀도 남지 않았지. 도로 건너 저만치 보이는 빵집 건물을 향해 가는데 괜히 궁금해졌다. 수능이 끝나고 나면 저는 어떤 기분일까? 확실한 것은 일단은 엄청나게 홀가분

할 거라는 거였다.

　횡단보도를 건너는 발걸음은 경쾌했다. 요 며칠 긴장해서 그런가 컨디션이 좋지 않았는데 오늘은 꽤 나아진 덕도 있었다. 그녀의 마음을 편안하게 만드는 사실은 또 하나.

　'수능 끝나고 나면 꼭 말해야지.'

　최근 몇 주 평온한 일상을 보내며 하진은 마음을 굳혔다. 결과가 어떻게 되든, 어디로 이사를 가든 한석과 함께할 거라고. 이 역시 감정적으로 결정한 게 아니었다.

　어차피 그렇게 되었어야만 할 일이었다. 한석을 좋아하고 그와 떨어져 있기 싫은 건 저도 마찬가지니까. 단지 괜한 자존심과 형체 없는 불안에서 온 어쭙잖은 허영심이 저조차도 제 진심을 깨닫기 어렵게 만들었을 뿐이다.

　절대 떠날 일 없으니 안심하라고, 무조건 네 옆에 딱 붙어 있을 거라고 하면 그는 어떤 표정을 지을까.

　오늘도 어디 아프거나 하면 꼭 전화하라고 신신당부를 하고 나가던 얼굴을 생각하니 희미한 미소가 돌았다. 얼마 지나지 않아 초록불이 켜지고 하진은 주위에 서 있던 몇 명의 행인들과 함께 걸음을 옮겼다. 반 정도를 그렇게 지나갔을까.

　"……!"

　갑자기 벼락같이 찾아온 극심한 통증에 놀란 하진의 눈이 크게 뜨였다. 뭐지? 잠시 비틀대다 정신을 차리고 길을 마저 건너가는데.

　"윽……."

무자비한 고통에 신음조차도 제대로 내뱉지 못한 하진의 몸이 보도블록 앞으로 푹 고꾸라졌다. 쥐어짜는 듯한 아랫배의 통증이 무시무시해 도저히 똑바로 서 있을 수가 없었다. 무릎이 꺾이고 찬 바닥에 주저앉는 것은 순식간이었다.

너무 아파, 너무 아프다고……! 소리치고 싶었으나 제 입에서 나오는 것은 아픔에 질린 거친 숨소리뿐이었다.

놀란 사람들이 다가오는 두서없는 발소리가 들렸다. 괜찮아요? 젊은 남자의 목소리에 이어 어머, 놀란 듯한 여자의 목소리도 뒤이었다. 무릎을 꿇은 듯 널브러져 부들부들 떠는 하진을 부축하려는 듯한 손길도 느껴졌으나 그녀는 꼼짝도 할 수 없었다.

허리와 골반이 무거운 돌로 짓누르는 것처럼 압박이 심했다. 살면서 단 한 번도 경험해 보지 않았던 끔찍한 통증에 식은땀이 나고 눈앞이 아득해졌다.

'왜, 왜 이러지…… 왜…….'

무서운 것은 원인을 알 수 없다는 것이다. 악몽 같은 고통에 덜덜 떨던 하진은 순간 제 아래에서 뭔가가 왈칵, 무섭게 쏟아지는 것을 느꼈다.

그것은 죽어도 못 잊을 감각이었다.

뜨겁고 찝찝하고 등골이 싸늘해질 정도로 기묘하고도 이상한. 하진은 그대로 바닥에 완전히 엎어졌다. 꺅, 젖어 가는 바닥을 발견한 누군가가 소리를 질렀다. 사람들의 웅성거림이 더 커지는 것 같다가…… 이내 다시 멀어졌다.

* * *

"유산이네요."

중년의 여자 의사는 그렇게 말했다. 진료실 안은 따뜻했으나 하진은 계속 안쓰러울 정도로 덜덜 떨고 있었다. 그런 그녀를 잠시 안타깝게 바라보는 듯하던 의사는 이내 친절하지만 빠르게 말을 쏟아 냈다. 처음 보는 광경은 아니었다.

6주라고 했다. 아기가 제 안에 머무른 지가.

처음에 하진은 현실을 부정했다. 그럴 리가 없었다. 한석은 수술했고 얼마 전부터는 피임까지 꼬박꼬박 했으니까. 하지만 몇 번이나 설명해 봤자 눈앞에 보이는 화면이 증거였다.

원래도 불규칙한 주기는 이곳에 오면서부터는 들쭉날쭉한 것이 더 심해졌었다. 그 또한 제 예민과 스트레스를 원인으로 받아들였고 이틀 전부터 보였던 피 비침 역시 대수로울 것 없이 여겼다.

이게 도대체 어떻게 된 일일까?

"일주일 후에는 다시 와야 돼요. 피가 아직 고여 있으니까 자연스럽게 배출되기를 기다려 보는 거죠. 아기집이 자궁에 머물렀으면 최대한 빨리 인위적으로 긁어내는 수술을 해야 했는데 그나마 다행이에요. 그래도 두세 번은 계속 내원해서 경과를 봐야 하고 중간에 수술이 들어갈 수도 있어요. 일단……."

귀가 먹은 것도 아닌데 뭐라 뭐라 덧붙이는 의사의 말이 잘 안 들렸다. 하지만 다행이라는 의사의 말 한마디만은 정확히 기

억했다. 차분한 말투가 오히려 얼어붙은 마음에 뜨거운 파동을
일게 했다.

사시나무 떨리듯 떨리는 제 몸이나 보호자 하나 없어 병원
바지를 빌려 입고 혼자 앉아 있는 상황 같은 것은 상관없었다.
단지.

"제가……."

자판을 두드리며 말을 마무리하려던 의사가 힘겹게 흘러나온
목소리에 멈칫했다.

"제가 뭘 잘못해서 아기가 유산됐나요?"

알게 모르게 스트레스를 받았던 게 문제였을까? 따뜻하게 하
고 잔다고는 했는데, 몸이 너무 찼던 걸까? 감기 기운이 있어 집
에 있던 약국 약을 먹었던 게 문제였을까? 잘잘못을 따지기 전
너무나 알고 싶었다. 불쌍한 아기가 왜 그렇게 갑작스럽게 왔다
떠나갔는지.

"잘못한 건 없어요."

손을 멈춘 의사는 꽤 단호한 어조로 말했다.

"상당한 수의 산모가 임신 초기 증상을 느끼지도 못한 채 아
기를 떠나보내요. 누구의 잘못도 아니니 절대 자책하지 말고 몸
조리 잘 했으면 좋겠어요."

* * *

어떻게 집까지 돌아왔는지 모르겠다.

진료실에서 나와 저를 처음 응급실까지 데려다줬던 커플에게 고맙다고 몇 번이나 머리를 수그려 인사했던 것 같다. 올 보호자가 없다는 말을 듣고 진료를 다 받을 때까지도 기다려 주기까지 했으니 말이다.

많아 봤자 20대 후반 정도로 보이는 여자가 옷을 사다 주겠다고까지 말해 줬지만, 괜찮다고 했다. 어떤 식으로든 사례를 하고 싶어져 경황이 없는 와중에도 지갑 속 현금을 다 무작정 꺼내 건넸더니 손사래를 치며 거절했다.

수납처에서는 병원 바지를 돈을 주고 살 수 없냐고 물으니 간호사가 잠시 난처한 표정을 짓다 그냥 입고 가서 다음에 올 때 돌려주라고 했다.

그렇게 택시를 타고 집으로 돌아오는 내내 하진은 멍해 있었다. 휙휙 지나가는 창밖의 풍경을 혼이 나간 얼굴로 응시하는 하진을 택시 기사가 힐끔댔지만, 별말을 붙이지는 않았다.

오자마자 하진은 더운물로 몸을 씻고 옷을 갈아입었다. 그마저도 한석이 올 시간이 다 되어 서둘러 해야만 했다. 병원복은 옷장 깊은 곳에 감춰 두고 아무렇지 않은 척 책상 앞에 앉는데 누군가가 목을 조르는 듯 숨이 가빠졌다.

'말이 되나?'

도무지 현실을 인정할 수가 없었다. 분명 꿈이 아니고 현실인 것을 정확히 인지하고 있는데 받아들여지지 않았다.

분노조차도 들지 않을 만큼 그냥 계속 멍하기만 했다. 정신이 반쯤 나가 앉아 있는데 곧 한석이 집으로 돌아왔다. 손에는 으레 그렇듯 하진이 좋아하는 간식을 잔뜩 사 든 채였다. 오늘은 크림빵이 늦게까지 남아 있었다고도 했다.

예사로운 일상이 이어지고 저녁을 먹던 중 그가 문득 물었다.

"오늘은 배 안 아파? 요 며칠 계속 살살 아프다고 했잖아."

"응. 안 아파."

제 모습이 이상하게 비칠까 싶어 하진은 부러 웃으며 고개를 끄덕였다. 안 그래도 평소와 미묘하게 다른 감이 있는 하진을 한석은 의아하게 생각한 것 같지만 수능이 코앞이니 그러려니 하는 듯했다. 어쨌든 저는 정말 독한 면이 있는 모양이었다. 아기가 없어졌는데 웃을 수도 있고.

"다행이다. 걱정했는데."

저를 '걱정'했다고 말하며 웃는 남자의 얼굴을 하진은 순간 넋을 놓고 바라보았다.

그날 밤 한석이 잠든 사이 하진은 그의 핸드폰을 뒤져 두 달 전 병원 예약 확인 문자를 발견했다. 마지막 실낱같이 붙잡고 있던 한 줄기 희망마저도 사라지자 세상이 무너졌다. 지우지 않고 그대로 놓아둔 허술함도 그다워서 그 와중에 헛웃음이 나왔다.

"관심이나 있어? 내가 뭐 하고 돌아다니는지?"

정확한 날짜를 기억하지는 못하지만 그날의 남자는 어딘가 이상했다. 그즈음 그가 그랬다. 불안해 보이고 조급해 보이고 또 이루 말할 수 없이 괴로워도 보였지. 미묘하게 미심쩍었던 모든 것이 그제야 퍼즐처럼 맞춰지던 느낌.

그러게. 좀 더 깊이 관심을 가질 것을 그랬나 보다.

하진은 더 생각할 힘이 없어 그대로 쓰러지듯 다시 누웠다. 한석아. 정한석. 그냥, 속으로 그를 계속 부르고 또 불렀다. 아무리 내가 너를 계속 시험에 들게 했다고는 하지만…… 그러니까, 모든 것에 내 책임이 아예 없다고는 못 하겠지만.

너는 그렇게 확실함이 필요했을까.

다음 날도 하진은 아무렇지 않게 행동했다. 뜬눈으로 꼬박 밤을 새워 쑥 들어간 눈을 보고 한석이 안타깝다는 듯 뭐라 했지만 한 귀로 듣고 한 귀로 흘렸다. 한석이 새벽같이 지은 모락모락 김이 나는 따뜻한 밥과 하진의 취향대로 맑게 끓인 미역국을 보자 알 수 없는 역함이 확 올라왔으나 꾹 참고 한석의 앞에서 같이 아침밥을 먹었다.

"수능 끝나고 나면, 음, 일단 푹 자고."

아니, 오히려 잠이 안 오려나? 수저를 든 채 한석이 픽 웃었다. 저는 한 번도 보지 않아 알 수 없지만 대부분 다 놀러 가지 않냐며 살을 붙였다.

"참, 나 내일 쉬어. 너 수능 보는데 내가 어떻게 일하고 있냐, 그 앞에서 기도하고 있어야지. 박하진 대박 나라고."

뭐라는 건지 잘 들어오지 않는다. 그냥 밥이 모래알 같아서 넘기기가 힘들다. 돌을 씹어도 이것보단 나을 것 같고……. 대답 없는 하진을 그가 조심스럽게 불렀다. 하진아…… 박하진?

"……응?"

그제야 고개를 들어 저를 보는 낯이 파리하다. 순간 멈칫하던 한석은 이내 쓰게 웃었다. 긴장되겠지.

"잘 볼 거야. 걱정하지 말고, 수능 끝나면 좋은 데에서 밥도 먹고 놀러도 가자."

가고 싶은 곳이 있으면 말만 하라기에 그래, 하고 말해 주었다. 걱정 말라며 웃는 수려한 낯에 당장 밥상을 엎어 버리고 싶은 마음이 순간 치솟았지만 꾹 참았다. 오늘만, 오늘만 버티면 된다. 또 한 번 제 인생을 엉망으로 만들 수는 없다. 그러니 그의 죄를 캐묻는 것은 잠시 미뤄 두어야 한다.

수없이 되뇌는 하진의 마음을 알 리 없는 남자가 고개를 갸웃했다.

여전히 영혼 없어 보이는 얼굴은 오늘따라 더 작아 보이고 수척하다. 그래도 제 눈에 사무치게 예쁜 건 변함이 없어 자꾸 보게 되는 건 어쩔 수 없지만…….

생기라고는 찾아볼 수 없는 허연 낯은 마치 처음 여기에 내려왔을 때 같다. 한석은 하루아침에 달라진 하진의 모습을 극도의 긴장으로 이해하며 따뜻한 물이 든 컵을 그녀의 앞에 조심히 놓아 주었다.

11

그렇게 두 번째 수능을 치렀다.

마지막 시험까지 완전히 마치고 나자 교실 안은 해방을 알리는 북적거림으로 가득했다. 하나둘 썰물처럼 빠져나가는 다른 이들의 모습을 가만히 보던 하진은 한참 후에나 짐을 쌌다.

지금까지 버틴 것이 용할 만큼 온몸이 만신창이였다. 오늘 아침을 다 게우고 와서 속은 쓰렸고 자꾸 하혈을 하는 것 같은 느낌에 쉬는 시간마다 화장실에 갔다. 이대로 망할 수는 없어. 악에 받쳐 독기를 가득 품고 시험 내내 쓰러지지 않으려 눈에 힘을 주고 문제를 풀었다.

모든 것이 끝난 순간 밀려온 것은 후련함도 허망함도 아니었다. 그토록 바라 왔던 모든 것들은 한순간에 실체도 없이 아스라이 사라졌다.

그냥, 아무것도 없었다.

느지막이 학교를 빠져나오는 하진의 발걸음이 무거웠다. 누가 땅에서 끌어당기기라도 하는 듯 발걸음이 천근만근이었다. 하진아, 흐려지는 정신이 저를 부르는 목소리에 퍼뜩 들었다.

꽤 많이 빠져나간 인파 속 저를 향해 성큼성큼 다가오는 훌쩍 큰 남자가 보였다. 하진은 자리에 멈춰 선 채 정문을 넘어 제게 다가오는 남자를 가만히 눈에 담았다. 아침에 저를 데려다줬을 때부터 시간이 꽤 흐른 지금까지 아마도 그 앞을 떠나지 않고 지켰을 그를.

"진짜 고생했어."

곧바로 저를 끌어안으려는 듯한 손길을 하진은 대놓고 거부했다. 그가 놀란 듯 멈칫하다 이내 눈을 찌푸리며 웃었다.

"왜. 어떻게 봤……."

짝!

온 힘을 주어 뺨을 갈기는 소리가 운동장 위 살벌하게 울려 퍼졌다. 한석의 얼굴이 맥없이 옆으로 돌아갔다. 때린 건 저인데 숨통이 조여드는 듯 가슴이 아린 것도 저였다.

하진은 가쁜 숨을 몰아쉬며, 믿을 수 없다는 듯 천천히 고개를 돌려 저를 보는 남자를 바라보았다. 저절로 입술이 벌어졌다.

"왜."

"……."

"왜 그랬어?"

"무슨 소리야."

"왜 나 몰래 수술했어."

차분하려 하지만 목소리는 엉망으로 떨렸다. 놀란 눈으로 저를 보던 남자의 눈빛이 한순간 무섭게 가라앉았다. 하진은 다시 물었다.

"말해. 왜 그렇게까지 해야 했냐고……!"

지금이라도, 모든 것이 증발해 버린 지금이라도 늦지 않았으니까 아니라고 말해 줬으면 좋겠다. 그럴 생각은 수도 없이 했었지만 차마 실행에 옮기진 못했다고, 병원도 예약만 했지 가지는 않았고 그날은 다른 볼일이 있어 일도 쉬었던 거라고.

제발 그렇게 말해 주면 좋겠다. 그 한마디면 자신은, 미련한 저는 또다시 이 남자의 손을 잡고 그 단칸방 안으로 돌아갈 텐데……

"……미안해."

아아.

뒤늦게 들려오는 사형 선고에 하진은 가슴 깊이 절망했다. 당장이라도 쓰러질 듯 파들파들 떠는 저를 보는 남자의 얼굴은 무섭게 질려 당장이라도 죽을 사람같이 보였다.

'왜 네가 그런 표정을 짓고 있는데?'

역겹게.

분명 아무것도 없었던 마음에 전부를 다 태워 버릴 듯한 무서운 분노가 치솟았다. 이미 답은 나와 있지만 확답을 듣지 않았다는 말도 안 되는 조악한 믿음과 오늘을 망칠 수 없다는 강박에 병원에서부터 꾸역꾸역 참아 왔던 수많은 감정들이 그제야 밖으로 뛰쳐나왔다.

너무나 거세서 마음의 주인인 하진마저도 다 소멸시켜 버릴 것 같은 끝도 없는 강렬한 무언가가 하진을 집어삼켰다. 자꾸 새까매지는 시야를 무시하고 하진은 미친 것처럼 중얼거렸다.

"너는, 사람이 아니야."

"……."

"소름 끼치니까 쳐다보지도 마. 그냥 꺼져. 나 내버려 두고 제발 아무 데로나 가 버리라고."

"하진아, 제발……."

"내 이름 부르지도 마!"

일단 가서 얘기하자며 저를 잡는 남자의 손이 악귀 같았다. 힘이 풀려 쓰러지는 저를 안고 연신 미안하다고 하는 남자의 목소리가 천둥같이 귓가를 울렸다. 정신 놓으면 안 돼. 멋대로 나를 만지게 두고 싶지 않은데. 제멋대로 굴게 내버려 두고 싶지 않은데……!

"하진아. 내가 다 잘못했어. 제발……."

그는 미친 사람처럼 잘못했다는 말만 계속했다. 그 말이 저를 더 돌게 만든다는 사실을 인지하지 못하는 듯했다. 눈앞이 흐려지는 와중에도 하진은 끝까지 몸부림쳤지만 이틀 내내 잠 한숨 자지 못한 데다 극도의 스트레스로 이미 상한 몸은 한계였다.

안 돼. 정말 싫은데. 마지막까지 미약하게나마 발악하던 하진은 그의 품에 안긴 채 어느 순간 정신을 잃었다. 하진아, 박하진……! 애끓는 목소리가 그녀를 불렀지만 답은 돌아오지 않았다.

* * *

아주 예쁜 봄날이었다. 왜 봄인 것을 확신했냐면 온통 푸른 들판에 하얗고 노란 아기자기 귀여운 꽃들이 가득 피어 있었으니까. 그마저도 사방이 필터를 씌운 양 희뿌예서, 선명하기보다는 애틋한 느낌이 드는 배경 안 저와 한석이 있었다. 나란히 쭈그려 앉은 채 꽃구경을 하며 실없이 키득대는 모습은 마치 대여섯 살 난 꼬맹이들 같았다. 실로 평화로운 장면이었다.

"손 줘 봐."

하진의 왼쪽 약지에 꽃으로 만든 반지를 끼워 주는 그의 얼굴이 사뭇 천진했다. 하진은 제 손가락에 딱 들어맞는 앙증맞은 꽃반지를 가만히 바라보았다.

"존나 없어 보이지."

멋쩍게 웃는 얼굴이 왜인지 가슴을 찌르르하게 저몄다. 하진은 곧바로 고개를 저었다.

"아니."

그래도 한석은 여전히 묘하게 아쉬운 표정이었다. 하진의 눈에는 한없이 반짝반짝 예쁘기만 한데도, 실로 초라한 것을 해 준 듯 반지를 낀 손을 느릿하게 매만지더니 씩 웃었다.

"내가 이거 좀만 있으면 다이아몬드로 바꿔 준다."

당당한 말투에 피식 웃음이 터졌다. 못 할 것 같냐며 한석이 장난스럽게 눈을 크게 떴다. 그게 웃겨서 결국 소리 내어 웃었다. 그러다 생각했다. 음, 다이아몬드라면 이미 해 줬으면서. 물론 한석의 몫은 없었지만…… 그러니까 다음번에는 내가 커플링을 맞춰야지. 다음번에는, 내가 정한석한테 먼저 반지를 끼워 줘야지.

……내가.

"……!"

꿈과 현실의 경계를 유영하던 하진의 눈이 번쩍 뜨였다. 하진은 습관적으로 손을 들어 제 이마를 훑었다. 잠을 자기만 하면 악몽에 식은땀을 한 바가지씩 흘리는 것이 그새 익숙해져 덜컥 무서움이 든 거였다. 조금 땀이 맺혀 있긴 하지만 한껏 올린 방 온도와 두꺼운 이불 때문인 듯했다.

'쓰레기 같은 꿈을 꿨네.'

잠시나마 그 꿈 안에서 안온했다는 것이 끔찍해 하진은 이불 안에서 섬찟 몸을 떨었다.

'몇 시지.'

새벽같이 한석이 나간 소리까지는 얼핏 기억이 나는데 그 후는 암전이었다. 완전히 커튼을 쳐 한낮인데도 어둑한 방 안, 하진은 눈만 떴다 다시 감았다 했다.

일어나야 하는데 몸이 천근만근이라 일어날 수가 없다. 아픈 게 아니라 제 무게를 감당할 수 없을 만큼 전신이 무겁다.

아니, 핑계다.

팔다리가 꽁꽁 묶여도 어떻게든 일어나야 하는데 나약하게 누워만 있다니.

하진은 이를 악물고 자리에서 일어났다. 순간적으로 눈앞이 아찔해 휘청였지만 이내 입술을 꾹 깨물고 눈에 힘을 주었다. 커튼을 걷고 살짝 창문을 열어 보니 매서운 바람이 확 끼쳤다. 눈이라도 내리려는 걸까? 하늘이 상당히 꾸물꾸물하다. 찬 바람이 피부를 스치고 가는 것도 모르고, 하진은 입을 조금 벌린 채 멍하니 골목 밖을 바라보았다.

있는지도 몰랐던 생명을 떠나보낸 지도 2주가 조금 넘었다.

수능이 끝나자마자 쓰러졌던 하진이 눈을 뜬 것은 병실이었다. 극심한 스트레스와 과로가 원인이라고 했다. 각종 검사도 받고 수액도 맞았는데 간 수치가 어떻고 뭐가 어떻고, 열심히 설명하는 의사의 말은 솔직히 잘 기억이 안 났다.

집에 와서도 며칠은 그냥 죽은 듯 잠만 자서 시간이 어떻게 지나가는지도 몰랐다. 예민하기 그지없는 자신인데 마치 자극이라는 것을 모르는 사람이 된 것 같았다. 산부인과에 갔을 때는 그나마 조금 신경이 곤두섰는데, 노폐물을 완벽히 배출하려면 약물 처방을 받는 게 좋겠다고 해서 약을 받아 왔다.

그 약을 다 먹고 또다시 검사를 받은 것이 바로 어제 오전이었다.

"회복되려면 최소 3개월 정도는 필요하다고 보면 돼요."

의사는 몸이 많이 약해진 상태니 푹 쉬고 잘 먹으면서 앞으로 관리를 잘 해야 한다고 했다. 그러면서 하진의 옆에 우뚝 서 있는 한석을 조금은 묘한 눈빛으로 보았던 것 같다.

어느새 조금씩 싸락눈이 흩날리는 밖을 보면서 하진은 문득 생각했다.

'나는 이제 어디로 가지.'

올해의 첫눈이지만 그런 감상에 젖을 여유는 한 줌도 없었다. 근본적인 질문이 마음 한가운데를 관통했다.

떠나야 한다는 것은 사무치게 알고 있는데 어떻게 해야 할지 모르겠다. 하진은 저를 한없이 세상 물정 모르는 어린애로만 보는 것 같던 다른 이들의 말을 그제야 통감했다. 아빠, 엄마, 한석, 집을 덜컥 찾아왔던 낯선 남자와 절 안쓰럽게 보던 영우까지.

그런 일이 있었는데도 자신은 이 집을 박차고 나가지 못했다.

손끝 하나 까딱할 수 없이 지쳐 버렸다는 핑계로, 당장 집을 구하고 이사를 갈 여력이 남아 있지 않다는 핑계로, 아무것도 하고 싶지 않고 제발 좀 쉬고 싶다는 핑계로. 그 모든 것들이 분명 사실일지언정 냉정히 말하면 변명이 아니겠는가. 죽은 듯 잠만 자고 이따금 미친 사람처럼 분노하고 울고 발악하다 보니 어느덧 이렇게 덧없는 시간이 흘러 버렸다.

갈 데가 없다.

가진 돈도 어디까지 제 것으로 쳐야 할지 애매했다. 알바를 하며 조금 모았던 돈은 100만 원 남짓도 남지 않았고 가진 건 지갑 속 한석이 넣어 줬던 예전의 현금과 엄마가 준, 절대 쓸 일 없을 것이라 장담했던 카드가 전부다.

"엄마는 네가 그 남자애랑 오래갈 거라고 생각하지 않아, 결 국엔 홀로 서야겠지."

그 말이 옳았다는 것을 이렇게 빨리 알게 될 줄 그 누가 알았 겠는가. 하진은 조소했다. 예측 못 할 불행에 그렇게 한 번 당했 으면 다음번엔 대책을 만들어 놨어야지. 한석을 믿지 말고 자신 만을 믿었어야지. 어쩌면 말을 잃었던 시련보다도 더 가혹하지 않은가. 말은 돌아올 거라는 희망이 있지만 아기는 그렇지 못하 니까.

의사는 누구의 잘못도 아니라고 했지만 하진은 어쩔 수 없는 미련이 있었다. 미리 알고 대처했다면 적어도 이유도 모른 채 그렇게 허망하게 떠나보내지는 않았을 거라는 생각이. 그것은 모성애라기보다는 어쩌면 특유의 책임감과 더 결이 같은 후회였 다. 조금씩 굵어지는 눈발을 보는 하진의 눈빛이 영혼이 빠져나 간 사람처럼 공허했다.

"정말로…… 정말로 임신했었다고? 애를 가졌었다고? 네가?"

모든 사실을 알고 미친 사람처럼 중얼거리던 한석의 얼굴은 죽어도 잊지 못할 것이다. 한석은 처음 왜 수술했냐는 하진의 물음에서도 그녀가 유산했었다는 것을 몰랐다. 그저 수술 그 자 체를 가지고 하는 말인 줄 알았던 것이었다.

"어떻게 그럴 수가……"

말도 안 된다며, 정말 딱 한 번이었다며 넋 나간 채 덧붙이는 말에 자신은 뭐라고 답했던가. 아마도 차마 입에 담을 수 없는 욕이었을 것이다. 하진은 제가 그렇게 상스러운 말을 할 수 있다는 것을 최근에서야 깨달았다.

불안해서 그랬다고 했다.

불안해서.

"그냥 나는 계속, 계속 너무 불안했어. 널 처음 데리고 왔을 때부터 그랬던 게 갈수록 너무 커져서 미칠 것 같았어. 네가 나를 만난 것 자체를 후회하는 것 같아서, 수능만 끝나기만 하면 그냥 미련 없이 날 떠날 것 같아서."

저와는 다르게 어른스럽고 단단하다고 생각했던 남자는 결국은 제가 만들어 냈던 환상이었던 모양이었다. 하진은 손까지 떨어 가며 고해 성사를 하는, 납빛으로 물든 그의 얼굴을 세상 가장 추악한 것을 보는 경멸 어린 시선으로 응시했다.

그러니까, 수술을 한 것도 사실이고 딱 한 번 아무 장치 없이 관계한 것도 사실이다. 하진의 기억 속에도 그리 오래되지 않은 그날의 그가 선명하니까. 그 후부터는 이상할 정도로 **꼬박꼬박** 피임을 고집했었지.

"그런데…… 그건 정말 아닌 것 같아서, 딱 한 번에 그렇게, 되리라고는 정말로 상상도 못 하고……. 정말, 나는……."

"하진아. 미안해. 미안해. 내가 잘못했어. 정말로 그렇게 될 줄 몰랐어. 너는 안 믿겠지만, 당연히 안 믿겠지만…… 정말로 너 수능 끝나면 말하려고 했었어. 수술 다시 받아서 이제 피임

해야 한다고. 네가 실망할 게 무서워도 꼭 말하고 넘어가려고 했어. 이것만큼은 정말 내 모든 걸 걸고 진심이야."

무릎을 꿇은 채 고개도 들지 못한 한석이 피를 토하듯 처절하게 잘못을 빌었다. 무너져 내리는 커다란 남자의 모습은 값싼 연민이 들 정도로 충분히 가여워 보였으나 하진에게는 비웃음만 살 뿐이었다.

"그러니까 우리 둘이 더 안 된다는 건가 봐."

"……."

"어떻게 그 한 번에 애가 생겼겠어?"

그 확률을 그냥 넘어갔다면 자신은 바보같이 속고 살았을 것이다. 한석의 말대로 그가 나중에 사실을 고백했다면 어땠을까. 물론 그래도 당연히 실망하고 상처받고 괴로웠을 것이다. 아주 난리가 났겠지.

하지만, 그래도 결국엔 용서했을 것 같다.

확실하지는 않지만 그랬을 것 같다. '그 정도'로 그를 놓을 수는 없었을 것 같다. 원망하고 미워할지언정 조건 없는 사랑이란 말을 처음으로 알게 해 준 남자를 떠날 수는 없었을 것 같다. 하지만……

"너는 나를 속였어. 기만한 거야."

이미 일은 저질러졌는데 어떡하겠는가. 애초 한석이 그런 짓을 하지 않았다면 되었을 일이었다. 하진은 이제 한석의 목소리만 들어도 소름이 돋았다.

"……하진아."

"내 이름 그만 불러. 역겨우니까."

고저 없이 차분한 목소리에 한석이 숨을 들이마셨다. 소리도 없이 작은 얼굴을 흠뻑 적시는 눈물에 저도 모르게 손을 뻗었지만 하진은 괴물을 보는 듯한 표정으로 몸을 움츠렸다. 잘못했다는 말만 고장 난 것처럼 하는 남자 앞, 눈이 짓눌릴 정도로 우는데 문득 그런 생각이 들었다. 모르고 떠나보낸 것도 이렇게 괴롭고 죄책감이 드는데 엄마는 어땠을까?

"내가, 정말 잘할게. 내가 미쳐서, 정말 하면 안 되는 짓을 했어. 뭐라고 해도 좋고 어떻게 해도 좋으니까 제발, 하진아……. 떠난다는 말만 하지 마. 제발."

"입 닥쳐. 이 범죄자 새끼야."

제가 한 욕에 제가 다 소름이 돋았다. 하지만 참을 수가 없었다.

"미화하지 마. 포장하지 말라고……!"

"……"

"불안해서 그랬다고? 지금 그딴 말을 변명이라고 하는 거야? 너는 나를 완전히 무시했으니까 그런 행동을 할 수 있었던 거야. 나를 무슨 네 소유물처럼 생각하고 그런 끔찍한 짓을 했던 거지. 왜 불쌍한 아기가 너 때문에 희생됐어야 하는데? 내가 미리 알고만 있었어도 나는 조심했을 거야. 그렇게 사라지게 두지 않았을 거라고! 너 따위는 없다 치고 내가 알아서 잘 키웠을 거야!"

말도 안 된다는 건 안다. 하지만 소중히 여겼을 거라는 것 역시 털끝 하나 거짓 없는 진심이다. 나중에는 머리가 울릴 정도로 바락바락 소리를 지르면서도 하진은 제가 덜덜 떨고 있다는 것을 알아차리지 못했다. 제대로 먹지 못하고 자지 못한 몸의 한계가 찾아오는 주기가 짧아졌다. 하진은 아득해지는 정신을 가까스로 붙잡으며, 쓰러질 것 같은 저를 보며 어쩔 줄 모르고 안절부절못하는 남자에게 힘주어 말했다.

"너랑 나는 끝났어. 네가 내 믿음을 배신했던 그때 이미."

지난 일을 회상하는 조막만 한 얼굴에, 희게 드러난 목에 찬 바람이 물씬 들어왔다. 입술의 색이 옅어지고 방금까지 후끈하게 열이 올랐던 게 거짓말처럼 몸이 식어 갔지만 하진은 창문을 닫아야겠다는 생각 자체를 하지 못했다.

나락으로 떨어진 제 인생을 어디서부터 되돌려야 할까?

그가 바꿔 놓은 것은 제 미래였다. 치솟는 분노를 참을 수 없었던 것에는 분명 그 이유도 있었을 것이다.

반쯤 정신이 나가 살았던 2주 남짓한 시간 동안 하진은 맹목적인 것은 그뿐만이 아니었다는 것을 뼈저리게 느꼈다. 틈만 나면 헤어질 생각을 하는 것처럼 건방을 떨었지만 그 깊숙한 내면 안에는 한석과 함께하는 제 모습 외에는 아무것도 없었다. 그와 있으면 어떻게든 될 것이라는 막연하면서도 심지 굳은 확신이 있었던 거였다.

눈앞에 닥친 현실이 너무나 거대해서 오히려 조금도 움직일 수가 없다.

'그렇게 자신만만하게 돌아가지 않겠다고 말했었는데.'

아빠나 엄마가 이 사실을 알면 뭐라고 할까? 순간 오한이 들어 하진이 몸을 바짝 웅크리는데 현관 너머 비밀번호를 누르는 소리가 들렸다. 천천히 고개를 돌리던 하진은 저를 보고 놀라 달려오는 남자에 제가 더 놀랐다.

"왜 문을 열어 놓고…… 몸이 지금 이게 뭐야……!"

싸늘하게 차가워진 볼에 커다란 손의 온기가 돌았다. 창문을 확 닫고 제 어깨를 끌어안은 남자를 하진은 말없이 올려다봤다. 고작 그 시선 하나에 울컥한 듯 한석이 조금은 떨리는 목소리로 중얼거렸다.

"……감기 들어. 몸조리 잘 해야 한다고 했잖아."

고된 일을 끝내고 와 꺼칠한 얼굴을 봐도 더는 안쓰러운 마음이 들지 않는 것을 보면 제 마음이 변하긴 한 모양이었다. 꼬박 일주일 내내 하진의 곁을 지키던 그였으나 하진이 너랑 계속 붙어 있으면 숨이 막힌다고 발악을 해 이번 주부터 다시 꼬박꼬박 일을 나갔던 터였다.

"손 치워."

몸 하나 까딱하기 싫은데 자꾸 왜 같은 말을 반복하게 하는 걸까. 하진은 떠나지 않는 저를 혹시나 한석이 잡아 달라는 것으로 받아들일까 두려웠다. 상처받은 듯한 표정으로 손을 떼는 것조차도 황당해 가만히 보다가, 이내 자리에서 일어났다. 지금은 그저 따뜻한 물에 푹 잠겨 있고 싶었다. 인제 그만 자고, 그만 청승 떨고 끊어 내야지, 다짐하면서.

그러나 하진의 결심은 이루어지지 못했다. 저녁도 몇 술 못

뜨고 자리에 누워 버린 지친 몸에는 간밤에 열이 펄펄 끓었다. 응급실 가자며 저를 들쳐 업으려는 한석에게 눈도 못 뜨면서 죽어도 안 간다고 해서 한석은 집에 있는 비상약만 먹이고 그 곁을 밤새워 지켰다. 열에 들떠 자다 깨기를 반복하는데 이마에 놓인 물수건을 갈아 주는 손이 갑자기 엄청나게 거슬렸다.

'그냥 내버려 두면 낫는다고!'

피죽도 못 얻어먹은 꼴을 하고 어디서 그런 힘이 났는지, 하진은 퍽 소리가 날 정도로 세게 그 손을 내쳤다. 한석이 하진을 주려고 가져온 물컵이 쏟아지는 소리가 났지만 개의치 않았다. 가쁜 숨을 씩씩대며 천장을 보고 누운 하진을 보며 한석이 이를 악물었다. 그 잠깐 사이 극도로 말라 버린 하진의 모습에 가슴이 갈기갈기 찢기는 기분이 드는 것조차 죄를 짓는 것 같았다.

"제발, 박하진."

엉망으로 갈라진 목소리가 귓가를 아프게 파고들었다.

"너 지금 많이 아파. 제발, 몸이라도 좀 회복하고 나서……."

"……너는."

잠과 약에 취한 몽롱한 정신으로 하진은 입술을 달싹였다. 눈을 감아 온통 새까만 사위가 차라리 마음 편했다. 후회와 통한에 젖은 남자의 가증스러운 얼굴을 보는 것은 확실히 고역이었으니까. 하진은 제 무거운 몸뚱이가 이렇게 원망스러울 수가 없었다. 아프지만 않았어도 빨리 대책을 세워 여길 나갈 텐데. 그 와중에도 기어서라도 나갈 생각은 하지 못하는 나약한 자신은 답이 없었다.

"나를 사랑하긴 한 거야?"

"……."

왜 이딴 걸 묻고 있는 거지, 자조하면서도 입술은 제멋대로 움직였다. 답은 들려오지 않았지만 어차피 대답을 원하고 한 물음이 아니었다.

"아니지. 아니야. 너는, 네 멋대로 할 수 있는 내가 좋았던 거야. 그러니까 말하지 못했을 때의 내가 나았다고도 한 거지. 너만 의지하고 네 말만 듣고 살았으니까."

띄엄띄엄 흘러나온 말에 그가 거칠게 숨을 내쉬는 소리조차도 징그럽게만 느껴졌다. 이렇게 갑자기 사람이 미친 듯이 싫어질 수도 있나? 아무리 그래도 한순간에 손바닥 뒤집듯이? 혼란스러웠다. 갑자기 숨이 차올라 하진이 크게 심호흡하는데 쥐어짜는 듯한 목소리가 폐부에 흘러들어 왔다.

"아니야. 그렇지 않아."

아니긴. 하진은 속으로 웃었다.

"넌 기회라고도 했었지. 내 불행이 너한텐 기회였던 거야."

그 언젠가 바다를 보며 했던 그의 고백이 그 순간에는 애틋한 절실함으로 느껴졌는데 지금은 오싹할 정도로 소름이 끼칠 뿐이다. 한 번 저를 배신한 사람이 두 번은 그러지 못할까. 차라리 아빠처럼 대놓고 하면 피하기라도 하지, 별도 따다 줄 것처럼 극진하다가 돌변해 버리면 어쩌라는 건가? 음침하기 그지없다.

"조금만, 아주 조금만 더 있다가 나갈 테니까. 오해하지 마. 몸만 좀 나으면 바로 여기 나갈 테니까."

망설이다 덧붙인 말에 그는 어떤 표정을 지었을까. 아무 말도 들려오지 않는 방 안은 숨 막히게 고요했다. 정적 속 지칠 대로 지친 하진이 또다시 깊은 잠에 빠지려던 때였다.

"하진아. 나는……."

무서울 정도로 가라앉은 목소리는 차분해 오히려 귀를 기울이게 했다.

"네가 하늘에 사는 사람 같았어. 엄청 비싸고 귀해서 내가 차마 만져 볼 수도 없는 것 같았거든."

이제는 하다 하다 동화라도 쓰려는 모양이다. 하진은 차라리 빨리 잠들고 싶어 눈을 더 꼭 감았지만 허사였다.

"소중하게 갖고 있고 싶었는데 내 욕심이 과해서 깨뜨렸어. 깨뜨렸다는 걸 알면서도 조각이라도 갖고 싶은 마음에, 계속해서 욕심을 부렸어. 그냥 나 같은 놈 옆에 있어 주는 것만으로도 과분하게 생각했어야 했는데…… 그러지를 못했어. 전부가 갖고 싶다고만 생각해서, 분수에 맞지도 않게 행동해서 있는 조각마저 잃어버렸어."

이따위 추상적인 말은 그와는 어울리지 않는다. 듣고 싶지 않다고 버럭 소리를 치려 했지만 입술이 굳은 듯 떨어지지 않는다. 감정을 추스르려는 듯 떨리는 숨소리 끝 초라한 목소리가 그녀의 귓가에 내려앉을 뿐.

"인정해. 나밖에 모르는 네가 좋았던 때도 분명 있었어. 알고 있으니까. 너는 누가 봐도 예쁘고, 똑똑하고, 사랑스럽고……. 아무것도 하지 않고 그냥 숨만 쉬고 있어도 너 좋다는 사람이 줄을 설 테니까. 그런 일만 없었다면 어떻게 내가 너를 끼고 살 수 있었겠어? 기회라고 생각했던 말도 그래서 나온 거야. 마음껏 욕하고 비난해도 좋아. 그렇게 느꼈던 건 사실이고 나도 내가 미친 새낀 걸 알고 있으니까. 하지만 그래서, 내가 못 가질 걸 알아서 뭐라도 잡고 싶었어. 이런 말 하면 넌 더 내가 끔찍하겠지만…… 혹시 애가 생기면 네가 돌아가도 집에서 널 안 받아 주지 않을까? 그런 생각까지 했어. 정말 눈이 돌아서 한순간에 하면 안 되는 짓을 해 버렸어."

두서없이 쏟아 내는 진심이 단 하나라도 하진에게 닿기를, 한석은 간절히 바랐다. 할 수만 있다면 영혼이라도 팔아서 모두 없던 일로 만들고 싶었다.

"그런데 아무것도 모르고 나한테 웃어 주는 널 보니까 무섭더라. 내가 무슨 짓을 했나 싶고. 믿어 주지 않겠지만 바로 말하려고 했는데, 수능이 걸렸어. 분명 네가 흔들릴 것 같아서 차마 말하지 못했어. 아. 나도 내가 지금 하는 말 진짜 헛소리로 들리긴 하는데…… 나는 정말."

뭐라도 잡고 싶었어, 엉망으로 진동하는 그의 목소리는 아무런 감흥도 주지 못했다. 이미 돌아선 마음을 더 얼어붙게 만들 뿐이다.

"제발…… 하진아. 용서는 바라지도 않아. 그냥 옆에만 있게 해 줘. 정말 다 해 줄 수 있어. 네가 하라는 대로 살게. 다시는 그런 미친 짓 하지 않을게. 내 모든 걸 걸고 약속해. 또다시 이런 일 없을 거야. 평생 속죄하면서 살 테니까…… 제발 한 번만 기회를 줘. 네가 없으면 나는 정말 죽을 것 같아."

"그럼 죽어."

건조한 목소리에 그가 숨을 들이마셨다. 여전히 하진은 눈을 감고 있다.

"어차피 끝난 마당에 쓸데없는 짓 하지 마."

조금 더 기다려 봤지만 아무 말도 들려오지 않았다. 하진은 그제야 잠이 들 수 있었다. 자면서도 헛소리를 하고 식은땀을 흘리는 그녀의 얼굴과 몸 곳곳을 한석이 따뜻한 수건으로 연신 닦았다. 자꾸 마르는 입술에 물을 대 주고 계속해서 열을 체크하며 상황을 주시했다.

이미 몇 날 며칠을 제대로 자지도, 먹지도 못하고 일을 갔다와 하진의 폭언을 듣는 일상의 반복에 그도 극도로 지쳐 있었다. 하진에게 차마 내색하지 못해도 잃어버린 아기에 대한 정신적인 충격 또한 컸다. 하지만 지쳤다는 것 자체도 사치로 다가오는 상황이었다. 오늘만 해도 돌아온 집에 하진이 없을까 정신을 놓고 일을 하다 허벅지에 커다랗게 화상을 입은 채 처치도 제대로 못 하고 돌아온 그였지만 그런 사정을 누구도 알아줄 리 없었다. 알기를 바라지도 않았고.

'제발.'

제발, 제발. 한석은 들어 줄 리 없는 그 단어만을 미친 사람처럼 계속 속으로 읊조렸다. 이 간절함이 기적을 만들었으면, 염치없는 바람을 담아. 쑥 들어간 눈으로 그녀를 정성껏 돌보는 남자의 모습은 간신히 숨만 붙은 병자 같았다.

* * *

어느덧 올해의 마지막이 다가오고 있었다. 작은 동네에도 제법 연말 분위기가 풍겼다. 조용하던 골목이 밤에도 꽤 시끌벅적할 정도로 말이다. 단지 하진이 있는 방 한 칸만이 어두침침할 뿐이다. 불도 켜지 않고 노트북 앞에 앉아 원서 접수를 마친 하진의 눈에선 생기라고는 찾을 수 없었다.

가장 가고 싶던 곳은 원서도 낼 필요 없다고 판단했다. 뒤늦게 확인한 성적은 이전이었다면 고민 없이 재수를 선택했을 결과였다. 일단 최대한 머리를 굴려 지원하고 나니 괜히 허탈해졌다. 이것만큼은 누구의 탓도 하지 않고 싶었다. 제 결과는 제가 만든 것이다.

또다시 수능 준비를 할 수는 없으니, 결과에 맞춰 가야지.

퀭한 눈으로 노트북을 끈 하진에게 어둠이 또다시 찾아왔다. 집에 들어오던 그에게서 희미하게 묻어난 담배 냄새가 역겨워 나가라고 패악을 부린 게 두어 시간은 된 것 같다. 지갑이나 갖고 갔을지 모를 일이었다. 지금 어디서 뭘 하고 있을까. 이렇게 추운 날씨에.

그새 비쩍 마른 제 몸을 훑어보지만 어두워서 잘 보이지 않았다. 볼썽사나운 것을 안 봐서 다행이긴 했다.

밤에도 불을 잘 안 켜게 된 것이 언제부터였더라.

처음 그에게 자해하는 것을 들켰을 때 그는 세상을 잃은 표정을 지었다.

"병원 가자. 하진아."

"일단 치료받자. 응? 날 죽여도 좋고 뭘 해도 좋으니까 제발 상담받고……."

물론 하진은 깨끗이 무시했다. 저조차 제가 그런 행동을 했다는 게 충격이긴 했지만 제 의지로 통제할 수 있는 일이라 여겼다. 안 그래도 불안정하고 히스테릭한 면이 있는 영혼은 유일하게 의지했던 대상의 소멸과 함께 추락했다.

그간 하진은 방에서 한 발자국도 나가지 않았다. 가끔 속이 너무 답답해 터질 것 같으면 한석이 없는 사이 작은 창문을 조금 열어 놓고 종일 바깥을 보는 게 전부였다. 한석이 정성스럽게 차린 식사는 매번 차게 식어 버렸다. 몇 술 뜨지도 못하고 저를 기다리다 묵묵히 상을 치우는 그의 모습을 보면 숨이 막혔다. 쌓여 가는 저를 위한 달콤한 간식과 신선한 과일들을 다 버려 버리고 싶었다.

제발 옆에만 있어 달라고 했던 말을 착실히 지키듯, 한석은 제가 어떤 미친 짓을 해도 언짢은 표정 한 번 짓지 않았다. 밑도 끝도 없는 심한 욕설에 그의 자존감을 짓밟다 못해 찢어 버리는 말을 해도 당연하다는 듯 받아들였다. 어떤 날은 네가 내 인생을 망쳤다며 종일 울고, 또 어떤 날은 어떻게 그럴 수 있냐며 분노를 쏟아 내는 하진에게 손끝 하나 대지 못하면서 잘못했다고, 그저 잘못했다고만 계속해서 빌었다.

'자고 싶다.'

집주인을 쫓아내 놓고 쏟아지는 잠이 염치가 없었지만 몸도

마음도 완전히 지쳐 버린 하진은 감정을 쏟아 내지 않는 시간에
는 잠만 잤다. 내일은 꼭 짐을 싸야지, 일단 서울로 올라가서 방
부터 구하면 어떻게든 될 거야, 그렇게 매일 생각하면서도 떠나
지 못하고 있는 자신이 우습다.

　뭘 위해서?

* * *

　다음 날 하진이 눈을 떴을 때 본 것은 등을 돌리고 부엌에 우
뚝 선 남자였다. 휴일이라는 것은 날이 밝았는데도 일을 가지
않는 한석 때문에 알았다. 시선을 느낀 건지 우연이었는지 뒤돈
그와 눈이 마주쳤다. 표정 없이 저를 응시하는 하진에 그가 어
색한 듯 눈을 찡그리며 쓰게 웃었다.

　"……밥은 먹고 자야지."

　그간 저 때문에 버린 식비만 해도 분명 어마어마할 텐데. 핏
발이 선 눈으로 먹지도 않을 제 아침상을 차려 주겠다고 그러고
있는 모습을 보는데 무언의 확고한 결심이 섰다. 지금까지 치열
하게 머리로 생각했던 것이 무색하게 마음에 밀려들어 온 강력
한 파동으로 확신했다.

　아, 나는 정말 떠나야 하는구나.

　저를 위해서, 그리고 한석을 위해서라도.

　"한석아."

　꽤 오랜만에 제대로 부르는 이름에 그가 움찔했다. 하진은 몸

에 힘을 주고 천천히 일어나 앉았다. 자도 자도 가라앉는 몸을 벽에 기대고 그의 눈을 똑바로 바라보았다.

"이제 진짜, 그만하자."

"⋯⋯."

"물론 끝이 이렇게 됐지만, 그래도 더는 너를 원망하지 않을 거야. 너는 이미 나를 한 번 살렸었으니까."

생각을 거치지 않고 뱉은 말에 내내 시끄러웠던 마음이 놀랄 정도로 고요해졌다. 생기 없이 마른 얼굴에 두어 달 만에 처음으로 조금 환한 빛이 돌았다. 그것을 보는 남자의 마음이 절망으로 시꺼멓게 물들었다. 정말로 그녀가 마음을 정했다는 반증 같아서.

"내가 너한테 받은 게 많다는 거 잘 알아. 네가 나한테 어떻게 해 줬는지도 다 기억해. 그냥 그 기억만을 갖고 갈게. 돌이켜 보면 내가 너한테 정말 너무했던 순간들이 많더라. 미안하고 고마워. 너도 이제 너를 위해서 좀 살았으면 좋겠어."

뭔가 더 말을 하고 싶은데 이어지지 않는다. 하진은 흙빛이 된 얼굴로 저를 응시하는 남자를 말없이 마주했다. 이제는 희미해진 기억 속, 처음 들어 보는 도시로 향하는 버스 안 그의 어깨에 기대 잠들었던 제 모습이 떠올랐다. 후회할 수는 있겠지만 평생 그 선택에 책임을 지기로 했던 다짐도.

그러니 이 모든 것의 책임은 제가 져야 했다.

한석을 미워하지 않기로 마음먹은 순간 썰물같이 밀려든 평온함, 그것은 아마 그와 울고 웃고 사랑했던 수많은 날들이 가져다준 마지막 깨달음일 것이다.

저는 한석을 정말 많이 사랑했었다.

끝에 와서야 확신한 것이 안타깝지만 이미 벌어진 일은 되돌릴 수 없다. 더 상처받고 상처 주기 전에 결론을 내릴 시간이었다.

"안 돼."

목이 멘 억눌린 소리가 그의 버석한 입술을 타고 흘러나왔다. 하진은 잠시 떨궜던 고개를 들었다. 저에게 성큼성큼 다가오는 남자를 보고 눈이 커졌다가, 저를 숨 막히게 꽉 끌어안는 행동에 눈을 질끈 감아 버렸다. 익숙한 체향, 수없이 안기고 안았던 너른 품. 온몸 가득 밀려오는 그리운 감각이 죄악 같았다.

"아예 몰랐으면 모를까, 이제는 안 돼."

그것은 어찌 보면 포옹이라기보다는 옭아매는 행위에 더 가까웠다. 실제로 하진은 저를 압박하는 남자의 몸에서 조금도 움직일 수가 없었다. 조금 빠르게, 두서없이 흘러나오는 목소리는 절박했다.

"혼자가 당연하다고 생각했을 때는 괜찮았어. 그런데 이젠 알아 버렸잖아. 이렇게 너랑 같이 눈뜨고, 밥 먹고, 대화하고 끌어안고 잠들고…… 다 알아 버렸잖아."

"그게 꼭 나일 필요는 없어."

"아니, 난 너 아니면 안 돼."

정말로 숨 쉬기가 조금 불편해지는 감각에 하진은 몸을 비틀어 봤지만 허사였다. 기운 하나 없는 몸은 필사적으로 저를 붙드는 남자의 힘과는 애초에 댈 수가 없었다.

"나는 네 옆에 있으면 불행할 거야. 너도 마찬가지고."

"내가 행복하게 만들어 줄게, 꼭."

"아니, 한석아."

딱 떨어지는 말투에 그가 커다란 몸을 움찔했다. 하진은 깊이 심호흡을 했다. 한 번은 버틸 수 있을지도 모른다. 겉으로는 아무 일도 없던 것처럼 덮고 살 수 있을지도 모른다. 한석이 앞으로 제게 어떤 식으로 행동하고 헌신할지는 보지 않아도 그려지니까. 하지만.

어떤 식으로든, 만약 한 번 더 믿음을 배신당하는 일이 생긴다면? 그때 자신은 버틸 수 있을까?

살면서 어떤 일이 일어날지는 아무도 모른다는 것을 몇 번째 가슴 깊이 깨달았는데 여전히 자신은 그대로이다. 똑똑한 척은 다 하면서 할 줄 아는 건 아무것도 없다. 나약하고 한심하다. 언제든 닥쳐올 수 있는 불행과 변화는 제 본질이 바뀌지 않는 이상 막을 수 없다는 것을 가슴 깊이 깨달았다. 모진 풍파를 다 막아 줄 것 같은 이 품 안에서 아무것도 모른 채 사는 것이 영원을 약속하지는 않는 것이다. 그리고 무엇보다도……

"내가 너를 더 이상 사랑하지 않는데 어떻게 행복할 수가 있어."

"……"

하진을 안은 채 내내 미약하게 떨리고 있던 한석의 몸이 순간 무섭게 굳었다. 제가 들은 말을 부정하듯 거칠게 숨을 내쉬어

319

보지만 이미 그녀의 마음은 멀리멀리 떠나 버렸다.

"······못 놔."

분명 힘겹기 그지없게 들리던 뇌까림이 서늘하게 변하는 것은 순식간이었다.

"죽어도 못 놔. 차라리 죽이고 가. 나는 너 없이 못 사니까."

몸을 조금 뗀 한석이 시선을 마주했다. 충혈된 눈이 예전 다쳤을 때를 떠올리게 해 순간 가슴이 저몄지만 그뿐이었다. 하진은 조소했다.

"이미 한 번 죽였는데, 또 죽여?"

제 말을 잘 이해하지 못한 듯한 표정으로 한석이 눈을 조금 찡그렸다. 안고 있던 팔의 힘이 느슨해졌다. 깡마른 손목을 잡아 오는 그의 손이 놀랄 정도로 차가웠다. 담담한 표정으로 저를 보는 핏기 없는 얼굴을 가만히 들여다보던 그의 얼굴이 이내 무섭게 일그러졌다.

"네 잘못이 아니라고, 했잖아······."

"······."

"제발. 박하진. 하진아."

네가 하라는 대로 다 하겠다며 비는 남자의 모습을 이제 정말로 그만 보고 싶었다. 하진은 온 힘을 다해 그에게서 몸을 떼고 일어났지만 잠시였다. 그대로 저를 덮쳐 오는 남자의 몸에 하진은 이불 위 다시 눕게 되었다. 뜨겁고 까슬한 혀가 입 안을 엉망으로 휘젓고 가쁜 숨결이 연신 피부 위로 쏟아졌지만 그냥, 그대로 두었다. 손끝 하나 까딱하지 않고 아무 반응도 하지 않는 하진에 정신없이 그녀를 집어삼키던 남자가 일순 이를 악물었다.

"그래. 난 안 죽을 거야. 아니, 못 죽지. 너랑 살아야 되는데 내가 왜 죽어."

형형하게 독기 오른 눈빛은 이미 많은 자극에 무뎌진 하진이 보기에도 심장이 철렁할 정도였다. 그러나 하진은 그대로 고개를 옆으로 돌려 버렸다. 입 안 살을 꾹 깨문 한석이 그대로 드러난 허연 목에 입술을 댔다.

미치게 애틋한 향이 풍기는 살결을 조심스럽게 핥고 깨물며 당장이라도 폭발할 것 같은 감정을 간신히 눌렀다. 하진을 제 안에 이렇게 계속 품고 있을 수만 있다면 어떤 추악한 짓이라도 기꺼이 할 수 있을 것 같았다. 헐렁한 옷 속으로 홀린 듯 손을 집어넣은 그가 쑥 들어간 허리와 배를 더듬었다. 손끝에 닿아오는 따끈하고 부들부들한 피부의 감각에 머릿속이 하얗게 점멸했다.

"하진아. 사랑해. 사랑해. 박하진……."

사랑한다고, 너무 사랑해서 네가 없으면 안 된다고 미친 듯 읊조리며 구걸했다. 보이는 곳에 아무렇게나 입술을 대고 두서없이 그녀를 만지는 행위는 어쩌면 생존의 본능과도 같은 몸부림을 닮아 있었다. 그래도 하진은 요지부동이었다. 생기 없는 눈동자와 제가 이끄는 대로 힘없이 따라오는 몸에서 한석은 일순 기묘함을 느꼈지만 이미 눈이 돌아 있는 남자는 멈추지 못했다.

입고 있는 티셔츠와 바지가 엉망으로 끌어 내려지고 남자의 흔적이 하얀 피부에 울혈을 남겼다. 간혹 쏟아지는 키스는 무섭게 거칠었다가 녹아내릴 듯 다정했다가 엉망진창이었다. 꽉 잡힌 마른 손목에 자국이 남고 간혹 하진이 힘겨운 숨을 토해 냈으나 그 자신조차도 저를 통제할 수 없었다. 그런 남자의 모습에 하진은 또 한 번 가슴 깊이 절망했다.

딱히 한석을 비난하고 싶지는 않았다. 우리는 늘 그런 식으로 갈등을 해결했으니까. 인내하고 대화하며 성숙하게 대처하는 법 따위는 몰랐다. 그저 당장 눈앞에 보이는 몸을 끌어안는 직관적인 행위에서 얄팍한 안식을 찾았다.

그리고, 모든 애정과 절망, 동정과 분노와 후회 같은 그 수많은 감정들이 정욕으로 새까맣게 덮여 버린 남자가 하진의 안에 들어오려던 찰나.

"거기서 더 하면."

숨소리와 크게 다를 바 없는 미약한 음성에 그가 거짓말처럼 행동을 멈췄다. 하진은 내내 외면했던 시선을 똑바로 맞춰 한석을 보았다. 멍하니 저를 내려다보는 얼굴이 핼쑥했다.

"죽어 버릴 거야, 진짜로."

"……."

하진을 안고 있던 그의 손이 힘없이 툭, 떨어졌다.

둘의 대치는 하룻밤을 꼬박 넘기고 새벽을 지나 또다시 아침이 될 때까지 이어졌다.

그동안 하진은 벽에 등을 댄 채 자다 깨기를 반복했고, 갑자기 극도의 허기가 치솟아 한석의 앞에 상을 펴 놓고 식은 국에 밥을 말아 허겁지겁 먹기도 했다. 헛소리를 웅얼거리다 깼을 때 몸이 땀투성이가 되어 있어 오랫동안 샤워를 하기도 했고 정신 없는 와중에 얼마 없는 짐도 쌌다. 최소한의 것만 가지고 가려고 해도 한석이 사 준 것을 아예 안 가지고 갈 수는 없는 것이 염치없었지만…….

어쨌든 당장 필요할 옷가지 몇 개와 한석이 따로 처치하기 귀찮을 듯한 제 개인 물품들, 그리고 엄마가 준 카드만 마지막으로 잘 챙겼다. 대부분을 다 놓고 가다 보니 워낙 짐이 단출해 캐리어까지도 필요 없었다. 지갑부터 시작해 노트북이나 이어폰, 사소한 머리핀 하나까지도 한석이 사 준 것들이 너무 많다 못해 전부라는 깨달음이 새삼스러웠다.

그리고 하진이 그 모든 것들을 하는 동안 한석은 단 한 번도 움직이지 않고 현관문 앞에 떡하니 버티고 앉아 있었다.

어떤 말도, 어떤 행동도 하지 않았지만 그 모습 자체가 엄청난 압박이었다. 날렵하게 잘생긴 얼굴은 푸석했고 악만 남은 눈빛은 매서웠다. 제 행동 하나하나를 좇는 시선이 집요해 숨이 턱턱 막혔다. 순수한 두려움이 들었다.

이것을 정신력이라고 불러야 할까? 며칠 밤을 새우고 일까지 갔다 왔는데 어떻게 사람이 저럴 수 있을까. 어제 그 난리를 쳤던 때부터 물 한 모금 입에 대지 않았을 것도 확실했다.

하진은 어느 순간부터는 차마 고개를 돌려 그를 볼 수도 없었다. 저렇게 서슬 퍼렇게 버티고 있는데 억지로 나가 봤자 의미 없다는 생각이 들었다. 옷을 갈아입고 두툼한 패딩을 걸치는 손이 조금 떨렸다. 모든 채비를 마친 하진이 머뭇대며 겨우 눈을 맞췄을 때. 그의 입술이 천천히 열렸다.

"진짜 가게?"

엉망으로 쉰 목소리에 가슴이 쿵, 내려앉았다. 하진은 마른침을 삼키고 몸을 꼿꼿이 폈다. 한석만큼은 아니어도 그녀 역시 잠 한숨 제대로 못 자고 못 먹은 탓에 정신이 하나도 없었다. 한석과 마주하고 있는 이 장면이 현실이라는 건 아는데 마치 꿈인 듯 혼몽했다. 둘은 서로 오직 하나의 목표만을 갖고 가혹한 지금을 가까스로 버티고 있었다. 나가야 한다는 것과 막아야 한다는 것. 완벽하게 다른 곳을 보고 있는 각자의 절실함이었다.

"응. 가야지."

한석이 황당하다는 듯 웃었다.

"그 몸으로? 당장 몇 발짝도 못 가고 다시 실려 오겠는데?"

"그럴 리도 없지만 쓰러져도 여기로 돌아오진 않을 거야."

담담한 어투에 그의 눈빛이 번득였다.

"당장 갈 곳은 있고?"

설마 집으로 돌아가려는 거냐며 덧붙이는 것은 명백한 도발이었다. 그러나 하진은 이번에도 눈 하나 깜빡하지 않았다.

"아니. 일단 서울 올라가서 집 구할 거야. 며칠 지낼 곳이야 마련하면 되고, 대충 원서 넣은 데 근처로 알아봐야지. 일도 구하고."

"네 생각대로 잘 안 되면? 대학 떨어질 수도 있고, 일도 좆같이 안 구해지면?"

"대학 못 가도 다시 공부하면 되고 일은 구할 때까지 계속 찾으면 돼. 당장 몇 개월 살 돈은 있으니까."

"말은 진짜 잘하네."

빈정대며 입꼬리를 끌어 올리는 그의 얼굴에 스쳐 지나가는 아득한 절망을 하진은 놓치지 않고 보았다. 불현듯 그가 천천히 몸을 일으켰다. 순간적으로 한 걸음 뒤로 물러나는 하진에 한숨을 한 번 쉬고, 몸을 크게 폈다.

"어디 한번 갈 수 있으면 가 봐."

"억지 부리지 마."

억지라니, 그가 어깨를 으쓱했다. 하진은 천천히 숨을 몰아쉬었다.

"한석아. 나 너랑 같이 있으면 미쳐 버릴지도 몰라."

"……"

"여기서 너랑 계속 살면 내가 망가질 것 같아. 속이 곪아 썩을 것 같다고. 누구나 행복해지고 싶은 마음은 같잖아? 너도 어쩌면 그래서 지금 나를 놓지 못하는 거고. 하지만 이대로는 안 돼. 우린 이미 틀린 거야. 돌이켜 보면…… 꼭 그 일이 아니었어도 그 전부터."

그러니까 날 놔줘, 조그맣게 중얼거리는 목소리에 한석이 화를 주체하지 못하고 숨을 씨근덕댔다.

"네가 끝까지 날 잡으면 난 내 인생에 정말 미련이 없어질 것 같아. 스스로 선택할 수 없는 게 인생이야? 아니잖아."

그렇게까지 그가 싫고 미래를 비관하는 것은 진심이 아닌지도 모른다. 하지만 이렇게라도 하지 않으면 정말로 못 나갈 것 같았다. 정확히는 제가 그만 주저앉아 버릴 것 같았다. 애원하는 하진을 보는 그의 얼굴이 무섭게 일그러졌다. 유일한 제 숨통과도 같은 하진이 하는 말이 날카로운 비수가 되어 이미 엉망이 된 속을 난잡하게 휘저었다. 지금 당장 심장이 멈춰도 이상하지 않을 정도로 가슴이 아파서 제대로 숨을 쉴 수가 없었다.

"너는……."

제가 뭐라고 하는지도 모르고, 그의 몸 너머 현관문만 본 채 정신없이 말을 뱉던 하진은 과한 감이 있게 거칠어지는 숨소리에 흠칫해 눈을 들었다. 그리고 제가 본 것에 극심한 충격을 받았다.

그러니까, 한석은…… 울고 있었다.

"내가 그렇게, 끔찍해?"

"……."

"말해 봐. 박하진……. 내가 그렇게, 죽고 싶을 정도로 끔찍하냐고."

쑥 들어간 뺨을 타고 흐르는 눈물을 하진은 입을 조금 벌린 채 멍하니 바라보았다.

지금껏 수많은 그의 모습을 보아 왔지만 우는 모습은 정말로 처음 보았다. 한없이 힘들고 고된 일이 있어도 제 앞에서 약한 모습 한 번 보인 적 없는 그였으니까 그가 우는 것 자체를 맹세코 한 번도 상상조차도 해 본 적이 없었다. 그 어떤 것보다 비현

실적으로 느껴지는 모습과 마주한 그 순간만큼은 찰나 하진은
아무 생각도 할 수 없었다. 두 발이 굳은 듯 움직이지 않는 그녀
를 뚫어지게 응시하던 남자가 어느 순간 피식 웃었다.

"……가."

"……!"

하진은 순간 제가 들은 게 맞나 제 귀를 의심했다. 그렇게 듣
고 싶던 말을 들었는데도 믿을 수가 없어 천천히 눈만 깜빡였다.
그러다.

"씨발, 가라고!"

별안간 야차같이 소리를 지르는 남자에 놀라 흡, 숨을 들이
마셨다. 당황해 들고 있던 가방을 볼썽사납게 떨어뜨리기까지
했다.

"보내 준다는데 왜 빨리 안 가. 얼른 가. 내 마음 변하기 전
에."

얼어붙은 낯을 보며 뱉는 말은 서릿발 같았다. 하진은 정신없
는 와중에 덜덜 떨리는 손으로 가방을 다시 집어 들었다. 그마
저도 손에 힘이 풀려 정신을 바짝 차리고 손잡이를 고쳐 쥐었다.
갑자기 바뀌어 버린 그의 태도에 적응하지 못해 얼떨떨한 와중
에 이어지는 말에 등줄기를 타고 소름이 돋았다.

"가. 너 지금 안 가면 정말 다리 분질러 버릴 줄 알아. 다리뿐
이야? 씹, 그냥 여기 가둬 놓고 그 짓만 할 거야. 계속 하고 또
해서, 네 그 망할 죄책감 없어지게 애새끼 존나 낳고 키우게."

눈을 희번덕대며 험한 말을 쏟아붓는 남자는 확실히 제정신처

럼 보이지는 않았다. 물기로 그새 흠뻑 젖은 얼굴과 대비되어
더 그랬다. 헝클어진 머리와 색이 죽은 얼굴, 음산하게까지 느껴
지는 뇌까림이 순간적으로 오싹할 정도로 무서웠다는 것 또한
부정할 수 없었다. 하지만.

"난 지금 할 수 있어. 뭐든."

"……."

"그러니까…… 가."

허탈하게 중얼거리는 얼굴에 심장이 욱신거리는 것은 제 의지
가 아니었다. 짐 가방을 쥔 마른 손에 무섭게 힘이 들어갔다. 비
약인 것을 알지만 그의 눈물에 아주 잠시나마 흔들렸던 정신을
그가 우악스럽게 틀어쥐고 제자리로 돌려놓은 것 같았다.

뭐에 홀린 듯 걸음을 옮기던 하진이 문득 발을 멈췄다. 코앞
에 있는 그의 얼굴을 용기 내어 마주 보고 입술을 달싹였다.

"미안해."

그 이상 할 말은 도저히 생각나지 않았다. 눈이 마주친 것은
지극히 잠시였다. 현관 앞 그를 스쳐 지나가는 순간도 하진은
그가 제 손목을 덥석 잡아 올 것 같은 환영에 잔뜩 굳어 있었다.
대충 발을 넣어 신발을 구겨 신고 문을 열었다. 달칵, 소리와 함
께 사무친 깨달음이 있었다.

정말 끝이구나.

이내 문이 닫혔다. 잠기는 도어 록 소리까지 듣고도 머뭇대던
하진이 걸음을 옮기기 시작했다. 분명 망설이는 감이 있던 그것
은 갈수록 더 빨라졌다. 대문을 빠져나와 그간 수없이 오르내렸

던 언덕길을 내려가는 동안에도 하진은 단 한 번도 뒤돌아보지 않았다. 제가 없는 방 안 그의 모습을 상상하는 것이 두려워 자꾸 풀리려는 다리에 힘을 주고 그저 빠르게 걷고, 또 걸었다.

"하……."

언덕길을 완전히 빠져나왔을 때야 가쁜 숨을 몰아쉬며 하진은 문득 뒤를 돌아보았다. 이제는 보이지 않는 저 끝에 불과 몇 분 전까지 제가 살았던 집과 제 것이었던 남자가 있다. 살이 엘 정도로 차가운 공기 속, 하진은 눈앞에서 사라져 버린 제가 놓고 온 것들을 멀거니 바라보았다. 한때는 제 전부라고 생각했는데, 어쩌면 평생을 갈 거라고도 믿었었는데.

2년 만에, 나는 그와 헤어졌다.

12

몇 시간째 노트북을 붙들고 있던 하진의 입에서 작은 탄식이 샜다. 작업은 확실히 즐겁지만 여러모로 에너지를 많이 소요하게 되는 일이다. 어느새 차게 식은 커피를 힐긋 한 번 보고 시간을 확인했다. 이른 저녁을 먹고 책상 앞에 앉았는데 벌써 자정이 넘어 있었다.

좀만 쉬었다 또 해야지.

찌뿌둥한 몸을 쫙 펴며 작은 방을 나온 하진은 역시 그리 크지 않은 감이 있는 거실 창가 앞 스툴에 앉았다.

'눈이 왔구나.'

동그란 원목 테이블과 의자가 있는 이곳은 하진이 가장 좋아

하는 공간이다. 커피를 다시 끓여 올까 하다가 관두고 창을 조금 열었다. 피부에 확 와 닿는 공기는 차갑지만, 속이 탁 풀리게 시원했다.

'……예쁘네.'

어느새 하얗게 변해 버린 고요한 세상을 잠시 눈에 담다 무의식적으로 손을 뻗어 보았다. 나풀대던 눈송이가 손에 닿자마자 사라져 버리는 것이 새삼 흥미로워 몇 번 더 같은 행동을 반복했다.

조금만 앉아 있다 다시 일을 시작하려고 했는데 오늘따라 뭉개고 있게 되었다. 가끔은 뭐, 이런 날도 있는 거지. 하염없이 창밖을 응시하던 하진의 마음이 문득 깊게 가라앉았다. 딱히 꺼내고 싶지 않았던 묘한 기시감이 스쳐 간 탓이다. 이렇게 추운 날 작은 창을 열고 바깥바람을 쐬고 있으면 꼭 저를 제지하던 손길이 있었는데.

떠올리지 않으려 부단히 노력했고 어느 순간부터는 확실히 무뎌졌는데 요즘은 왜 이리 자꾸 생각이 나는지 모를 일이었다. 체온에 아스라이 녹아 버리는 눈발을 보는 그녀의 눈빛에 아득함이 스쳐 지나갔다.

평생 잊지 못할 첫 이별의 순간도 꼭 이렇게 추운 겨울이었다.

도망치듯 그를 떠나온 날 이후 하진의 시간은 정처 없이 흘러갔다. 스물둘, 지금 돌이켜 보면 정말 아무것도 몰랐던 저는 어느덧 나름대로 여러 경험을 겪으며 성장한 스물일곱이 되었다.

헤어지겠다고 그 난리를 쳤던 것이 무색하게, 한낮 서울에 도착해 모텔방을 잡은 첫날부터 하진은 그를 떠난 것을 후회했다. 물론 그 당시 그것은 당장 제 처지를 비관하는 데에 그치는 아주 값싼 싸구려 감정이었다.

그간 밤을 새워 얘기해도 모자란 수많은 일들이 있었지만 큰 가닥만 놓고 보자면…… 일단은 집을 두 번 옮겼다. 처음 대학가 근처에 잡았던 원룸부터 시작해 이번이 세 번째 보금자리다. 졸업하고 열심히 발품을 팔아 구한 곳인데 확실히 보증금과 월세가 확 올라간 만큼 조용하고 깔끔해 1년 넘게 사는 지금 만족도는 최상이었다.

그동안 느낀 바로는 저는 다른 것보다 확실히 청각이 예민했다. 처음 뭣도 모르고 계약한 원룸은 밤에도 고성방가가 잦았고 도로변이라 어쩔 수 없는 소음이 고역이었다. 거기에 방음 하나 되지 않아 옆방의 생활감이 온전히 느껴진다는 것 자체는 불편함을 넘어 공포로 다가왔다. 없던 병이 생길 것 같다는 생각에 이사를 가고 싶었지만 형편이 되지 않아 기간을 다 채우고 집을 옮겼다.

하지만 소음 하나만을 따지다 보니 이번에는 학교에서 너무 멀어진 감이 있었고 치안이 좋지 않아 막판에는 조금 일찍 집을 구해 나와야 했다. 어쨌든 별 탈 없이 버텼고 지금은 안전하고 조용한 곳에 살고 있으니 다행이었다.

그녀가 작년 졸업한 대학은 국내 열 손가락 안에는 꼽히는 대학이었으나 고등학생 때였다면 분명히 실망했을 성적이었다. 아마 집에서 재수 학원을 끊기 전에 하진이 알아서 먼저 다음 수능을 준비했을 거였다. 하지만 그 당시 하진에게는 감지덕지하다 못해 감사했다. 제대로 돌아다녀 보지도 않고 대충 계약한, 제게는 한없이 충격적인 상태의 방 안에서 결과를 확인했던 때가 아직도 생생했다. 그때만 해도 생각이 없어서 하나는 필요하겠다는 생각에 집을 구하자마자 최신형 노트북을 샀다.

그게 대학 졸업할 때까지 하진이 했던 가장 큰 사치가 될 줄은 몰랐지만.

그녀는 지극히 조용히 학교를 다닌 편이었다. 청순한 듯 화려한 예쁜 외모와 딱히 꾸미지 않아도 괜히 시선을 잡아끄는 분위기에 알게 모르게 유명 인사가 되어 있었지만 본인이 원체 사람들과 깊게 얽히는 것을 꺼렸다.

대부분의 신입생들보다 두 살 더 나이가 많다는 것 정도는 상관없다 쳐도 그때의 하진은 급변한 제 생활에 적응하기도 힘들어 대학 생활을 즐길 여유는 조금도 없었다. 모든 것이 다 어색했고 당장 수업이 끝나면 돌아가야 할 집부터 시작해 도무지 어디 하나 마음 둘 곳이 없었다. 언젠가 가 보겠지 생각했던 MT나 술자리는 정말로 4년 내내 단 한 번도 간 적 없었고 동아리방은 문턱도 넘은 적이 없었다.

그렇다고 하진이 사람과 담을 쌓고 산 것은 아니었다. 그럴 수가 없었다. 왜냐하면 돈을 벌어야 했으니까. 딱히 대단한 경제적 여유를 부린 것도 아닌데, 첫 학기 등록금을 내고 학교를 다닌 지 3개월 만에 수중에 돈이 거의 남아 있지 않았다. 다달이 집세를 내고 책과 필요한 생필품을 산 것 외에는 딱히 쓴 데도 기억나지 않는데 말이다. 불안해져 기말고사를 앞두고 알바를 구하려 돌아다녔다. 그래도 한 번 해 본 기억이 있는, 학교 근처 카페 알바를 구하는 것 자체는 딱히 어렵지는 않았는데……

두 번째니 첫 번째보다 더 수월할 거라고 생각했던 것은 완벽한 오판이었다.

일을 하며, 하진은 첫 사회생활이나 다름없는 그 소도시의 카페에서 자신이 정말 좋은 사람들을 만났었다는 것을 사무치게 깨달았다. 딱히 새로 만난 사람들을 비난하는 것은 아니었다. 단지 전의 인연들이 지나치게 제게 친절했고 배려를 많이 해 주었던 것이다. 실수해도 괜찮다고 해 주며 한 번 더 차근히 알려 줬던 지서나, 다른 것도 물론 그랬지만 식사만큼은 더더욱 잘 챙겨 줬던 영우의 행동 같은 것들 말이다.

기막히게 예쁘지만 말수 적고 사근사근함이라고는 찾아볼 수 없는 데다, 실수도 잦고 딱히 융통성도 없는 하진을 보는 주위의 시선들은 그녀가 감당하기에는 확실히 버거웠다. 꼬박 1년은 울면서 잠들거나 화내면서 잠들거나, 둘 중 하나였다. 그래도 잠이 안 오지는 않았다. 수업 듣고 과제하고 알바하고 방학 때는 과외까지 잡아 하다 보니 밤이면 지쳐 누가 업어 가도 모를 정도로 잠이 들었다.

또한 알고 싶지 않아도 자연스럽게 알게 된 다른 하나는…… 한석이 저를 정말 아꼈었다는 것이었다.

쥐면 부서질까 불면 날아갈까, 돌이켜 보면 그 자신도 어리기 그지없었으면서 정말 어떻게 그렇게 할 수 있었는지 지금도 모르겠다. 한창 하고 싶고 사고 싶은 것 많았을 텐데 저는 안 입고 안 쓰면서 하진에게만은 할 수 있는 한 최고로 좋은 것만을 주려 했다. 표현이 좀 그렇긴 하지만 무슨 말 그대로 부모가 자식에게 사랑을 쏟는 것처럼……. 모든 것을 바쳐서, 하자 많은 저를 보듬고 사랑해 주었다.

그 당시는 지금보다 정말 더 어리고 철이 없어서 사랑하는 연인들끼리는 으레 다 그런 줄 알았다. 조금은 결이 다르다고는 생각했지만 누군가와 연애하면 적어도 그 정도의 애정을 받는 줄 착각했다. 말도 안 되는 일이란 건 살면서 알게 되었다.

꽤 많이 무뎌진 편인데 그 생각만 하면 지금도 목구멍이 뜨겁고 코끝이 찡해서 일부러 떠올리지 않으려 한다. 저를 지켜 주고 싶고 책임지고 싶다고 말하던 열아홉의 그를. 그와 함께할 때는 그의 순정이 아마도 불행했던 환경에서 기인했을 거라는 생각도 했었다. 하지만 아니었다. 그런 상황에서 자랐다고 모두 다 정한석이 되지는 않는다. 배경이 그를 그렇게 만든 게 아니라, 그가 그런 사람이었던 것이다. 그만큼 제게 진심이었던 것이다.

'돌아갈까?'

그간 제일 많이 했던 생각이라면 아마도 그것이었으리라. 물론 그 대상은 집이 아니라, 한석이었다. 아무리 힘든 순간에도 하진에게 아빠에게 돌아간다는 선택지는 없었다.

어떤 날은 이기지도 못할 술을 마시고 저도 모르게 핸드폰을 들기도 했다. 저도 번호를 진작 바꿨으니 한석도 그리했을 텐데,

차마 지우지 못한 그의 연락처만 계속 들여다봤다. 몇 장 없는 그와의 사진을 넘겨 보며 좋았던 때를 떠올리고 차가운 이불 속에서 숨죽여 운 밤도 셀 수 없었다. 정신없이 살아 내다 보면 괜찮은 듯싶다가도 꼭 그렇게 한 번씩 사무치는 순간이 왔다. 저를 안아 주던 너른 품이 그리웠고 속상해 죽을 것 같은 날에는 괜찮다고 말해 주던 다정한, 낮은 목소리를 듣고 싶었다.

추억은 미화되기 마련이라는 것도 알고 제가 그를 떠났던 게 믿음에 대한 배신 때문이라는 것도 기억하지만 그래도 좋은 것만 생각났다. 실제로 '그 일'을 빼면 한석이 제게 잘못한 건 하나도 없는 것만 같았다.

그래도 돌아갈 수는 없었다.

당연했다. 한석이 받아 주고 아니고를 떠나서 그럴 수는 없었다. 돌아가면 또다시 반복일 것이다. 아무것도 달라진 것 없이 그의 곁에 염치없이 머물러 봤자 서로가 고통일 거였다. 그는 계속 불안할 거였고 그런 그를 보는 저도 괴로울 것이다. 하진은 이별의 그날 제 앞에서 울부짖던 남자의 모습을 하나도 남김없이 기억했다. 지금도 확실히 정의할 수는 없지만 그 순간 느꼈던 강렬한 무언가를 헛되이 하지 않고 싶었다.

'춥다.'

하진은 갑자기 드는 한기에 꽉 창문을 닫았다. 아프기라도 하면 저만 고생이었다. 테이블 위 보다 만 책을 괜히 뒤적이던 하진의 시선이 무심결에 제 왼손으로 향했다.

정말 거의 다 놓고 왔다고 생각했는데, 우습게도 저는 이 반지를 끼고 서울로 가는 버스에 올랐다. 그걸 안 것도 모텔방에서 씻으면서였다. 너무 제 몸의 일부 같아서 이질적인 것을 느끼지도 못했다.

한없이 예민한 하진이지만 어떤 면에서는 지나치게 둔하다 못해 스스로 이해가 가지 않는 면이 있었다. 그 사달을 내고도 반지를 뺄 생각조차도 하지 못하고 그 앞에서 화내고 발악하고 쓰러졌던 게 어이가 없었다. 떠나는 마당에 반지를 끼고 나가는 제 모습이 어떻게 비쳤을까 생각하다가도 한석 역시 그런 것을 신경 쓸 여유는 없었을 거라는 지극히 객관적인 결론에 도달했다.

그가 사 준 조그마한 다이아몬드가 박힌 반지는 아직도 하진의 옷장 속 깊숙한 곳에 잘 보관되어 있다.

'그래도 어떻게 여기까지 버텼네.'

이 정도면 충분히 쉰 것 같은데 계속 창밖만 바라보게 되는 것은 왜일까. 집중했던 작업도 얼마 남지 않아서 마음이 편해진 걸까, 자꾸 상념에 빠져들게 되었다. 지금껏 쉬지 않고 달려왔으니 이 정도의 사치는 부려도 될 것이다. 평화롭기 그지없는 고요함 속 하진은 전쟁 같았던 지난날들을 떠올렸다. 그래 봤자 고작 2, 3년 전이다.

죽을까?

죽어 버릴까?

그 생각을 숨 쉬는 것처럼 생각했던 때가 있었다. 병원에 상담을 받으러 가는 것 자체가 또 다른 무거운 짐처럼 느껴져 포기했었다. 험한 세상에서 고작 이 정도로 그런 생각을 하냐고 코웃음 치는 사람이 있을지도 모르지만 제 인생을 담담히 돌아보니 어느 순간 연민이 들었다. 통제와 억압에 파묻혀 살았던 어린 시절부터 새엄마의 존재를 처음 알던 순간, 영문도 모르고 말을 잃어버렸던 순간, 점점 이상해져 가는 정신을 느꼈던 순간과 한석과 치열하게 사랑하다 배신당했다고 느꼈던 순간까지.

지쳤다.

누구를 원망할 것도 없는 순수한 감상이 하진의 몸과 마음을 지배했다. 이제는 모든 것을 내려놓고 좀 쉬고 싶었다.

그래도 되지 않을까?

정신없이 하루를 보낼 때는 그나마 잊고 있다가 물먹은 솜처럼 지친 몸으로 안식조차 되지 못하는 좁고 더러운 방 안에 들어오면 또다시 불순한 충동이 들었다. 죽음 그 자체를 절대 가볍게 여기는 것은 아니나 딱히 두렵지는 않았다. 차라리 끊어 버리면 편하다는 것을 어렴풋이 인지하고 있기도 했다. 하지만.

별다를 것 없는 어느 고단한 날 문득 강력한 충동에 휩싸였던 밤, 정말로 어떠한 특별한 계기 없이 불쑥 나쁜 생각이 들었던 밤, 생사의 문턱에서 저를 잡아 끌어 내리는 환상이 있었다. 본인조차도 당황스러울 정도의 강한 무언의 이끌림.

제가 그렇게 하면, 정말로 아기를 못 만나게 될 것 같았다.

사실 그동안 잃어버린 존재에 대해서 수없이 생각했던 하진이었다. 그 충격과 고통이 이렇게 오랜 시간 계속될 줄 몰라서 극도로 당황스럽고 놀라웠지만, 세상에 둘뿐만 아는 참담한 비밀을 속에 묻어 놓고 사는 것 자체가 늘 하진을 편히 쉴 수 없게 했다.

"그렇게 끔찍해했었는데."

물론 상황상 어쩔 수 없었지만 임신한다는 생각만으로도 진저리를 쳤었다. 혹시나 유산하지 않고 아기의 존재를 알았대도 절대 기뻐하지 못했을 것이다. 끝없이 원망하고 또 비관했겠지. 어쩌면, 정말 아무 죄도 없는 대상에게까지 그 화살이 돌아갔을지도.

'그래서 가 버린 걸까? 다 알아서?'

또다시 고립되어 외로이 있다 보면 별생각을 다 하게 되었다. 자책을 넘은 깊은 죄책감이 들었다. 이루 말할 수 없는 그 공허함은 저조차도 정말로 예상치 못했던 감정이었다.

심장 뛰는 소리 한 번 듣지 못하고 보냈던 그 작디작은 생명을 다시 보지 못하고 생을 마치는 게 사무치게 억울하다고 느껴졌다. 제게 다시 와 준다면 정말 소중하게 지켜 줄 텐데, 진실은 그 누구도 알지 못하겠지만 이렇게 스스로 끊어 버리면 다음 생에도, 또 다음 생에도 그 애와는 만날 수 없을 것 같다는 이상한 감각이 들었다.

하지만 내가 버틸 수 있을까? 당장 눈을 뜨고 내일 마주할 일들이 겁이 나는데…….

살지도 못하고 죽지도 못하던 그때 거짓말처럼 남자의 얼굴이 스쳐 지나갔다.

그렇게 밀고 싶어서 떠났던 그의 모습이. 서울로 다시 올라온 후로 떠올리는 그의 모습들은 항상 저 때문에 힘들어하던 것뿐이었는데 왜 그 순간은 저를 보고 환히 웃던 얼굴이 떠올랐는지.

땀과 먼지로 더러워진 작업복을 갈아입을 새도 없이 제가 보고 싶다며 일 끝나자마자 집으로 돌아오는 그의 웃음 뒤에는 늘 고단함이 있었다. 그 무게를 숨기고 제 앞에서 그는 항상 괜찮다고 말하며 웃었다. 저만 있으면 하나도 힘들지 않다고 말해 주고 매번 그에게서 도망칠 궁리만 하는 것 같은 저를 붙들어 놓기 위해 정성을 다했다.

그가 저를 이미 한 번 살렸다고 말했던 것은 그 당시 진심이었다. 또한 부정할 수 없는 사실이기도 했다. 그날 밤, 퀭한 눈으로 밤을 꼬박 새우며 하진은 자신과 마음 깊이 약속했다. 한석의 그 마음을 허투루 하지 말자고…… 잘할 것도 없고 대단한 무언가를 하지 않아도 좋으니 그저 하루, 또 하루를 그냥 버텨 내만 보자고.

그날부로 '그런' 생각을 아예 안 한 것은 아니지만, 저조차 어떻게 할 수 없을 충동에 휩싸이지는 않았던 것 같다.

살기 위해서 버티다 보니 제 모습도 어느새 달라져 있었다.

목소리가 커졌고, 겁이 좀 없어졌다. 예민하게 반응했을 일을 좀 더 포용력 있게 보게 되었다.

당연한 배려라는 것은 없다. 간혹 그렇게 대해 주는 상대가 있다면 제가 더 배려하고 하나라도 더 주려고 노력했다. 받아들여지지 않더라도 부당한 것에 대해서는 그 자리에서 바로 말도 할 수 있게 되었다. 그 자리에서는 조금 싫은 소리를 듣더라도 싫고 좋음을 분명하게 얘기할 줄 아는 사람을 상대가 좀 더 어렵게 받아들인다는 것도 알게 되었다.

물론 세상엔 다양한 군상이 있고 예외도 많으니 제가 느낀 게 꼭 정답은 아닐 테다. 그저 경험한 크고 작은 것들을 토대로, 어디서도 따로 배우지 못했던 인생의 교훈을 제 나름대로 차곡차곡 쌓아 갔을 뿐이다.

큰 꿈 같은 건 없이, 당장 오늘 하루를 살아 내는 것으로 그렇게 목표를 잡고 살던 중 또 한 번의 시련 아닌 시련이 있었다. 졸업을 1년 앞두고 몸이 많이 아팠던 거였다.

덕분에 1년을 휴학으로 날렸다. 딱히 어디 큰 병을 얻은 것은 아니었지만 원인도 알 수 없이 몸이 어디 두들겨 맞은 것처럼 아픈 데다, 간헐적으로 찾아오는 끔찍한 편두통에 몇 달을 학교에도 갈 수 없고 일도 할 수 없었다. 심할 때는 방을 데굴데굴 구르고 바닥에 머리를 퍽퍽 찧을 정도로 고통이 극심했다. 병원을 옮겨 가며 입원도 해 보고 각종 검사도 했지만 과로와 스트레스 외에 다른 원인을 찾아내지는 못했다.

"일단은 푹 쉬는 게 중요해요. 운동도 하고, 스트레스를 풀 만한 취미 생활도 갖고."

얼핏 틀에 박힌 것 같지만 틀린 말 하나 없는 것이 그 당시에는 와 닿지 않았다. 어떻게 모은 돈인데 월세며 최소한의 생활비 등이 숨만 쉬어도 나가는 게 아까워 눈물이 다 났다. 알바와 더불어 과외도 하나를 제외하고는 접게 되자 불안해졌지만.

한석이 제 통장에 넣어 준 거액의 돈은 절대로 한 푼도 쓸 생각을 하지 못했다.

돈이 입금되었다는 문자를 확인한 것은 모텔방에 짐을 푼 그

다음 날 늦은 오후였다. 첫날은 지쳐서 잠만 잤던 하진이었다. 제가 갖고 있던 100여만 원 남짓이었던 체크 카드에 들어온 돈을 보고 놀란 하진의 눈이 커졌다.

[이건 네 거야 너 때문에 벌었던 거니까]

함께 온 문자는 그게 마지막이었다. 하긴, 잘 지내라든가, 앞으로 어떻게 하라든가 그런 말은 그의 성정상 어울리지 않긴 했지만. 아마도 그가 2년 동안 위험천만한 현장에서 모은 돈의 전부일 그것을 보며 하진은 싸구려 이불에 얼굴을 묻고 숨넘어갈 정도로 울었다.

그 돈은, 나중에 따로 통장을 만들어 잘 보관해 두었다. 그 돈만큼은 오늘 제가 당장 길거리에 나앉게 생겨도 절대 쓸 수 없었다. 당장 한석의 계좌도 모르니 다시 줄 수도 없긴 했지만…… 글쎄, 모르겠다. 다시는 만날 일 없다고 생각하면서 왜 언젠가는 돌려줄 거라는 확신을 가졌는지.

그 후로 단 한 번도 한석에게 연락이 없었다. 그마저도 한석답다고 느껴졌다. 물론 하진도 하지 않았다. 하지만 자꾸 생각나는 것과 별개로 궁금한 건 있었다.

제가 놓고 온 돈은 잘 확인했을까?

한석 나름의 가계부를 발견했던 곳에 두둑한 현금 뭉치를 흰 봉투에 넣어 놓고 왔던 하진이었다. 경황없는 와중에도 저는 조만간 이곳을 떠날 테니 한석이 일을 갔을 때 미리 은행에 다녀왔다. 혹시 몰라 봉투에 정한석, 이름을 써 두었다. 그의 것이라는 의미로.

엄마가 준 돈에서 정확히 절반의 액수였다. 한석이 제게 해준 것에 비하면 분명 적을 것이지만……. 다 주고 가지 못해 미안했고, 제 진심을 그가 오해하지 않기를 바랐다. 혹시나 오해했다면 정말 마음이 아플 것 같아서 그 부분을 묻고 싶었지만 당연히 그럴 수 없었다.

그렇게 반년을 쉬고 나니 몸은 조금 괜찮아졌으나 취직과 앞으로의 생활 같은 당연한 걱정과 불안이 있던 찰나.

"아, 번역 알바야. 짬짬이 하고 있거든."

마음이 맞아 수업도 같이 듣고 나름 붙어 다녔던 선배 언니와의 만남에서 우연히 번역 일을 접하게 되었다.

물론 관련 과는 아니지만 어쨌든 하진은 영문학 전공이었고 책을 읽는 것 그 자체에도 오래전부터 흥미가 있었다. 딱히 분야를 가리지 않고 활자를 읽어 내고 때로는 공상에 잠기는 그것만큼은 누가 시켜서 한 것이 아닌 제 오랜 취미이기도 했다. 수능 공부를 본격적으로 시작하면서부터는 논술 관련 책만 읽게 되긴 했지만.

취미라고 할 것도 없는 팍팍한 상황에서 그나마 자기 전 조금 짬을 내어 읽고 자는 소설책이 요즘의 낙인 하진에게 그 일은 상당히 '즐거워' 보였다. 보수를 떠나서, 현실을 떠나서.

그렇게 소개를 받아 간단한 작업부터 시작하게 되었다. 분명 쉬운 일은 아니었다. 처음 닥치는 대로 일을 받을 때만 해도 좋아하는 원서를 번역한다, 는 꿈과는 완전히 다른 분야로 흘러가는 듯했고 육체적, 정신적으로 많은 시간과 에너지를 소요하는 일이었다. 번역 알바를 하기 위해서 다른 알바를 더 뛰어야 했던 모순적인 시간도 분명 존재했지만······.

정말로 즐거웠다.

어떻게 하면 더 정교하게 의미를 전달하는 좋은 문장이 될 수 있을지 고민하는 시간이 좋았고 마음에 드는 결과물이 나올 때면 말로 표현할 수 없는 쾌감을 느꼈다. 사람을 상대하지 않고 혼자 할 수 있는 일이라는 것도 좋았다. 지금에야 많이 사교적이 되었다지만 그것은 생존 본능처럼 살기 위해 만들어 낸 제 모습이라 여겼다. 한 학기를 또 보내고 작년 한 해 졸업반 생활을 하면서도 하진은 번역 일을 쉬지 않았다.

그리고 모든 취직 활동을 과감하게 포기하고 매달렸던 단편 원서 번역 기획이 꽤 인지도 있는 출판사에서 통과되었을 때.

세상을 다 가지면 이런 기분일까 싶었다.

'버텼으니까 이런 날도 왔지.'

멍하니 지난날을 돌아보던 하진의 눈이 가늘어졌다. 그 위험했던 밤 모든 의지를 놓아 버렸다면 지금의 안온한 겨울밤은 없었을 거였다. 누군가가 보기에는 저러려고 집 나가 고생했냐는 혀를 찰 수도 있는 결과물이지만 하진은 지금 제 상황에 만족했다. 제가 번 돈으로 먹고살고 제가 하고 싶은 일을 하며 산다. 그럼 된 것 아니겠는가?

하진은 천천히 자리에서 일어났다. 방에 들어가는 순간 그대로 침대로 향하고픈 마음을 꾹 누르고 다시 노트북 앞에 앉았다. 잡념을 지우고 온전히 이야기 속으로 빠져들어 가는 순간은 지금도 꿈 같았다. 책과 일에 파묻혀 사는 지금이 제일 즐겁다.

* * *

겨울과 봄의 경계는 매번 모호하다. 이른 꽃은 벌써 피는데 날은 시리게 춥다. 그래도 꿋꿋하게 아이스커피를 시킨 하진은 카페 분위기가 너무 좋다며 신나서 셀카를 찍는 제 친구의 모습을 가만히 바라보았다. 서로 일이 바쁘다 보니 반년 만에 보는 얼굴이지만 그래도 어제 만난 사이 같았다. 실제로 연락은 꽤 자주 주고받기도 하고.

"그건 그렇고 동창회 정말 안 갈 거야?"

한동안 수다를 떨다 문득 물어 오는 말에도 별다른 표정 없이 말했다. 응, 안 가.

"가서 뭐 하겠어. 나는 친한 애들도 별로 없었고."

"그래도…… 같이 가면 좋은데."

당장 다음 주라는 고등학교 동창회에 연우는 저와 함께 가픈 모양이었다. 그래도 다시 또 묻지는 않고 다른 얘기를 했다. 대부분 연우가 먼저 화제를 꺼내고 하진이 대답하곤 했는데 둘에게는 그게 자연스럽고 편한 흐름이었다.

"그럼 이제 번역 일만 하는 거야?"

"음…… 응. 정 버티기 힘들면 알바라도 겸하면서 해야지, 뭐."

하진의 말에 연우가 대단하다며 고개를 끄덕였다. 벌써 자리를 잡은 게 대단하다며 치켜세우기도 했다. 전혀 아닌데, 그렇게 생각했지만 그냥 머쓱하게 웃었다. 어차피 연우도 다 알면서 제게 힘을 실어 주려고 한다는 걸 하진은 잘 알았다. 살면서 또 어떤 일을 하게 될지는 모르겠지만 그냥 지금은 하고 싶은 것을 좀 더 하자는 생각일 뿐이다.

졸업하자마자 대기업에 입사한 연우는 연애도 하고 가끔 여행도 다니며 빡빡하지만 재미있게 사는 듯했다. 연우와 이렇게 스스럼없이 만나 같이 밥도 먹고 커피도 마시며 아주 가끔은 술도 한 잔씩 하게 된 것은 하진이 어느 정도 정신적으로 여유를 갖기 시작하면서였다. 아는 동기도, 지인도 나름 많아진 하진이지만 그래도 친구라고 부를 수 있는 사람은 연우가 유일했다.

속을 터놓을 수 있는 상대라는 건 맞지만 딱히 좋지 않은 과거를 일일이 열거할 필요는 없다 여겨, 연우는 하진이 부모님과 사이가 나빠져 집과 연을 끊었다는 정도로만 알고 있었다. 사실 그게 제일 정확한 표현이기도 했고.

"정말? 정한석이랑 계속 만났었다고?"

한번은 술자리에서 하진이 그 얘기를 했을 때 연우는 하진이 집을 나왔다고 말했던 것보다 더 놀란 표정을 지었다. 졸업하고 2년을 만난 것도 모자라 같이 살았다고 말했을 때는 충격을 받은 듯 말을 잇지도 못했다.

예상했던 반응이었지만 역시나 조금 씁쓸하면서도 얘기한 것에 후회는 들지 않았다. 굳이 할 필요 없던 말을 꺼냈던 것은 혹시 남자 하나 소개받을 생각 없냐며 농담조로 묻는 연우의 말에서 시작된 그녀의 궁금증을 해결해 주기 위해서라기보다는, 그냥 제가 그렇게 하고 싶었던 충동이 더 컸다. 집에 돌아오면서도 스스로 의문이 들긴 했다. 왜 연우 앞에서 제가 한석과 만났다는 말을 하고 싶었을까.

따지고 보면 둘의 만남을 알았던 것은 둘뿐이었다. 부모님이나 동네 사람들 같은 다시는 안 볼 사람들을 제외하면. 그냥, 한 명쯤은 더 우리의 만남에 대해서 알아줬으면 하는 이상한 감정이었다.

"진짜 사람 일 모르는구나."

그때는 그렇게 지레 겁먹고 숨기고 싶었던 것을, 이제는 물어보지도 않았는데 알아 달라 말하는 자신이 참 우스웠다.

"저녁은 어디서 먹지? 하진이 너 먹고 싶은 거 말해 봐."

"너 가고 싶은 데로 가. 난 아무거나 잘 먹으니까."

슬슬 저녁때가 되어 가자 둘은 거의 다 마신 커피를 앞에 놓고 고민했다. 연우는 그때그때 즉흥적인 타입이었고 하진은 애초에 먹는 쪽에는 별로 관심이 없었다. 열심히 생각하는 것 같던 연우가 갑자기 눈을 빛냈다.

"딱히 당기는 거 없으면 이 근처에 얼마 전에 생긴 펍 있는데 갈래? 술도 술인데 거긴 안주가 진짜 무슨 요리더라. 별로 크진 않은데 그래서 조용하고 좋아."

그래, 고개를 끄덕인 하진이 슬슬 가방을 챙기려는데 연우가 조금 머뭇거리는 기색으로 말을 덧붙였다.

"근데, 아, 이건 별거 아니긴 한데. 거기 우리도 아는 사람 가족이 하는 곳이다?"

"우리가 아는 사람?"

"응. 이도현 누나. 왜, 고3 때 우리 옆 반이었던 남자애 있잖아."

너도 당연히 알지 않느냐는 듯한 표정에 하진의 눈이 살짝 찡그려졌다. 분명 꽤 들어 본 것도 같은데 이름과 얼굴이 바로 매치가 되지는 않았다. 이도현. 이도현이라.

"이도현 이 자식은 하찮아서 차단할 가치도 없어."

귓가를 스치고 지나가는 심드렁한 목소리와 함께 하진은 곧바로 연우가 말하는 사람을 인지했다. 한석과 같은 반이었고 그를 매일 따라다녔으며 졸업하고도 혼자 열심히 연락했었던, 이도현.

* * *

어둑한 조명 아래 배도 채우고 조금이지만 술도 마시니 오랜만에 들뜨는 기분이 되었다.

"여기 괜찮지?"

응, 하진은 연우의 말에 고개를 끄덕이며 추가로 시킨 칵테일을 한 모금 마셨다. 확실히 내부가 아담한 편이었으나 그만큼 아기자기한 아지트 같은 분위기를 잘 살린 듯했다. 둘 다 늦게까지 마시는 타입은 아니라 한 잔씩만 더 마시고 일어나기로 했다.

"아니, 그때 말이야. 서빙하는 남자가 어디서 자꾸 많이 본 것 같은 생각이 드는 거야, 근데 그런 걸로 말 붙이면 무슨 작업 하는 것 같잖아? 그냥 넘어가려는데 내가 그때 좀 취해서 그런가, 진짜 그 궁금증을 해결 못 하면 집에 가서 잠도 안 올 것 같은 거야!"

조금 열 오른 얼굴을 한 연우가 이도현을 만났던 얘기를 하며 손뼉까지 치면서 웃었다. 결국 연우가 남친 앞에서 이도현을 붙들고 우리 어디서 만나지 않았냐고 물었고, 그도 좀 고개를 갸웃하며 몇 마디 주고받다가 고등학교 동창이라는 걸 알았다고 했다.

"솔직히 엄청 오래된 것도 아닌데 왜 몰랐나 싶더라고. 근데 걔가 나보고 되게 변했다고, 그래서 못 알아봤다고 하는데 좀 기분이 그렇더라? 내가 봤을 땐 똑같은데."

"맞아. 똑같은데."

곧바로 맞장구치자 연우가 역시 너밖에 없다며 감동한 표정을 했다.

"근데 이도현, 나랑 몇 마디 하자마자 곧바로 네 얘기 물어봤어."

"나를?"

"응. 너 박하진이랑 친했지, 이러면서. 지금도 연락하냐고 그래서 그렇다고 했더니 별말 없긴 했지만."

좀 의외였지만 한석과 친했으니 그럴 수도 있다 싶었다. 그러다 갑자기 스쳐 지나가는 생각에 물었다.

"나 그때 말 못 한 건, 안 물어봐?"

"아, 그렇게 직접적으로는 아니었고 너 이제 안 아프고 잘 지내냐고 해서 그렇다고 했어."

그렇구나, 묘하게 가라앉는 하진의 표정에 연우가 재빨리 화제를 돌렸다. 다음에는 새로 이사한 집에 초대해 달라기에 언제든 놀러 오라고 답하는데 연우의 남친에게서 연락이 왔다. 통화하며 연우가 하는 말로 봐서는 오늘도 데리러 올 모양이었다. 전화를 끊고 연우가 제 오빠 차로 같이 가자는 걸, 서운하지 않게 잘 거절하고 있는데.

"이연우! 또 보네?"

경쾌한 남자의 목소리에 둘 다 멈칫했다. 그새 단골 됐냐며 웃는 남자는 머리를 시원하게 넘기고 휴일인데도 코트에 각 잡힌 정장 차림을 하고 있었다. 이도현. 덧붙이는 연우의 목소리가 아니라도 얼굴을 보는데 기억이 났다. 하진과도 눈을 맞춘 남자가 눈을 크게 떴다.

"박하진? 맞지?"

"……어."

오랜만이네, 얼떨떨하게 덧붙이자 도현이 대박, 이런 말과 함께 갑자기 제 옆에 앉았다.

"와, 씨. 진짜 박하진이네. 이렇게 만나니까 엄청 반갑다."

대뜸 손을 내밀며 악수를 청하기에 대충 맞춰 주었다. 기억으로는 말 한마디 제대로 나눈 적이 없는데 너무 스스럼없이 다가와 내심 놀랐다. 놀라면서도 흥미로운 눈치로 하진을 빠르게 훑던 도현이 허물없이 말했다.

"근데 넌 진짜 여전히 예쁘긴 하다. 고딩 때도 유명했지만."

"너 그럼 나는 안 예뻐서 바로 못 알아본 거야?"

"아니, 이연우 너는 화장을 애가 갑자기 너무 빡세게 하니까."

"그럼 학생 때랑 지금이랑 같냐고."

핀잔을 주면서도 연우도 연신 웃고 있었다. 그렇게 예상치 못하게 도현과 조금 이야기를 나누게 되었다. 작년 가을에 모 기업 영업직 신입 사원이 되었다는 도현은 고등학생 때와는 확실히 이미지가 달라져 있었다. 친화력 좋아 보이는 건 그대로였지만 껄렁거리는 느낌은 전혀 없었다. 오늘도 근처 약속이 있던 차에 누나 심부름 겸 잠깐 들른 거라고.

연우가 잠깐 화장실에 간다고 자리를 비운 사이 둘은 잠깐 시시껄렁한 대화를 주고받았다. 뭐 하고 사는지, 어디 사는지 등등. 그러다 불현듯 도현이 물어 온 말에 하진은 흠칫했다.

"……근데 너, 정한석 기억나냐?"

순간 가슴이 철렁했다. 하진은 이름을 듣는 것만으로도 쿵쿵 뛰는 심장을 애써 무시하며 물었다.

"왜, 갑자기?"

"아니. 뭐…… 너 보면 바로 생각나는 게 한석이니까. 학교 다닐 때 거의 사귀는 느낌 아니었어? 우리는 다 그렇게 알고 있었는데."

역시 졸업 후의 일은 모르는 모양이었다. 하진이 침묵하자 도현이 머쓱하게 머리를 쓸어 넘겼다. 그래도 말은 쉬지 않았다.

"뭐, 하긴. 걔가 널 좀 티 나게 많이 좋아하긴 했지. 그래도 난 너도 마음이 있다고 생각했거든. 너희 둘 좀 안 어울리긴 했잖아, 여러모로. 근데 너도 딱히 싫어하는 기색은 없는 것 같았고."

"뭔 얘기를 그렇게 심각하게 해?"

다시 자리에 앉는 연우에게 도현이 별다를 것 없다는 듯 답했다. 아, 정한석 얘기.

"아아…… 그러고 보니까 걔는 어떻게 지낸대? 넌 연락 될 거 아니야."

"아, 연락하지."

연우의 물음에 도현이 씩 웃었다. 연락하는구나. 괜히 목이 타는 기분에 하진이 남은 술잔으로 무심코 손을 뻗는데.

"그 자식 결혼했어."

"……."

심장이 쿵, 떨어졌다.

전혀 예상치 못한 말에 하진은 그대로 굳어 버렸다. 정말? 입을 떡 벌리는 연우의 시선도 방황했다.

"어, 나 결혼식도 갔다 왔는데."

대수롭지 않게 덧붙이는 말에는 정말로 싸늘하게 식는 기분이었다. 단순히 전 남친이 결혼했다, 이 정도의 씁쓸한 느낌이 아니었다. 순간적으로 숨을 못 쉴 것 같은 착각마저 드는 충격이었다.

"언제 했는데? 뭐야, 누구랑 했대?"

말이 없는 하진 앞 저도 지레 당황한 연우가 생각나는 대로 말을 뱉던 때였다. 하진을 힐긋 보던 도현이 입꼬리를 슬쩍 끌어 올렸다.

"농담. 정한석이 뭔 결혼이야."

"아, 뭐야!"

그제야 연우의 표정이 펴졌다. 그러면서도 진짜 너는 양아치 같다며 그녀와 어울리지 않는 험한 말을 했다. 그래도 여전히 굳어 있는 하진에게 도현이 질 나쁜 투로 말을 걸었다.

"뭐야, 박하진 그 표정은. 아직 마음 있어? 나 정한석 번호 아는데 지금 전화해? 아마 너 있다고 하면……."

"아니."

장난스럽게 깐죽대던 도현이 똑바로 눈을 맞춰 오는 하진을 보고 입을 꾹 다물었다. 사뭇 어색해진 분위기에 연우가 얼른 끼어들었다.

"야, 하진이 좋다는 남자가 한 트럭인데 뭐 하러 정한석을 또 만나."

"흠흠, 누가 그걸 모르냐."

미안, 도현이 열없이 덧붙이기에 하진도 고개를 저었다. 조금 더 대화를 나누고 연우의 남친이 오면서 자연스럽게 자리는 정리되었다. 데려다준다는 말을 한 번 더 거절하고 지하철을 탔다. 역에서 내려 잠깐 걸어오는데 조금 전 있던 일을 자꾸 곱씹게 되었다.

이도현이 농담이라고 말했을 때, 자신은 분명 안도했다. 결혼했다는 그 말에 제가 느꼈던 감정은 부정할 수 없는 깊은 절망이었다.

왜 그랬을까?

그리워했던 적이 아예 없다면 거짓말이지만, 다시 만날 거라고 생각했던 적은 정말로 단 한 번도 없는데. 막말로 그가 다른 누구와 진작 결혼했다 해도 저와는 아무 상관 없는 일인데. 조금 이른 감은 있지만 일찍 가정을 이루는 것이 꿈이었던 남자니까 사실 그리 놀랄 일도 아니고 말이다.

'그때는 그렇게 미웠는데.'

떠나기 직전 두어 달 동안은 정말 같은 공간에 있는 것조차 싫고 괴로웠는데. 한석을 자꾸 떠올리는 것이 그가 줬던 안락함 때문이라 생각했다. 지금 상황이 힘드니 당연히 예전 생각이 나는 거라고 여기면서.

하지만 지금은 정말 아니다. 조금 불안정한 상황이긴 해도 어떻게든 저 혼자 먹고살 수 있고 필연적으로 저를 따라다니던 불안과 외로움도 혼자서 헤쳐 나가는 법을 나름대로 터득했다. 상담을 받지 않아도 만성적인 우울함을 건강한 방향으로 조절할 수 있게 되었고 살면서 지금보다 더 안정적인 상태는 없다고 자신 있게 단언할 수 있다.

그런데 왜 자꾸 그를 생각하는 걸까?

늘 무의식적으로 피해 왔던 그 답을 이제는 내리고 싶다는 생각이 들었다. 그때 제 감정과 지금의 감정은 어떻게 변한 것일까. 왜 자신은 아직도 한석을 어떤 식으로든 잊지 못하고 있을까. 제가 놓고 싶었던 건 한석이었을까, 아니면⋯⋯.

애초에 자신은 한석을 왜 떠난 거였을까. 그때는 분명 두 번 배신당하면 견디지 못할 거라는 생각이 컸다. 한 번은 몰라도 또 한 번 믿음을 저버리는 일이 생기면 회복하지 못할 것 같았다.

어쩌면 여유가 생기니 이런 생각도 마음껏 할 수 있는지도 몰랐다. 그간 마음 깊숙한 곳에 정리하지 못한 감정들을 뒤로 밀어 놓기만 했었다. 집에 돌아와 씻고 침대에 누워도 머릿속은 한석의 생각만으로 가득했다. 굳이 털어 내려 애쓰지 않으니 마음이 홀가분했다.

"정한석."

뒤척이다 저도 모르게 부른 그의 이름에 혼자 놀라 숨을 죽였다.

한때는 한석을 지우려 노력했던 적도 있었다. 첫사랑을 가혹하게 앓은 탓이라 생각하며 다른 사람을 만났던 적도 있었다. 어차피 하진에게는 어렵지 않은 일이었다. 그녀에게 관심을 표현하는 남자는 차고 넘쳤으니까. 그렇게 만난 사람이 두 명 정도.

하지만 두 번 다 얼마 못 가 실패했다.

스킨십이라고 해 봤자 손을 잡는다거나 상대가 먼저 해 온 가벼운 포옹이 전부였다. 그 이상은 정말로 무리였다. 공통된 관심사에 대해 몇 시간을 대화하고 근사한 곳에서 데이트를 하고 연애 초반 으레 그렇듯 앞으로의 부담스럽지 않은 미래를 그리는데 말도 안 되게 더 한석이 생각났다. 저와 맞는 취미 하나 딱히 없고 좋은 곳을 못 데려다줘 항상 아쉬워하고 미안해하며 돈을 많이 벌면 꼭 결혼하자고, 그 당시에는 한없이 허무맹랑하게 들리던 말을 아무렇지 않게 하던 그 남자가 생각나 도저히 다른 관계를 만들어 나갈 수가 없었다.

그보다 자극적인 것은 없었다. 어떤 방식으로든.

그들은 그들 나름대로 정말 제게 잘해 주었다고도 생각한다. 당연히 사람이니 어느 정도 계산하고, 어느 정도는 손해 보기 싫어하고. 한석이 이상한 거였다. 도무지 제게는 계산이라는 것을 할 줄 모르던 남자. 결국은 제게 져 주면서도 한 번씩 정곡을 꿰뚫는 말로 제게 본의 아니게 미움도 샀던 남자. 스물에서 스물둘. 한없이 어린 나이 그와 한 게 장난 같은 사랑이었다고, 잘못되었다고 확인받고 싶어 시작한 좀 더 '상식적이고 성숙한' 연애에서 오히려 그와 했던 모든 것이 진짜였다고 깨닫게 되는 모순이라니.

'어떻게 지낼까?'

'아직도 용접 일 하고 있을까.'

'……여자 친구는 있을까? 나처럼 다른 사람도 만나 보고 했을까.'

그날 밤 하진은 처음으로 한석에 대해서 마음껏 궁금해하다 잠이 들었다. 생각만으로 마음이 아파 깊게 들어가지 않았는데 그날은 끊임없이 한석의 지금 모습만을 그려 봤던 것을 보면 역시 저는 술이 꽤 약한 모양이었다.

* * *

간단한 미팅을 끝냈을 때는 오후 3시가 넘어 있었다. 직전 결과물의 성과가 꽤 좋았고 그 후 일감이 꾸준히 들어오긴 하지만, 당연하게도 이 업계에서는 정말 풋내기나 다름없었다. 그래도 일단 자리를 잡고 있는 것은 정말 다행이었다. 좋아하는 일을 하며 먹고살 수 있는 것은 엄청난 일이니까.

잔뼈가 굵어 번역한 글만 봐도 대충 그 사람이 보인다던 말을 하던 출판사 관계자는 처음에는 하진이 훨씬 더 나이가 있는 줄 알았다고 했다. 처음 하진의 기획안을 밀어붙여 통과시킨 사람이기도 했다. 그만큼 깊이가 있게 받아들였다고, 칭찬이라고 하기에 하진도 웃으며 고개를 끄덕였었다.

'진짜 봄이구나.'

입고 있는 얇은 봄 트렌치코트가 덥게 느껴질 정도였다. 매번 집에만 있다 오랜만에 나온지라 기분 전환 겸 매번 질끈 묶고 있는 긴 머리도 풀고 무릎 위에서 살랑거리는 예쁜 원피스도 입었던 하진이었다.

출판사는 하진의 집에서 운동 삼아 걸어가도 될 정도의 거리였다. 딱히 의도한 것도 아닌데 그렇게 되었다. 실제로 아까 약속 장소로 잡은 카페로 갈 때도 30분 남짓한 거리를 열심히 걸어왔고. 지금도 으레 집에 돌아갔을 상황이지만 하진은 바쁘게 지나다니는 사람들로 가득한 길 한복판에서 잠시 망설이다 발걸음을 돌렸다. 집이 아닌, 역 쪽으로.

다행히도 별로 기다리지 않고 버스에 오를 수 있었다. 휙휙 지나가는 창밖 풍경을 보는데 기분이 새삼 묘했다.

제가 5년 전까지 살았던 곳에 가 보고 싶다고 생각한 것은 최근이었다. 물론 가서 만날 사람도 없고, 많은 것이 바뀌었을 거라고 어렴풋이 짐작도 한다. 하지만 그냥…… 그러고 싶었다. 그리 짧지 않은 시간이 흐르는 동안 잊은 적 없었던 그 언덕길과 작지만 모든 추억이 담겨 있는 원룸을 한번 눈에 담고 오고 싶었다.

그러면, 계속 해결되지 않는 무언가를 두고 올 수 있지 않을까.

서울에서 직행버스로 두 시간 반이면 되는 거리, 도심을 빠져나와 고속 도로를 타고 휴게소를 지나 점점 더 목적지에 가까워질수록 기분이 이상해졌다. 괜한 짓을 했나 싶으면서도 묘하게 설레기도 하고 또 이상하게 불안해지기도 하고.

'큰 의미 부여하지 말자.'

그냥, 혼자만의 봄나들이로 생각하자며 정처 없이 들뜨는 마음을 그렇게 달래 보았다.

작은 터미널 풍경은 그대로였다. 택시를 잡아타고 익숙한 골목에 내렸을 때도 마치 그 당시로 돌아간 것 같은 기분은 같았다. 딱 하나 안타까웠다면 제가 일했던 카페가 사라지고 샌드위치 가게가 입점했다는 거였다. 예전 사장님이 업종을 바꾼 건지 아니면 다른 사람이 인수했는지는 모를 일이었다.

약간의 아쉬움을 느끼며 하진은 계속 걸었다. 저녁때이긴 하지만 아직 밖은 환했다. 노란 개나리가 뒤덮인 담벼락을 눈에 담으며 언덕길을 천천히 올라가는데 가슴이 뭉클해졌다. 왜 이렇게 예쁘지. 예전에도 봄에는 꽃이 피었을 텐데 왜 그때는 딱히 예쁘다는 생각을 못 했을까.

결국 멈춰서 핸드폰으로 사진을 찍었다. 그런 제 모습이 새삼 어색해 괜히 주위를 살피기도 했다. 변한 것이 없는 듯해도 나름대로 작은 변화들이 보였다. 구멍가게식의 슈퍼는 없어졌고, 대신 새로 생긴 작은 카페가 보였다. 6시면 칼같이 문을 닫는 미용실과 세탁소는 그대로였고.

분명 활기찼던 걸음이 갈수록 눈에 띄게 느려졌다. 하진은 어느 순간부터는 이상하게 땅만 보며 걷고 있는 저를 발견했다. 이제 조금만 더 올라가면, 다시는 돌아올 일 없을 거라고 여겼던 그와 저만의 공간이 있다.

"⋯⋯."

그리고, 미묘한 기시감을 느끼며 고개를 든 순간.

말문이 턱 막혔다. 하진은 망연한 표정으로 눈앞의 공터와 마주했다. 그러니까, 정말로⋯⋯ 아무것도 남아 있지 않았다.

그와 제가 살았던 독채 원룸. 원룸이라기보다는 작은 주택에 가까웠던 건물은 아예 흔적도 없이 사라졌다. 그리 넓지 않은 터는 공사가 진행 중인지 황량하면서도 어수선한 분위기였다. 말도 안 돼. 하진은 가슴 깊이 절망했다.

적어도 다른 사람이 살고 있을 거라 생각했는데. 그 형태는 사라지지 않을 거라고 여겼는데. 사실 그리 오랜 시간이 지난 건 아니니까. 아니, 아닌가. 그때와 제 모습은 누가 봐도 많이 달라져 있으니 실로 많은 시간이 흐른 건지도 모른다.

어느새 축축이 젖어 들고 있는 뺨을 알면서도 눈물이 나는 것을 멈출 수가 있었다. 한때는 제가 눈물이 원래 없는 사람이라고 믿었었는데, 한석이 제게 알려 준 것에는 우는 것도 포함되어 있던 모양이었다. 조금씩 밀려오는 어둠 속 우두커니 선 하진은 한동안 얼굴이 흠뻑 젖을 정도로 울었다. 간혹 흐느낌이 조금 새어 나오기도 했으나 상관없었다. 어차피 들을 사람 하나 없는 이곳은 조용하고 남은 것은 아무것도 없으니까.

'바보 같아.'

진정이 된 건 꽤 오랜 시간이 지난 후였다. 손으로 눈가를 대충 벅벅 닦으며 하진은 지친 숨을 골랐다. 텅 빈 터를 본 순간 느꼈던 것은 지독한 상실감이었다. 언젠가 연우에게 한석과의 일을 덜컥 꺼내 버렸던 것처럼, 잊고 싶지 않았던 저만의 장면이 완전히 흔적도 없이 사라진 데서 오는 공허함.

조금씩 불어오는, 은은한 꽃향기가 묻어 살랑거리는 봄바람도 지금만큼은 하진의 마음을 어루만져 주지는 못했다. 흩날리는 긴 머리칼을 위로하듯 그저 살짝 스치고 갈 뿐.

'그만 돌아가자.'

긴 한숨을 한 번 내쉰 하진이 뒤돌던 순간이었다. 저만치 흐릿하게 보이는 커다란 인영에 하진은 순간 멈칫했다.

'……뭐지?'

거리가 좀 있고 어두워진 터라 확 눈에 들어오진 않았지만 미용실 근처 서 있던 것은 분명 남자였다. 하진이 몸을 돌리자마자 우연의 일치처럼 그도 등을 돌려 빠르게 언덕을 걸어 내려가고 있긴 하지만. 어찌나 재빠른지 지금은 보이지 않을 정도로.

순간적으로 놀라 굳어 있던 하진의 눈빛이 세차게 흔들렸다.

'아니지.'

아니야, 그럴 리가 없지. 말도 안 돼.

미친 생각이다.

그러면서도 왜 자신은 정신없이 걸음을 옮기는 걸까? 하진은 어느새 제가 뛰고 있다는 사실을 인지했다. 하지만 멈출 수가 없었다. 자신은 분명 뛰고 있는데도 큰 보폭으로 성큼성큼 멀어져 가는 남자에게 닿는 것이 왜 이리 힘든지 알 수 없었다. 제가 느린 건지 그가 빠른 건지. 너무 초조해서 미쳐 버릴 것 같았다. 혹여나 사라질까 두려웠고, 혹시나, 혹시나…….

좀처럼 좁혀지진 않지만 그렇다고 엄청나게 멀어지지도 않는 남자에게 한 걸음, 한 걸음씩 다가갈수록 숨이 찼다. 무섭게 부푸는 심장이 얼마 못 가 터져 버릴 것만 같았다. 그것도 잠시, 분명 인기척을 느꼈을 텐데 냉정하게 한 번도 뒤돌아보지 않은 남자가 사거리 횡단보도 앞에서 걸음을 멈췄다. 그보다 조금 늦게 하진의 발도 멎었다.

몇 발자국 뒤에서 숨을 몰아쉬는데 찰나 그런 생각이 들었다. 지금의 선택은 온전히 제 몫이라는. 그가 아닐 거라는, 비슷한 사람일 거라는 생각은 하지도 않았다. 이미 좀 전 언덕길에서 몇 발자국 떼지 않았을 때부터 확신했다.

어떻게 제가 그를 몰라보겠는가.

그가 어떻게 여기에 나타났고 왜 그 자리에서 저를 지켜봤는

지보다 어쩌면 더 중요한 사실이 직감을 관통했다. 제가 먼저 그에게 손을 뻗지 않으면 그는 저를 돌아보지 않을 것이다. 어디로 가는지는 모르겠지만 저 신호가 켜지면 지금껏 그랬던 것처럼 뒤 한 번 돌아보지 않고 아무 일도 없었던 것처럼 걸어가겠지.

어차피 잊고 싶어 마지막으로 흔적이라도 보고 싶어 왔던 곳이다. 정말로 모든 것을 두고 가려는 최초의 다짐을 생각한다면 이보다 더 좋은 수확은 없을지도 모른다. 그렇게 숨넘어가게 뛰어왔던 것이 무색하게 하진의 머릿속이 갑작스럽게 든 현실에 순간 하얘졌다.

'아.'

그러나 치열하다 못해 백지가 되어 버린 기분을 곱씹을 시간은 짧았다. 어딘가로 향하는 남자의 또 다른 걸음에 하진의 입술이 황급히 열렸다. 분명 크진 않지만, 정확하고 또렷한 목소리.

"⋯⋯정한석."

그래도 주변의 소음으로 들리지 않았을 수도 있는데, 기분 탓일까? 커다란 몸이 조금 멈칫한 것도 같았다. 그러나 이내 다시 걸음을 옮기는 남자에 하진은 울컥해 다시 그를 불렀다. 제가 여기 있는데 도대체 어딜 가려고 한단 말인가?

"정한석!"

새된 목소리에 거짓말처럼, 남자가 우뚝 멈췄다.

제가 불러 놓고 막상 하진이 숨조차 제대로 못 쉴 정도로 긴장하던 순간, 그가 천천히 몸을 돌렸다.

"······!"

말도 안 돼.

어스름한 배경 속에도 정확히 시야에 들어오는 남자와 눈을 맞춘 순간, 심장이 걷잡을 수 없는 곳까지 쿵, 떨어졌다. 누군지를 정확히 인지하고 있었음에도, 나름대로 마음의 준비를 했음에도 불구하고.

시선이 교차했던 찰나 느꼈던 그것은 정말로 잠시 세상이 멈춘 듯한 감각이었다.

웃는 듯 우는 듯, 기쁨과 탄식이 뒤죽박죽으로 섞인 그 알 수 없는 얼굴과 마주한 때. 하진이 느낀 순수한 충동은 그냥 그대로 그의 품에 뛰어들고 싶다는, 그런 것이었다.

* * *

그와 재회하고 처음으로 간 장소는 작은 술집이었다. 밥도 먹고 술도 먹는, 조금은 투박하면서 아늑한 느낌이 나는 곳이었는데 그들이 살았던 곳에서 그리 멀리 떨어져 있지는 않았다. 당연히도 하진은 처음 와 보는 곳이었지만.

'인제 어쩌지.'

메뉴를 고르면서도 너무 어색했는데 주문을 받은 알바생이 가고 나서는 더더욱 할 말이 없었다. 어쩌면 할 말이 너무 많아서 뭐부터 해야 할지 몰랐는지도. 차마 한석을 똑바로 보지 못한 하진은 테이블 위 올려진 물컵과 커다란 그의 손 어딘가에만 시선을 두고 있었다.

거기서 그렇게 울고 있을 때만 해도 지금 제가 한석과 이러고 있을 줄은 정말로 몰랐는데…….

몇 마디 주고받지 않고 이끄는 대로 그의 차에 올라탄 자신과 배고프지 않냐며 뭐라도 먹고 올라가자고 망설이며 말하던 그. 사실 차 안에서도 이렇다 할 대화는 오가지 않았었다. 생각해 보면 둘 다 엄청나게 이상했다. 왜 서로 여기에 있는지는 묻지도 않았고 그냥 길 가다 우연히 마주친 것처럼 아무렇지 않게 대화했다. 물론 흔들리는 눈빛이나 긴장한 표정 같은 것은 서로 갈무리하지 못하고 내보이긴 했지만.

적당히 왁자지껄하고 소란한 가게 안에서도 하진은 현실감이 없었다. 좋고 싫고를 떠나 그냥 꿈의 연장선과 같은 둥둥 뜨는 기분이었다.

그러다 계속되는 침묵에 못 견디고 슬쩍 고개를 들었을 때.

'아.'

저를 뚫어지게 응시하고 있는 남자와 눈이 맞자 심장이 철렁했다. 시간이 아무리 흘러도 잊을 수 없는 사무치게 익숙한 표정과 눈빛. 순간 하진은 지나간 세월과 저와 한석의 수많은 서사를 잊어버렸다. 아주 옅은 미소가 밴, 여전히 수려하게 잘생긴 얼굴을 보고 있자니 마치 예전으로 돌아간 것 같은 착각이 들었다. 그냥, 일 끝나고 돌아온 한석의 손을 잡고 집 근처 가게에 저녁을 먹으러 온 기분이었다.

그러니까, 아주 잠시.

"······너 좀 달라진 것 같아."

저도 모르게 뱉은 말에 그가 한쪽 눈을 찡그리며 웃었다. 내가?

"어떻게 달라졌는데?"

"그냥······."

하진은 조금 고민하다 다시 덧붙였다.

"좋아 보여."

하진의 말에 그의 얼굴에서 웃음기가 완전히 빠졌다. 내가 뭘 잘못 말했나, 조금 후회가 들었지만 사실은 사실이니까.

단순히 외모만 가지고 하는 말은 아니었다. 이런 말은 좀 그렇지만 그냥 가만히 서서 숨 쉬는 것만으로도 뭔가 불량하고 날 티 나 보였던 한석은 확실히 한풀 누그러진 분위기였다. 물론 새삼스럽게 인지하게 되는 커다랗지만 둔한 느낌 없는 피지컬이나 특유의 묘하게 위압적인 분위기, 딱히 크게 꾸미지 않는 옷차림은 여전했지만 그래도 뭔가 예전과는 달랐다. 머리를 자연스럽게 넘기고 검은색 가벼운 봄 점퍼를 걸친 그의 모습은 확실히 말쑥했다. 어쩌면 기억 속 유독 뇌리에 남았던 그의 모습이 작업복을 걸친 지치고 힘든 모습이어서 지금과 더 대비되었는지도 모른다.

이제는 딱히 눈을 피할 생각도 없이 그를 멍하니 보고 있는 하진에게 조용한 목소리가 내려앉았다.

"넌 여전히 예쁘네."

"······."

갑작스러운 말에 하진이 멈칫하는데 먼저 시켰던 우동이 기본

반찬과 함께 나왔다. 울어서 그런지 진짜 배가 고팠던 건지, 정신없는 와중에도 잘만 들어가 하진은 어느 순간 말도 없이 식사에만 집중했다. 그런 저를 보는 시선이 분명 느껴졌지만 이번에는 또다시 눈을 마주칠 자신이 없었다. 한석을 만나 못 견디게 반갑고 뭉클한 것도 분명 맞지만 뭘 하고 있는지 자괴감이 들었던 것도 숨길 수 없는 사실이었다.

아무것도 하지 않은 채 그렇게 식사가 끝났다. 일어나며 시간을 확인하니 가게에 들어온 지 불과 30분 정도가 지났을 뿐이었다. 당연한 듯 계산대 앞에 선 한석에 흠칫해 황급히 가방을 뒤적이는데 한석이 손을 뻗어 부드럽게 제지했다.

"……!"

잠깐 손등을 스치고 지나간 남자의 체온은 여전히 저보다 한참 높았다. 그 아무것도 아닌 접촉에 하진이 굳어 있는 사이 계산을 끝내고 카드를 받아 들었다. 지갑에 대충 끼워 넣으며 다시 저를 보는 남자에 하진이 중얼거렸다.

"그래도 이제는 지갑 잘 갖고 다니네."

전에는 그렇게 말해도 대충 주머니 속에 카드 하나만 달랑 들고 다니더니. 순간 멈칫하던 그가 이내 웃었다.

"뭐, 그렇지."

머쓱한 목소리 너머 그 지갑이 제가 선물했던 거라는 것은 한 발 늦게 기억났다.

서울로 올라가는 차 안, 둘은 지금까지의 분위기와는 사뭇 다르게 많은 이야기를 했다. 주로 서로가 어떤 식으로 살아왔는지에 대한 것이었다. 그 시간이 말도 안 되게 평온하면서도 미묘하게 설레 하진은 내내 가슴이 기분 좋을 정도로 뛰는 것을 느꼈다. 완전히 새까매진 밤과 적당한 속도로 달리는 차, 낮지만 듣기 좋은 다정한 목소리.

"뭔가 너 말투도 달라진 것 같아. 차분하다고 해야 하나."

욕도 안 하고, 뒷말은 덧붙이지 않았지만 눈치 빠른 한석은 알아챘을 것이다. 제 말에 그가 입꼬리를 끌어 올렸다.

"그럼, 누구 앞이라고."

"⋯⋯."

"얌전 빼고 있는 거지."

그는 그렇게 말했지만 하진은 한석의 또 다른 달라진 점을 찾은 기분이었다. 대화는 계속해서 이어졌다. 딱히 무슨 말을 해야지 생각한 것도 아닌데 무슨 오랜 친구를 만난 양 자연스럽게 오가는 대화가 신기했다.

"그래서, 다음 달 초에 오픈해."

당장 한 달 후 고깃집을 연다는 한석의 말이 실감 나지 않게 들렸다. 가게 위치도 제집에서 그리 멀지 않아서 내심 놀라기도 했다. 딱히 돌아다니는 타입은 아니지만 그래도 언젠가 한 번은 마주쳤으려나.

저랑 헤어진 후에도 한석은 2년 정도는 용접 일을 계속했다고 했다. 어디에 소속된 건 아니고 그때그때 일감을 찾아다니며 경험을 쌓았다고. 그러다 정규직이 될 좋은 기회를 잡았지만, 고심

끝에 일을 완전히 접고 다른 데로 눈을 돌렸다. 이미 같은 업종으로 성공 가도를 탄 아는 형의 곁에서 또다시 일을 배워 가며 차근차근 창업의 꿈을 꿨다고 했다. 완전히 새로운 분야다 보니 용접을 했을 때보다 더 골머리를 앓아 가며 매달렸던 모양이었다. 그래도 도와주는 좋은 사람도 많이 만나고 일이 잘 풀려 그간 마련한 자금으로 작은 가게를 연다고.

물론 또 다른 도전이고 많이 긴장되겠지만, 하진은 솔직한 마음으로 정말 잘됐다고, 다행이라고 생각했다.

"그럼 지금 많이 바쁘겠네, 준비하느라."

"그냥, 뭐. 인테리어 공사 하는 거 왔다 갔다 하고, 이것저것 준비하고…… 그렇지."

문득 옆의 저를 보고 씩 웃는 낯에 잠시 멈칫하다 다시 물었다.

"근데 왜 용접 일 그만뒀어? 회사 들어가서 일하고 싶어 했잖아."

으음, 하진의 질문에 한석이 곤란한 소리를 냈다.

"글쎄."

다시 앞을 본 채 뭔가를 골똘히 생각하는 남자의 옆모습을 하진은 말없이 바라보았다. 물론 분위기는 조금 달라졌지만, 보면 볼수록 그대로라는 생각은 든다. 날렵한 턱선이나 서늘하게 빠진 눈매. 생각에 잠길 때면 미묘하게 좁아지는 미간.

"넌, 지금 하는 일 만족해?"

이렇다 할 답 없이 다시 제게 돌아온 질문에 하진은 망설임 없이 고개를 끄덕였다.

"응, 내가 하고 싶은 일이야. 앞으로 어떻게 또 변할지는 모르겠지만 지금은 이렇게만 살면 좋겠다는 생각이 들 정도로."

"잘됐네."

다행이다, 덧붙이며 미소 짓는 얼굴은 어쩔 수 없이 근사했다. 이루 말할 수 없는 복잡한 기분이 확 올라와, 하진은 고개를 돌려 볼 것도 없는 차창 밖만 한동안 응시했다.

* * *

집에 도착했을 때는 자정이 다 되어 가는 늦은 시간이었다. 한석은 딱히 내비게이션을 켜지 않고도 하진이 말하는 대로 방향을 잘도 틀어 그녀가 사는 오피스텔 앞까지 갔다. 어차피 멀지 않은 곳에 가게 오픈을 준비하고 있으니 길도 잘 아나 싶었다. 그리고, 건물 앞에 차를 댄 한석이 번호를 물어봐도 되냐고 조심스럽게 물은 순간.

"있잖아."

"⋯⋯어."

태연한 척해도 미세하게 떨리는 목소리를 남자는 숨기지 못했다. 잠시 망설이던 하진의 입술이 천천히 벌어졌다.

"왜 내가 오늘 너랑 같이 있었다고 생각해?"

딱히 떠보는 건 아니었다. 정말로 저도 몰라서 물어보는 거였다. 도대체 이 말도 안 되는 일은 뭐란 말인가. 저야말로 어쩌고 싶은 건지 모르겠다. 잠시 침묵하던 한석이 한숨 같은 말을 뱉었다.

"모르겠어."

"……."

"솔직히 말해서, 난 지금 네 얼굴을 이렇게 가까이서 보고 말할 수 있는 게 너무 좋고 신기해. 하지만 네 마음은 정말로 모르겠어. 그냥 예전 생각이 나서 날 한번 만나 보고 싶었던 건지, 아니면……."

조금씩 빨라지던 말이 뚝 멎었다. 복받치는 감정을 긴 숨으로 흘려보낸 남자가 느릿하게 머리를 쓸어 넘겼다.

"예전에 난 너를 내가 되게 잘 안다고 생각했었어."

"……."

"그런데 아니었더라고. 돌이켜 볼수록 내가 널 잘 몰랐었단 생각이 들어. 정확히는, 너를 내가 되게 불안하게 만들었던 것 같아."

마음은 있는데 잘 못 해 준 거지, 쓰게 웃는 모습에 괜히 마음 한구석이 아렸다. 하진은 고개를 저었다.

"아냐. 넌 나한테 정말 잘해 줬어."

"……."

"그러니까…… 너는."

분명 하고픈 말이 있는데, 해야 할 것 같은 말이 있는데 머릿속이 새까매졌다. 망설이던 하진은 불쑥 제 핸드폰을 건넸다.

"여기에 번호 찍어."

내가 전화할 테니까, 괜히 염치가 없어 중얼거리는 목소리에 한석은 별다른 말 없이 손을 뻗었다. 자연스럽게 핸드폰을 가져간 그가 번호를 누르고, 다시 제 손에 건네주는 것을 하진은 열 없이 바라보았다.

"갈게."

"어, 늦었으니까 얼른 자고."

"응."

고개를 끄덕이는데 기분이 묘했다. 잘 자라며 저를 배웅하는 한석의 모습이 왜 이렇게 어색한 걸까? 비단 몇 년 만의 재회라서 그런 것만은 아닐 터였다. 그와의 2년 동안 항상 같이 있는 게 당연했고 이렇게 밤에 헤어지는 일은 없었으니까. 어쨌든 인사를 마친 하진이 막 차 문을 열려는데.

"하진아."

제 팔을 가볍게 잡아 오는 남자에 흠칫한 하진이 고개를 돌렸다. 사소한 접촉에도 놀라는 제 모습이 싫었지만 불가항력이었다. 웃고 있지만 조금은 초조한 얼굴로 그가 말했다.

"꼭 전화해."

기다릴게, 덧붙이는 목소리는 못내 다정했다. 하진은 얼떨떨한 얼굴로 잠시 그를 바라보다, 긍정도 부정도 하지 못하고 차에서 내렸다.

* * *

두 번째 만남은 사흘 후 주말, 근사한 야경이 보이는 레스토랑에서였다. 시간은 하진이 정했지만 장소는 한석이 정했다. 재회한 그날 왜 그 자리에 한석이 있었는지 알게 된 것도 그 자리에서였다. 나름대로 여러 예상을 해 보고 왔지만 전혀 생각지 못했던 답에 표정 관리가 되지 않았던 것도 사실이었다. 덕분에 절대 안 마시기로 속으로 다짐해 놓고 와인을 생각보다 많이 마셨다.

"그러니까……."

그의 말을 묵묵히 듣고 있던 하진이 무겁게 입을 열었다. 조금씩 열이 오르는 하얀 뺨을 보는 한석의 표정이 묘했다.

"날 계속 지켜봤다는 거네."

"……결론적으론, 그렇지."

그렇다고 매일같이 따라다닌 건 아니고, 어색하게 덧붙이는 말이 사실이긴 할 거였다. 말만 들어도 그는 정말 바쁘게 산 것 같으니까.

하진이 서울로 올라간 그날 한석도 곧바로 그녀의 뒤를 따랐다고 했다. 몇 걸음 못 가고 그냥 픽 쓰러질 것 같은 하진이 걱정되어 미칠 것 같았던 그는, 가라고 말은 했어도 불안에 눈이 멀어 무작정 차를 끌고 터미널로 향했다. 그러다 다행히도 막 버스에 오르는 하진을 보았고 그대로 버스를 좇아 서울로 갔다. 하진이 묵는 모텔을 확인했고, 그 앞에 죽치고 있었다. 그때까지만 해도 한석은 헤어졌다는 현실감 자체가 없었다고 했다. 다음 날 저녁까지 나오지 않는 하진이 너무 불안해 경찰에 신고할까 하는 생각까지 할 정도로.

그리고 또 다음 날, 축 처진 몸으로 어디론가 향하더니 웬 사람과 만나 곧바로 허름한 건물에 입주하는 하진을 봤을 때는 머리가 다 띵했다고 했다.

"딱 봐도 별론데 좀 돌아보지. 그런 생각도 하고, 그냥 이러지 말고 얼른 나랑 돌아가자고 나서고 싶었는데."

차마 그럴 수 없었다고 말하며 그는 쓰게 웃었다. 끝까지 절 잡으면 인생에 미련이 없어질 것 같다고 말하는 하진의 모습은 그에게 무거운 족쇄가 되었다. 물론 엄청나게 놀랐지만, 한석이라면 충분히 그럴 수도 있는 남자라 거기까지는 이해 아닌 이해를 했다. 워낙 저를 과보호하기도 했고 그때 저는 제가 봐도 심각하게 불안정한 상태였으니까.

하지만 한석이 지방 생활을 정리하고 서울에 방을 얻어 일을 다니며 제 근처를 맴돌았다는 말에는 충격을 받았다. 지난번 2년 동안 용접 일 계속했다고 해서, 으레 그동안은 거기 머물렀을 거라고 생각했는데.

"솔직히 처음 두어 달은…… 일 거의 못 했어. 그냥 너 계속 봤어. 대학가 카페에서 알바하는 거나 학교 다니는 거, 그런 거. 처음에는 솔직히 대학도 못 갔으면 어떡하나 걱정도 했거든. 내가 막판에 멘탈 망쳐 놨으니까. 그래도 생각보다 씩씩하게 잘 지내는 것 같았는데 계속 걱정이 돼서."

아니, 덧붙인 그가 눈을 가늘게 떴다.

"핑계지. 그냥 그렇게라도 안 보면 미칠 것 같아서."

"스토커 같잖아, 그런 거."

불쑥 나온 하진의 말에 그가 조용히 답했다. 맞아, 미안해.

"네가 그때 날 신고했어도 어쩔 수 없었을 거야. 사실이니까. 헤어졌는데 못 받아들이고 정신 나간 거지."

어떻게 자신은 그것을 몰랐을까? 하진은 멍한 머리로 심각하게 고찰했다. 하지만 홀로 선 그 당시 제가 반쯤 정신 나간 채로 살았던 건 사실이니, 숨기려고 맘먹은 남자의 존재를 알아차리는 것은 어려웠을지도 모른다는 결론에 도달했다.

"그러다 어느 순간 정신이 확 들더라. 너는 저렇게 열심히 아등바등하고 있는데 난 뭐 하고 있나 싶고. 그때부터 일 닥치는 대로 찾아 하고 너 보러도 한동안 안 가고 그랬어."

"도대체 나를 어떻게 보러 온다는 거야?"

"그냥, 대학 건물 앞에 죽치고 있기도 하고 너 일하는 카페 근처 서성거리고."

진짜 스토커였네, 하진이 또 말하자 그가 초조한 듯 입 안을 짓씹었다. 절대로 둔한 타입은 못 된다고 생각했는데, 하진은 제가 그렇게 넋을 놓고 살았던 건지 그가 잘 숨어 다녔던 건지 정말로 헷갈렸다.

그렇게 간혹 하진을 지켜보는 것을 낙으로 살던 그였다. 과외와 더불어 같은 장소에서 알바도 꽤 오래 했다 보니 다른 곳으로 이사를 간 것도 자연스럽게 알게 되었다고.

"그때, 밤에 너 몰래 따라가던 새끼 있었는데 그냥 잡아서 경찰서로 끌고 갔잖아."

"나를?"

문득 소름이 돋았다. 아마도 두 번째 집이었을 것이다. 계약

할 당시에는 몰랐는데 오가다 보니 워낙 흉흉한 거리라 충분히 있을 만한 일이었다. 한석이 곧바로 고개를 끄덕였다.

"어. 너 편의점 들렀을 때 기다리고 골목까지 계속 따라 들어가는 게 이상해서. 그리고 딱 봐도 감이 있잖아, 쎄한 거."

그 당시를 회상하는 한석의 눈이 순간 번득여 하진은 흠칫했다. 애꿎은 사람 잡는다고 난리 쳤던 남자였지만 형식적인 조사 중 들고 있던 가방에서 심상치 않은 것들이 발견되었고 그대로 입건되었다고. 한석은 더는 말을 붙이지 않았고 섬뜩해진 하진도 굳이 캐묻지 않았다.

어쨌든, 새로운 일에 눈코 뜰 새 없이 바쁜 와중에도 한석은 나름대로 하진을 살피는 것을 잊지 않았다. 그리고 그녀가 아파 1년을 휴학했을 때, 이유를 알 수 없던 그는 학교도 나가지 않고 일도 그만둔 하진 때문에 정말 돌아 버릴 것 같았다고 했다.

"정말 그때가 고비였어. 너무 답답해서 미칠 것 같더라. 솔직히 학교에서 아무나 붙잡고 박하진은 왜 안 나오냐고 묻고 싶은데 그럼 혹시 네 귀에도 들어갈까 봐. 이러지도 저러지도 못하는데 그 와중에 내 할 일은 쌓여 있고……. 형이 진짜 맘먹고 장사 노하우 전수해 주면서 일 가르쳐 주는 건데 빠질 수가 없으니까 쉬는 날 없이 주말에도 계속 나갔거든. 그때 진짜 일이고 뭐고 다 때려치우고 너 있는 집 문 두드리고 싶었어. 어차피 내가 일을 하는 것도……."

그간의 이야기를 할 때 한석은 유독 자주 말을 끊었다. 아낀다는 표현이 맞았을 거다. 진심을, 진짜 말하고 싶은 속내를 차마 다 내보이지 못했다.

어쨌든 그때 한석의 마음이 어땠을지도 하진은 대강 짐작할 수 있었다. 간혹 병원 가는 것을 제외하고는 거의 반년은 칩거 생활을 했으니 그럴 만도 했다. 그래도 꾹 참고 버티던 한석은 하진이 학교에 나가게 되자 안도했고, 개점을 준비하는 최근 몇 개월에도 간혹 하진의 뒤를 따랐다.

"그날 그건 정말 우연이었어. 오랜만에 쉬는 날이었거든. 뭐, 할 일이야 찾으면 계속 나오지만 그냥 그러고 싶은 날 있잖아. 나도 모르게 집 근처에 차 대 놓고 있는데 네가 나오더라. 그냥…… 어딜 저렇게 예쁘게 하고 가나 싶었는데, 카페 나와서 갑자기 직행버스를 타 버리니까. 당황했지. 그것도 예전 우리 살았던 곳으로."

물론 우연이라면 우연이겠지만 지금까지의 한석의 말로 미루어 보면 다분히 그가 만들어 낸 만남이라고 해도 틀린 말은 아닐 거였다. 후식으로 나온 예쁜 디저트도 먹는 둥 마는 둥 하고 하진은 잠시 지금껏 그가 한 말들을 곱씹으며 생각에 잠겼다.

"아무튼 지금은 좋아하는 일 하면서 지낸다니까, 정말 좋다."

말이 없어진 하진에게 한석이 얼렁뚱땅 말을 덧붙였다. 어쩔 줄 모르고 있는 게 다 티가 났다.

"나한테 이렇게 굳이 얘기 안 했어도 되잖아. 내가 어떻게 나올 줄 알고?"

잠시 후 조용히 흘러나온 말에 한석의 눈빛이 깊게 가라앉았다. 아름다운 야경을 곁에 두고 격식을 갖춰 깔끔하게 차려입은 남자는 여전히 하진의 눈에는 티셔츠를 입고 헝클어진 머리로 제 옆에 눕던 그때와 같이 보였다. 하긴, 뭘 입고 뭘 먹든 무슨 상관이겠는가. 정한석은 정한석이지. 지금도 이렇게 말도 안 되게 저를 놀라게 하지 않는가?

"……맞아. 솔직히 고민도 했어. 이렇게 다 말하는 게 맞는 건가."

그냥 기막힌 우연이라고, 거기에 볼일이 있어 들렀던 때 너를 봤다고 하면 믿어 줄까 생각도 했다는 말에는 힘이 없었다.

"미안해."

그러나 조금 잠긴 목소리로 미안하다는 말을 하는 남자의 얼굴은 한없이 진지했다. 하진은 문득, 다른 사람이 이런 식으로 제게 했다면 어땠을지 상상했다. 그러니까 얼마 못 갔던 연애 상대들이라든가. 하지만 생각할 것도 없었다. 그냥 자리를 박차고 나갔을 것 같았다.

하지만 한석은 왜?

"넌 나랑 이제 어떻게 하고 싶어?"

조금은 호전적으로 들리기까지 하는 한 톤 높아진 목소리에 한석이 답지 않게 움찔했다.

"어떻게 하고 싶은 건 없어. 진심이야."

그리고 담담하게 들려오는 목소리에 하진은 저도 모르게 깊이 심호흡을 했다.

"그냥 나는, 정말로 이렇게 얼굴을 보고 이야기할 수 있다는 게 너무 좋아. 네가 편해 보여서 좋고……. 나는 네가 하고 싶은 대로 할 뿐이야."

"……."

"지금도 이 얘기를 하면서 네가 날 이제 아주 안 볼 수 있다는 각오도 했어. 당장 오늘 나갈 준비를 하면서도 이게 마지막이 될 수도 있다는 생각도 했고."

"이제 다시는 나 따라다니지 마."

"응, 절대로."

절대로 안 할게, 덧붙이기에 다시 으름장을 놓았다.

"이대로 마지막이 되어도 이제 그렇게 절대 하지 말란 얘기야."

처음으로 한석의 입이 굳게 닫혔다. 각오했다면서 바로 답을 하지 못했다. 결국 그만 가자며 자리에서 먼저 일어난 건 하진이었다. 돌아오는 차 안에서도 하진은 흐드러진 봄꽃으로 물든 거리만 계속 봤다. 저를 힐끔대는 남자의 시선이 느껴졌지만 돌아보지 않았다. 두 번째 만남은 그렇게 어색하게 끝났다. 다음 약속도 정하지 않은 채.

* * *

때 이른 더위가 이어지던 날들이었다. 한여름을 방불케 하는 뜨거운 낮이 지났지만 오늘따라 저녁도 유난히 후덥지근했다. 하진은 으례 그렇듯 작은 방 안에 틀어박혀 노트북 앞에서 작업을 하고 있었다. 그러나 좀처럼 진도가 나가지는 않았다. 결국 얕게 한숨을 내쉰 하진은 의자에 몸을 비스듬히 기댄 채 눈을 감아 버렸다.

마음이 불편한 것은 당연한 일이다. 원래라면 저는 여기에 있을 게 아니라 약속 장소에 나갔어야 했으니까. 하진은 핸드폰을 들어 시간을 확인했다. 7시 10분. 한석과 약속한 시각에서 한 시간이 훌쩍 지났는데도 아무 연락도 와 있지 않았다. 그게 더 무겁게 느껴져 또다시 한숨을 내쉰 하진은 다시 핸드폰을 책상에 내려놓았다. 가슴이 터질 듯 답답했다. 그래도 뭐라 답은 올 줄 알았는데.

'혹시 집으로 오려나?'

만약 정말 찾아오면 뭐라고 말해야 하지.

'어쩌자는 거야, 정말.'

벌떡 일어난 하진은 핸드폰을 꼭 쥔 채 코앞의 침대로 엎어졌다. 그러면서도 계속 몸을 뒹굴고 뒤척이며 난리를 피웠다. 맹세코 다른 사람에게는 안 그러는데 한석 앞에서만은 예나 지금이나 성격 파탄자가 되는 것 같다. 우유부단하고 이기적이고 제멋대로다. 마땅한 자책을 하는 하진의 얼굴이 괴롭게 일그러졌다.

상당한 충격이었던 두 번째 만남 이후에도 하진은 한석과 계속 만났다. 정확히는 석 달 동안 네 번을 더 만났다.

봄꽃이 가득 핀 예쁜 정원이 있는 근교 카페에서 커피를 마신 적도 있었고, 어느 날은 한석이 데려간 근사하다 못해 과분하게 느껴지는 곳에서 저녁을 먹기도 했다. 한번은 한석의 지인이 한다던 와인 바에 가기도 했다. 둘 다 술은 거의 먹지 않았고 늦지 않은 시간에 한석이 집에도 데려다주었지만.

마지막 만났던 것은 당장 지난주 한석의 가게에서였다. 그때는 연우도 함께였다. 성공리에 오픈을 마친 고깃집은 다행히 매일같이 손님들로 복작거리는 모양이었다. 한석이 제가 꼭 와 줬으면 한다는 건 알고 있었지만 도저히 혼자 갈 자신이 없어 연우에게 상황을 설명하고 같이 가게 되었다. 한석에겐 따로 말하지는 않았다. 그냥 시간 나면 한번 갈게, 이 정도로만 해 두었을 뿐이었다.

그리고 조금은 긴장한 채로 가게 문을 열고 들어간 하진이 무의식적으로 한석을 찾아 두리번거리던 때.

"하진아."

저를 보고 주방에서 거의 뛰쳐나오다시피 하던 남자의 모습은 지금도 생생했다. 당장이라도 저를 덥석 끌어안을 것 같은 기세에 하진이 주춤해 한 발 뒤로 물러났을 정도였다.

"어떻게 왔어, 응?"

"네가 오라며."

"어, 그렇지. 근데 너 바쁘니까……."

놀란 듯하면서도 좋아서 어쩔 줄 모르는 티가 다 났다. 하진을 앞에 두고 이러지도 저러지도 못하고 두서없는 말을 늘어놓았다. 오죽하면 옆에서 내내 가만히 있던 연우가 여기도 사람 있다며 농담 아닌 농담을 건넬 정도였다. 그때에서야 한석은 테이블로 안내를 해 주었다. 그러면서도 연신 웃음을 숨기지 못했다. 주방 바로 앞, 예약석이라고 되어 있는 작은 팻말이 있는 꽤 널찍한 테이블을 하진과 연우에게 내주었는데 진짜 예약이 되어 있었는지 아니었는지는 지금도 모르겠다.

"와, 근데 진짜 신기하다. 내가 정한석이 하는 가게를 다 와 보고."

그래도 동창이 하는 덴데 언제 한번 회사 사람들하고도 와 봐야겠다며 연우가 주위를 두리번거렸다. 인테리어도 깔끔하다고 하고 손님도 계속 들어온다며 칭찬하는 말에는 하진이 괜히 다 뿌듯했다. 그간 한석이 계속 가게가 작다고 해서 그러려니 했는데 리모델링 공사를 끝낸 내부는 탁 트였고 평수도 생각보다 더 넓은 듯했다.

하진은 그가 직접 구워 주고 간 고기를 먹으며 한창 바쁠 때의 그의 일하는 모습을 지켜보았다. 자리가 자리인지라 주방 안에서부터 홀 전체가 다 보였다. 냉방이 잘 된 안은 시원했지만 반소매 유니폼을 깔끔하게 입은 그는 바쁘고 더워 보였다. 주로 한석은 주방에 있는 시스템이고 고기를 굽거나 서빙 등은 직원들이 하는 것 같았다. 그래도 가끔은 한석도 밖에 나와서 응대도 하고 계산도 했다.

"완전 사장님 다 됐네."

연우의 말대로 새삼스럽게 신기하단 기분이 들었다. 괜히 제가 아는 한석이 아닌 것 같은 기분도 들고. 그러다 술에 조금 취한 듯한 여자가 계산대 앞에서 한석에게 환하게 웃으며 이런저런 말을 거는 것을 보고는 같잖은 질투도 했다. 멀어서 당연히 목소리까지는 안 들렸지만, 여자는 카드를 받아 든 후에도 무리에 섞이지 않고 한동안 한석에게 말을 걸었다. 그러다 한석이 이쪽을 쳐다보는 것 같기에 하진은 홱 고개를 돌려 버렸다.

어쨌든, 그 후에도 계속해서 바쁘게 움직이면서도 한석은 내내 하진에게 신경을 썼다. 연우와 간단하게 맥주 한 잔씩 하는 것을 보고는 슬그머니 하진 옆에 음료수를 갖다 주기도 하고 에어컨 온도도 춥지 않냐고 물어보는 등 엄청나게 자주 들락거렸다. 그러니 당연히 이런 말이 나올 법했다.

"사장님, 혹시…… 여자 친구분이세요?"

서글서글한 인상의 남직원이 쟁반을 들고 지나가다 한 말에 하진이 속으로 움찔한 순간, 그 와중에도 옆에 딱 붙어 고기를 뒤집어 주던 한석이 곧바로 고개를 저었다. 아니.

"아, 네!"

단호한 답에 멋쩍은 듯 다시 제 할 일을 하러 가는 직원을 보는데 기분이 이상했다. 그때부터는 뭔가 확 가라앉아서 남은 고기도 먹는 둥 마는 둥 하고 연우와 맥주만 마셨다. 연우가 추가로 맥주를 주문하자 한석이 은근히 저를 보는 게 느껴졌으나 신경 쓰지 않았다.

그렇게 식사를 마치고 당연히 계산을 하려는데 한석이 뭔 계산이냐며 황당한 표정을 짓기에, 인상을 쓰며 빨리 해 달라고 카드를 내밀었다. 으음, 마뜩잖다는 소리와 함께 느리게도 계산을 마친 한석이 가게 앞까지 따라 나왔다.

"데려다줄게."

당연하다는 듯 저를 주차장으로 이끄는 행동에 하진이 곧바로 반응했다.

"일하는데 뭐 해. 빨리 들어가."

"잠깐은 괜찮아."

"어차피 우리 2차 갈 건데."

그렇지? 연우를 보자 연우가 눈치껏 그렇다며 고개를 끄덕였다. 한석의 눈썹이 꿈틀댔다.

"오늘 진짜 맛있게 잘 먹었어. 장사도 잘되는 것 같아서 보기 좋더라. 힘내."

더 할 말을 찾지 못한 하진이 인사를 마치고 뒤돌았다. 연우와 집까지 술도 깰 겸 걸어가는데 전화가 걸려 왔다. 한석이었다.

-그럼 끝날 때 전화해. 집에 데려다만 주고 바로 갈 테니까.

시끄러운 주위 속에서 조금은 바쁜 듯 흘러나오는 남자의 목소리에 하진은 덧붙였다. 괜찮아. 굳이 집에서 먹는다는 말을 안 하는 저는 정말 악질일지도 몰랐다. 그 와중 한석이 결제한 금액이 1,000원이었다는 것은 후에 출금 문자를 보고 알았다. 진짜 다 빼고 음료수 하나만 계산했나 보다. 정말로 어이없었다.

지난날을 찬찬히 돌아보는 하진의 입에서 탄식 같은 숨이 새어 나왔다. 그러고 나서 다시 약속이 잡힌 게 오늘이었던 것이다. 평일에 한 번 쉬는 한석의 유일한 휴일이기도 했다. 지금 한석은 영화관 앞에 있을까 아니면 여기로 오고 있을까. 하진은 조용히 핸드폰을 들어 제가 약속 시간 10분 전 보낸 메시지를 확인했다.

[미안해 한석아 오늘 못 만날 것 같애]

[우리 앞으로 어떻게 할지 서로 조금 더 생각해 보자]

절대로, 한석이 싫다거나 부담스러워서 그런 건 아니었다.

하진은 극한에 몰려서야 제 감정을 솔직히 인정했다. 자신은 여전히 한석이 좋았다. 그와 만나면 못 견디게 설레면서도 가슴 깊이 편안했다. 한석과 계속 만나고 싶고 다시 시작할 마음이 들었던 것도 그간 셀 수 없었다.

그런데 마지막 한 걸음을 내딛기가 이상하게 망설여졌다.

각자 자신의 자리에서 최선을 다하고 있는데, 열심히 살고 있는데. 결과만 보면 헤어지고 나서 둘 다 잘되지 않았나. 저와 있을 때는 그렇게 말렸어도 험한 일만 하던 한석은 어엿한 가게 사장님이 되었고 혼자서는 아무것도 할 줄 몰랐던 저는 이제는 홀로 서는 게 더는 두렵지 않았다.

다시 시작하면, 우리는 또 어떻게 될까?

어쩌면 한석도 그런 부담감과 불안에 제가 먼저 다시 시작하자고는 하지 못하는 게 아닐까. 매번 신사같이 저를 에스코트하는 지나친 배려는 그와 어울리지 않는다. 사실 누가 먼저 말하는 것은 하등 중요한 것이 아니었지만 하진은 예전과 다르게 속내를 다 내보이지 않는 그의 행동에서 혼란스러움을 느꼈다.

누구도 믿지 않겠으나 사실 오늘도 한석을 직전에 바람맞힐 의도는 추호도 없었다. 단지 저도 모르게 더 예쁘고 제게 잘 어울리는 옷을 찾던 거울 앞 제 모습이 너무 초라해 보여서 순간적으로 한 못된 짓이다.

'이건 좀 많이 이상하잖아.'

떠날 때는 그렇게 그에게 폭언을 일삼았으면서. 지금 생각해도 어떻게 그런 말을 했을까 싶을 정도로 칼날 같은 말로 그를 베었으면서. 그때는 용서하지 못했던 것이 시간이 지났다고 용서가 되는 것인가에 대해서 깊은 자조도 들었다. 시간의 힘으로 모든 것을 해결한다는 것 자체가 무책임하게 느껴지기도 했고.

어느새 뒤척임도 멈춘 하진은 멍하니 천장만 올려다보고 있었다.

'아.'

그러다 창을 때리고 지나가는 시원한 빗소리에 문득 번쩍 정신이 들었다. 하진은 벌떡 자리에서 일어나 비가 퍼붓기 시작한 바깥을 바라보았다. 그렇게 후덥지근하더니 비가 오려고 그랬나 보다.

"관심이나 있어? 내가 뭐 하고 돌아다니는지?"

그 언젠가, 묘하게 곤두서 있던 남자의 목소리가 그 순간 왜 떠올랐는지. 순간적으로 소름이 돋을 정도로 이상한 기분이 들었다. 가을비를 잔뜩 맞고 들어왔던 한석의 모습은 지금도 생생히 기억나는데……. 새삼스러운 자괴감이 들었다. 그때와 지금의 저는 달라진 점이 있나? 그때 한석에게 새 옷을 선물하는 대신 앞에 앉혀 놓고 좀 더 깊게 대화를 해 봤으면 어땠을까. 뜨겁게 입을 맞추기 전 서로가 은연중에 감추고 싶어 하는 속내를 다 내보이며 허심탄회하게 대화를 나눴으면 어땠을까.

벼락같은 무언가가 폐부를 스치고 지나갔다.

지금도 자신은 한석에게만 모든 짐을 지우려 했다. 조금 더 생각해 보자는 말을 뻔뻔하게 했으면서도 당연하게도 으레 그가 저를 만나러 올 것으로 믿고 있지 않은가. 그가 먼저 저를 놓을 것이라는 생각 자체를 안 하는 것이다. 세상에 당연한 것은 없다는 것을 그간 사무치게 겪어 놓고서도, 왜 그 남자에게만은 그렇게 매번 모질어지는지.

내내 놓치고 있던 중요한 것을 뒤늦게 찾은 느낌에 심장이 다 철렁했다. 어느새 하진은 무의식적으로 한석의 번호를 찾아 전화를 걸고 있었다. 5년 전과 달라지지 않은 그 번호를. 그리고, 전원이 꺼져 있어 연결되지 않는다는 메시지가 흘러나오자 더 참지 못하고 지갑만 든 채 밖으로 뛰쳐나왔다. 그 와중 우산을 놓고 와서 1층까지 갔다 되돌아와야 했다. 용케 바로 앞에서 택시를 잡아타고 약속된 집 근처 영화관까지 가는데 심장이 미친 듯이 뛰었다. 왜 전화가 꺼져 있지, 내 연락을 못 봤나, 설마 아직도 기다리는 건가…….

그러나 도착한 영화관 앞에 한석의 모습은 보이지 않았다. 혹시 하고 안에까지 들어가 봤지만 어디에서도 그를 찾을 수 없었다.

'집에 갔구나.'

속상해서 핸드폰도 꺼 놓은 모양이었다. 당연한 건데 왜 울컥하는지. 뭔가 창피하기도 했다. 하진은 입술을 꾹꾹 깨물며 영화관을 나와 집까지 걷기 시작했다. 아까보다는 옅어지긴 했지만 여전히 비는 거세게 내리고 있었다. 오면서 혹시 하고 다시 전화를 걸었지만 여전히 연결은 되지 않았다.

'괜찮아. 내일 다시 해 보면 되지.'

그러면서도 덜컥 무서워졌다. 혹시 나한테 완전히 정이 떨어진 걸까? 예전 그가 자신이 그를 갖고 논다고 했을 때는 말도 안 되는 소리라 넘겼는데, 지금 저를 보면 틀린 말도 아닌 듯했다. 고작 전원을 꺼 놓았다는 것 하나에도 이러면서 한석의 마음은 어땠을지 생각하니 죄책감이 배가되었다. 서글퍼진 하진의 걸음이 점점 더 느려졌다. 평소보다 훨씬 더 걸려 오피스텔 건물로 향하던 그녀의 걸음이 저만치 보이는 익숙한 뒷모습에 순간 멈췄다.

"⋯⋯!"

잘못 봤나 싶어 눈을 다시 깜빡였지만 확실했다. 딱 벌어진 어깨와 훌쩍 큰 키는 한석이 틀림없었다. 건물 아래 비를 피하고 있는 모습을 보는데 심장이 형용할 수 없을 정도로 빨리 뛰기 시작했다. 하진은 가타부타 생각할 것도 없이 그에게 빠르게 다가갔다. 빗소리에 발걸음 소리가 묻힌 건지 그는 뒤 한 번 돌아보지 않고 우뚝 서 있을 뿐이었다. 그리고, 하진이 한석을 부르며 그의 팔을 잡았을 때.

"⋯⋯아."

천천히 고개를 돌리는 남자의 얼굴에 하진은 저도 모르게 얼떨떨한 소리를 냈다. 그가 비에 푹 젖어 있다는 것은 한발 늦게 알았다. 흠뻑 젖은 머리에서는 물이 뚝뚝 떨어졌고 입고 있는 옷도 마찬가지였다. 그러나 무엇보다 하진을 놀라게 한 것은 넋이 나간 듯한 그의 표정이었다.

그런 얼굴의 한석은 정말로 처음 보았다.

저를 볼 때가 아니면 늘 날카롭게 빛나던 눈빛은 숨이 죽었고 얼굴은 극도의 충격을 받은 사람처럼 허옇게 질려 있었다. 저를 발견한 남자에게서 찰나 스쳐 간 것은 반가움 이전의, 어쩌면 지독한 절망을 닮은 그 무언가였다.

당황한 하진이 뭐라 말할 새도 없이 손을 뻗은 남자가 그녀를 와락 끌어안았다. 툭, 들고 있던 우산이 힘없이 바닥으로 떨어졌다. 축축하면서도 뜨거운 열기가 온몸에 확 끼치는 야릇함에 하진은 순간 몸을 조금 떨었다. 재회한 후로도 이런 식의 스킨십은 한 적이 없었다. 이렇게 제가 세상의 전부인 것처럼 저를 숨 막히게 끌어안는 사람은 예전에도, 앞으로도 이 남자뿐일 것이다. 감상에 잠길 새도 없이 두서없는 목소리가 귓가에 흩뿌려졌다.

"하진아, 미안해. 여기서 또 기다리려고 했던 건 아닌데…… 그냥 내가, 하…… 내가 미칠 것 같아서."

"아니……."

"미안해. 내가 잘못했어. 어? 그러니까……."

감정이 복받치는지 그는 제대로 말을 잇지 못했다. 하진이 어디 도망가기라도 할 듯 그녀를 안은 팔에 힘을 주며 거친 숨을 불규칙적으로 내뱉을 뿐이었다. 덩달아 하진도 정신이 없었다. 지금 이 상황 자체도 어안이 벙벙한 데다가, 너무나 오랜만에 느끼는 그의 온도와 체향이 습한 비 냄새에 묻어 눈앞을 흐리게 했다. 이곳이 밖이라는 것을 잠시 잊을 정도로. 하진은 얼떨떨하게 중얼거렸다.

"네가, 뭐가 미안해. 내가 약속 취소했는데……."

"아냐, 내가 잘못했어. 너는 시간을 갖자고 했는데 또 여기까지 찾아오고, 씹, 내가…… 내가 미쳐서."

가쁘게 흘러나오는 짓눌린 목소리에 심장이 아렸다. 하진은 팔을 뻗어 그를 마주 안았다. 순간 커다란 몸이 경직되는 게 맞닿은 젖은 옷 사이로 생생하게 느껴졌다.

"내가 미안해. 한석아. 나 봐 봐."

"……."

그때야 저를 안은 남자의 팔의 힘이 조금 느슨해졌지만 여전히 억셌다. 흔들리는 남자의 눈빛과 마주하는데 순간 말문이 턱 막혔다. 그가 두려워하고 있는 게 무엇인지를 정확하게 알 것 같아서. 이 순간에도 저를 원망하기는커녕 제가 도망갈까 어쩔 줄 모르고 저를 끌어안는 남자를 보니 그동안 혼자 고민하고 괴로워했던 순간들이 부질없게 느껴졌다.

제가 그를 가슴 깊이 사랑하는데 도대체 뭐가 문제란 말인가. 제게 닿아 오는 남자의 숨결에 이렇게 가슴이 미친 듯이 뛰는데. 하진은 더는 과거에 사로잡혀 현재의 한석을 놓치고 싶지 않았다.

"한석아. 나는……."

그러나 사뭇 비장하게 흘러나오던 그녀의 말은 이어지지 못했다. 미안해, 성마르게 흘러나온 낮은 목소리가 하진의 고백을 싹

둑 잘라 버린 탓이다. 그가 말한 미안하다는 말이 직전까지의 두서없는 사과와 결이 달랐다는 것은 입 안 가득 밀려오는 뜨거운 혀에 뒤늦게 알았다.

흡, 놀란 하진의 입술 새로 짧은 숨이 터졌으나 남자는 그마저 온전히 집어삼켰다. 목덜미를 완전히 감싼 그의 커다란 손은 축축했고 정신없이 얽어 오는 숨은 가빴다. 츕, 추읍, 타액이 오가고 젖은 점막끼리 엉겨 붙는 소리가 또다시 퍼붓기 시작한 시끄러운 빗소리 속에서도 또렷하게 귓가를 울렸다. 폭풍 같은 키스에 정신없이 휩쓸리면서도 하진은 잔뜩 젖은 단단한 몸을 허겁지겁 끌어안았다. 그에 화답이라도 하듯 하진을 안은 남자의 팔에 힘이 꽉 들어갔다.

다정하고 부드러운 낭만적인 키스가 아니었다. 게걸스럽고 사납다 못해 우악스럽기까지 한 습한 입맞춤은 성적인 함의보다는 어쩌면 살고자 하는 절박함과 더 닮아 있었다. 그 아득한 행위에 온전히 집중한 하진의 귀에는 어느새 아무것도 들리지 않게 되었다. 그저 그가 주는 먹먹한 뜨거움이 전신을 잠식할 뿐.

비는 여전히 세차게 내렸다.

* * *

"뭐 하러 사 왔어. 내가 갔다 와도 되는데."

하진이 사 온 티셔츠와 바지를 입고 욕실에서 나오던 그가 멋

찍게 말했다. 한석이 씻는 사이 빠르게 집 앞 마트에 다녀온 하진이었다.

"옷 다 젖었는데 그거 입고 가게?"

"……그래도."

머쓱하게 머리를 쓸어 넘기며 제 곁에 다가와 앉는 남자를 하진은 새삼스러운 기분으로 보았다. 나름 널찍하다 생각했던 거실이 한석이 있는 것만으로 꽉 차는 느낌이었다. 그새 비가 그치고 완전한 밤이 된 밖은 어두웠다. 괜히 어색해진 하진의 시선이 방황하는데.

"깔끔하게 잘 해 놓고 사네."

집 안을 쓱 둘러보고 진지하게 뱉는 그의 말에는 조금 웃음이 터졌다.

"그냥 짐이 별로 없어."

"저 방에서 일하는 거야, 그럼?"

"응. 노트북 하나만 있으면 어디서든 하니까."

그렇구나, 고개를 천천히 끄덕이며 저를 보는 남자의 시선이 묘했다. 조금 전까지 정신없이 입을 맞추던 감각이 아직 선명했다. 그러고 보니 영화 시간이 애매해서 보고 밥 먹기로 했었는데, 하진의 입술이 의식의 흐름대로 달싹였다.

"배 안 고파?"

"별로. 넌?"

"나도 그렇긴 한데……."

저야 원래 불규칙적으로 식사를 한다지만 한석은 아닐 텐데.

갑자기 마음이 조급해졌다.

"뭐 먹을 게 없네. 시켜 먹을까?"

"아니, 괜찮아."

고개를 젓던 한석이 갑자기 자리에서 벌떡 일어났다. 냉장고 좀 본다고 해서 별생각 없이 그러라고 했다가 곧바로 후회했다. 물과 커피, 맥주 몇 캔이 전부인 안을 보는 남자의 얼굴이 예상대로 굳었다.

뭐 좀 사 와서 밥해 준다는 한석을 말려서 결국 둘이 나란히 마주 앉아 라면을 끓여 먹었다. 한석이 잘 끓인 건지 저도 배가 고팠던 건지 평소 별로 좋아하지도 않는 라면이 잘도 들어갔다. 생각해 보면 예전부터 그랬던 것 같다. 한석과는 뭘 먹어도 맛있었다. 조촐한 식사를 마치고 번갈아 양치까지 하고 오니 시간이 또 훌쩍 흘러 있었다.

"벌써 10시 넘었네."

방전되어 있던 핸드폰을 켜며 시간을 확인하는 한석을 보는데 괜히 조급해졌다. 제 지정석과도 같은 거실 테이블 의자에 걸터앉아 습관처럼 다리를 까딱대던 하진은 불쑥 물었다.

"가려고?"

"……."

너무 아쉬운 티가 났나? 멈칫해 저를 보는 한석에 괜히 얼굴이 화끈해졌다. 하긴, 한석은 내일 또 아침부터 일을 가야 하니까. 저만 해도 할 일이 쌓여 있기도 하고……. 태연한 척하고 있지만 동요하는 빛이 역력한 얼굴에 지긋한 시선이 내려앉았다. 얇은 반바지 아래 드러난 희고 매끈한 다리에도 역시.

"나야 가기 싫지."

입꼬리를 슬쩍 끌어 올렸지만 그의 눈은 웃고 있지 않았다. 몇 발짝 안 가 하진의 앞에 선 남자가 커다란 몸을 숙였다. 짧게 입을 맞추고 나서도 제게서 시선을 떼지 못하는 남자의 얼굴을 하진은 홀린 듯이 바라보았다. 착 가라앉은 목소리가 들렸다.

"자고 가도 돼?"

"……마음대로."

"난 거실에서 혼자 자기는 싫은데."

"……."

가만히 그와 눈을 맞추던 하진은 대답 대신 그의 목에 팔을 감았다. 하, 낮은 탄식을 흘린 그가 하진을 그대로 들쳐 안고 작은 방으로 성큼성큼 향했다. 고작 그 짧은 순간에 심장이 터질 것같이 뛰었다.

바로 자자고 해 놓고 둘은 자정을 훌쩍 넘어서까지 많은 이야기를 했다. 하진이 혼자 자기에 딱 좋았던 침대가 한석과 꼭 붙어 누우니 빠듯하게 꽉 찼다. 언젠가처럼 한석의 팔을 벤 채 그에게 안겨 있는데 뭐라 말할 수 없는 깊은 충족감이 들었다.

"근데 아까 다리 보니까 흉터 있던데."

몸에 열이 많은 한석인지라 대충 손에 잡히는 대로 고르면서도 반바지를 사 왔는데, 아까 거실에서 볼 때 허벅지 안쪽에서부터 무릎까지 길게 난 흉터가 계속 신경 쓰였던 하진이었다.

저랑 같이 살 때만 해도 분명 없었는데.

"아, 그거. 예전에 일하다가."

"용접?"

"응."

처치를 바로 못 해서 자국이 남았다는 말을 듣는데 속이 쓰렸다. 아마도 제가 떠난 후 다쳤던 모양이었다.

"나는 네가 그 일 안 해서 너무 좋아."

"그래?"

"응."

크게 고개를 끄덕이는 하진에 한석이 못 참겠다는 듯 다시 입을 맞췄다. 녹아내릴 듯 달콤하고도 녹진한 키스였다. 입술이 떨어진 후에도 저를 사랑스러워 죽겠다는 눈빛으로 보는 남자의 얼굴에 괜히 하진이 시선을 피하던 순간.

"예전에는, 네가 나를 창피하게 봐서 그런 거라고 생각했어."

조용히 흘러나오는 목소리에 하진은 멈칫해 퍼뜩 고개를 들었다. 마주한 얼굴에는 여전히 옅은 미소가 남아 있었다.

"어떻게 보면 내 자격지심일 수도 있지. 배운 것도 없고, 가진 것도 없으니 기술로 먹고살아야 되는데 네가 싫어하니까 막막하기도 했고. 솔직히 서운했던 적도 있었어."

그런데 어느 순간 내가 잘못 알았다는 생각이 들더라, 덧붙인 남자의 손이 하진의 마른 등을 천천히 쓸었다. 한동안 자르지 않아 허리께까지 긴 머리칼이 곧게 뻗은 그의 손가락에 사락사락 감겼다.

"너는 나를 항상 걱정했었어. 나는 진짜로 괜찮은데 내가 조금이라도 다치고 오면 엄청 울 것 같은 표정 짓고."

술 먹고 제가 고생하는 게 싫다며 울었던 건 기억나냐며 그가 농담조로 물은 말에는 답을 하지 못했다. 솔직히 거기까지는 기억나지 않았지만 그가 다치는 건 정말 싫었던 건 사실이었기에 침묵하는데.

"아주 혹시라도 다시 만나게 된다면 그때는 네가 그런 쪽으로 걱정하지 않을 일을 하고 싶다고 생각했어."

그게 다라며 중얼거리는 남자의 목소리에 괜히 목이 메었다. 미숙한 관계를 한없이 후회했던 저처럼 한석도 끊임없이 지난날을 돌아봤던 것 같아서.

"하진아."

일순 무겁게 진지해진 한석의 눈빛에 하진은 숨을 죽였다.

"염치없다는 건 너무 잘 알지만…… 나한테 한 번만 더 기회를 주면 안 될까."

쉴 새 없이 하진을 어루만지던 손길이 어느새 뚝 멎었다. 조용한 방 안은 묵혀 둔 진심을 토로하는 남자의 낮은 음성으로만 가득 울릴 뿐이었다.

"내가 너한테 씻을 수 없는 잘못을 했다는 거 너무 잘 알아. 어떤 변명의 여지도 없어. 이런 말로 지워질 수 있는 상처가 아니란 것도 알고…… 집 나가던 때 네 모습을 생각만 하면 지금도 미칠 것 같아. 근데도 못 잡았어. 내가 너 억지로 데리고 있으면 진짜 큰일 날 것 같아서."

"……."

"내가 네 마음을 잘 헤아려 주지 못했던 것도 너무 많았어. 다시 나한테 기회를 준다면 정말로 다시는 너 힘들게 하지 않겠다고 혼자 수없이 다짐했었어. 이러고 같이 누워 있는 게 나는 너무 꿈같아. 솔직히 말도 안 된다고도 생각해. 내가 너를 그렇게 힘들게 만들었는데."

그 후에도 한동안 두서없이 이어지는 말에서 하진은 또 한 번 가슴 깊이 탄식했다. 어림짐작했던 것보다 한석은 훨씬 더 제게 부채감이 있었다. 사실 하진은 지금의 대학을 무사히 입학하고 졸업한 것만 해도 정말 감사한 일이라고 생각했으나 한석은 그런 일이 없었더라면 하진이 수능을 더 잘 봐서 그녀가 목표한 대학에 들어갔으리라 굳게 믿고 있는 듯했다. 더 나아가 하진을 제 인생으로 끌어들였다는 그 자체에도.

그게 아닌데, 몇 번이나 울컥하던 하진은 어느 순간 들려오는 가만한 고백에 숨을 들이마셨다.

"사랑해, 하진아."

떨리는 눈동자 너머, 그의 다친 눈을 보고 괴로워하던 저에게 사랑을 처음 말하던 그날의 그의 모습이 겹쳐 보였다. 방이 어두워서 다행이었다. 조금씩 젖어 드는 눈가를 그는 아직 눈치채지 못한 것 같아서.

"너랑 만났던 그 순간부터 지금까지 맹세코 나한테는 정말로 너밖에 없었어. 단 한 순간도 너를 잊은 적이 없었고, 잊을 수도 없다고 생각했어. 나는 네가 전부니까. 앞으로도 그럴 거고. 제발, 내가 네 옆에서 다 갚으면서 살 수 있게 해 줘."

"……우리 엄청 싸웠던 거 기억나지."

불쑥 튀어나온 말에 한석이 문득 입을 다물었다.

"네 말대로 꼭 그 일이 아니더라도 우리는 좀 불안했어. 알잖아, 너도."

손을 뻗은 하진은 살 하나 없는 그의 뺨과 단단한 턱을 천천히 쓰다듬었다. 손끝에 와 닿는 체온이 달갑고 기꺼웠다.

"다시 만나도 딱히 달라질 건 없을지도 몰라."

사근사근한 목소리와는 다른 냉정한 말에 그의 몸이 딱딱하게 굳는 것이 맞닿은 피부를 통해 생생하게 느껴졌다. 조용한 목소리는 계속해서 이어졌다.

"사람은 쉽게 변하지 않으니까. 봐, 오늘만 해도 나는 너를 만나고 싶었으면서도 맘에도 없는 말을 했어. 우리는 어쩌면 예전보다 더 지긋지긋하게 싸울 수도 있고 또 생각지도 못한 다른 일이 생길 수도 있지. 정확하게 말할 수 있는 거 한 가지라면 내가 그 일에 있어서만은 너를 평생 용서하지 못할 거라는 거야."

"……."

미묘하게 일그러지는 남자의 얼굴에 심장이 다 욱신거렸다. 이렇게 그의 일거수일투족에 투명하게 반응하면서 저는 항상 뭘 부정해 왔을까.

"그래도 나도, 너랑 다시 시작하고 싶어."

놀란 듯 거칠게 숨을 삼키는 한석의 모습에 목구멍이 뜨거워졌다. 울컥한 감정을 누르듯 하진은 재빨리 덧붙였다.

"그렇다고, 내가 무슨 너를 봐주는 것처럼…… 그러니까 받아들여 주는 것처럼 생각하라는 뜻은 절대 아니고. 솔직히 나야말로 너한테 미안했던 일이 차고 넘치니까."

글을 쓰는 일을 하면서 마음을 말로 표현하는 것은 왜 이리 어려운 걸까? 하진은 혼란스러움이 밴 그의 눈을 똑바로 마주했다. 말로 다 전하지 못하는 제 진심이 그에게 온전히 닿기를 간절히 바라며.

"그냥, 어느 순간 다 의미 없어졌어. 잘잘못을 따지는 것도 앞으로 어떻게 될지 미리 걱정하는 것도 다 부질없다는 생각이 들었어. 왜냐하면, 나도……."

한순간도 너를 잊지 못한 것은 자신도 마찬가지라는 말을 했을 때 한석은 어떤 표정을 지었던가. 하진은 제게 쏟아지는 남자의 무게를 기꺼이 받아들이며 눈을 감았다.

한석에게 한 말 중 어느 것 하나 허투루 보탠 것은 없었다. 분위기에 취해서도 아니고 그의 진심에 순간적으로 감화되어서도 아니다. 그냥 그게 제 전부인 것이다. 어떻게 잊을 수 있겠는가. 땀에 젖어 눈도 제대로 못 뜨면서도 괜찮다고 웃던 모습을, 악몽에 시달리던 밤 저를 꽉 끌어안으며 달래 주던 그 애틋한 목소리를, 오직 제게만 허락되었던 그 너른 품과 다정한 손길을.

서로의 고단한 삶을 이해할 사람은 서로밖에 없었다. 예전에도, 지금도, 그리고 앞으로도. 밑바닥을 다 보여 줬는데도 사랑해 준 남자를 평생 잊고 살 수 있을까?

한석을 완전히 용서하지 못했다는 것 역시 진심이었다. 용서

하지 않을 것이다. 그렇지만 그 사실에 사로잡혀 그를 옭아매지는 않을 것이다.

제 마음이 한석과 같은 사랑이냐고 묻는다면 그것 역시 단언할 수 없다. 하지만 사실은 또 그 단어가 아니라면 제 마음을 정의할 다른 말은 없는 것 같다. 한석에게 제가 가진 수많은 복잡한 감정은 절대로 하나로 정의 내릴 수가 없다. 세간에서 말하는 아름답고 달콤한 사랑이 아니라도 괜찮다.

이게 사랑이 아니라면 도대체 그 무엇이 사랑이겠는가.

그날 밤 둘은 그저 꼭 끌어안고 잠들었다. 그렇게 포근하고 안정이 되면서도 기분 좋게 잠들었던 잠은 처음이었다. 어쩌면 지금까지 살면서 최고로 달게 잤던 밤이었던 것도 같다. 찰나 같기도 한 단잠에 빠져들며 하진이 느꼈던 것은 그 언젠가 한석을 미워하지 말자고 다짐했던 순간 느꼈던 안도감과도 닮아 있었다.

"왜 네 앞에 더 빨리 나타나지 않았냐고."

그러나 잠드는 그 순간까지도 한석이 직전 했던 말들은 가슴속에 아릿하게 박혀 있었다. 저를 지켜보면서 수없이 그 앞에 나서고 싶었던 자신을 제어하기 위해 그가 썼던 방법은 상당히 극단적이었다.

"아침에 눈을 뜨면 난 죽은 사람이 돼."

무슨 말인지 얼핏 이해가 되지 않아 고개를 갸웃하자 한석이 쓰게 웃었다.

"죽은 사람은 너를 만질 수가 없잖아. 당장이라도 뛰쳐나가서 너를 안고 싶어도 나는 못 해. 죽은 사람이니까. 그냥 계속, 나 자신한테 최면을 걸었어. 매일같이 그 생각을 하고 나서야 내 앞에서 네가 어떤 행동을 하더라도 받아들일 수 있게 되더라. 그냥 보는 것도 죄라는 걸 이미 알고 있으니까."

그렇게 하지 않았다면 버틸 수 없을 거라 말하며 그는 북받치는 숨을 삼켜 냈다. 매일 죽어야 했다니. 그런 다짐을 하고 제 앞에 섰다는 남자의 마음을 차마 짐작조차 할 수 없던 하진이 울컥하던 순간. 이젠 제 앞에서 살아도 되냐는 떨리는 목소리에는 결국 눈물이 터져 그의 품 안에서 한참을 울어 버렸다.

저는 분명 한석에게만 모질었지만 또 반대로 한석에게만큼은 한없이 무른가 보았다. 그냥 정한석이니까 이 모든 기행들이 지극히 주관적인 애틋함으로 용서되는 것이다. 과거에도 지금도 그리고 앞으로도 제게 유일무이한 의미인 남자이기 때문에. 모든 것은 제 선택이다.

에필로그

날은 밝았지만 암막 커튼이 쳐진 침실은 한밤중이었다. 저를 깨우지 않으려 조심스럽게 몸을 일으키는 남자에게 하진은 무의식적으로 엉겨 붙었다. 아무리 이불 속이라지만 한겨울에도 뜨끈한 맨살은 신기하기까지 했다. 가슴팍에 얼굴을 묻고 색색 숨을 쉬는 모습을 보던 한석이 결국 낮게 웃었다.

"이러면 못 일어나잖아."

응? 조금 탁해진 목소리 너머 두서없는 키스가 작은 얼굴 구석구석에 내려앉았다. 조금 부은 눈두덩이와 말랑한 볼, 귀찮다는 듯 낮게 신음하는 새침한 입술에까지. 흐트러진 머리칼을 귀 뒤로 넘겨 주고 매끈한 목덜미에 망설임 없이 입술을 묻는 남자는 그야말로 일어나기 싫어 죽겠다는 것처럼 보였다. 자국이 남을 듯 말 듯 아슬한 힘으로 연한 피부를 쪽쪽 빨던 남자가 그제야 생각났다는 투로 말했다.

"참, 오늘은 꼭 깨워 달라고 했지."

"……잖아."

"응?"

눈을 감은 채 웅얼대는 목소리에 한석이 웃으며 얼굴을 가까이 했다. 아, 진짜 일어나기 싫다. 하진은 조금 인상을 썼다.

"너 때문에…… 못 일어나겠잖아."

아아, 한석이 과장된 탄식을 했다. 진짜 얄미워, 하진은 눈을 가느스름하게 뜨고 그를 노려보았다. 그마저도 자꾸 밀려오는 졸음에 딱히 날카로운 기색은 없었지만.

오늘은 간만에 점심에 미팅이 있었다. 새로 들어갈 작업 관련이었다. 하지만 새벽까지 이어진 집요한 정사로 몸이 천근만근이었다. 한석이 나갈 때 같이 일어나 준비하려고 했는데, 저에 관해서는 아주 사소한 것까지도 모르는 게 없는 남자가 그 사실을 잊었을 리 없다.

"그렇게 보면 또 위험한데."

씩 웃는 남자의 얼굴에서 피곤함이라고는 찾아볼 수 없었다. 도리어 반질반질하다 못해 매끈하게까지 보였다. 종일 일하고 자정 넘어 돌아와 색욕밖에 모르는 짐승처럼 저를 탐했는데도 말이다. 순간 욱한 마음에 볼이라도 꽉 잡아당겨 줄까 하고 뻗은 하진의 손을 가뿐히 잡은 한석이 마른 손가락 사이사이에 짧게 뽀뽀를 퍼부었다. 그러면서도 하진에게서 눈을 떼지 못했다. 정확히는 단추를 제대로 채우지 않아 벌어진 잠옷 앞섶 새 반쯤 훤히 드러난 가슴에서.

'진짜⋯⋯.'

저도 모르게 그의 시선을 따라가던 하진이 미간을 설핏 찌푸렸다. 어두침침해서 잘 안 보이지만 분명 무슨 피부병 걸린 것처럼 온통 자국이 남아 있을 게 뻔했다. 몇 시간 전까지 그렇게 걸신들린 사람처럼 물고 빨았으니 말이다. 뭐, 물론 저도 좋아서 느꼈으니 할 말은 없지만⋯⋯ 그래도 정도라는 게 있는데 저와 몸을 겹칠 때면 눈이 도는 남자는 도무지 그 정도를 몰랐다.

"그만하고 일어나."

이제는 아주 노골적으로 제 엉덩이를 주무르는 큼직한 손을 뿌리치고 몸을 일으키려는데 허리를 꽉 잡아 오는 힘이 억세서 꼼짝도 할 수 없었다. 팔 하나로 저를 간단히 제압하는 무지막지한 힘은 이제 놀랍지도 않았다. 너도 일 가야지, 눈을 비비면서 말하는데 한석의 표정이 미묘해졌다.

"진짜 사람이 이렇게 예쁘기도 힘든데."

"또 뭔 소리야."

"너는 그냥 숨만 쉬어도 사람 미치게 하는 게 있다니까."

넌 모르겠지만, 눈을 살짝 찡그린 한석에게서 어젯밤 저를 무섭게 몰아붙이던 남자의 얼굴이 겹쳐 보였다. 순간적으로 위험을 감지한 하진이 몸을 슬쩍 뒤로 물렸지만 한석이 한발 빨랐다. 하진을 덮고 있던 푹신한 이불이 힘없이 바닥으로 떨어졌다. 벗기기 편하다는 간단한 이유로 입히고 잔 헐렁한 잠옷 원피스를 홱 들추는 손길은 무자비했다.

"……!"

등 뒤로 쏟아지는 무게에 하진의 눈이 크게 떠졌다. 귓불을 앙, 문 남자가 안쪽에 혀를 집어넣더니 돌연 느릿하게 핥아 올렸다. 피할 수 없는 오싹한 쾌감에 하진이 입 안 살을 꾹 씹는 사이 완전히 말려 올라간 원피스 안 불쑥 손을 집어넣은 남자가 젖가슴을 은근하게 쥐어 왔다. 커다란 손에 제법 들어차는 부피감을 만끽하듯 주무르다, 뾰족하게 솟은 정점을 손가락으로 굴리고 비비니 하진이 몸을 비틀었다.

"흣……."

원체 여러모로 예민한 하진은 그만큼 자극에도 약했다. 귀도 민감하고 가슴도 민감하고 조금만 만져 줘도 축축하게 젖어 버리는 밑은 말할 것도 없고. 어느 곳 하나 그렇지 않은 곳이 없어 한석은 또 다른 의미로 고역이었다.

숨만 쉬어도 미치겠다는 말은 진심이었다. 제가 좀 문제가 있다는 자각은 이미 차고 넘쳤다. 시도 때도 없이 자신은 하진에게만 발정했다. 어떤 때는 TV를 보며 웃고 있는 하진의 얼굴만 봐도 아랫배가 뻐근해지고 입이 말랐다. 정말로 집 안에 틀어박혀 섹스만 하고 살고 싶다는, 하진이 알면 기함할 생각이 진지하게 들 정도였다.

조만간 있을 휴가에는 한번 실현해 보고 싶기도 하고. 결국 참지 못한 한석이 아래 속옷을 비집고 갈라진 틈을 비비자 하진이 진저리를 쳤다.

"응…… 그만해……."

이건 그만하라는 게 아니지. 한석은 속으로 항의했다. 분명
조금 만지기만 하려고 했는데, 이렇게 야하고 귀엽게 소리를 내
면 어쩔 도리가 없지 않은가. 부들부들한 살결 속에 파묻혀 있
으면 일을 가야 한다는 현실이 아득하게만 느껴졌다. 몇 시간
전까지 제 것이 쉼 없이 들락날락해서 그런가 조금 부어 있는
것도 같은 아래에 살살 손장난을 치니 하진이 확 고개를 돌려
저를 매섭게 흘겨보았다. 자신은 인지하지 못하지만 이미 반쯤
이성을 놓은 한석에게는 물론 하등 타격이 없었다. 그냥 존나
섹시하다는 생각만 들었다.

"한 번만. 응?"

얇은 천 너머 조금씩 찰박대는 맛이 감기자 한석도 점점 한계를
느끼고 있었다. 직전 하진이 제 품에 파고들 때부터 이미 조금씩
발기했던 성기는 이제 아플 정도로 곧추서 있었다. 여전히 저를
노려보면서도 혼란스러움을 숨기지 못하는 커다란 눈망울에 가슴
이 지끈했다. 정말로 가슴 깊이 사랑스럽다는 생각이 들었다.

"얼른 하고, 씻기고 옷 입히고 내가 다 해 줄게."

밥도 먹여 주고 데려다도 준다고, 사실 매번 당연한 듯 제가
하는 일을 굳이 생색내듯 꼬드기는 와중에도 한석의 손은 바빴다.
그사이 허벅지에 와 닿는 생생한 양감에 하진이 몸을 떨었다. 브
리프 한 장만 입고 있는지라 잔뜩 흥분한 그의 것이 더 노골적으
로 느껴졌다. 언제나 그렇듯 침대 위에서는 그를 이길 수 없는 하

진이 결국 허락 아닌 허락을 했다. 그럼 딱 한 번만이야……

"응, 당연하지."

우리 하진이 약속 늦으면 안 되니까. 당장 장사 준비가 먼저란 걸 알면서도 그렇게 속삭인 남자는 그새 하진의 마음이 변할세라 거추장스러운 브리프를 단번에 벗어 버렸다. 침대맡 서랍장에서 콘돔을 꺼내 끼우는 움직임은 정확하고도 재빨랐다. 엉덩이 골에 와 닿는 굵직한 성기의 노골적인 감각에 하진의 등이 저도 모르게 굳었다.

자연스러운 손길로 원피스를 마저 벗겨 낸 한석이 매끈한 등줄기에 입술을 묻었다. 긴장 풀라는 듯 가볍게 입을 맞추고 허리와 엉덩이를 토닥이다, 어느 순간 몸을 세우고 하진의 무릎에 손을 집어넣었다. 졸지에 엉덩이만 치켜든 자세가 된 하진은 푹신한 베개에 얼굴을 묻어 버렸다.

제 얼굴을 보고 하는 것을 좋아하는 남자 때문에 자주 하지 않는 체위였지만 가끔은 이럴 때도 있었다. 뽀얗게 살이 오른 엉덩이를 두 손으로 쫙 벌린 남자가 잘빠진 뒤태를 감상하며 나른한 숨을 뱉었다. 밤새 채 지우지 못한 제 흔적이 남은 하얗고 야들야들한 몸은 절경이었다. 사진이나 그림으로 남기고픈 욕망이 드는 때도 여럿이었으나 그냥 제 머릿속에 박제해 놓는 것이 제일 안전할 듯했다. 박하진의 이런 모습은 저만 알아야 하니까.

"존나 안 예쁜 데가 없다니까."

"그런 말 좀 하지 말라니까……."

엉덩이를 벌리고 할 말은 아니지 않나? 베개에 얼굴이 눌린 채로 웅얼대는데 등 뒤에서 옅게 웃는 소리가 들렸다. 그 웃음에 저도 모르게 긴장을 푼 것도 잠시, 살을 비집고 들어오는 두툼한 성기에 하진은 순간 흡, 숨을 들이마셨다. 밤새 얼얼하게 때려 맞은 밑이 다시 벌어지는 느낌에 절로 몸에 힘이 들어갔다.

"쉬…… 괜찮아. 응?"

그렇게 셀 수 없이 몸을 겹쳤는데도 삽입하는 순간만 되면 몸을 잔뜩 움츠리는 하진이 한석은 너무나 귀엽고 때로는 안쓰럽기도 했다. 그래도 그 찰나만 넘기고 나면 하진은 섹스할 때 솔직한 편이었다. 지나치게 느껴 어쩔 줄 모르면서도 망설이는 감이 있던 예전과는 달리 제가 주는 쾌락을 가감 없이 받아들이고 때로는 제가 먼저 과감하게 움직이기도 했다.

어느 모습의 하진이든 간에 한석은 뒷골이 띵할 정도로 좋으니 상관은 없었지만 그래도 지금의 하진에 더 정신을 놓게 되는 것은 사실이었다. 하진이 좋다고 말하며 제 목을 끌어안을 때면 저조차 설명하지 못할 무언가가 가슴속 깊은 곳에서 왈칵 터져 나왔다. 지금도 상황은 마찬가지였다. 밑에서 끙끙거리는 하진의 상태를 살피며 잘게 허리를 쓰던 한석이 어느 순간 허리를 뒤로 물렸다 깊게 처박았다.

"아……!"

하진의 입술을 타고 밭은 신음이 샜다. 말랑한 허벅지를 잡은 손아귀에 힘이 들어가자 간헐적인 신음이 계속 터졌다. 하지만 버거워서 그런다기에는 묘하게 끝이 야릇한 감이 있었다. 귀여워 죽겠네, 속으로 웃은 한석은 거리낌 없이 허리를 쓰기 시작했다. 사실 그도 여유를 부릴 틈 같은 건 애초부터 없었다. 눅진하게 풀린 따뜻한 안이 제 것을 꽉꽉 조여 오는 맛에 절로 욕지거리가 튀어나왔지만 꾹 안으로 삼켰다. 대신 안 그래도 흉포하던 허리 짓이 더 거칠어졌을 뿐이다.

흐으, 하진이 유독 느끼는 깊은 곳을 능숙하게 집중적으로 때려 박자 하진이 여전히 베개에 고개를 파묻은 채 가냘프게 우는 소리를 냈다. 잔뜩 젖은 신음에 마음이 지끈하면서도 어찌 된 일인지 몰아붙이는 행위는 더 사나워지기만 했다. 쉼 없이 울리는 살 치는 소리에 가쁜 숨소리와 미약한 비음이 제멋대로 뒤섞였다. 차가운 바깥과는 다르게 둘을 둘러싼 공기는 달고 덥고 끈적했다.

"하……."

어느 순간 말도 없이 무자비하게 그녀를 몰아붙이던 남자에게서 만족스러운 숨이 터졌다. 거의 동시에 절정을 맞은 하진의 몸에서도 일순 힘이 쫙 빠졌다. 정액이 안에 가득 퍼지는 뜨끈한 감각은 아직도 적응이 되지 않았다. 아마 계속 그럴 것 같았다. 아직 제 안에 머문 그의 것이 내벽을 뭉근히 들쑤시자 저도 모르게 몸이 조금 떨렸다.

"박하진."

헐벗은 어깨에 다정히 입을 맞춘 그가 고개를 비틀어 깊게 키스해 왔다. 눈을 감고 입 안 가득 들어차는 혀에 느릿하게 보조를 맞추는데 어느 순간 천천히 성기가 빠지는 게 느껴졌다. 제게 쏙 들어오는 부드럽고 따끈한 몸을 마음껏 품에 안은 남자가 입술을 맞댄 채 속삭였다. 사랑해.

"……나도."

가물가물한 눈꺼풀을 들어 제게 하는 말에 남자가 못 견디겠다는 듯 다시 입을 맞췄다.

한석이 먼저 씻으러 들어간 사이 하진은 물소리를 들으며 침대 속에서 노닥였다. 씻겨 주겠다는 말은 콧방귀를 뀌며 거절했다. 한석은 분명 자상하고 꼼꼼하게 저를 씻기긴 했지만 이렇게 바쁜 오전에는 안 될 말이었다. 그의 손길엔 늘 불순한 의도가 도사리고 있으니까. 차라리 제가 하는 게 훨씬 빨랐다.

그래도 생각보다 한석이 일찍 일어난 덕에 여유가 있었다. 같이 아침을 먹은 후 한석을 먼저 보내고, 한 시간 정도 있다 시간 맞춰 나가면 될 듯했다. 머릿속으로 착착 계획을 세우고 핸드폰을 만지작대는데 문득 손에 낀 반지가 시선을 사로잡았다. 씻을 때를 빼고는 절대 빼는 일이 없는 반지다.

"예전에는 네가 나 끼워 줬으니까 이제는 내 차례잖아."

같이 살 집을 계약했던 날 밤, 한석의 자취방에서 둘만의 조촐한 축하를 하던 중이었다. 그에게 조금은 어색하게 끼워 준 커플링에 그는 말도 안 되게 조금 눈물을 보였다. 그가 주었던 것처럼 다이아몬드까지는 박지 못했어도 고심해서 고른 첫 커플링이었다. 한석은 지금도 아니라고 부정하지만, 하진은 한참이나 반지를 내려다보다 고맙다고 말하던 그의 젖어 있던 눈을 또렷하게 기억했다. 조금은 흐릿한 과거의 추억 속 저 혼자 했던 다짐이 이루어져서 기뻤고, 좋아하는 한석의 모습에 행복했다.

'눈 왔네?'

이불로 몸을 감은 채 일어나 커튼을 걷던 하진의 눈이 조금 커졌다. 어젯밤 한석이 오는 길에 조금 눈이 온다고는 했었지만 이렇게 함박눈이 쌓여 있을 줄은 몰랐는데. 하진은 창문을 조금 열고 맑고 찬 바람을 마셨다. 혼곤한 정사에 조금 멍해 있던 정신이 돌아오는 듯했다. 기분이 확 좋아졌다. 하진은 밤새 동화 속처럼 예뻐진 풍경을 차분히 눈에 담았다.

한여름에도 손을 꼭 잡고 같이 집을 보러 다니던 때가 엊그제 같은데, 함께 산 지도 벌써 반년이 다 되어 간다.

서로의 마음을 확인하고 한 달 만에 그렇게 되었다. 애초에 둘은 따로 사는 데에 면역이 없었다. 각자 살던 집 계약 문제도 있고 각자 일로 바쁜 와중에 조건에 맞는 집을 돌아보느라 정신 없기도 했지만 결론적으로는 다 잘 해결되었다. 일이 잘 풀릴 때는 뭔가가 착착 들어맞기도 하는가 보았다. 지금 사는 신축 오피스텔은 한석의 가게에서 조금은 떨어져 있었는데, 조용하면서도 근처에 편의 시설도 많아서 하진은 아주 마음에 들었다.

"또, 또."

잠깐 멍해 있던 하진은 뒤에서 들려오는 탐탁잖은 소리에 멈칫했다. 덜 마른 머리를 수건으로 털며 나오던 한석이 빠르게 창문을 닫아 버렸다.

"눈 보고 있었는데."

변명하듯 말하자 한석이 어깨를 으쓱했다.

"이렇게 봐도 다 보이잖아."

감기 걸리면 어떡할 거냐며 내심 엄한 목소리를 내는 남자에게 하진은 손짓했다. 수건 줘 봐.

"다 닦고 나온 거 맞아?"

"응, 닦았는데."

목과 턱에 묻은 물기를 마저 꼼꼼히 닦아 주는데 문득 헛웃음이 났다. 저와 한석은 정말 이런 면에서는 변한 게 없었다.

"왜 웃어?"

"그냥."

그런 하진을 가만히 보던 남자가 팔을 벌려 그녀를 가득 끌어안았다. 늦었잖아, 타박하면서도 하진은 순순히 그의 품에 안긴 채 눈을 깜빡였다. 무슨 신혼도 아니고, 한석이 가게에 있는 시간을 제외하면 지독할 정도로 매일 붙어 있으면서도 둘은 잠시라도 떨어져 있는 그 순간이 매번 아쉬웠다. 하다못해 같은 집 안에서도.

간단한 샌드위치로 아침을 해결한 후 한석이 누군가에게 걸려온 전화를 받는 도중 하진은 오늘 뭘 입고 갈지 옷장을 보며 고심했다. 어차피 집는 건 매번 비슷한데 그래도 또 고민하게 되는 건 왜일까?

'그래도 오늘은 좀 다른 거 입고 싶다.'

어쩌면 한석의 가게에 들를 수도 있으니까. 아까도 혹시 미팅 끝나고 시간이 맞으면 데리러 갈 테니 전화하라고 신신당부했던 한석이었다.

가게는 낮 12시에 오픈해 밤 11시에 닫았지만 준비하고 마감하는 시간은 앞뒤로 두 시간씩은 더 걸렸다. 중간에 잠깐 브레이크 타임이 있는데 한석은 왔다 갔다 시간을 합하면 결국 얼굴 보는 시간은 10분 남짓인데도 하진이 보고 싶다며 매일같이 집에 들렀다. 그게 안쓰러워서 바람도 쐴 겸 하진이 시간 맞춰 한석에게 간 적도 종종 있었다.

　원래라면 집에서 웬만하면 나오지 않는 자신이었지만 한석과 같이 살면서 확실히 바깥 활동이 늘었다. 잠깐이지만 근처 카페에서 커피를 마시며 노닥이기도 했고 유니폼 차림에 패딩만 걸친 한석의 팔짱을 끼고 하릴없이 걷기도 했다. 조금만 있으면 집에서 얼굴을 볼 텐데 헤어질 때는 아쉬워 몇 번이나 서로 손을 흔들었다. 떨어져 보낸 시간만큼 각자 알게 된 사람도 늘었으나 둘은 여전히 서로밖에 몰랐다. 꼭 필요한 자리가 아니고서야 늘 둘만 함께 있었다.

　결국 얼마 전 다소 충동적으로 구매한 니트 블라우스와 스커트를 골라 입는데 거실에서 한석의 웃는 소리가 났다. 대충 들리는 말소리로 보면 친한 형인 듯했다. 한석에게 영업 노하우를 아낌없이 전수해 주었다는 그 형의 가게에도 언제 한번 같이 들르기로 했었다.

　'괜찮네.'

　새 옷을 입고 한번 거울을 보는데 괜히 기분이 이상했다. 그와 제 물건들이 깔끔하게 정리된 따뜻하고 아늑한 방, 저만치 들려오는 남자의 목소리, 오늘도 만날 사람이 있고 마땅히 해야 할 일이 쌓인 자신. 그냥 이 모든 것들이 자연스럽게 맞물린 지금이 문득 가슴 깊이 행복하다는 생각이 들었다.

한때는 끊임없이 과거를 떠올리며 후회했던 적도 있었다. 그때 그러지 않았더라면, 그런 일이 일어나지 않았더라면, 단순히 한석과 살았을 때의 얘기가 아니라 훨씬 더 그 전의 것까지 생각하며 자신을 몰아붙였던 때가 있었다. 아빠가 나를 때리고 괴롭히지 않는 좋은 사람이었다면, 엄마가 진짜 내 엄마였다면, 뭐 이런 것들. 그런 게 없었다면 자신은 정해진 순리대로 이 고생하지 않고 잘 살고 있을 텐데, 그런 거품 같은 환상에 갇혀 허우적거릴 때가 있었다.

하지만 어느 순간 하진은 받아들인다는 것을 배웠다.

애써 행복해지려고 노력할 필요도 없고, 저를 한없이 허망하게 만드는 막연한 불행의 원인을 찾으려 시간을 보낼 필요도 없다. 더 나아가 받아들이는 것 그 자체에도 애써 의미를 부여할 필요 없는 것이다.

그저 숨을 쉬고 있는 것만으로도 삶은 그 나름의 가치로 흘러간다. 때로는 찬 바람에 정신이 번쩍 들며 뭔가를 하고 싶은 생각이 들고, 한참 울고 나서도 살아야 하니 먹은 음식이 맛있어서 기분이 좋아지고, 저를 안아 주는 체온에서 새삼스럽게 살아 있음을 느끼고……. 그냥 그렇게, 굳이 특별한 무언가를 부여하지 않고도 하루하루 흘러가는 삶에서 하진은 제 안에 조금씩 쌓여 가는 단단한 무언가를 느꼈다. 뜬구름 잡는 미래가 아니라 그냥 오늘 하루를 충실히 살아가니 만족이 생겼다.

반복되는 삶은 분명, 엄청나게 가치 있다.

누구나 실수할 수 있다. 잘못된 선택이라고도 명명할 수 있는 그 실수는 잠시 열병처럼 혼자 앓는 정도일 수도 있고, 후에 누군가와 얘기하며 가볍게 웃어넘길 정도일 수도 있고 아니면 인생을 송두리째 바꿀 만큼 큰 것일 수도 있다. 하지만 하진은 더는 그 실수에 젖어 자신을 자책하지 않았다. 그 순간엔 그게 최선이었으니 그런 선택을 했을 것이다. 누구나 행복해지고 싶은 마음, 살고 싶은 본능은 당연하니까. 지금을 온전히 받아들일 수 있다는 것은 그 선택으로 벌어진 일들을 만회하기 위해 치열하게 노력했고 열심히 살아 냈다는 증거인지도 몰랐다.

만약, 절대 그런 일은 없을 거라고 물론 가슴 깊이 믿고 있지만.

아주 만약 한석의 마음이 변한대도 하진은 다시 혼자 살아갈 수 있을 거라 생각했다. 물론 아무렇지 않을 수는 없겠지만 최악을 겪어 봤으니 더는 앞날이 두렵지 않다. 어떻게든 또 살아 내겠지. 예전 그의 마음이 변하면 어떡하나 불안해하고 전전긍긍했던 때도 분명 있었지만 지금은 아니다. 한석을 못 믿어서가 아니라 그만큼 자신을 믿게 되었다고 보는 게 맞을 것이다.

오히려 그 힘이 생겼음에 지금 더 그를 마음껏 사랑할 수 있다는 것을 이제는 안다.

외로워서 그에게 돌아온 게 아니다. 못다 한 과거에 남은 미련에 발길이 잡힌 게 아니라 마음이 이끄는 대로 간 것뿐이다. 한석이 없어도 살 수 있기 때문에 도리어 그의 곁에서 마음 편히 쉴 수 있는 모순이다.

"이러고는 나랑 데이트를 가야지."

현관 앞, 얼마 전 같이 산 커플 패딩에 하진이 사 준 머플러를 두른 남자가 장난스럽게 눈살을 찌푸렸다. 하진은 딱히 대답하지 않고 매번 현관에서 보내는 시간이 점점 더 길어지는 남자에게 빨리 가라는 눈빛을 쏘았다. 오늘은 확실히 좀 늦었다.

"점심 든든하게 먹고 나가."

미팅 때 커피로 대충 때울 생각 하지 말고, 정곡을 찔렸지만 하진은 심드렁하게 대답했다.

"알았어."

"대답만 하면 안 돼."

이번에는 답 없이 빤히 보니 그가 입꼬리를 끌어 올렸다. 서늘하게 빠진 눈매가 제게만 휘어지는 간극이 새삼스럽게 달콤해 하진은 조금 설렜다. 그때의 한석도 물론 멋있었지만 지금의 한석은 확실히 어디 내놓기 불안할 정도로 근사했다. 콩깍지가 씐 거라면 할 말 없지만. 결국 하진을 끌어당겨 또다시 짧게 입을 맞춘 그가 스커트 위 엉덩이를 지그시 쥐었다 놓았다.

"그렇게 하는데 아직도 애가 안 생겨."

씩 웃는 낯에 순간 어이가 없었다. 꼬박꼬박 피임을 하니 안 생기는 건 당연한 건데, 둘 다 아이를 갖고 싶은 마음은 있지만 상황상 조금 뒤로 미루기로 했는데 능글맞게도 이런 말을 잘도 했다. 황당함을 감추지 못하는 하진의 표정에 한석이 멋쩍은 듯 머리를 쓸어 넘겼다.

"갈게."

"응, 오늘도 힘내고."

"어, 사랑해."

마지막까지 미련이 뚝뚝 남은 눈빛으로 현관을 나서는 남자에 결국 조금 웃음이 났다. 하얀 눈이 소복하게 깔린 거리 한석의 차가 멀어지는 것을 하진은 창가에 선 채 한동안 바라보았다. 그는 모르겠지만 이 역시 매일같이 겪는 저만의 일상이다. 완전히 차가 보이지 않고 나서도 아쉬움에 조금 더 서 있다가 작업실로 돌아갔다. 한석이 저를 위해 꾸며 준 온전한 저만의 공간으로.

둘은 그렇게 잠시 후의 만남을 기약하며 다시 각자의 세계로 향했다.

드라마틱하게 환경이 바뀐 것도 아니고, 하진이 가진 허영이 완전히 사라진 것도 아니고, 한석의 기질이 바뀐 것도 아니다. 그저 그들은 서로가 없으면 안 된다는 마음으로 하루하루를 살아갈 뿐이다. 처음 둘이 아무것도 없이 맨바닥에서 시작할 때처럼, 그렇게.

'다시 원점이다.

어쩌면 이렇게 될 거였는데 괜한 힘을 뺐었는지도 모른다.

여전히 그는 내 옆에 있다.'

-fin.